UN TOQUE DE ROJO

Sylvia Day

Un toque de rojo

Traducción de Montse Batista

Argentina • Chile • Colombia • España
Estados Unidos • México • Perú • Uruguay • Venezuela

Título original: *A Touch of Crimson*
Editor original: Signet Eclipse, New York
Traducción: Montse Batista Pegueroles

1.ª edición Septiembre 2014

Copyright © 2011 by Sylvia Day
All Rights Reserved
© de la traducción 2014 *by* Montse Batista Pegueroles
© 2014 *by* Ediciones Urano, S. A.
   Aribau, 142, pral. – 08036 Barcelona
   www.titania.org
   atencion@titania.org

ISBN: 978-84-92916-77-1
E-ISBN: 978-84-9944-785-8
Depósito legal: B-15.588-2014

Fotocomposición: Ediciones Urano, S. A.
Impreso por Romanyà Valls, S. A. – Verdaguer, 1 – 08786 Capellades (Barcelona)

Impreso en España – *Printed in Spain*

Ésta es para mis lectores de la serie Marked.
Espero que os encante.

Agradecimentos

Doy las gracias a Danielle Perez, Claire Zion, Kara Welsh, Leslie Gel-
bman y a toda la gente de NAL por todo el entusiasmo demostrado
por mi *Renegade Angels* desde la subasta hasta la publicación.

Me quito el sombrero ante Beth Miller por todas las pequeñas
cosas.

Doy gracias a gritos a Erin Galloway por su aportación y simplemente por ser ella.

Gracias al departamento artístico por concederme el deseo de que
Tony Mauro diseñara mi cubierta.

Le tengo un cariño loco a Tony Mauro y me encanta la llamativa e
impresionante obra que ha hecho para Adrian. Le agradezco las numerosas maneras en que me permitió utilizar su arte para compartir la
historia de Adrian.

Gracias a Monique Patterson por alimentar a mi musa.

Agradezco enormemente a Shayla Black y Cynthia D'Alba que le-
yeran los primeros borradores de esta historia y me ayudaran a confor-
marla.

Una gran expresión de cariño para mi amiga Lora Leigh, a quien
rinde homenaje Lindsay/Shadoe.

Lara Adrian, Larissa Ione, Angela Knight y Cheyenne McCray son
mujeres muy ocupadas que, no obstante, tuvieron la generosidad de
pasar un poco de su valioso tiempo leyendo la historia de Adrian y
Lindsay. ¡Muchas gracias, señoras! Estoy agradecida.

Glosario

TRANSFORMACIÓN: El proceso que experimenta un mortal para convertirse en un vampiro.

CAÍDOS: Los *Vigilantes* después de caer en desgracia. Han sido despojados de sus alas y de sus almas, lo cual los deja como bebedores de sangre inmortales que no pueden procrear.

LICANOS: Un subgrupo de los *Caídos* que evitaron el vampirismo al acceder a servir a los *Centinelas*. Les transfundieron sangre de demonio, lo cual conservó sus almas pero los hizo mortales. Pueden cambiar de forma y procrear.

ESBIRRO: Un mortal que ha sido *transformado* en un *vampiro* por uno de los *Caídos*. La mayoría de los mortales no se adaptan bien y se vuelven rabiosos. A diferencia de los *Caídos*, ellos no toleran la luz del sol.

NAFIL: Singular de *nefalines*.

NEFALINES: Los hijos de un mortal y un *Vigilante*. El hecho de que beban sangre contribuyó a, e inspiró, el castigo vampírico de los *Caídos*.

> («...se volvieron contra los humanos para matarlos y devorarlos». Enoc, 7:13)

> («Aunque no comen, tienen hambre y sed». Enoc, 15:10)

CENTINELAS: Una unidad de operaciones especiales de élite de los *serafines* cuya tarea es la ejecución del castigo de los *Vigilantes*.

SERAFÍN: Singular de *serafines*.

SERAFINES: El más alto rango de ángel en la jerarquía angelical.

VAMPIROS: Un término que abarca tanto a los *Caídos* como a sus *esbirros*.

VIGILANTES: Doscientos ángeles *serafines* enviados a la Tierra al principio de los tiempos para observar a los mortales. Infringieron las leyes tomando como pareja a mortales y fueron castigados con una eternidad en el mundo como *vampiros* sin posibilidad de perdón.

Hazle saber a los Vigilantes del cielo, que han abandonado las alturas del cielo, el eterno lugar santo, y que se han contaminado con las mujeres haciendo como hacen los hijos de los hombres, y han tomado mujeres y han forjado una gran obra de corrupción sobre la Tierra, que no habrá para ellos paz ni redención de su pecado. Y así como gozaron a causa de sus hijos, ellos verán la muerte de sus bienamados y llorarán por la pérdida de sus hijos y suplicarán eternamente, pero no habrá para ellos misericordia ni paz.

El Libro de Enoc 12:5-7

1

—Phineas está muerto.

La declaración afectó a Adrian Mitchell como si hubiera sido un golpe físico. Se agarró a la barandilla para contrarrestar su agitación, siguió la curva que describía la escalera y miró al serafín que subía a su lado. Al transmitir la noticia, Jason Taylor ascendió al antiguo rango de Phineas como segundo al mando de Adrian.

—¿Cuándo? ¿Cómo?

Jason mantuvo el ritmo inhumano de Adrian mientras se acercaban al tejado.

—Hace cosa de una hora. La llamada de aviso lo calificó como un ataque de vampiros.

—¿Y nadie se dio cuenta de que había un vampiro cerca? ¿Cómo coño es eso posible?

—Eso mismo pregunté yo. Envié a Damien a investigar.

Llegaron al último rellano. El guardia licano que estaba frente a ellos empujó la pesada puerta metálica para abrirla y Adrian se cubrió los ojos con las gafas antes de salir al sol de Arizona. Vio que el guardia se apartaba del calor de aquel horno y a continuación oyó un gruñido de queja por parte del segundo licano que iba en la retaguardia. Como viles criaturas instintivas, eran susceptibles a estímulos físicos de formas en que no lo eran los serafines y los vampiros. Adrian no sintió la temperatura en absoluto; la pérdida de Phineas le había helado la sangre.

Un helicóptero esperaba en la plataforma delante de ellos y sus aspas giraban agitando un aire tan seco y arenoso que resultaba agobiante. En su costado curvo se leía MITCHEL AERONAUTICS en letras grandes junto al logotipo alado de Adrian.

—Tienes dudas.

Se concentró en los detalles porque en aquel momento no podía permitirse dar rienda suelta a su furia. En el fondo estaba destrozado de dolor por la pérdida de su mejor amigo y teniente de confianza. Pero como líder de los Centinelas no podía dar la impresión de estar mermado en ningún aspecto. La muerte de Phineas iba a estremecer a la tropa de su unidad de élite de serafines. Los Centinelas recurrirían a él en busca de fortaleza y orientación.

—Uno de sus licanos sobrevivió al ataque. —Pese al rugido del motor de la aeronave, Jason no tuvo que alzar la voz para hacerse oír. Tampoco cubrió sus ojos azules de serafín a pesar del par de gafas de sol de diseño que descansaban sobre su cabeza dorada—. Me resulta un poco… extraño que Phineas estuviera investigando las dimensiones de la manada del lago Navajo; luego le tienden una emboscada de camino a casa y lo matan. ¿Y uno de sus perros sobrevive e informa de un ataque de vampiros?

Adrian llevaba siglos utilizando a los licanos como guardias para los Centinelas y como perros pastores para conducir a los vampiros a las zonas designadas. Pero los recientes indicios de inquietud entre los licanos indicaban la necesidad de una revaluación por su parte. Habían sido creados con el propósito expreso de servir a su unidad. De ser necesario, les recordaría el pacto hecho por sus antepasados. Podían haberlos convertido a todos en vampiros chupadores de sangre como castigo por sus delitos, pero les habían perdonado la vida a cambio de un compromiso. Aunque algunos licanos creían que la deuda ya había quedado saldada, no reconocían que este mundo estaba hecho para los mortales. Nunca podrían vivir entre y junto a los humanos. Su único lugar era el que él había creado para ellos.

Uno de sus guardias agachó la cabeza y se abrió paso entre las turbulencias que generaban las aspas del helicóptero. El licano llegó hasta la aeronave y sujetó la puerta abierta.

El poder de Adrian lo protegió de la perturbación y le permitió avanzar sin esfuerzo. Miró a Jason.

—Tendré que interrogar al licano que sobrevivió al ataque.

—Se lo diré a Damien.

El viento azotó los rizos rubios del teniente e hizo que sus gafas de sol salieran volando.

Adrian las atrapó en el aire con un movimiento rápido como el rayo. Subió de un salto a la cabina del helicóptero y se acomodó en uno de los dos asientos anatómicos situados mirando hacia atrás.

Jason ocupó el otro.

—Pero tengo que preguntarlo: ¿Sirve para algo un perro guardián que no protege? Quizá deberías sacrificarlo para reafirmar la idea.

—Si la culpa es suya rezará para estar muerto. —Adrian le lanzó las gafas de sol—. Pero hasta que no sepa lo contrario, él es una víctima y mi único testigo. Si quiero atrapar y castigar a los que hicieron esto, lo necesito.

Los dos licanos se dejaron caer en la fila de asientos de enfrente. Uno de ellos era un gorila fornido. El otro era casi igual de alto que Adrian.

El guardia más alto se abrochó el cinturón de seguridad y dijo:

—La pareja de ese «perro» murió intentando proteger a Phineas. Si hubiera podido hacer algo, lo habría hecho.

Jason abrió la boca para replicar.

Adrian alzó la mano para acallarlo.

—Tú eres Elijah.

El licano asintió. Tenía el pelo oscuro y los ojos verdes y luminosos de una criatura contaminada con la sangre de los demonios. Una de las cuestiones controvertidas entre Adrian y los licanos era que había transfundido sangre de demonio a sus antepasados serafines cuando éstos habían accedido a servir a los Centinelas. Ese poco de demonio era lo que los hacía mitad hombre mitad bestia y lo que les había salvado el alma, que debería haber muerto con la amputación de sus alas. También los convertía en mortales, con una vida finita, y eran muchos los que estaban resentidos con él por ello.

—Pareces saber más que Jason sobre lo ocurrido —señaló Adrian al tiempo que miraba detenidamente al licano.

A Elijah lo habían enviado a la manada de Adrian para someterlo a observación porque había dado muestras de unos rasgos Alfa inaceptables. A los licanos se les entrenaba para contar con el liderato de los Centinelas. Si alguna vez uno de los suyos empezaba a destacar, eso podría conducir a lealtades divididas que podrían inducir ideas de rebelión. La mejor manera de ocuparse de un problema era evitar que ocurriera de entrada.

Elijah miró por la ventana y observó el tejado que se alejaba a medida que el helicóptero se alzaba en el cielo azul de Fénix. Tenía los puños apretados, lo cual revelaba el miedo innato a volar de su raza.

—Todos sabemos que una pareja no puede vivir el uno sin el otro. Ningún licano vería morir a su pareja deliberadamente. Bajo ningún concepto.

Adrian se reclinó en el asiento para intentar aliviar la tensión que le ocasionaba contener unas alas que querían extenderse y estirarse como manifestación física de su dolorida furia. Lo que Elijah había dicho era cierto, lo cual lo dejaba frente a la posibilidad de una ofensiva vampírica. Apoyó la cabeza en el asiento. La necesidad de venganza quemaba como el ácido. Los vampiros le habían arrebatado muchas cosas: la mujer que amaba, amigos y compañeros Centinelas. La pérdida de Phineas era como si le hubieran cortado el brazo derecho. Tenía intención de cortarle mucho más que eso al responsable.

Consciente de que las gafas de sol no ocultaban los iris llameantes que dejaban traslucir sus agitadas emociones, cerró los ojos…

…y casi pasó por alto el reflejo de la luz del sol en la plata.

Se echó a un lado de manera instintiva y evitó por muy poco un tajo de daga en el cuello.

De pronto lo entendió. «El piloto.»

Adrian alargó la mano junto al reposacabezas, le agarró el brazo y le rompió el hueso. Un grito de mujer resonó en la cabina. El miembro fracturado de la piloto quedó colgando contra el cuero en una postura poco natural y su arma cayó ruidosamente sobre la tabla del suelo. Entonces se soltó las correas de sujeción y se dio la vuelta rápidamente mostrando las garras. Los licanos se precipitaron hacia adelante, uno a cada lado de él.

Sin una mano que guiara la palanca, el helicóptero empezó a cabecear y rotar. En la cabina sonaban unos pitidos frenéticos.

La piloto no hizo caso de su brazo inútil. Utilizó el otro para clavar una segunda daga de plata por el hueco entre los dos asientos que miraban hacia atrás.

Garras expuestas. Espuma por la boca. Ojos inyectados en sangre.

Un maldito vampiro enfermo. La muerte de Phineas había perturbado a Adrian y lo había llevado a tener un maldito y grave descuido.

Los licanos se movieron parcialmente y desataron sus bestias en respuesta a la amenaza. Sus rugidos agresivos reverberaron en aquel reducido espacio. Elijah, encorvado a causa de la poca altura del techo, echó el puño hacia atrás y propinó un golpe. El impacto lanzó a la piloto contra la palanca cíclica y la empujó hacia adelante. El morro del helicóptero bajó en picado y los arrojó al suelo.

El gemido de las alarmas era ensordecedor.

Adrian se abalanzó sobre la vampira, se lanzó contra su torso, la estrelló contra la ventana de la cabina que se hizo pedazos y la arrojó por ella. Forcejearon mientras caían.

—Déjame probar un poco, Centinela —dijo ésta en tono monótono, con espuma en la boca y ojos de loca mientras intentaba morderle con unos colmillos afilados como agujas.

Él le hundió el puño en las costillas, desgarró carne y astilló hueso. Le agarró el corazón palpitante y sonrió mostrando los dientes.

Sus alas se abrieron de golpe en un estallido de blanco iridiscente bordeado de carmesí. Como si se abriera un paracaídas, los casi diez metros de envergadura detuvieron su descenso con una sacudida tan brusca que arrancó el órgano palpitante de la vampira que se retorcía. Ésta cayó en picado dejando una estela de humo acre y cenizas mientras se desintegraba. El corazón seguía latiendo en la mano de Adrian, arrojando chorros de sangre viscosa antes de quedar sin vida y estallar en llamas. Él aplastó el órgano carnoso hasta dejarlo convertido en una masa pulposa y lo arrojó a un lado. Cayó convertido en ascuas encendidas que se alejaron ondeando en medio de una nube brillante.

El helicóptero chirriaba y descendía en espiral hacia el suelo del desierto.

Adrian plegó las alas y se dejó caer en picado hacia la aeronave. Un licano se asomó por la cabina sin ventana con el rostro pálido y los ojos de un verde reluciente.

Jason salió disparado del helicóptero, como una bala. Dio la vuelta hacia atrás y sus alas gris oscuro y bermellón fueron como una sombra que cruzó el cielo a toda velocidad.

—¿Qué estás haciendo, capitán?

—Salvar a los licanos.

—¿Por qué?

La ferocidad de la mirada con la que Adrian lo fulminó fue la única respuesta que se dignó a darle. Jason se ladeó en el aire y tuvo la prudencia de dejarse convencer.

Consciente de que habría que incitar a las bestias para que vencieran su terror innato a las alturas, Adrian obligó al que estaba de pie en la cabina. «Salta.»

La resonancia angelical de su voz retumbó por el desierto como un trueno, exigiendo una obediencia innegable. El licano saltó al cielo abierto sin pensar. Jason fue directo hacia el guardia como una flecha, lo agarró y lo puso a salvo.

Elijah no necesitó que lo obligaran. El guardia demostró una extraordinaria valentía y se arrojó de la aeronave siniestrada con un elegante salto.

Adrian descendió súbitamente, se situó debajo de él y soltó un gruñido cuando el musculoso licano le cayó en la espalda. Estaban a tan sólo unos metros del suelo, tan cerca que el batir de sus enormes alas levantaba remolinos de arena en forma de ráfagas de espirales.

Al cabo de un instante el helicóptero se estrelló contra el suelo del desierto y estalló formando una agitada torre de llamas que podía verse a kilómetros de distancia.

2

En el Aeropuerto Internacional Sky Harbor de Fénix había un sueño erótico ambulante.

Lindsay Gibson lo descubrió en su puerta de embarque durante una inspección superficial de su perímetro inmediato. Atraída por su pura sensualidad, aminoró el paso hasta detenerse en medio del vestíbulo. Se le escapó un leve silbido apreciativo. Quizás al fin estaba cambiando su suerte. Lo cierto era que no le vendría nada mal un poco de consuelo después del día que había tenido. El despegue desde Raleigh se había retrasado casi una hora y había perdido su enlace inicial. A juzgar por las apariencias, y si la cantidad de pasajeros que había de pie junto a la puerta podía tomarse como indicación, había llegado con el tiempo justo al nuevo vuelo que había reservado.

Lindsay terminó su reconocimiento de la multitud que había en torno a ella y volvió a centrar su atención en el hombre con el aspecto más decadente que había visto jamás.

Caminaba con elegancia de un lado a otro de la zona de espera y sus piernas largas vestidas con unos vaqueros mantenían un paso controlado con precisión. Tenía un cabello negro y tupido, un poco demasiado largo, que enmarcaba un rostro salvajemente masculino. Una camiseta color crema con cuello de pico se ajustaba a unos hombros de músculos prominentes que insinuaban un cuerpo digno de completar el lote.

Lindsay se apartó un mechón de pelo empapado por la lluvia de la frente y enumeró todos los detalles. Sensualidad pura... aquel tipo la tenía. De la que no se puede fingir ni comprar; de la que hace que el atractivo sea una bonificación.

Se movía sin mirar y sin embargo esquivó de manera precisa a un hombre que le cortó el paso. Una Blackberry acaparaba toda su atención y su pulgar tocaba rítmicamente el teclado de un modo que hizo que a Lindsay se le contrajera el bajo vientre.

Una gota de lluvia se le deslizó por el cuello. El fresco y lento hilo de agua incrementó su conciencia física del tipo al que devoraba con la mirada. Por detrás de él, las vistas a la pista de despegue revelaban un cielo gris y sombrío de media tarde. Una cortina de lluvia golpeaba las ventanas que enmarcaban la terminal. La inclemencia del tiempo fue inesperada, y no sólo porque no habían anunciado lluvias en el pronóstico. Ella siempre preveía las condiciones atmosféricas con una precisión asombrosa, pero no había notado que se avecinaba esta tormenta. Cuando había aterrizado hacía sol y poco después empezó a llover a cántaros.

Por regla general a ella le encantaba la lluvia y no le hubiera importado tener que salir para tomar el autobús lanzadera hasta la puerta de su vuelo de enlace. Sin embargo, aquel día el tiempo era de una naturaleza lúgubre. Estaba cargado de melancolía, de duelo. Y Lindsay se sentía identificada con él.

El viento le había hablado desde que le alcanzaba la memoria. Tanto si le gritaba a través de una tormenta como si le susurraba en la calma, siempre transmitía su mensaje. No con palabras, sino con sentimientos. Su padre lo denominaba su sexto sentido y hacía lo imposible para actuar como si fuera una peculiaridad genial en lugar de una rareza.

Aquel radar interno la atrajo hacia el hombre seductor que estaba junto a su puerta de embarque tanto como lo hizo su atractivo. Tenía un aire taciturno que a Lindsay le hacía pensar en una tormenta amenazante adquiriendo fuerza para descargar. Se sintió fuertemente atraída por ese aspecto de él… y por la ausencia de una alianza en su dedo.

Lindsay giró sobre sus talones de cara a él y deseó con todas sus fuerzas que la mirara.

Él alzó la cabeza. Sus miradas se cruzaron.

lsay le sobrevino la sensación de que el viento la abofeteaba
y _____as le azotaban el pelo. Pero sin nada de frío. Sólo calor y
humedad seductora. Lindsay le sostuvo la mirada durante un momento interminable, fascinada por la atracción de unos iris de un vivo azul celeste, unos ojos que eran tan tumultuosos y antiguos como la furia del tiempo que hacía en el exterior.

Lindsay tomó aire bruscamente, se dio la vuelta y caminó hacia una tienda gourmet de pretzels cercana dándole así la oportunidad de que fuera tras el evidente interés mostrado por ella... o no. De forma instintiva sabía que era un hombre que perseguía.

Llegó al mostrador y levantó la vista hacia el menú. Se le hizo la boca agua al oler el aroma a pan caliente con levadura y mantequilla derretida. Lo último que le hacía falta antes de pasarse otra hora entera sentada era una bomba de carbohidratos como un pretzel gigante. Por otro lado, el torrente de serotonina quizá le calmara los nervios alterados por la aportación sensorial de la gran cantidad de personas que tenía alrededor.

Pidió.

—Palitos de pretzel, por favor. Con salsa marinera y un refresco *light*.

El dependiente le dijo el total y Lindsay hurgó en su bolso en busca del billetero.

—Permítame.

Dios... esa voz. Tentadoramente sonora. Lindsay supo que era él.

Alargó el brazo, rodeándola, y ella inhaló su exótico aroma. No olía a colonia. Sólo a macho, simple y viril. Fresco y puro, como el aire limpio después de una tormenta.

Deslizó un billete de veinte dólares por el mostrador. Ella sonrió y dejó que lo hiciera.

Ya era mala suerte que llevara puesto el par de vaqueros más viejo que tenía, una camiseta holgada y botas militares de montaña. Un atuendo genial en cuanto a libertad de movimiento, pero Lindsay hubiera preferido tener un aspecto sexy para ese tipo. Lo cierto es que él estaba muy fuera de su alcance, desde su atractivo de estrella de cine hasta el reloj Vacheron Constantin que llevaba en la muñeca.

Lindsay se volvió hacia él y le tendió la mano.

—Gracias, señor…

—Adrian Mitchell.

Aceptó el apretón de manos, además de acariciarle los nudillos con el pulgar.

Su tacto provocó una reacción visceral en Lindsay. Se le cortó la respiración y se le aceleró el ritmo cardíaco. De cerca era irresistible. Ferozmente masculino a la vez que aterradoramente hermoso. Perfecto.

—Hola, Adrian Mitchell.

Él alargó la mano y tomó la etiqueta de su equipaje entre unos dedos largos y elegantes.

—Encantado de conocerte, Lindsay Gibson… ¿Vienes de Raleigh? ¿O regresas allí?

—Voy en tu dirección. Vamos a compartir el avión.

Sus ojos eran de un tono azul muy poco frecuente. Como el intenso azul cerúleo del centro de una llama. Encajados en una piel aceitunada y enmarcados por unas pobladas pestañas oscuras, resultaban hipnotizadores.

Y estaban fijos en ella como si no fueran a cansarse nunca de mirarla.

La escudriñó de pies a cabeza con mirada ardiente. Ella se sintió expuesta y se sonrojó, quedó desnuda cuando él la desvistió mentalmente. Su cuerpo reaccionó a la provocación. Se le hincharon los pechos; todo lo demás se ablandó. Una mujer tendría que ablandarse para él porque en su cuerpo no había nada ni remotamente blando. Desde la definición de sus hombros y bíceps esculpidos hasta sus marcadas facciones, todos los ángulos eran cerrados y precisos.

Su brazo la rodeó cuando lo alargó para recoger el cambio, moviéndose con una gracia ágil y primaria.

«Apuesto a que folla como un animal.»

Acalorada por la idea, agarró el asa extensible de su maleta.

—Así pues, ¿eres del condado de Orange? ¿O viajas por negocios?

—Voy a casa. A Anaheim. ¿Y tú?

Lindsay avanzó hacia el mostrador donde le entregarían el pedido. Él la siguió con paso más sosegado, pero había algo intrínsecamente resuelto en la forma en que fue tras ella. Su rapacidad le provocó un estremecimiento de expectación que recorrió su cuerpo. Sin duda su suerte había cambiado: su destino final también era Anaheim.

—El condado de Orange va a ser mi casa. Me traslado allí por un trabajo.

No iba a entrar en detalles y no nombró ninguna ciudad. Sabía cómo protegerse si tenía que hacerlo, pero no quería buscarse más problemas de los que ya tenía.

—Es un gran traslado. De un extremo a otro del país.

—Era hora de hacer un cambio.

Él torció la boca en un esbozo de sonrisa.

—Cena conmigo.

La resonancia aterciopelada de su voz suscitó aún más el interés de Lindsay. Era un hombre carismático y con magnetismo, dos cualidades que hacían de las relaciones a corto plazo algo memorable.

Lindsay tomó la bolsa y el refresco que le entregó el empleado.

—Vas directo al grano. Eso me gusta.

Volvió su atención hacia la puerta de embarque cuando oyó que anunciaban su número de vuelo. Informaron de un corto retraso, lo cual hizo que los pasajeros se movieran nerviosos. Adrian no apartó la mirada de ella ni un solo momento.

Señaló la hilera de sillas que había cerca del lugar por el que había estado caminando.

—Tenemos tiempo para conocernos.

Lindsay caminó con él hacia la zona de asientos. Volvió a inspeccionar las inmediaciones y se fijó brevemente en la cantidad de mujeres que seguían a Adrian con la mirada. La sensación de que era una tempestad desatada ya no era tan abrumadora, mientras que fuera la lluvia había amainado y se había convertido en una intensa llovizna. La correlación resultaba intrigante.

Su violenta reacción frente a Adrian Mitchell y la habilidad excepcional de éste para poner en marcha su radar meteorológico interno afianzó su decisión de intimar con él. En su vida las anomalías siempre traían consigo una mayor investigación.

Él aguardó a que se hubiera acomodado y entonces preguntó:

—¿Va a venir algún amigo a recogerte? ¿Algún familiar?

Nadie iba a ir a recogerla. Había reservado el traslado al hotel en el que se alojaría hasta que encontrara un apartamento adecuado.

—No es prudente compartir este tipo de información con un desconocido.

—Pues deja que elimine el peligro. —Se movió con elegante fluidez y metió la mano en el bolsillo trasero para coger la billetera. Sacó una tarjeta y se la tendió—. Llama a quienquiera que te esté esperando. Diles quién soy y cómo ponerse en contacto conmigo.

—Eres decidido.

Y además, estaba acostumbrado a dar órdenes. A ella no le importaba. Poseía una personalidad fuerte y necesitaba lo mismo a cambio, o si no ella tomaba las riendas. Los hombres dóciles estaban bien en ciertas situaciones pero no en su vida privada.

—Lo soy —admitió impertérrito.

Lindsay tomó la tarjeta. Los dedos de Adrian tocaron los suyos y una corriente eléctrica le subió por el brazo.

A él se le ensancharon las ventanas de la nariz. Le tomó la mano; las puntas de los dedos juguetearon en su palma. Aquel simple roce la excitó tanto como si hubiera estado acariciándola entre las piernas. Él la observó con un calor sexual casi tangible, oscuro e intenso. Como si supiera cuáles eran sus puntos candentes… decidido a encontrarlos.

—Tengo la sensación de que vas a causar problemas —murmuró ella, y apretó la mano para detener sus dedos que exploraban.

—Cena. Conversación. Prometo comportarme.

Lindsay lo mantuvo prisionero y cogió su tarjeta de visita con la otra mano. La sangre retumbaba por sus venas, estimulada por la excitación de aquella revoltosa atracción inmediata.

—Mitchell Aeronautics —leyó—. ¿Y aun así vas en un vuelo comercial?

—Tenía otros planes —repuso en tono irónico—. Pero mi piloto abandonó inesperadamente.

Su piloto. La boca de Lindsay dibujó una curva.

—¿No detestas que ocurra eso?

—Normalmente sí... Entonces apareciste tú. —Se sacó la Blackberry del bolsillo—. Usa mi teléfono para que la persona a la que llames tenga también este número.

Lindsay le soltó la mano a regañadientes y aceptó el teléfono, aunque ya tenía el suyo. Dejó el refresco sobre la alfombra raída y se puso de pie. Adrian se levantó con ella. Era acaudalado, elegante, educado, atento y estaba para morirse de bueno. No obstante, por refinado que fuera, seguía teniendo cierto aire peligroso que excitaba los instintos más básicos de una mujer. Quizá la terminal atestada de gente estaba avivando sus aguzados sentidos. O tal vez simplemente tuvieran una compatibilidad sexual combustible. A pesar de todo, no se estaba quejando.

Lindsay dejó la bolsa de pretzels en la silla, se alejó unos pasos y marcó el número de la tienda de automóviles de su padre. Mientras ella estaba ocupada, Adrian se dirigió al mostrador de la puerta de embarque.

—Linds. ¿Ya has llegado?

La brusquedad del saludo la sorprendió.

—¿Cómo sabías que era yo?

—Por el identificador de llamadas. Muestra el prefijo setecientos catorce.

—Estoy haciendo escala en Fénix, llamando por otro teléfono.

—¿Qué le pasa al tuyo? ¿Y por qué estás aún en Fénix? —Eddie Gibson, padre soltero durante veinte años, siempre había sido excesivamente protector, lo cual no era de extrañar teniendo en cuenta la horrible forma de morir de Regina Gibson.

—A mi teléfono no le pasa nada y perdí el vuelo de enlace. También he conocido a alguien. —Lindsay explicó la situación con Adrian y le dio la información que había en la tarjeta de visita—. No estoy preocupada. Pero parece de esa clase de hombres a los que podría venirles bien un poco de resistencia. No creo que oiga la palabra «no» muy a menudo.

—Seguramente no. Mitchell es como Howard Hughes.

Lindsay enarcó las cejas.

—¿En qué sentido? ¿Dinero, películas, jóvenes aspirantes a estrella? ¿Todo lo anterior?

Examinó a Adrian desde atrás, aprovechando la oportunidad de observarlo mientras estaba distraído. Las vistas eran igual de impresionantes por detrás que por delante y mostraban una espalda fuerte y un atractivo trasero.

—Si estuvieras sentada más de cinco minutos quizá lo sabrías.

¡Dios! Ni se acordaba de la última vez que había leído una revista y hacía años que había dejado de pagar por la televisión por cable. Alquilaba películas y temporadas completas de programas de televisión porque incluso los anuncios eran un lujo para el que no tenía tiempo.

—A duras penas puedo mantener mi vida en orden, papá. ¿De dónde se supone que voy a sacar tiempo para prestar atención a la de otra persona?

—Siempre estás hurgando en la mía —bromeó.

—A ti te conozco. Te quiero. Pero ¿a los famosos? No tanto.

—No es famoso. Lo cierto es que protege su intimidad con uñas y dientes. Vive en una especie de recinto en el condado de Orange. Lo vi una vez en un especial de televisión. Es algo así como una maravilla arquitectónica. Mitchell se parece a Hughes en que es un multimillo-nario solitario al que le gustan los aviones. Los medios de comunica-ción lo siguen de cerca porque el público tiene fascinación por los aviadores. Siempre lo han hecho. Y se supone que es atractivo, pero yo no puedo juzgar ese tipo de cosas.

¡Y pensar que se había fijado en él de entre la multitud!

—Gracias por la información. Te llamaré cuando me instale.

—Ya sé que sabes cuidar de ti misma, pero ten cuidado.

—Siempre. No comas comida rápida para el almuerzo. Cocina algo saludable. O mejor todavía, conoce a una tía buena y haz que cocine para ti.

—Linds… —empezó a decir con un fingido tono de advertencia.

Ella se rió, puso fin a la llamada y a continuación entró en el regis-tro del teléfono y borró el número.

Adrian se acercó con un amago de sonrisa. Se movía con mucha fluidez y rebosaba poder y seguridad, cosa que a ella le resultaba aún más atractiva que su físico.

—¿Va todo bien?

—Perfectamente.

Le tendió una tarjeta de embarque. Lindsay vio su nombre y frun-ció el ceño.

—Me tomé la libertad —explicó él— de procurarnos asientos con-tiguos.

Lindsay tomó la tarjeta. Primera clase. Asiento número dos, que estaba más de veinte filas más cerca de la parte delantera del avión que el que ella tenía en un principio.

—No puedo pagar esto.

—No esperaría que pagaras por un cambio que no pediste.

—Hace falta una identificación con foto para acceder al billete de otra persona.

—Sí, pero moví algunos hilos. —Recuperó el teléfono que ella le entregó—. ¿Te parece bien?

Lindsay asintió, pero su alarma interna se encendió. Tal y como estaban las cosas en la Agencia de Seguridad en el Transporte, habría hecho falta un milagro para cambiar su billete sin su permiso. Quizá la azafata de la puerta de embarque sencillamente había sucumbido al encanto de Adrian o quizás éste la había sobornado en serio, pero Lindsay nunca pasaba por alto las alarmas. Iba a tener que profundizar más con respecto a él y lo cierto era que tendría que considerar bien lo que había esperado que fuera una relación corta y dulce, ardiente y atrevida, sin ataduras.

Francamente, un tipo como Adrian no tenía necesidad de tomarse muchas molestias para meterse en sus bragas. Todas las mujeres que había en la terminal lo estaban observando, algunas con esa mirada inquisitiva que decía: «Dame el más mínimo estímulo y seré tuya». Joder, pero si había incluso algunos hombres que lo miraban de esa forma. Y él manejaba aquel interés lascivo con tanta habilidad que Lindsay supo que para él era lo más normal del mundo. No dejaba de pasear la mirada, nunca la posaba, y adoptaba un aire de indiferencia que actuaba como un escudo. Ella lo había atravesado como una flecha con su contacto visual directo estilo «ven y cógelo», pero la verdad era que no tenía sentido que él hubiera mordido el anzuelo. Iba desaliñada y empapada por la lluvia. No obstante, la confianza en uno mismo era un aliciente para los hombres poderosos, y ella la poseía, pero eso no explicaba por qué tenía la sensación de ser ella la que había sido atrapada.

—Sólo para que quede claro —empezó a decir Lindsay—, me educaron para esperar que los hombres te abran la puerta, te retiren la silla y paguen la cuenta. A cambio, yo me visto bien e intento ser encantadora. La cosa no pasa de ahí. No puedes comprarme sexo. ¿Te parece bien?

Él curvó la boca mostrando aquel esbozo de sonrisa que ya empezaba a resultar habitual.

—Me parece perfecto. Tendremos una hora para charlar en el

avión. Si cuando aterricemos no te sientes del todo cómoda conmigo me conformaré con que intercambiemos los números de teléfono. De lo contrario, tengo un coche que vendrá a recogerme y podemos irnos juntos del aeropuerto.

—Trato hecho.

Hubo un atisbo de autocomplacencia en la mirada de Adrian. Lindsay tuvo una reacción similar pero la contuvo. Aunque pudiera ser cualquier otra cosa, y fueran cuales fueran sus motivos, Adrian Mitchell suponía un reto que ella disfrutaba.

3

«La tengo.» Adrian saboreó la intensa sensación de triunfo que lo inundó. Si Lindsay Gibson conociera la depredación y rapacidad sexual de su sentido de conquista tal vez se hubiera pensado dos veces lo de cenar con él. Su primer impulso al verla había sido empujarla contra la superficie plana más conveniente y poseerla con fuerza y rapidez. Para ella era la primera vez que se veían. En realidad se estaban reuniendo después de estar doscientos años separados. Dos siglos infernales esperando y anhelando.

Precisamente hoy. Joder, la vida tenía la costumbre de agarrarlo por las pelotas en los momentos más inconvenientes. Pero de esto no podía quejarse... nunca se quejaría de ello.

«Shadoe, amor mío.»

Nunca habían estado tanto tiempo separados. Sus reencuentros siempre eran aleatorios e impredecibles pero inexorables. Sus almas se atraían mutuamente pese a los caminos dispares por los que sus vidas los llevaban.

El ciclo interminable de las muertes de Shadoe y su incapacidad para recordar lo que significaban el uno para el otro era el castigo de Adrian por haber infringido la ley para cuya aplicación había sido creado. Era una represalia terriblemente efectiva. Estaba muriendo poco a poco; su alma, el centro de su existencia angelical, se hallaba devastada por el dolor, la furia y una sed de venganza. Cada vez que perdía a Shadoe, y cada día que se veía obligado a vivir sin ella, ponían más en peligro su habilidad para llevar a cabo su misión. La ausencia de Shadoe afectaba al compromiso con el deber que era la piedra angular de lo que era él: un soldado, un líder, y el carcelero de unos seres tan poderosos como él.

Doscientos malditos años. Ella había estado fuera tanto tiempo que eso lo hacía peligroso. Un serafín con el corazón recubierto de hielo suponía un peligro para todo aquél y todo aquello que lo rodeaba. Suponía un peligro para ella, porque su apetito por ella era tan voraz que ponía en duda su capacidad para refrenarlo. Cuando Shadoe no estaba, el mundo moría para él. El silencio que lo habitaba era ensordecedor. Después ella regresaba y el torrente de sensaciones estallaba en su interior: el palpitar de su corazón, el calor del tacto, la fuerza de su necesidad. «Vida». La cual perdía cuando la perdía a ella.

Mientras regresaban a sus asientos Lindsay dijo:

—Mi padre dice que eres el Howard Hughes de mi generación.

Adrian se sintió dominado por la impaciencia. Hablar de su necesaria pero intrascendente fachada después de los acontecimientos del día resultaba tan perverso como angustioso. Estaba más que inquieto, la sangre le corría espesa y caliente, con furia y un apetito atroz.

—Me gustaría pensar que no soy tan excéntrico

Su voz no revelaba en absoluto su volubilidad. Todas las células de su cuerpo estaban en consonancia con Lindsay Gibson: el recipiente que contenía el alma que él amaba. Las ilícitas necesidades físicas de su caparazón humano se habían despertado con rabiosa celeridad, recordándole cuánto tiempo había pasado desde la última vez que la había tenido entre sus brazos. Una simple mirada ardiente podía provocar un hambre incendiaria que tardaba horas en extinguirse.

Adrian ansiaba esas horas de intimidad con ella. La anhelaba.

En tanto que la forma física de Shadoe reflejaba la genética del linaje de Lindsay, él la sintió y reconoció a pesar del cuerpo en el que había nacido. Su apariencia y etnicidad habían variado mucho a lo largo de los años, pero el amor de Adrian no había disminuido y seguía ardiendo a pesar de todo. Su atracción nacía de la conexión que sentía con ella, la sensación de encontrar a la otra mitad de sí mismo.

Lindsay se encogió de hombros.

—No me molesta la excentricidad. Hace las cosas interesantes.

Las gotas de lluvia brillaban en su pelo. En esta encarnación era rubia, con unos rizos despeinados que resultaban tremendamente sensuales. La cabellera era corta, de unos diez centímetros por todo el contorno. Adrian apretó las manos para combatir el deseo de tener aquella exuberante mata de pelo entre los puños, de agarrarla a ella e inmovilizarla mientras inclinaba la boca sobre la suya y sofocaba la sed desesperada que tenía de su sabor.

Él estaba enamorado del alma de Shadoe, pero Lindsay Gibson le provocaba una lujuria abrasadora. La reacción combinada resultó devastadora y lo tomó por sorpresa cuando ya tenía los nervios de punta. La espina dorsal se le movía con una inquietud perceptiva y lo obligaba a contener las alas que querían desplegarse de sinuoso placer al verla y olerla. Estar sentado a su lado en el avión sería como estar en la gloria y a la vez que en el infierno.

Andrian tenía la ventaja de recordar todas las relaciones del pasado, pero Lindsay sólo contaba con su instinto para seguir adelante y estaba claro que éste le estaba enviando señales que ella no sabía cómo procesar. Las ventanas de la nariz se le ensancharon levemente, tenía las pupilas dilatadas y su lenguaje corporal confirmaba su atracción mutua. Lo observaba con detenimiento, evaluándolo. No había ni rastro de timidez en ella. Era atrevida y segura de sí misma. Sin duda se sentía cómoda en su propia piel. A él ya le gustaba muchísimo y sabía que hubiera sido así a pesar de su historia con Shadoe.

—¿A qué lugar del condado de Orange te diriges? —preguntó Adrian—. ¿Y qué fue lo que te atrajo tanto como para que valiera la pena desarraigarse?

Aunque Adrian la conocía tanto como cualquier hombre podía conocer a su mujer, cada vez que volvía a encontrarla empezaba desde cero en casi todos los sentidos. Lo que a Lindsay le gustaba y lo que no, su personalidad y temperamento, sus «recuerdos» eran únicos para ella. Cada reencuentro era un redescubrimiento.

Lindsay retiró la tapa de plástico fino de su vaso de refresco y tomó un sorbo.

—A Anaheim. Trabajo en la hostelería, de modo que el turismo del sur de California es lo mío.

Dio la impresión de que Adrian se llevaba la mano al bolsillo trasero. Con la mano a la espalda sacó una pajita y se la ofreció.

—¿Restaurantes u hoteles?

¿Cómo tomaba el café? ¿Le gustaba el café siquiera? ¿Dormía boca arriba o boca abajo? ¿Dónde le gustaba que la tocaran? ¿Era un ave nocturna o era madrugadora?

Lindsay se quedó mirando la pajita y luego lo miró a él con una ceja enarcada. La aceptó y rompió el papel protector, pero no había duda de que se estaba preguntando cuándo la había cogido.

—Gracias.

—De nada.

Había muchas cosas que asimilar y la cantidad de tiempo para trabajar era una incógnita. En una ocasión ella había vuelto con él durante veinte minutos; otra vez durante veinte años. Su padre siempre la encontraba. El líder de los vampiros se sentía igual de atraído hacia ella que Adrian, y Syre estaba decidido a terminar lo que había empezado. Quería hacer que su hija fuera inmortal a través del vampirismo, lo cual mataría el alma que la conectaba con él.

Eso no iba a ocurrir ni de coña mientras él siguiera respirando.

—Hoteles —respondió Lindsay volviendo a su pregunta—. Me encanta la energía que tienen. Nunca duermen, nunca cierran. El flujo constante de viajeros asegura que siempre haya otro reto que afrontar.

—¿De qué hotel se trata?

—El Belladonna. Es un nuevo centro turístico cerca de Disneylandia.

—Propiedad de Gadara Entrerprises. —No era una pregunta. Raguel Gadara era un magnate inmobiliario que rivalizaba con Steve

Wynn y Donald Trump. Todas sus nuevas urbanizaciones se anunciaban mucho pero, aun sin la publicidad, Adrian conocía bien a Raguel. No solamente a través de sus vidas seglares, sino también a través de las celestiales. Raguel era uno de los siete arcángeles confinados a la Tierra, varios peldaños por debajo del rango de serafín de Adrian en la jerarquía angelical.

Los ojos oscuros de Lindsay se iluminaron.

—Has oído hablar de ello.

—Raguel es un viejo conocido.

Empezó a planear los pasos necesarios para investigar la historia de Lindsay desde su nacimiento hasta aquel momento. En el mundo de Adrian no había coincidencias. Si encontraba a Shadoe en todas las reencarnaciones no era por casualidad, sino porque sus caminos estaban destinados a cruzarse. Pero ¿que se mudara tan cerca de su cuartel general y acabara trabajando para un ángel…? Raguel tenía propiedades por todo el mundo, incluyendo centros turísticos más cercanos a su hogar en la Costa Este. No podía ser casual que las circunstancias se las ingeniaran para llevarla al condado de Orange.

Adrian necesitaba conocer las oportunidades y decisiones que la condujeron tan directamente a su vida. Cada vez que ella regresaba, él emprendía el proceso de descubrimiento. Buscaba rutinas o patrones aplicables a sus vidas anteriores. Adquiría información que utilizaba para cimentar su confianza y afecto. Y buscaba cualquier indicio de que los estuvieran manipulando, porque se acercaba con rapidez el momento en el que él tendría que pagar por su orgullo desmesurado. Había cometido la infracción por la que él había censurado a otros: se había enamorado de Shadoe, una nafil, hija de una mujer mortal y del ángel que su padre había sido una vez, y había sucumbido incontables veces a los decadentes pecados de su carne.

Él personalmente había castigado al padre de Shadoe por la misma ofensa. Había cortado las alas del ángel caído, un acto que le arrebató el alma a Syre y lo convirtió en el primero de los vampiros.

Las consecuencias de la hipocresía de Adrian acabarían por alcanzarlo; era una inevitabilidad que había aceptado hacía mucho tiempo. Si Raguel era el medio que el Creador pretendía utilizar para reprenderlo, tenía que saberlo y estar preparado. Tenía que asegurarse de que cuando llegara su hora se ocuparan de Shadoe.

Cruzó la mirada con la de sus guardias licanos que estaban sentados a unas pocas filas de distancia a ambos lados. Estaban atentos, curiosos. No podían evitar darse cuenta de que con Lindsay estaba reaccionando de forma distinta a como lo hacía con otras mujeres. La última vez que el alma de Shadoe había estado con él ninguno de los dos licanos había nacido aún, pero conocían su vida personal. Sabían la poca atención que prestaba al sexo opuesto.

Ahora que podía retomar la búsqueda de Syre, Adrian iba a necesitar más de dos guardias y haría falta destinar a Lindsay su propia protección. Adrian sabía que tendría que manejar la situación con cuidado. Ella era joven, tendría unos veinticinco años a lo sumo, e iba a empezar sola en un nuevo lugar. Era momento de que ensanchara sus horizontes, no de que descubriera que su nuevo amante estaba ejerciendo un control excesivo sobre su vida.

Lindsay hizo girar la pajita entre los dedos y sus labios rosados se detuvieron sobre ella un momento antes de separarse para tomar otro sorbo.

Adrian quedó bañado en sudor. Ni siquiera el hecho de saber que volvería a perderla, que estaba abandonando sus obligaciones una vez más, pudo apagar la oleada de deseo que le aceleraba la sangre. Quería tener aquellos labios sobre su piel, necesitaba sentir cómo se deslizaban por su carne, susurrando palabras tanto crudas como tiernas mientras lo provocaban sin compasión. Aunque a los Centinelas se les había prohibido amar y emparejarse con mortales, nada podía convencer a Adrian de que Shadoe no había nacido para pertenecerle.

«Habló por teléfono con su padre…»

Él se quedó muy quieto.

Adrian mantuvo una expresión impasible, pero estaba sumamente alerta. A las varias encarnaciones de Shadoe siempre las había criado una madre sola, nunca un padre. Era como si Syre hubiera marcado su alma cuando él había empezado la Transformación que lo había convertido en un vampiro, asegurándose de que ningún otro hombre asumiera su papel paterno en la vida de la muchacha.

—¿Tus padres viven en Raleigh?

Los rasgos de Lindsay se ensombrecieron.

—Mi padre, sí. Mi madre murió cuando yo tenía cinco años.

Adrian flexionó los dedos nerviosamente. El orden de las muertes de sus padres nunca había sido mutable.

Aquella mañana su mundo largamente estable se había ladeado y Lindsay Gibson continuaba desafiando su equilibrio, haciendo que los objetos de su entorno empezaran a alejarse lentamente de su lugar predeterminado. Los licanos estaban cada vez más inquietos, los vampiros habían cruzado una abrupta línea con la muerte de Phineas y el ataque en el helicóptero, y ahora, tras una ausencia interminable, Shadoe había regresado con el patrón más básico de sus reencarnaciones alterado.

—Lamento tu pérdida —murmuró Adrian, que utilizó el comentario que acostumbraba a dirigirse a los mortales afligidos que con mucha frecuencia consideraban la muerte como un final doloroso.

—Gracias. ¿Y qué me dices de tu familia? ¿Es grande o pequeña?

—Grande. Somos muchos hermanos.

—Te envidio. Yo no tengo hermanos ni hermanas. Mi padre no volvió a casarse. Nunca se sobrepuso a lo de mi madre.

Adrian se había vuelto un experto en ganarse a las madres de Shadoe. Sin embargo, los hombres tenían tendencia a rehuirlo pese a los esfuerzos que hacía para tranquilizarlos. Ellos intuían el poder que tenía de manera instintiva; sólo podía haber un Alfa en un espacio designado y él lo era. Quizá le costara un poco ganarse la aceptación de su padre, pero tanto el tiempo como la inversión valdrían la pena.

El apoyo familiar era solamente una de las muchas vías que utilizaba para conseguir su rendición completa y total, que era la única manera en que podía soportar tenerla. Sin limitaciones.

Le rozó el dorso de la mano que tenía ligeramente apoyada en el reposabrazos y saboreó la descarga que recibió con aquel simple contacto. Oyó el fuerte latido de su corazón como si tuviera el oído pegado a su pecho. Por encima del sonido de la megafonía que anunciaba información del vuelo, llamadas para embarcar y cambios de puerta, el fuerte y constante ritmo de su corazón resultaba más claro que el agua y profundamente querido.

—Algunas mujeres son inolvidables.

—Pareces un romántico.

—¿Eso te sorprende?

Ella curvó levemente los labios.

—Nada me sorprende.

Aquella sonrisa le rompió el alma. Había pasado demasiado tiempo sin ella y su espera a duras penas había terminado. Aunque ella no podía evitar sentir la atracción que había entre ellos, no lo amaba. Él iba a tener sólo su cuerpo durante un tiempo, cosa que mitigaría su necesidad más vehemente, pero que seguiría dejándolo carente.

Desvió la atención a Elijah, que se había levantado y dejaba la zona de espera enmoquetada para dirigirse al vestíbulo principal. Los licanos no se encontraban cómodos en espacios cerrados y concurridos. Adrian podría haber fletado un vuelo o haber esperado a uno de sus propios aviones, pues cualquiera de las dos medidas hubiera evitado la incomodidad a sus guardias, pero había tenido que mandar un mensaje a cualquier vampiro que fuera tan estúpido como para creer que la emboscada aérea o la pérdida de su segundo podrían haberlo debilitado: «Venid y ponedme a prueba otra vez».

—Te encantan las sorpresas —supuso Lindsay.

Adrian la miró.

—Las detesto. Salvo cuando son tú.

Lindsay se rió en voz baja. Un calor olvidado se avivó en su pecho.

Una mujer joven que empujaba un cochecito y llevaba a un niño caprichoso se dirigía al mostrador de la puerta de embarque por el camino enmoquetado justo por delante de ellos. Mientras la mujer discutía con un niño pequeño que arrastraba una pequeña bolsa de mano, el teléfono de Adrian sonó. Él se disculpó con Lindsay y se alejó un poco.

El identificador de llamadas del teléfono mostraba un número, pero no un nombre.

—Mitchell —respondió.

—Adrian.

Reconoció aquella voz gélida al instante.

Una hostilidad primaria le aceleró el pulso. Simultáneamente, un rayo hendió el cielo seguido por el retumbo de un trueno.

—Syre.

—Tienes algo que me pertenece.

4

Adrian volvió la cabeza con fingida despreocupación para ver si lo vigilaban. ¿Era posible que Syre hubiera encontrado a su hija primero y la estuviera siguiendo?

—¿Y qué podría ser?

—No seas esquivo, Adrian. No te sienta bien. Una morena encantadora. Hembra. Menuda. Vas a devolverla… ilesa.

Adrian se relajó.

—Si te refieres a la zorra rabiosa con espuma en la boca que me atacó hoy, le rompí el corazón. Lo estrujé en mi mano, para ser precisos.

Se hizo un largo y terrible intervalo de silencio. A continuación:

—Nikki era la mujer más cariñosa que he conocido jamás.

—Si ésa es tu definición de «cariñosa», he sido demasiado benévolo. Vuelve a intentar otra treta como ésta —le advirtió suavemente— y os haré caer a todos.

—No tienes la autoridad ni el derecho a hacerlo. Vigila ese complejo de Dios que tienes, Adrian, o acabarás como yo.

Adrian se alejó de la mirada vigilante de Lindsay y respiró con cuidado bullendo de furia. Él era un serafín, un Centinela. Se suponía que tenía que estar por encima de los caprichos de las emociones humanas. Si revelaba otra cosa, a través de su tono de voz o de sus acciones, exponía una vulnerabilidad inadmisible. Lo que estaba hecho no podía deshacerse; su amor mortal lo ataba a la tierra y lo mantenía alejado de la serenidad de los cielos.

—Tú no tienes ni idea de lo que estoy autorizado a hacer —dijo sin alterarse—. Atacó a plena luz del día, demostrando así que un miembro de tu tropa de Caídos, tal vez tú mismo, la alimentasteis durante las últimas cuarenta y ocho horas. Eso me abre la puerta para defenderme a mí y a mis Centinelas de cualquier forma que considere adecuada. Piénsalo mejor antes de enviarme a otro esbirro suicida. Yo no soy Phineas; tú y yo ya hemos demostrado que una lucha conmigo es una que no puedes ganar.

Era la verdad… aunque demasiado simplificada. Syre carecía de entrenamiento en el combate formal que afinaba a los Centinelas, pero había tenido siglos para perfeccionar las tácticas de guerrilla. También era más viejo y más sabio por sus errores y se estaba inquietando tanto como los licanos. Sus vampiros lo seguirían hasta el infierno si él se lo pedía. Todo lo cual lo hacía extremadamente peligroso. Si bien Adrian sabía que podía volver a vencer a Syre, la próxima vez no lo lograría tan fácilmente.

Y Lindsay Gibson se vería atrapada en medio.

—Quizás el objetivo no sea ganar —se mofó Syre.

Adrian dirigió una mirada posesiva a Lindsay, plenamente consciente del sufrimiento que estaba destinado a llevar a su vida. Pero no podía marcharse. Entre él y Syre, él era el menor de dos males.

—Si tienes deseos de morir —dijo Adrian mientras un trueno retumbaba en el cielo— hazme una visita. Me complace ayudar.

Lindsay frunció el ceño por algo y Adrian siguió su mirada. La mujer de los niños nerviosos seguía lidiando con el mayor. El niño levantó la voz a un volumen que atrajo la atención de todos los que estaban en la zona inmediata.

El líder de los vampiros se rió.

—No hasta que esté seguro de que mi hija se ha liberado de ti.

—Tu muerte se encargará de ello.

Adrian maldeciría eternamente la debilidad que lo había hecho acudir a Syre cuando Shadoe resultó mortalmente herida. Había creído equivocadamente que el amor del líder de los Caídos por su hija aseguraba que obraría en el mejor interés de ésta, pero la sed de venganza de

Syre fue igual de arrebatadora que su sed de sangre. Haría cualquier cosa para evitar que su hija diera felicidad al Centinela que lo había castigado. Había intentado convertirla en un vampiro como él, en una criatura sin alma chupadora de sangre que tendría que vivir eternamente en la oscuridad, antes que permitir que amara a Adrian con su alma mortal.

En cuanto se dio cuenta de las intenciones de Syre, Adrian había detenido la Transformación con consecuencias imprevistas: el cuerpo de Shadoe había muerto, pero su alma nafil se había inmortalizado. La Transformación parcial había provocado que regresara una y otra vez en un ciclo de reencarnación interminable porque, a diferencia de un mortal, su alma era medio angélica, pero no dependía de las alas. Las almas mortales morían con la Transformación y las almas de los ángeles morían con la pérdida de sus alas, pero los nefalines no eran vulnerables a ninguna de las dos cosas. Cuando se había evitado que el cuerpo de Shadoe completara la Transformación, su alma nafil sobrevivió y permaneció ligada al individuo que la había engendrado en el vampirismo. La muerte de su padre debería liberarla rompiendo el dominio de Syre sobre su alma; el vampiro que inició la Transformación era el único que podía completarla.

Pero Adrian tenía el tiempo en contra. Sólo contaba con la incierta duración de la vida de Lindsay para trabajar. Era una ventana sumamente pequeña para un inmortal.

—Cabrón egoísta —dijo el vampiro entre dientes—. Preferirías que Shadoe muriera a que viviera para siempre.

—Y tú preferirías que sufriera tu castigo aun cuando no se lo merece. Fui yo quien infringió la ley, no ella.

—¿De verdad no lo hizo, Adrian? Ella consiguió que tú también cayeras.

—La decisión fue mía. Por consiguiente la culpa es mía.

—Sin embargo, tú no sufres como nosotros.

—¿Ah, no? —repuso Adrian en tono bajo y desafiante—. ¿Cómo vas a saber lo que yo sufro, Syre?

Miró otra vez a Lindsay. Ella lo observaba desde su asiento con esos ojos oscuros que parecían captarlo todo. Tenían demasiado mundo para una persona de su edad.

Lindsay enarcó las cejas a modo de pregunta silenciosa.

Adrian fingió una sonrisa tranquilizadora. Ella estaba tan compenetrada con él como él con ella, pero Lindsay no podía recordar la historia que había creado la afinidad entre ambos. Adrian debería tener cuidado de no causarle preocupación ni angustia. Sus emociones volubles eran un indicio de lo mucho que había caído. Eran testimonio de lo humano que lo había hecho su amor por ella. Los cielos se lamentaban de su debilidad a través del tiempo: lluvia cuando lloraban, truenos cuando se enfurecían, la temperatura fluctuaba con el calor o la frialdad de sus estados de ánimo.

—Codicias su alma —susurró Syre— porque es lo único que la ata a ti.

—Y a ti.

—Y, sin embargo, no vas a dejar que la lleve a la plena conciencia. ¿Por qué, Adrian? ¿De qué tienes miedo? ¿De que ella vuelva a debilitarte por completo?

Allí cerca, el niño desafiante le dio un puntapié en el tobillo a su madre. La mujer soltó un grito. El bebé que llevaba en brazos se sobresaltó y se revolvió hacia atrás. La joven madre, claramente superada por la frustración, perdió el equilibrio y el bebé se le escapó de entre las manos.

Adrian avanzó a toda prisa obligándose a moverse a un paso humano natural...

...pero Lindsay alcanzó primero al bebé. Con demasiada rapidez. Con tanta rapidez que dio la impresión de que el niño no había corrido peligro de caer al suelo en ningún momento. La madre parpadeó y su boca abierta reveló su confusión al encontrarse a Lindsay justo delante en lugar de sentada a unos cuantos pasos de distancia.

—No olvides —continuó diciendo Syre— que esa alma que tanto
aprecias se aferra a la superficie con cada encarnación tanto si yo ayu-
do como si no. ¿Puedes llegar hasta mí antes de que mi hija recupere
la conciencia? ¿Qué pensará Shadoe de ti cuando todo vuelva a ella y
recuerde el dolor de las muchas vidas que le has costado? ¿Seguirá
queriéndote entonces?

—Yo no olvido nada. Y desde luego no olvidaré lo que me debes
por las pérdidas que he sufrido hoy.

Adrian cortó la llamada y limitó su atención a la mujer que acababa de poner de manifiesto una complicación enorme con su velocidad
preternatural. Las dotes nafil de Shadoe eran fuertes en Lindsay, lo
cual sugería un entrelazamiento entre las dos mujeres más profundo
de lo que se había manifestado en encarnaciones previas.

A Adrian se le agotaba el tiempo. Las almas adquirían poder con la
edad y la experiencia. No se podía ignorar el hecho de que algún día Shadoe tendría la fuerza para dominar el alma del recipiente que ocupaba.

Ninguno de ellos estaba preparado para eso.

Entonces se metió el teléfono en el bolsillo y acortó la distancia
entre los dos.

Adrian Mitchell tenía unos pies inmaculados.

Desde su asiento ridículamente cómodo de primera clase, Lindsay
miraba el extremo de las largas piernas estiradas de Adrian y cayó en
la cuenta de que nunca había prestado tanta atención a los pies de un
hombre. Por regla general le parecían feos: piel callosa, dedos torci-
dos, uñas amarillentas y mal recortadas. Los de Adrian no. Sus pies
eran perfectos en todos los sentidos. De hecho, todo en él era exactamente simétrico y sumamente bien formado. Llamaba la atención lo
perfecto que era.

Al levantar la vista, Lindsay cruzó la mirada con Adrian y sonrió.
No explicó la obsesión por sus pies calzados con sandalias. No parecía

necesario considerando la forma en que la miraba. La atracción sexual era un hecho evidente. Era cálida, tensa y hacía que su cuerpo se volviera un poco loco, pero también había algo más dulce en la mirada de ese hombre. Algo tierno, casi íntimo. Lindsay reaccionó a ello con un feroz sentido de propiedad. Una primitiva parte de ella estaba gruñendo: «Es mío».

—No te comes el pretzel —observó él con esa pronunciación baja y sonora que hacía que Lindsay tuviera ganas de acomodarse y quedarse una temporada.

Adrian era severamente contenido, con un rígido dominio de sí mismo. Aun cuando ella intuía agitación en su interior, él no mostraba ningún indicio externo de ello. Su voz siempre era suave, nunca se alteraba, su postura era relajada y llena de seguridad. Incluso antes, cuando iba de un lado a otro, lo había hecho con mucha calma. La combinación de aquel firme control y su desbordante sexualidad la ponía a cien.

Estaba en su naturaleza causar problemas y enredar las cosas, y eso es lo que iba a hacer con él. Iba a cavar bajo aquella calma superficie porque estaba muy segura de que la música iba por dentro.

—¿Lo quieres tú? —le preguntó—. No quiero que me quite el apetito.

Los ojos de Adrian centellearon con expresión divertida y Lindsay cayó en la cuenta de que aún no lo había visto sonreír del todo. Su vida ya era bastante deprimente, por lo que normalmente le gustaban los tipos alegres y amigos de la diversión. El hecho de que la apagada intensidad de ese hombre no le hiciera perder el interés era una prueba más de su atractivo.

—¿Qué te gustaría cenar? —preguntó él.

—Cualquier cosa. Soy fácil. —En cuanto las palabras salieron de su boca lamentó haberlas dicho—. Eso no ha sonado bien.

—No tienes que preocuparte por lo que digas estando conmigo, siempre y cuando seas sincera.

—La sinceridad es mi política, con lo cual me meto en muchos problemas.

—Hay problemas en los que vale la pena meterse.

Lindsay se volvió bajo el cinturón aflojado e inclinó el torso hacia él.

—¿En qué clase de problemas te metes tú?

—En los épicos —respondió con ironía.

El leve toque de humor despertó toda su curiosidad.

—Estoy intrigada. Cuéntame más.

—Esa información es para una tercera cita. Tendrás que quedarte.

¿Cómo sería conservar a un hombre como Adrian? «Sólo durante un tiempo...»

—Eso es extorsión.

Adrian no mostró el más mínimo arrepentimiento.

—Cuando se trata de obtener lo que quiero soy implacable, lo cual me lleva al tema de qué hacer para cenar. ¿Cuál es tu antojo inconfesable?

—¿Vas a cocinar tú?

—A menos que tengas algún inconveniente.

Lindsay sonrió. No había duda de que Adrian estaba acostumbrado a salirse con la suya sin que le hicieran preguntas.

—Quizá debería decirte que no en algún momento, sólo para mantenerte en tu sitio.

La mirada de Adrian se volvió ardiente.

—¿Y dónde sería? El sitio en el que te gustaría ponerme.

—El sitio en el que yo marco el ritmo.

—Ya me gusta.

—Bien. —Lindsay hizo un gesto de aprobación con la cabeza. Adrian se volvía más accesible por momentos. Más real—. En cuanto a lo de cenar en tu casa, me parece bien. Pero quiero que decidas tú el menú. Impresióname.

—¿No tienes alergias? ¿No hay nada prohibido?

—No me gusta el hígado, los insectos ni la carne que aún sangra. —Arrugó la nariz—. Aparte de eso, tienes carta blanca.

Sus condiciones provocaron la primera sonrisa verdadera de Adrian.

—A mí tampoco me gusta la sangre.

La curva de sus labios hizo que Lindsay sintiera un calor que se propagaba desde su barriga y que inundó sus miembros de languidez al tiempo que le provocaba una fuerte sensación de mareo. Se sentía ruborizada y absolutamente embelesada.

Resultaba que el único hombre que la hacía despegar como un cohete era, además, alguien en quien había mucho más de lo que se veía a primera vista.

Como si lo que se veía a primera vista no fuera suficiente...

—¿Por qué necesitas guardaespaldas?

Adrian encogió un hombro con aire despreocupado y su mirada estudió a Lindsay tal como lo había hecho desde que entraron en la tienda de comestibles orgánicos de su vecindario. Era una mujer larga y delgada, atlética. Su cuerpo era un orgullo para el Creador y lo mantenía en plena forma. La manera en que llevaba el peso sobre sus pies destacaba por su gracia rapaz. En tanto que su apariencia externa era relajada, Adrian percibía los nervios de Lindsay. Su estado de ánimo la estaba afectando mucho, sin embargo ella se dejaba llevar y mantenía un nivel de control admirable.

Ella estaba en unas condiciones mucho mejores que las suyas.

El regreso de Shadoe estaba haciendo trizas su ecuanimidad. Comprar los ingredientes para la cena parecía absurdo considerando la violenta necesidad que tensaba todos los músculos de su cuerpo. Por fin, allí estaba la mujer que lo volvía hambriento, que lo hacía anhelar y sentir como no podía hacer ninguna otra. La única mujer capaz de hacer que fuera plenamente consciente de cada segundo de sus doscientos años de celibato... y no podría tenerla. Aún no.

—La notoriedad lleva a una atención no deseada —explicó con calculada serenidad.

Motivo por el cual evitaba salir en público cuando Shadoe no estaba con él. Ahora lo hacía porque con ello cumplía varios propósitos: daba continuidad a su campaña para aparentar que el ataque matutino lo había dejado impávido, establecía normalidad e intimidad con Lindsay y le daba a ésta la oportunidad de elegir los ingredientes que prefería.

Lindsay miró a los licanos que permanecían uno a cada extremo de la sección de verduras.

—¿Una atención peligrosa? Tus gorilas son unos tipos bastante grandotes.

—A veces. Nada por lo que tengas que preocuparte. Te mantendré a salvo.

—Si me asustara fácilmente —Lindsay tomó un boniato y lo echó en una bolsa de plástico para verduras— no hubiera abandonado el aeropuerto de una ciudad desconocida con un tipo al que no conozco.

Ella lo conocía, aunque no se diera cuenta de por qué o de cómo. Era evidente que Lindsay se fiaba de su instinto más que del razonamiento detallado y dicha intuición estaba llenando los espacios en blanco por él. Lindsay le había echado una mirada y había fijado su objetivo. Sin vacilar. Sólo una mirada directa y provocadora que decía «Te deseo» y con la que había lanzado la pelota a su tejado con una salva trepidante.

Ella señaló el cesto casi rebosante que llevaba Adrian.

—Estoy impaciente por verte cocinar todo esto y ver si puedo aprender unos cuantos trucos sobre cómo preparar tempura, que es uno de mis platos favoritos.

—¿Tú cocinas?

Eso la hizo reír.

—Cosas precocinadas. Nada complicado. Con un padre soltero y un programa de estudios de locos, he comido más fuera que en casa.

—Vamos a cambiar eso.

Alargó la mano para coger una cebolla dulce y dejó que se le cayera de la mano deliberadamente.

Lindsay la agarró en el aire casi con la misma velocidad con que antes él había atrapado las gafas de sol de Jason que salieron volando.

—Toma.

Lindsay le lanzó la hortaliza y acto seguido se dio la vuelta como si no hubiera sucedido nada extraordinario.

Adrian apretó la mano y la cebolla reventó en su palma como si fuera una cáscara de huevo. Soltó una maldición mientras el jugo oloroso fluía entre sus dedos y, con un pensamiento brusco, mandó aquel desastre al cubo de basura que había al otro lado.

Al oír el sonido, Lindsay giró sobre sus talones con tanta fluidez que la bolsa de lona que llevaba al costado ni siquiera se balanceó. Había sacado esa gran bolsa de su equipaje nada más retirarlo de la cinta. Las prisas habían despertado la curiosidad de Adrian. ¿Por qué no llevarla en el avión si la necesidad de tenerla era tan inmediata?

Adrian la observó atentamente. Su economía de movimientos resultaba impresionante. Y preocupante.

—Tienes muy buenos reflejos.

Lindsay bajó la mirada.

—Gracias.

—Podrías haberte dedicado al deporte profesional.

—Pensé en ello. —Agarró una bolsa de zanahorias y la puso en el cesto de Adrian—. Pero me falta resistencia.

Él sabía por qué. El cuerpo mortal de Lindsay no estaba hecho para sostener las dotes nafil de Shadoe. Lo que Adrian no sabía era si poseía sólo la velocidad o si había otros talentos.

Lo embargó una sensación de urgencia. Tenía que eliminar a Syre lo antes posible.

Ni siquiera el hecho de saber lo drástica o quizá catastróficamente que cambiaría el mundo cuando matara al líder de los vampiros disuadió a Adrian. Shadoe tenía prioridad sobre todas las cosas. Ya había cometido el error de pensar primero en él la noche que intentó evitar su muerte; no iba a ser tan egoísta una segunda vez.

Pero el precio sería alto.

Su misión era contener y controlar a los Caídos, no ejecutarlos. Cuando terminara con la vida de Syre lo sacarían de la Tierra por desobedecer las órdenes, con lo que los Centinelas se quedarían sin el capitán con el que habían servido desde el comienzo. Ambas facciones, vampiros y ángeles, pasarían un tiempo sin líder y sumirían al mundo en un caos temporal. Pero el alma de Shadoe quedaría liberada del encadenamiento a su padre y la hipocresía de Adrian llegaría a su fin. El error que había cometido tanto tiempo atrás se rectificaría por fin.

Sus acciones volverían a equilibrar la balanza en muchos aspectos. Tanto él como Syre habían demostrado no ser dignos del liderazgo. Tanto los Caídos como los Centinelas merecían tener unos capitanes irreprochables, individuos que pudieran dirigir por el ejemplo.

Sonó su teléfono móvil. Al sacárselo del bolsillo Adrian vio que era Jason. Se disculpó por tener que atender la llamada, pero Lindsay lo echó con un gesto y continuó sin él.

—Mitchell —respondió Adrian.

—El vuelo de Damien está a punto de despegar. Llegará a casa dentro de un par de horas.

Adrian sabía que todo el mundo se estaba moviendo con toda la celeridad posible, pero eso no contribuyó a moderar su impaciencia. La muerte de Phineas exigía una represalia rápida, pero él necesitaba información detallada para empezar su caza. Damien había sido el primer Centinela en acudir al escenario y él escoltaría al licano superviviente. Ellos serían el punto de partida de Adrian.

—Tengo a Shadoe.

Una pausa. Luego un silbido.

—Es el momento perfecto. Nos da cierta ventaja si al final Syre decide ir por libre.

—Sí. —Un cosquilleo de tensión le recorrió la espalda a Adrian. Por desagradable que fuera utilizar a Lindsay como señuelo para conseguir acceso a Syre, no se podía negar que era el mejor medio de manipular a su padre vampiro para situarlo en una posición vulnerable—. Ahora mismo estamos en público.

—¿Debería decirle a Damien que se presente en tu despacho por la mañana?

—Quiero verle en cuanto llegue. Ésta es nuestra prioridad hasta que encontremos al responsable.

—Entendido.

—¿Y la piloto? ¿Sabemos qué ocurrió allí?

—La arrojaron desde el tejado justo antes de que despejáramos las escaleras. Está saliendo en todos los informativos de Fénix.

«Mierda». Adrian hizo girar los hombros hacia atrás.

—Haz que los de recursos humanos me manden su expediente; quiero que su familia esté bien protegida. Y que los de relaciones públicas intenten controlar la situación. Ahora mismo sus seres queridos no necesitan el acoso de los medios de comunicación.

—Estoy en ello, capitán. Te veo dentro de un rato.

Movido a llevar a Lindsay de vuelta a Angels' Point lo antes posible, Adrian volvió la atención hacia ella y vio que no estaba en la sección de verduras. Se acercó al segundo licano.

—¿Por qué la has perdido de vista?

—Elijah está con ella.

—Ve por el coche y espera delante.

El licano asintió con la cabeza y se marchó. Adrian recorrió la parte delantera de la tienda en toda su longitud mirando en todos los pasillos en busca de unos cortos rizos dorados y una figura esbelta. Junto a la pared trasera divisó a Elijah, que tenía un aspecto formidable con las piernas separadas y los brazos cruzados. Lindsay no estaba con él.

Adrian cruzó la distancia entre ellos en menos de un parpadeo y le preguntó:

—¿Dónde está?

—En el baño. ¿Dónde está Trent?

Adrian volvió a sentirse impresionado por la confianza y el dominio con los que se comportaba el licano, una seguridad innata que había permitido a Elijah lanzarse en picado desde un helicóptero que se desplomaba pese al terror que le provocaban las alturas. Cosa que también tenía la culpa de que se hubieran fijado en él como posible Alfa en las tropas de licanos.

Adrian lo puso a prueba deliberadamente y le respondió con una indiferencia y vaguedad provocadoras.

—Obedeciendo órdenes.

Elijah asintió con un brusco movimiento de la cabeza y ocultó cualquier reacción adversa que pudiera haber tenido frente a la no respuesta.

—Hay un demonio en la tienda. Uno de los dependientes nocturnos.

—No es problema nuestro. —Norteamérica era territorio de Raguel Gadara. Vigilar a los demonios era responsabilidad de los siete arcángeles. Adrian había sido creado únicamente para dar caza a ángeles renegados. Aparte de Sammael, o Satán, tal como había acabado siendo conocido por los mortales, la mayoría de demonios eran una presa indigna de un Centinela.

—Creo que éste podría suponer una preocupación. Iba siguiendo a la mujer por la tienda.

—No lo pierdas de vista. Y en cuanto salga Lindsay, acompáñala hasta mí.

—¿Quieres que la vigile? ¿Y tú qué?

Adrian se detuvo cuando estuvieron hombro con hombro, volvió la cabeza y cruzó la mirada con la del licano. Sabía que Elijah no estaba tan preocupado por su bienestar como curioso por la importancia de Lindsay.

—Puedo arreglármelas solo unos minutos.

Continuó andando, se detuvo en la sección de comida asiática y luego rodeó el extremo de la hilera de estantes. Estaba en mitad del pasillo de los productos de panadería cuando Lindsay apareció al fondo. Elijah iba justo detrás de ella.

—Ya tenemos todo lo que necesitamos —le dijo Adrian—. A menos que tengas alguna petición.

Ella se detuvo en seco. Aunque su actitud parecía despreocupada y relajada, Adrian sintió la afilada tensión de su interior. Una brisa inexplicable agitó el rizo rubio más grueso que le caía sobre la frente.

Adrian percibió al demonio detrás de él antes de que Lindsay hablara.

—Aléjate de él, gilipollas.

Una corriente eléctrica recorrió la espalda de Adrian y se propagó hacia afuera creando una subida de tensión que inutilizó las cámaras de seguridad de la tienda. Elijah enseñó los colmillos con un gruñido salvaje.

—Llama a tu perro y a tu zorra, serafín —dijo el demonio entre dientes por detrás de Adrian—. No quiero problemas.

—Tonterías —terció Lindsay con brusquedad—. Puedo sentir el mal en tu interior.

Adrian dio un cuarto de vuelta, lo cual le permitió ver simultáneamente tanto a Lindsay como a la criatura que la había encrespado: un dragón que tenía las manos flexionadas detrás de los muslos y se preparaba para expeler la potencia de fuego nada desdeñable que Adrian intuía en él. Para como eran normalmente los demonios, aquél no suponía más que un incordio para un ser con la edad y el poder de Adrian, pero la voracidad con la que contemplaba a Lindsay y la falta de respeto que le mostraba eran intolerables.

—Si te disculpas con la señorita por tu grosería —dijo Adrian en voz baja—, puede que me abstenga de destriparte.

—Joder. —El dragón levantó ambas manos con una mirada fulminante—. Lo siento, señorita. Ahora dile que se retire, serafín, y me marcharé de aquí.

El disfraz mortal del demonio era el de un adolescente de cabellos rubios peinados con una cola de caballo, ropa ancha y una insignia identificativa en la que se leía SAM, pero su mirada tenía una frialdad reptil que revelaba un interior mucho más oscuro. Los dragones eran una clase de demonios desagradable, dados a aterrorizar a los mortales por diversión antes de tomárselos como aperitivo. Pero aquel tipo era problema de Raguel; él tenía que cazar a una presa mucho mayor.

Adrian hizo un movimiento rápido con la muñeca, con aire despectivo y aburrido ya por el retraso.

—Vete.

—Me parece que no —gruñó Lindsay.

Adrian vio pasar un rápido fogonazo plateado ante sus ojos. Su mirada lo siguió con la misma velocidad.

Por un instante el dragón se tambaleó con una daga arrojadiza que sobresalía de su frente, boquiabierto y con una expresión de incredulidad fija en su rostro. A continuación su cuerpo se desintegró y se convirtió en brasas que cayeron formando un montón de cenizas cuya altura le llegaba a medio cuerpo. La hoja, desanclada de repente, atravesó los restos y cayó ruidosamente al suelo en medio de un silencio atónito.

Adrian se agachó a recoger el pequeño cuchillo que no debería haber sido capaz de aniquilar a un dragón; la piel de esa raza era impenetrable. Si «Sam» hubiera sospechado ni por un instante que iban a atacarlo, se hubiera movido para protegerse. Pero Lindsay lo había pillado por sorpresa, y también a Adrian.

Una caliente oleada de deseo lo sorprendió, seguida rápidamente por la furia de un hombre que acababa de ver cómo su razón de vivir se exponía a un peligro incalculable. Se levantó y la miró.

Ella le devolvió la mirada con una sonrisa tensa.

—Parece ser que ambos tenemos que dar algunas explicaciones.

5

—¿Tienes pensado utilizar eso?

Lindsay toqueteaba uno de los cuchillos arrojadizos que llevaba en su bolsa y no pidió disculpas. Cuando habían bajado del avión en el Aeropuerto John Wayne había conocido a los guardaespaldas de Adrian y se había dado cuenta de que no eran humanos. Tampoco eran *in*humanos ni malignos, porque si lo fueran ella lo hubiera notado, igual que el dependiente de la tienda de comestibles le había llamado la atención como si fuera un letrero de neón. Para estar a salvo había agarrado la bolsa con su arsenal en cuanto su maleta apareció en la cinta transportadora.

Se encogió de hombros y de manera deliberada adoptó un descuido afectado que reflejaba el de Adrian.

—Tenerlo a mano me tranquiliza.

Llevaba matando no humanos malévolos… «seres» desde que tenía dieciséis años y hacía mucho tiempo que eso ya no le hacía perder el sueño. Lo que la carcomía en aquel momento era Adrian. Esa cosa nefasta de la tienda de comestibles lo conocía, había deferido a él, había mostrado miedo cuando Adrian lo amenazó. En tanto que ella, con lo loca que estaba, se sorprendió sintiéndose más segura estando con Adrian de lo que se había sentido jamás desde que tenía cinco años.

«¡Dios mío!»… Lindsay sabía apartar la mirada, sabía esperar las oportunidades perfectas. Sabía dónde trabajaba Sam; podría haber regresado en mejor momento y haberlo liquidado en privado. En cambio, se había expuesto tan completamente como si se hubiera quitado la ropa.

Lo había hecho porque no podía no hacerlo. Había sido demasiado pequeña para salvar a su madre, pero en los años transcurridos desde entonces había jurado que nunca se quedaría de brazos cruzados viendo morir a otro inocente. Conocía la mirada que Sam tenía en los ojos mientras retrocedía: buscaba problemas. De ninguna manera podía dejarle marchar así. Nunca hubiera dejado de preguntarse quién acabaría llevándose la peor parte de su humillación y frustración, y si ella hubiera podido evitar las consecuencias.

—Llevar un arma te tranquiliza —repitió Adrian mientras la observaba sentado a su lado.

Su elegante Maybach negro subía la ladera de una colina con un ronroneo, por una carretera serpenteante que dejaba atrás la ciudad.

—¿Qué eres?

El corazón le latía con demasiada rapidez y la obligó a reconocer lo tensa que estaba. Con rígida concentración hizo que su cabeza dejara de dar vueltas a lo que no podía comprender.

No podía volver a deslizarse hacia el precipicio oscuro de su mente, el lugar donde la locura le susurraba en su subconsciente como si fuera un amante. El terapeuta de su niñez la consideraba uno de sus mayores éxitos. Él creía que se había adaptado increíblemente bien para tratarse de una mujer que había presenciado el brutal asesinato de su madre a la temprana edad de cinco años. Lo que no sabía era que cuando le habían arrancado el fundamento de su realidad, ella había forjado uno nuevo. Una existencia donde unas criaturas con poderes inexplicables trabajaban en tiendas de comestibles y desgarraban la garganta a los padres delante de sus hijos. Se había convertido en una guerrera en aquel mundo en blanco y negro, aquel mundo de humanos y violentos inhumanos.

Sin embargo, Adrian y sus gorilas convertían en mentira lo que ella había llegado a aceptar como la verdad. ¿Qué era él? ¿Qué era ella? ¿Dónde encajaba ella en una estructura en la que los seres que no eran inhumanos tampoco eran malvados?

Lindsay tenía un nudo de incertidumbre y confusión en la garganta y tragó saliva.

Los labios de Adrian se fruncieron tan levemente que la acción resultó casi imperceptible. La energía caliente y pulsátil que cargaba la atmósfera en torno a él estaba totalmente en desacuerdo con su comportamiento insolentemente apático. Estaba tumbado con elegancia en el asiento anatómico, con gracia zalamera e intrínsecamente letal. Cuando Adrian había amenazado a Sam con voz suave, Lindsay no había culpado a ese jodido lo que fuera por dar la impresión de que iba a mearse encima. Mientras que la compostura de Adrian no había sufrido ni la más mínima fisura, a ella le había parecido como un tornado, una violenta, arrasadora e imparable fuerza de destrucción.

Si la muerte tenía un rostro, era el de Adrian cabreado: un terror cuya belleza imposible aún lo hacía más espeluznante.

—¿No sabes lo que soy —dijo él con esa resonancia única de su voz aún más pronunciada—, pero sabías lo que era el dependiente de la tienda?

—Las únicas veces en las que me gusta descubrir el juego primero es cuando de mi mano sale volando un cuchillo.

Adrian se movió con mucha rapidez. Estaba a un brazo de distancia y al cabo de un instante la había inmovilizado. Tenía la mano con la que sujetaba el cuchillo atrapada contra el asiento de cuero por la muñeca y la otra sujeta al respaldo con una opresión férrea. Sus ojos azules estaban encendidos, relucían literalmente en la oscuridad.

Lindsay fue presa de un asombro y un miedo desenfrenado que le aceleraron el corazón. No tenía ni idea de lo que era Adrian, pero sabía que podía superarla con demasiada facilidad. Irradiaba poder como si fuera una ola de calor que a ella le ruborizaba la piel y hacía que le escocieran los ojos.

—Suéltame.

La mirada de Adrian ardía de furia y sexo.

—Vas a descubrir que soy sumamente indulgente contigo, Lindsay. Por ti cederé y me doblegaré de un modo en que no lo haría por nadie. Pero cuando se trata de tu seguridad, no puede haber juegos ni evasivas. Acabas de cargarte a un dragón que no te atacó primero. ¿Por qué?

—¿Un dragón? —Se le entrecortó el aliento de la impresión—. ¿Me tomas el pelo?

—¿Ni siquiera sabías lo que era antes de matarlo?

Lindsay se dio cuenta de que Adrian iba en serio y se dejó caer contra el respaldo del asiento mientras que las ganas de pelea y la resistencia la abandonaban en un instante.

—Sabía que era malvado. Y que no era humano.

Del mismo modo en que sabía que Adrian tampoco lo era. No era humano, pero no era malo. Y aunque podía resultar terrorífico, sin embargo no le provocaba el miedo gélido y paralizante que había sufrido cuando mataron a su madre. Lindsay lo buscó, esperó a que aflorara y la ahogara con un terror enfermizo. Pero la inquietud no tuvo lugar. La tempestad que ella intuía en él carecía de violencia, pero incluso eso, el efecto que tenía en su radar interno, era único. Ella lo interpretaba tal como lo haría con el tiempo, como si Adrian formara un conjunto con el viento que le había hablado desde que le alcanzaba la memoria. Adrian tenía algo que le resultaba familiar y que no podía explicar ni negar. Y aunque la había dominado, lo había hecho con firmeza pero con suavidad, y con una expresión de nostalgia y tormento... La forma en que la trataba lo humanizaba.

Fuera lo que fuera, ella lo veía como a un hombre. No como a un monstruo.

Adrian la miró fijamente, con la mandíbula apretada. El techo de cristal panorámico proporcionaba un telón de fondo de cielo negro y estrellas por encima de ellos. El momento se alargó a dos, y luego a tres, sin que ninguno de los dos fuera capaz de apartar la mirada. Por fin él susurró algo en un idioma que Lindsay no reconoció y su voz rebosaba una emoción que le provocó un estremecimiento de cálida sorpresa. Adrian inclinó la cabeza. Su sien rozó la de Lindsay, acariciándola. Sus labios le rozaron la oreja y el cabello se deslizó como si fuera seda sobre su frente. Su aroma —el olor a tierra, la fragancia agreste del aire después de una tormenta— la envolvió. Ella separó los labios con la respiración entrecortada y buscó su boca a ciegas, embargada por unas ansias inexplicables de saborearlo.

Adrian se echó hacia atrás y reclamó su asiento. Tenía la cabeza vuelta hacia el otro lado cuando le preguntó en un tono demasiado calmado:

—¿Cómo lo supiste?

Lindsay permaneció sentada sin moverse, desolada por aquel momento de ternura y anhelo tan fugaz que se preguntó si lo habría imaginado. Recuperó la compostura como pudo y tragó saliva para que le saliera la voz.

—Puedo sentirlo. Sé que tú tampoco eres humano.

—¿También tienes intención de matarme?

Su susurro amenazador la irritó.

—Si tengo que hacerlo.

—¿Y a qué esperas?

—Más información. —Lindsay lanzaba el pequeño cuchillo entre sus dedos, arriba y abajo lentamente, para intentar recuperar el centro de equilibrio ocupándose en una actividad que dominaba. No iba a contarle lo del viento y la forma en que hablaba con ella. Por lo que sabía, podría resultar una debilidad importante que él supiera cómo aprovechar—. Tú eres… distinto. No eres como los otros.

—¿En qué consiste exactamente un «otro»?

—Vampiros.

—Vampiros —repitió Adrian.

—Sí. Dientes afilados, garras, chupadores de sangre. Malvados.

—¿Cuánto tiempo llevas matando vampiros?

—Diez años.

Se hizo un prolongado silencio.

—¿Por qué?

—Ya basta de preguntas —repuso Lindsay con brusquedad—. ¿Qué eres tú?

—Oigo palpitar tu corazón —susurró en tono de mofa—. Eres lo bastante inteligente como para ser cauta. No sabes qué soy ni lo que puedo hacer. Y has perdido el elemento sorpresa. Ahora yo sé de lo que eres capaz.

A Lindsay no le hizo gracia pero sonrió para ponerse a la altura de las circunstancias. Adrian estaba de un humor voluble que batía sus sentidos como el azote de la lluvia tropical.

—Tú no tienes ni idea de lo que soy capaz. Aún no has visto nada. —Se inclinó hacia él y repitió—: ¿Qué. Eres. Tú?

Adrian centró su atención al frente.

—Cuando lleguemos a la casa te lo enseñaré.

Lindsay se lo quedó mirando y jugueteó con el cuchillo. Adrian le había tomado la delantera hacía unos momentos, la había pillado desprevenida y ni siquiera bastó con eso para ponerla completamente alerta. Él la desarmaba en todos los sentidos, pese a que sabía lo peligroso que era.

Descubriera lo que descubriera sobre Adrian Mitchell, no podía negarse que era cautivador. Y para Lindsay eso era más peligroso que cualesquiera garras, colmillos o escamas que pudiera revelar. Además, daba mucho más miedo.

Lindsay se fijó en el magnífico perfil de Adrian. Aunque había recibido toda su atención durante las últimas horas, seguía sintiéndose arrebatada por la fuerza de su mandíbula y la línea aristocrática de su nariz. Y le encantaba la forma de sus labios, tan perfectamente esculpidos que eran una obra de arte por derecho propio…

Las imágenes mentales de aquella boca seductora rozándole la piel, susurrando ardientes palabras eróticas y curvándose en amplias sonrisas le puso el corazón en un puño. En la imaginación de Lindsay había todo un repertorio de imágenes íntimas y borrosas tan conmovedoras que eran casi como recuerdos. La excitación recorrió toda su piel, le endureció los pezones e hizo brotar un flujo lento y cálido entre sus piernas.

Lindsay arrancó la vista de Adrian, miró por la ventanilla y se esforzó por regular su errática respiración. «¡Joder!» ¿Qué le pasaba? Estaba hecha un lío. Un lío tembloroso, cabreado, excitado y nervioso.

La distancia entre las propiedades que se extendían por la ladera se hacía cada vez mayor a medida que iban ascendiendo. Las poco frecuentes farolas no tardaron en desaparecer, el cielo nocturno se los tragó enteros salvo por la estrecha franja de los faros. Lindsay se recordó que Adrian era un personaje conocido y que su padre sabía dónde estaba, pero estas garantías no calmaron la parte de su mente que gritaba: «No es humano».

El coche aminoró la velocidad cuando llegaron a una verja de hierro forjado que dividía la carretera bloqueando el acceso público a partir de allí. Lindsay contempló el entorno cercano y su mirada se detuvo en una losa de granito de bordes toscos que había en el arcén y que tenía grabadas con chorro de arena las palabras ANGEL'S POINT. Un escalofrío de inquietud le recorrió la espalda.

Un guardia fornido salió de una garita. Miró al chófer de Adrian —Elijah—, asintió y acto seguido volvió a entrar para abrir la verja. El Maybach continuó durante otros ochocientos metros aproximadamente hasta que la casa apareció a la vista. Pese a lo negro de la noche a aquella altura, por encima de la contaminación lumínica de la ciudad, Lindsay no tuvo problemas para ver la casa. Se hallaba bañada por la luz de unos reflectores que iluminaban la noche hasta el punto de que parecía que fuera de día. Resultaría imposible acercarse a la casa desde ninguno de sus lados ni desde arriba sin ser visto.

La residencia trepaba por la pared del precipicio en tres niveles, cada uno de ellos rodeado por una amplia terraza. El revestimiento de madera envejecida, los terraplenes de piedra y las vigas de madera expuestas hacían que casi pareciera formar parte de la ladera. Lindsay no sabía nada de arquitectura, pero Angel's Point denotaba opulencia, al igual que todo lo relacionado con Adrian.

El coche se fue acercando hasta detenerse y otro guardaespaldas le abrió la puerta a Lindsay. Estaba a punto de bajarse cuando Adrian apareció delante de ella con la mano extendida. No pudo evitar fijarse en su velocidad que, por lo visto, ya no consideraba necesario seguir ocultando, pero no hizo ningún comentario. Le agradecía que hubiera dejado de fingir que era humano, pero no iba a elogiarlo por ello.

Sus pies crujieron sobre la grava del camino de entrada. Estaba intentando asimilar la magnificencia de la casa cuando captó un movimiento en la periferia de su visión que le hizo volver la cabeza. Un lobo enorme merodeaba por allí.

Lindsay soltó un grito ahogado de sorpresa y temor instintivo y se pegó al lateral del vehículo. Adrian la tomó por los hombros y la protección de su cuerpo la llenó de un consuelo y un alivio indefinibles. La bestia olfateó un neumático, alzó su majestuosa cabeza y la observó con una inteligencia innegable. Los sobresaltados sentidos de Lindsay se dispararon y su cuerpo se preparó para defenderse.

—No vas a necesitar eso —murmuró Adrian, que le hizo caer en la cuenta de la prontitud con la que había asido el cuchillo.

Elijah rodeó el capó del coche. Un suave gruñido retumbó en su pecho cuando miró al lobo. El animal retrocedió y bajó la mirada.

Aparecieron más lobos. Toda una manada, o tal vez dos. Lindsay no sabía cuántos lobos constituían una manada, pero al menos había una docena de aquellas bestias multicolor caminando por el camino de entrada sin hacer ruido. Eran de un tamaño imponente. Todos ellos tenían aspecto de comerse una vaca entera a diario.

Un relámpago hendió el cielo e imitó a la perfección la carga eléctrica que rodeaba a Adrian.

«¡Dios mío!» Lindsay soltó aire de golpe.

La atmósfera sobrenatural que rodeaba tanto aquel lugar como al hombre que estaba a su lado le provocó un estremecimiento. El viento la acariciaba, le alborotaba el pelo, pero no transmitía ninguna advertencia ni tampoco consuelo. Estaba sola y tenía la sensación de haber caído en la madriguera del conejo... confusa, fascinada, atónita.

Adrian señaló la casa con un gesto.

—Ven dentro.

Ella lo siguió. Entraron por una puerta doble, cruzaron un vestíbulo de pizarra hasta llegar a un inmenso salón situado a un nivel más bajo. Una chimenea enorme dominaba una de las paredes, y Lindsay estaba prácticamente segura de que su Prius cabría perfectamente dentro.

—¿Te gusta? —preguntó Adrian, que la soltó y la observó con detenimiento, como si su opinión le importara.

El interior de la casa de Adrian era un espacio plenamente masculino, decorado en tonos de marrón y gris pardo con toques de un rojo tostado que le hicieron pensar en el óxido. Se habían utilizado materiales ecológicos y renovables en abundancia: maderas talladas, gruesas telas de algodón, plantas secas. Justo enfrente de la puerta principal había una pared acristalada con vistas a las bajas colinas y los valles de abajo. Las luces de la ciudad centelleaban a lo lejos con un fuego de múltiples matices, pero la metrópolis parecía estar a un mundo de distancia de aquel extraordinario lugar. Calificar de asombrosa la residencia sería quedarse corto. Era perfecta para Adrian. Pese a toda su urbanidad, Lindsay intuía en él una conexión terrenal con la naturaleza.

Ella seguía llevando la bolsa pegada al costado y se volvió hacia Adrian.

—¿Cómo no va a gustarme?

—Bien. —Asintió con gesto regio—. Vas a quedarte aquí indefinidamente.

Su arrogancia resultaba asombrosa.

—¿Cómo dices?

—Necesito tenerte donde sepa que estarás a salvo.

«Necesito tenerte…» Como si tuviera derecho.

—Quizá no quiera que me tengan.

—Deberías haberlo considerado antes de matar a un dragón en un lugar público.

—Fuiste tú quien me delató. O más bien tus guardaespaldas. Si no hubiera estado contigo nunca me habría prestado atención. De modo que si soy un objetivo es por tu culpa.

—A pesar de quien tenga la culpa —replicó él con calma—, Elijah se fijó en que te seguían. Hay un breve espacio de tiempo, mientras estuviste en el baño, en el que se desconoce el paradero de Sam. Es posible que avisara a alguien de que te vio con nosotros. Si lo hizo, su desaparición levantará sospechas y seremos el primer lugar por el que empiecen a buscarlo.

Lindsay frunció el ceño.

—¿Por qué iba a interesarse él o cualquier otro por una chica que anda contigo? Eres rico y estás muy bueno. Estoy seguro de que te ven en compañía de mujeres continuamente. ¿Te refieres a que pudo llamar a los *paparazzi*? ¿O a más dragones?

Adrian extendió el brazo con elegancia y señaló el pasillo.

—Deja que te acompañe a tu habitación. Puedes refrescarte; luego hablaremos.

—Hablarás tú —corrigió Lindsay—. Yo escucharé.

Le apoyó la mano en la espalda y Lindsay sintió el poder que retumbaba en su interior: una energía tremenda contenida por una fuerza de voluntad ciclónica que la sobrecogió.

Adrian se mostraba distinto en aquel lugar. El poder que Lindsay había intuido en él desde el principio era más intenso, más refinado. O quizá sólo era más aparente. Tal vez lo hiciera de manera deliberada. En cualquier caso, la agitación que Adrian había rebosado en el Maybach ahora estaba muy bien controlada. ¿Por qué revelaría esta inquietud delante de ella, una desconocida, pero la contenía en su propia casa donde debería sentirse más cómodo?

Lindsay echó un vistazo a su alrededor y se dio cuenta de que no estaban solos. Había otros con ellos: más tipos musculosos además de algunos con un físico elegante como el de Adrian. También había unas cuantas mujeres, todas ellas lo bastante despampanantes como para suscitar sentimientos de envidia y posesividad. En total había una docena de espectadores rondando por los bordes de la habitación, que la observaban con miradas escudriñadoras y un tanto hostiles.

Metió la mano en la bolsa y cerró el puño en torno al mango de un segundo cuchillo. La superaban ampliamente en número y, como era humana, definitivamente también en fuerza. Tuvo un presentimiento y se le aceleró el pulso.

—Lindsay... —Adrian le rodeó la otra muñeca con la mano y el corazón se le apaciguó al instante en tanto que una calma se desprendía del lugar donde la estaba tocando—. No los necesitas. Éste es el lugar más seguro en la Tierra para ti. Aquí nadie te hará daño.

—Os lo pondré lo más difícil que pueda —prometió dirigiéndose a los de la habitación en general. Una amenaza posiblemente vana, considerando que no tenía ni idea de con qué diablos estaba tratando.

—Ten cuidado. Eres mortal. Frágil.

Lindsay le lanzó una mirada astuta. Podía defenderse contra cualesquiera otros «mortales», aunque la triplicaran en tamaño. El hecho de que Adrian la llamara «frágil» hizo que se reafirmara en que, fuera lo que fuera, era poderoso de una forma que ella no había sabido que existía.

—Todavía no hemos determinado qué eres tú.

Adrian soltó aire y transigió.

—Hablaste de vampiros. ¿Qué otras criaturas conoces?

—Dragones. Gracias a ti.

Adrian la soltó y retrocedió.

—Si hubiera ángeles, ¿serían de los buenos o de los malos?

A Lindsay empezó a darle vueltas la cabeza. Los ángeles tenían una connotación bíblica y ella había dado la espalda a la religión hacía mucho tiempo. Había tenido que hacerlo. Se cabreó demasiado al pensar que hubiera alguien con la capacidad de evitar la muerte de su madre y que aun así no hiciera nada.

Se obligó a relajar sus tensos hombros.

—Depende de si se dedicaran activamente a matar a los vampiros y dragones.

Unos sedosos zarcillos de humo se alzaban por detrás de Adrian. La niebla se extendió hacia afuera y tomó la forma y la corporeidad de unas alas, unas alas de un blanco puro e inmaculado con un toque de rojo en las puntas, como si hubiera arrastrado los bordes por sangre recién derramada.

Lindsay retrocedió tambaleándose y se sostuvo a duras penas con una mano en la pared. La pureza de la verdadera forma de Adrian amenazaba con cegarla. El poder emanaba de él con un cálido resplandor que era tangible; tuvo la misma sensación que si estuviera disfrutando del sol de mediodía.

Le flaquearon las rodillas y notó el ardor de las lágrimas en los ojos. El pasillo empezó a dar vueltas y Lindsay tuvo una terrible sensación de *déjà vu*, imágenes de milésimas de segundo de Adrian con alas. Con ropa distinta... diferente longitud del pelo... varios telones de fondo...

Por un momento tuvo miedo de desmayarse. Y luego todo se fundió en un único pensamiento: «Un ángel».

«Mierda.» Lindsay estaba tan lejos de la devoción que el concepto existía en un universo totalmente distinto. Incluso en aquel preciso momento, cuando él la obsequiaba con sus alas y su espléndido resplandor dorado, lo que ella sentía no tenía mucho que ver con la reverencia sino más con una lujuria primitiva y pecaminosa. En todo caso, se había enamorado más de Adrian cuando sus alas se desplegaron porque verlo sin su fachada lo exponía tan abiertamente como ella se había expuesto en la tienda.

Lindsay había sido rara toda su vida. Más rápida, más fuerte, capaz de percibir mínimos cambios en el viento que le decían cuando había algo «malo» cerca. De niña a menudo se había sentido como una mutante y siempre tenía que ser consciente de la rapidez con la que se movía. Se había pasado la última década intentando ser «normal» mientras buscaba cosas peligrosas para matarlas. Había abandonado la esperanza de tener una relación romántica seria. La necesidad de ocultar una parte integral de sí misma la había dejado completamente sola en los aspectos más fundamentales.

Ahora tenía delante a alguien que sabía que ella era diferente. Alguien que podría aceptar que fuera así porque él también era distinto. Lindsay había sido incapaz de hablarle a nadie del inframundo que sabía que existía. Pero Adrian lo sabía...

—¡Ibas a dejar marchar a ese dragón! —exclamó acusándolo, utilizando su furia como escudo para protegerse de su repentina vulnerabilidad.

Por el simple hecho de saber que ella cazaba, Adrian la conocía de una manera profundamente íntima, de un modo en que no la conocía nadie más. De pronto, aquel ser etéreo de belleza imposible se volvió muy preciado para ella por este motivo.

—Mi mayor preocupación era tu seguridad.

—Sé cuidar de mí misma. Tú deberías haberte ocupado de él.

—Yo sólo cazo vampiros. Y tal como dije, era un dragón.

La puerta principal se abrió y Lindsay desvió rápidamente la mirada hacia allí. Entró Elijah cargado con los comestibles. Se detuvo en el umbral y contempló la escena que tenía delante con una expresión imperturbable en su atractivo rostro. Un mechón de su abundante pelo castaño le caía oblicuo sobre la frente y enmarcaba unos ojos como esmeraldas. Aunque no lo había visto sonreír ni una sola vez, Elijah no le daba malas vibraciones. Sólo parecía vigilante y sumamente curioso. Sin duda inteligente. Estaba segura de que era astuto y de que resultaba difícil pillarlo desprevenido.

Notó que Adrian se acercaba a su lado. Cuando inhaló de nuevo, el aroma de su piel la provocó. «Es un ángel. Y caza vampiros...»

—Sé que tienes hambre —murmuró Adrian—. Vamos a instalarte, así podrás venir a hablar conmigo mientras preparo la cena.

La idea de un ser alado celestial haciendo de esclavo de los fogones para ella resultaba extraña, pero tenía la inquietante sensación de que estar con Adrian de esa manera era apropiado, como si la intimidad de que le preparara la cena fuera reconocible.

¡Por Dios, tenía que calmarse! Tenía que entender las nuevas reglas y, o bien cómo lidiar con ellas, o cómo evitarlas. No podía permitirse quedar ignorante y por supuesto no iba a tolerar que nadie le impusiera dónde alojarse y cuándo marcharse. Estaba claro que ahí afuera en alguna parte los vampiros que habían matado a su madre estaban aterrorizando a otra persona. Habían obtenido mucho placer del dolor y el miedo que habían causado; Lindsay no creía que pararan hasta que alguien acabara con ellos. Quería ser ella quien lo hiciera, y no iba a dejar de cazar hasta que supiera con seguridad que jamás volverían a destruir la inocencia de un niño tal como habían hecho con la suya.

—De acuerdo —accedió—. Pero, como ya te he dicho, vas a hablar tú.

—¿Quién es?

—No lo sé. —Elijah apoyó el antebrazo en la litera superior del barracón de los licanos y miró a los hombres y mujeres reunidos en torno a él—. No entiendo cómo Adrian lo sabe. Apareció sin más en el aeropuerto y Adrian ha estado pendiente de ella desde entonces. Nunca le he visto mirar dos veces a una mujer, pero no puede apartar los ojos de ella.

—Quizá sea su tipo y ya está —dijo Jonas, cuya ingenuidad demostró los límites de sus dieciséis años.

—Los serafines no tienen un tipo de mujer. Ellos no tienen emociones como nosotros. No sienten lujuria, avidez ni anhelo.

Al menos eso era lo que le habían enseñado a Elijah siendo un cachorro, y lo que había observado con sus propios ojos. Pero aquella noche, de camino a casa desde la tienda de comestibles, había percibido una energía pura que emanaba de Adrian y que revelaba una respuesta emocional a la amenaza a la que Lindsay Gibson se había enfrentado con el dragón. Y había algo perspicaz, intensamente posesivo en la forma en que Adrian la trataba. Actuaba como si la joven significara algo para él, cuando estaba claro que no la había visto en su vida hasta entonces.

—Aun así está buena. —Jonas se encogió de hombros—. Yo me la tiraría.

—No lo digas ni en broma —le espetó Elijah—. Adrian te haría pedazos. Estaba dispuesto a liquidar a un demonio en público sólo por mirarla mal.

—Cosa que hubiera molestado a Raguel —señaló Micah mientras se frotaba el mentón con aire pensativo—. Ya sabes lo quisquillosos que son los arcángeles con su territorio, sobre todo con los serafines. Por no mencionar la posibilidad de irritar al señor de los demonios. Adrian hubiera causado muchos problemas por una mujer a la que supuestamente acaba de conocer.

—¿Por qué ella? Es humana.

El tono de Esther fue mordaz e incitó a las otras mujeres a asentir.

—Mató a un dragón como si aplastara una mosca. —Elijah hizo frente a la multitud de miradas verdes dirigidas a él—. Se movió más rápido de lo que jamás he visto moverse a un mortal, pero tienes razón, Esther. Es humana. No huelo nada más en ella.

—Pero tiene que haberlo —supuso Micah, que cayó en la cuenta de lo que no se había dicho.

—Sí —coincidió Elijah—. Oí que le contaba a Adrian que percibía a los demonios y vampiros y que lleva diez años cazándolos.

Un murmullo de incredulidad recorrió la manada.

Una sonrisa irónica se dibujó en su boca.

—Adrian le estaba enseñando sus alas cuando entré en la casa. Ahí hay una historia. Sería bueno saber cuál es.

—¿Qué deberíamos hacer? —preguntó Jonas mirando a Elijah a la espera de respuesta, al igual que hicieron todos los licanos que había en la habitación.

Los demás recurrían a él con demasiada frecuencia. Era una carga que Elijah no deseaba, que no podía permitirse soportar. Todos parecían olvidar que lo habían trasladado a la manada de Adrian en observación. Él se decía que sencillamente estaban acostumbrados a que fuera obstinado. Sólo tenía que quitarles el hábito de dejar que las cosas se hicieran siempre a su manera. Pero incluso eso implicaba un poder que no debería ser capaz de ejercer.

—Pasad desapercibidos —respondió al fin—. No os metáis en líos. Jason sugirió que la muerte de Phineas podría haber estado relacionada con licanos. No queremos darles ninguna excusa para que sigan pensando así.

Esther soltó un resoplido.

—Jason nunca ha confiado en nosotros.

—Y ahora es el segundo al mando —le recordó Elijah—. Su opinión cuenta.

Paseó la mirada por toda la longitud de aquella habitación estrecha y alargada. Era un espacio funcional, lleno de hileras de literas metálicas de color verde oliva y taquillas a juego. De todas las manadas, la de Adrian era la que menos comodidades tenía. Casi todos los demás se hallaban en las zonas remotas en las que los Centinelas contenían a los vampiros, lugares donde un licano podía correr, cazar y fingir que era libre. Pero la manada de Adrian se consideraba la más prestigiosa. El capitán Centinela pagaba y alimentaba bien a sus licanos pero, lo que era aún más importante, sólo daba caza a los delincuentes más notorios, a los vampiros más violentos, astutos y peligrosos. Y cualquier licano que valiera una mierda ansiaba una presa digna y desafiante.

Elijah echó los hombros hacia atrás.

—Mi consejo es éste: escuchad con atención todo lo que se dice a vuestro alrededor. Nada tiene tan poca importancia como para no tomar nota de ello. Y, por favor, pensáoslo dos veces antes de hacer cualquier cosa que llame la atención.

El grupo mostró su asentimiento con gruñidos y se dispersó antes de que los descubrieran. La confabulación y el amotinamiento eran acusaciones graves a las que ninguno de ellos quería enfrentarse.

Micah se quedó atrás y se pasó una mano por el llamativo cabello rojo que le caía hasta rozar su pelaje de lobo. Antes de hablar echó un vistazo por encima de sus dos fuertes hombros para ver si había alguien escuchando a escondidas. Después se inclinó y susurró:

—Ella podría ser nuestro billete hacia la libertad.

Elijah se puso tenso.

—No digas ni una palabra más.

—¡Alguien tiene que decirlo! No tendríamos que vivir así, luchando contra nuestra naturaleza y reprimiendo nuestros instintos. Te vi cargado con los putos comestibles de Adrian. Eres mejor que eso. ¡Mejor que él!

—Basta. —Elijah apartó la mirada. Él no podía hacer nada. Un levantamiento sólo llevaría a la muerte de todos los que le importaban—. Hoy me ha salvado la vida.

—Te la quitaría con la misma facilidad.

—Ya lo sé. Pero ahora mismo estoy en deuda con él.

—No puedo menos que intentarlo y no podemos tener éxito sin ti. Sé que te das cuenta de la oportunidad que supone esta mujer. Si Adrian está unido a ella, quién sabe a qué podría renunciar para verla regresar sana y salva.

—¡No renunciaría a su control sobre los licanos! —Elijah se dejó caer pesadamente en una de las literas inferiores—. Si crees que nuestra protección ha debilitado a los Centinelas te engañas a ti mismo. Son serafines entrenados para dominar a otros serafines, los seres celestiales más poderosos aparte del Creador. Adrian vive y respira su misión. Los Centinelas se entrenan todos los días como si el Armagedón fuera a suceder mañana. Nos matarían a todos.

—Mejor morir como licanos que vivir acobardados como perros.

Elijah sabía que Micah no era el único licano enardecido. Muchos creían que la lucha de poder entre los ángeles y los vampiros ya no era problema de los licanos y que era conveniente una revolución para asegurar la libertad que sentían merecerse. Elijah no estaba en desacuerdo, pero tampoco tenía una pareja o cachorros por los que luchar. Él sólo se tenía a sí mismo y vivía para cazar vampiros. Trabajar para Adrian le proporcionaba la información y los recursos para hacer lo que se le daba mejor.

—No vivimos acobardados —replicó en voz baja—. Somos responsables de contener a antiguos serafines. Eso es importante.

—Es servidumbre.

—¿Qué haríamos con nosotros mismos si no tuviéramos eso? ¿Adónde iríamos? ¿Vas a buscarte un trabajo de oficinista? ¿Vas a desplazarte diariamente? ¿Vas a traer niños humanos a tu casa para que jueguen con tus cachorros?

—Tal vez. Sería libre. Podría hacer lo que quisiera.

—Nos darían caza. Nos pasaríamos el día mirando por encima del hombro, esperando a que Adrian entrara por la puerta y nos matara. Huir no es ser libre.

El pelirrojo se sentó en la cama frente a él.

—Has pensado en esto… y parece que mucho. Por desgracia, tengo que hacer el equipaje. Vuelvo a Luisiana para una cacería, pero hablaremos más cuando esté otra vez en casa.

—No hay nada de qué hablar. Sería inútil huir. Deja de presionarme.

—Soy tu Beta, El. —Micah sonrió abiertamente—. Es mi trabajo.

—No necesito un Beta. No tengo una manada.

—Tú sigue diciéndote eso. Aun así no hará que sea cierto. Tú controlas a tu bestia y, de un modo u otro, eso te hace lo bastante fuerte como para dominar al resto de nosotros. Sé que tú también lo notas, por la forma en que todos los licanos te miran por instinto. No podemos evitarlo. Eso te convierte en jefe tanto si te gusta como si no. Podemos causar problemas solitos, pero, a la hora de la verdad, necesitamos un líder, y tú eres el único que ejerce la fuerza necesaria para convertirse en uno.

Elijah se puso de pie. Su singularidad podría ser lo único que los salvara. Si no podían formar un grupo unido sin él, tal vez eso les salvara la vida. Elijah sabía lo que se decía de él: la capacidad para refrenar a su bestia en todo momento era una anomalía entre los licanos. Miedo, ira, pesar... todos podían desencadenar un cambio no deseado, pero él nunca se alteraba a menos que decidiera hacerlo. Por lo que a él concernía, puede que eso lo convirtiera en un mutante, pero no lo convertía en un Alfa. Y desde luego no hacía que fuera aceptable dirigir a los suyos en la matanza.

—Me estás pidiendo que dirija un ataque que acabará en un baño de sangre —dijo— a sabiendas de que es inútil. Eso no va a ocurrir. Jamás.

—Es demasiado tarde para evitarlo, El. Siglos tarde.

6

Mientras Lindsay se pasaba la lengua por el labio inferior para quitarse una miga, los pensamientos que cruzaban por la mente de Adrian eran contumazmente sexuales. Era una mujer hermosa; con su cabello dorado y sus ojos oscuros y atentos parecía una tigresa, pero lo que lo excitaba en aquel momento era el deleite con el que comía. Utilizaba los palillos con habilidad y los iba alternando con los dedos, con un placer evidente a juzgar por sus murmullos apreciativos y su buen apetito.

—Esto está buenísimo —comentó elogiosa.

El fervor de Lindsay lo hizo sonreír para sus adentros.

Los Centinelas se crearon para ser tan neutrales que no disfrutaban de nada con semejante pasión. Los altibajos de la emoción humana no estaban hechos para ellos. Ellos eran las pesas que equilibraban la balanza, la espada que nivelaba el campo.

Lindsay tomó una gamba por la cola y la sostuvo en alto.

—Una vez mi padre llevó a mi abuela a cenar a un restaurante teppanyaki. Le encantaron las llamas y las espátulas voladoras hasta que el chef hizo su elaborada maniobra que terminó con una gamba que cayó en el plato de la mujer. A mí me pareció impresionante. El tipo tenía una habilidad fenomenal. Pero mi abuela se quedó mirando la gamba durante un largo minuto, con la mirada de la muerte, te lo aseguro, y a continuación ¡se la volvió a tirar a él! Se sintió insultada. En su opinión, el chef debería haber aprendido modales antes de ponerse a trabajar en un buen establecimiento.

Adrian enarcó las cejas.

Lindsay se echó hacia atrás de la risa sobre el taburete de la barra.

—Tendrías que haber visto la cara que puso el hombre. Mi padre le pagó un par de chupitos de sake para calmar su orgullo.

Su risa era contagiosa. Era un sonido tan abierto y libre que Adrian ya no pudo seguir combatiendo una sonrisa y sus labios se curvaron por primera vez desde hacía siglos. Ella le gustaba. Quería conocerla mejor.

Pero tenía que mantener la apariencia de un anfitrión calmado e inmutable. Tanto por el bien de Lindsay como en beneficio de sus Centinelas. Adrian percibía su recelo y desconfianza. Aunque nunca expresarían tal acusación, sabían que Shadoe lo debilitaba. Si no se andaba con cuidado, esta preocupación por su bienestar podía fomentar un peligroso resentimiento. Su unidad constaba de serafines que eran mejores que él, ángeles que no sufrían las mismas flaquezas emocionales que él. Ellos no acababan de entender la vulnerabilidad que Shadoe suponía para él, porque no podían comprender el amor mortal que sentía. Si un Centinela llegaba a creer que su misión se había visto demasiado comprometida por Lindsay, la matarían y tendrían justificación.

Adrian se centró en freír la tempura de verduras y resistió la tentación de mirar a Lindsay con demasiada frecuencia. Ella estaba sentada en un taburete en el lado opuesto de la isla con superficie de granito que había en la cocina, con su tercer vaso de agua entre las manos. Se encontró con que su manera de tragar lo excitaba. Doscientos años de celibato habían pasado factura. Durante la inactividad de Shadoe él no había deseado el tacto de ninguna mujer. Pero cuando su alma regresó, la necesidad y el apetito reprimidos de Adrian pasaron a un primer plano, más voraces si cabe por haber permanecido tanto tiempo contenidos. Se moría por saborearla, por penetrarla, por hacer que se retorciera con las implacables embestidas de su pene.

Pero eso tendría que esperar. Primero era necesario que Lindsay confiara en él, luego que lo deseara tanto como él a ella. Cuando al fin la tuviera no habría freno. Y no esperaba que ella permitiera que lo hubiera. No con lo feroz que era. Adrian se figuraba que cuando se entregara lo haría con abandono. Aquella mujer con un corazón de guerrera y un alma que irradiaba un gran pesar.

Sencillamente tendría que ser paciente durante los pasos previos necesarios: mantenerla a salvo, hacerla fuerte, ganarse su confianza.

—No estás comiendo —observó Lindsay.

—En realidad sí. Pero no de la misma manera en que lo haces tú.

—¿En serio? —Su tono era engañosamente neutro—. ¿Cuál es tu manera?

Lindsay cambió la forma en que agarraba los palillos lacados, que se volvió letal. Adrian podía partirle la espalda con un mero toque, pero su sentido del bien y del mal unido a su necesidad de proteger a otros la incitaron a prepararse para un movimiento ofensivo en una situación imposible. Él admiraba aquel espíritu combativo y aquella fuerza de convicción.

Adrian consideró su respuesta con detenimiento. No se haría ningún favor haciendo que ella lo viera como un parásito igual que los vampiros.

—Absorbo energía.

—¿De qué? ¿Cómo?

—Estamos rodeados de energía: en el aire, el agua, la tierra. La misma energía que aprovechan las turbinas eólicas y las centrales hidroeléctricas como la Presa Hoover.

—Me imagino que eso debe de venir muy bien.

—Es práctico —coincidió, y centró de nuevo su atención en cocinar las últimas gambas y verduras bañadas en masa.

En aquellos momentos sus niveles de energía zumbaban como siempre hacían cuando Shadoe estaba cerca. Su proximidad, la fuerza excepcional de dos almas en un solo recipiente, permitía que Adrian alcanzara los mayores niveles de poder de los que era capaz. La energía de la fuerza vital de las almas era la principal fuente de sustento de los serafines y la razón por la que los Caídos se habían dado a beber sangre: aún necesitaban energía de fuerza vital para sobrevivir, pero el hecho de estar despojados de su alma los obligaba a obtener dicha energía por medios directos.

—Así pues —empezó a decir Lindsay—, cazas vampiros.

—En efecto.

—Pero el tipo de la tienda de comestibles era un dragón.

—Lo era.

Lindsay respiró hondo.

—¿También hay demonios? Me refiero a que los ángeles y los demonios siempre parecen ir de la mano.

Adrian retiró la última tempura del aceite con un colador y a continuación apagó el fuego.

—El dragón era un demonio. Hay otras clasificaciones de seres que se incluyen en esta denominación.

—¿Vampiros?

—Existen algunas criaturas que tienen colmillos y beben sangre que son demonios. Pero ellos no son mi problema. Mi responsabilidad son otros ángeles: ángeles caídos. Los vampiros que cazo, antes eran como yo.

—Como tú. Ángeles. ¿En serio? —Apretó los labios—. Pero ¿acaso los demonios no son problema de todo el mundo? Son los malos, ¿no?

—Mi misión está claramente definida.

—¿Tu misión?

—Soy un solado, Lindsay. Tengo obligaciones y órdenes y las acato. Espero que aquellos cuyo trabajo consiste en cazar demonios se sientan igual con respecto a sus responsabilidades. No me corresponde a mí interceder y de todos modos no lo haría. Francamente, ya ando demasiado atareado.

—Pero ¿alguien se está ocupando de ellos?

—Sí.

Lindsay se lo quedó mirando un momento y luego asintió moviendo lentamente la cabeza.

—No lo sabía. Si alguien deja de producirme vibraciones es porque lo he matado.

Adrian se aferró a la encimera con más fuerza. Era un milagro que hoy estuviera viva.

—¿Cómo notas esta vibración? ¿Qué sensación te da?

—Es como si estuviera andando por una casa de la risa de Halloween y supiera que algo está a punto de saltar sobre mí. Se me estremece el estómago y se me eriza el vello de la nuca. Pero es muy intenso. No se puede confundir con nada más.

—Parece espeluznante. Sin embargo, das caza a las cosas que te dan miedo. ¿Por qué?

Lindsay apoyó la barbilla en las puntas de los dedos.

—No aspiro a salvar el mundo, si eso es lo que me preguntas. Odio matar. Pero puedo sentir el mal en estas criaturas por un motivo. No puedo dar la espalda a eso. No podría dormir por las noches.

—Sientes que tienes una vocación.

Lindsay tomó aire lenta y profundamente. El silencio se alargó.

—Algo parecido.

—¿Quién sabe que cazas?

—Tú y tus guardias, y quienquiera al que se lo cuentes.

—De acuerdo. Esto es obvio, pero tengo que decirlo de todos modos: vas a tener que confiar en mí —dijo en voz baja—. De lo contrario no tengo posibilidad de ayudarte.

—¿Eso es lo que tienes intención de hacer? ¿Ayudarme? —Echó los hombros hacia atrás—. ¿Sabías de mí cuando me viste en el aeropuerto?

—¿Si sabía que podías percibir demonios y vampiros y que los cazabas activamente? —aclaró, con lo que redujo deliberadamente el alcance de su pregunta para así poder contestar con sinceridad—. No. Te vi, te deseé y tú dejaste claro que existía la posibilidad de que pudiera tenerte. Actué basándome en ello.

Unas arrugas enmarcaron la boca y los ojos de Lindsay como si

fueran corchetes. Un músculo de la mandíbula se le movía nerviosamente por la tensión.

—¿Y este tipo de coincidencias te deja tan tranquilo?

—Resulta que estaba en el mismo lugar que tú en el momento
justo. Después de eso nos conocimos porque intuiste que era «diferente», ¿no?

—En realidad pensé que eras el tipo más sexy que había visto nunca. Las vibraciones ocurrieron después. En cuanto al lugar y momento
justos, yo debería haber estado en un vuelo anterior. Perdí el enlace.

—Y a mí me atacó un vampiro esta mañana, lo cual tuvo como
resultado que se estrellara mi helicóptero y tuviera la necesidad de
viajar en un vuelo comercial. ¿Lo ves? —Se encogió de hombros—.
Un caos aleatorio.

—Eres un ángel. ¿No se supone que tienes que predicar sobre un
plan divino o algo así?

—Libertad de elección, Lindsay. Todos la tenemos. Hoy tú y yo
nos vimos afectados por las ramificaciones de las decisiones de otras
personas. —Le sostuvo la mirada—. Pero en realidad no quieres enta-
blar una discusión teológica conmigo. Quieres evitar hablar sobre los
acontecimientos que te llevaron a cazar. No voy a presionarte... todavía, pero hasta que no sepa qué ocurre contigo estaremos en un punto
muerto.

Lindsay le devolvió la mirada.

—Estás muy seguro de que tengo una historia que contar.

—Te vi en acción. Hacen falta años de práctica para aprender a
manejar un cuchillo de esa manera. ¿Quién te enseñó?

—Aprendí sola.

Una feroz admiración hizo que a Adrian le ardiera la sangre.

—¿Qué materiales utilizas para forjar los cuchillos? Debes usar
algún indicio de plata al menos.

—Sí. Supuse que la mayoría de... «cosas» tienen una reacción negativa a ella.

—Los dragones no. De hecho, tienen una piel impenetrable, aparte de dos puntos débiles. Tu cuchillo hubiera rebotado en él si se hubiera movido.

Lindsay levantó la mano izquierda y le enseñó la yema del pulgar. Una línea recta carmesí revelaba una herida reciente.

—Algunas criaturas también tienen una reacción negativa a mi sangre. Siempre unto un poco en los cuchillos antes de lanzarlos, por si acaso. La sangre por sí sola no mata, pero da a mis armas la oportunidad de hacer el trabajo. Lo descubrí a las malas.

A Adrian le dio vueltas la cabeza al pensar en las implicaciones. Lindsay era mortal, pero aunque hubiera sido una nafil como Shadoe, su sangre no hubiera tenido ningún efecto en los demás.

Ella continuó comiendo, felizmente ajena a la confusión de Adrian.

Él refrenó sus pensamientos y dijo:

—De modo que dedicaste lo que tuvo que ser una parte importante de tu tiempo libre a aprender a matar cosas que te asustan. Posees un fuerte sentido del bien y del mal, Lindsay, pero nadie en su sano juicio empieza a matar cosas porque sí. No importa lo malvado que intuyas que pueda ser alguien, tenías que haber presenciado el mal en primera persona para recurrir a la fuerza letal. Algo te puso sobre aviso, y hay otra cosa que te mantiene motivada. ¿Venganza, tal vez?

—¿Y tú quieres ayudarme a conseguirla? —Su expresión era recelosa y calculadora—. ¿Y cómo lo harías exactamente? ¿Por qué ibas a hacerlo?

—¿Y por qué no? Nuestros objetivos son los mismos. De momento has tenido suerte, pero no durará. Cualquier día de estos vas a matar a un demonio o vampiro que tenga amigos que te darán caza, o fallarás el blanco. En cualquier caso, tus días están contados.

—¿Puedes enseñarme la diferencia entre vampiros y demonios?

—Así que tienes una preferencia. —Se cruzó de brazos—. Yo puedo indicarte el camino y proporcionarte apoyo. Puedo adiestrarte para cazar con más efectividad y enseñarte a matar sin tener que depender de la sorpresa. Ahora mismo vas a la deriva, esperando encuentros al azar. Yo puedo centrarte y darte objetivos concretos.

Lindsay se reclinó en su asiento.

—Ni siquiera me conoces.

Las tendencias de la joven, si bien resultaban sumamente inquietantes, proporcionaban a Adrian una excusa ideal para mantenerla cerca.

—Estoy en primera línea de una batalla en la que me encuentro en inferioridad numérica. Cualquier soldado me viene bien.

—Pero es que esto no es lo único que hago. Tengo una vida y un trabajo.

—Y yo también. Podemos solucionar la logística los dos juntos.

Lindsay se mordió el labio inferior. Al cabo de un momento interminable asintió.

—De acuerdo.

«Perfecto.» Adrian disfrutó de un instante de intensa satisfacción. Luego oyó que se abría la puerta principal. Al cabo de un momento apareció Damien.

Adrian desvió la atención al esperado informe sobre la muerte de Phineas.

—Únete a nosotros.

El Centinela entró en la cocina. Le dirigió una breve mirada a Lindsay y a continuación se centró en Adrian.

—Capitán.

Adrian los presentó y puso empeño en identificar a Lindsay como una recluta.

Damien volvió nuevamente hacia ella sus ojos azules de serafín.

—Señorita Gibson.

—Llámame Lindsay, por favor.

—Habla con toda libertad —animó Adrian a Damien, que con una mirada le dijo al Centinela que dejara para luego las preguntas sobre la encarnación de Shadoe en Lindsay.

Hubo un momento de vacilación tras el cual Damien empezó a transmitir los detalles.

—No obtuve mucha información útil del licano superviviente de Phineas. La bestia estaba tan afligida que resultaba incoherente. Lo que sí dijo fue que el vampiro que los atacó estaba enfermo. No estoy seguro de si quería decir físicamente o mentalmente retorcido. El ataque fue particularmente brutal, por lo que bien podía ser lo segundo. Phineas tenía el cuello roído hasta la médula.

Lindsay carraspeó.

—¿Licanos? ¿Como los hombres lobo?

Adrian la miró.

—Los hombres lobo son demonios. Los licanos comparten una línea de sangre con ellos, lo cual les permite transformarse de manera similar. Pero a diferencia de los hombres lobo, ellos antes eran ángeles.

—Y como advertencia —añadió Damien en tono grave—, te diré que se ofenden mucho si alguien los llama hombres lobo.

—¿Ángeles? —Los ojos oscuros de Lindsay estaban desmesuradamente abiertos y los iris eran apenas unos atisbos de color castaño en torno a unas pupilas dilatadas—. ¿Por qué no se convirtieron en vampiros?

—Porque yo necesito refuerzos —respondió Adrian—. Llegamos a un acuerdo: yo pediría al Creador que les evitara el vampirismo si ellos accedían a ayudarme a mantener a raya a los vampiros.

—¿Los vampiros y los licanos formaban parte del mismo grupo de ángeles?

—Sí.

La única muestra de inquietud por parte de Lindsay fue la forma en que hacía girar su vaso de agua de un lado a otro sobre la encimera.

—Lamento lo de tu… lo de Phineas.

—Mi segundo al mando. Mi amigo… no, era más que un amigo. Era como un hermano para mí.

Adrian había plegado las alas durante la cena pero éstas volvieron a desplegarse, se doblaron por su agitación interna y su sed de batalla.

La mirada de Lindsay siguió la curva superior de un ala y se suavizó. Adrian sintió aquella mirada tierna como si ella lo hubiese tocado directamente.

Ella se deslizó del taburete y se puso de pie.

—¿Sabemos lo suficiente para dar caza al cabrón que lo mató?

Adrian no pasó por alto el hecho de que dijera «sabemos».

—Lo sabremos.

Damien lanzó otra mirada a Lindsay, ésta menos antagonista que la anterior.

—Según pude enterarme, Phineas cayó en una emboscada. Sólo se detuvo para dar de comer a los licanos.

—¿Dónde está el guardia superviviente?

—Lo maté.

—Yo no autoricé eso.

—Era él o yo, capitán. —Damien irguió los hombros—. Cargó contra mí. Me vi obligado a defenderme.

—¿Te atacó?

—Lo intentó. En mi opinión, fue un suicidio intencionado.

Elijah no se había equivocado al decir que ningún licano sería capaz de ver morir a su pareja a propósito: no podían vivir el uno sin el otro. Pero ¿y si el licano superviviente tenía pensado morir poco después?

—La herida de Phineas… Has dicho que le habían roído la garganta. ¿Es posible que la mordedura no la infligiera un vampiro?

Damien ladeó la cabeza.

—¿Estás preguntando si podría haber sido un ataque de un licano? Sí, es posible, aunque la ausencia de sangre en el escenario me daría qué pensar. Había un chorro inicial de sangre arterial, pero por lo demás estaba desangrado.

El hecho de que Phineas hubiera caído en una trampa resultaba preocupante. Los Centinelas no eran susceptibles al hambre, por lo que fue la incitación de los licanos lo que lo llevó a parar allí donde lo aguardaba el peligro. Si había que dar crédito a las especulaciones de Jason sobre un levantamiento licano, Adrian se enfrentaba a una batalla que sin duda llegarían a afectar vidas mortales. No podía permitirse descartar nada.

—Informa a Jason ahora mismo y ven a verme por la mañana. Quiero repasar esto otra vez después de que vosotros dos hayáis intercambiado pareceres. Esto será todo por esta noche.

El Centinela inclinó levemente la cabeza y abandonó la cocina.

Lindsay contuvo un bostezo con la mano, lo cual le recordó a Adrian que ella era mortal y que su cuerpo aún seguía el horario del este.

—Deja que te acompañe a tu habitación —le dijo.

Ella asintió y rodeó la isla con movimientos ágiles y fluidos pese a estar exhausta.

—Mañana tú y yo también tenemos que hablar.

—Sí.

Lindsay se detuvo frente a él y se cruzó de brazos.

—Dijiste que me deseabas.

—Así es.

El impulso de atraerla hacia sí, de tomar su atractiva boca y descubrir su sabor lo dominaba con fuerza. Era una reacción puramente humana que no podía controlar. Nunca habían trabajado juntos con anterioridad, en ninguna de las encarnaciones previas de Shadoe. Ella misma se había mantenido neutral y había preferido no elegir entre su padre y él. Ésta sería la primera vez que trabajarían en colaboración, persiguiendo objetivos similares. La idea de compartir su verdadero propósito con Lindsay, de ser conocido en todos los aspectos por quién y qué era, lo afectaba de formas que no podía haber previsto. «Desear» parecía una palabra demasiado insulsa para expresar el poder de su atracción por Lindsay Gibson.

Ella bajó las pestañas y ocultó los ojos.

—¿Es un pecado muy grave desear a un ángel?

—El pecado es mío por desearte a ti.

La garganta de Lindsay se movió para tragar saliva.

—¿Y si la cosa va más allá del mero deseo? ¿Va a caerme un rayo encima? ¿O algo peor?

—¿Eso te disuadiría?

—Esperaría haber hecho algunos méritos librando al mundo de cosas como el dragón.

—Yo te ayudaré a hacer más.

Se moría de ganas de empezar. Ella ya había demostrado ser sumamente elástica y adaptable. En cuestión de horas se había enterado de que los vampiros y humanos que creía conocer sólo eran una pequeña pieza de un inframundo mucho más amplio. Y se lo había tomado todo con calma porque era una superviviente, una luchadora, una mujer que él contaba con tener a su lado en días venideros.

—¿Voy a necesitarlos? —Lindsay siguió a Adrian y se adaptó a su paso—. No has respondido a mi pregunta, por lo que estoy pensando que sí.

—El pecado es mío —repitió mientras la guiaba por el pasillo hacia la habitación reservada especialmente para ella.

Adrian siempre tenía un espacio para ella en sus casas, para recordarse tanto su falibilidad como su capacidad de humanidad. Para él, las dos cosas estaban unidas. No podía tener la una sin la otra, y sin Shadoe no tenía ninguna de las dos.

Llegaron a la puerta del dormitorio de Lindsay. Adrian la abrió para ella pero no entró. Por inevitable que fuera su transgresión, era resistible... de momento. No lo sería durante mucho más tiempo. No después de haber pasado tan largo período sin ella. Y la sexualidad de Shadoe, asertiva de por sí, lo hacía aún más difícil. Tanto si se reencarnaba durante épocas obscenas y aventureras o en eras de inhibición y represión, siempre era rápida a la hora de seducirlo. Y él siempre era rápido en caer.

Lindsay entró en su habitación, pero nada más cruzar el umbral vaciló.

—Probablemente no —dijo por encima del hombro.

Adrian enarcó una ceja a modo de pregunta silenciosa.

—No me disuadiría —aclaró ella.

Adrian sonreía cuando Lindsay cerró la puerta.

7

—¿Vas a enseñarle a cazar a su propia familia? ¿A sus amigos? —preguntó Jason mientras entraba detrás de Adrian en su despacho.

—Ya lo está haciendo. —Adrian rodeó la mesa—. Y continuará con o sin nosotros. De esta forma, le estoy dando una oportunidad de sobrevivir.

Jason soltó un silbido.

—Después de todos estos años sigues siendo un ángel.

—¿Acaso lo dudabas?

—No. Pero hay quien se pregunta si la hija de Syre te hace... humano.

No Shadoe en sí misma, sino el amor que Adrian sentía por ella. El amor mortal no era para los ángeles, cuya objetividad debía ser absoluta.

—Los que tengan dudas deberían planteárselas al Creador. Necesito la confianza de todos los que integran esta unidad. Si la he perdido, he perdido mi utilidad.

—Eres muy querido, capitán. No se me ocurre ni un solo Centinela que no considerara un honor morir por ti.

Adrian se acomodó en su silla.

—Igual que yo considero un honor dirigiros a todos. Es una responsabilidad que no me tomo a la ligera.

—Lo que pasa es que resulta difícil no sentirse intranquilo. —Jason se pasó la mano por los cabellos rubios con gesto descuidado—. Nuestro trabajo es cuidar de los Caídos para siempre. «No habrá para ellos paz ni redención de su pecado. Suplicarán eternamente, pero no habrá para ellos misericordia.» A veces el castigo parece tanto nuestro como suyo.

—Que así sea. Tenemos nuestras órdenes.

—Y eso lo es todo para ti.

—Y debería serlo para ti. ¿Qué somos, si no Centinelas?

Jason vaciló un momento y luego sonrió avergonzado.

—Bien. —Adrian volvió a dirigir la conversación a su preocupación inmediata—. Quiero que Lindsay entre en la rotación de entrenamiento lo antes posible.

—¿Cómo? Es frágil como una cáscara de huevo. Puede que se defienda con otros mortales, tal vez incluso con un vampiro o licano con el elemento sorpresa, pero ¿cuerpo a cuerpo con un Centinela? Muy pocos seres sobreviven a eso.

—Todos conocemos nuestra fuerza. Nos hará bien prestar más atención a cómo la utilizamos.

—¿A qué precio?

—Ella supondrá una ventaja. —Adrian hizo girar la silla y observó con aire ausente el color más claro del cielo que señalaba el inminente amanecer—. Nadie la ve venir. Este sigilo puede resultarnos útil de varias formas.

—¿Utilizarla como cebo?

—Como distracción.

—Eso lo será, desde luego.

Adrian encaró el leve retintín de burla que había percibido en el tono de su teniente.

—¿Tienes algún problema con tus órdenes?

A Jason se le borró la sonrisa de la cara.

—No, capitán.

—En las últimas cuarenta y ocho horas han atacado a los dos Centinelas de mayor rango. Tú viste a la esbirra en el helicóptero, estaba enferma, y Damien mencionó una posible enfermedad en su informe sobre el ataque a Phineas. He ordenado que todos los Centinelas que hay en el campo nos pongan al corriente. Quiero que examines cuidadosamente los informes en cuanto lleguen y veas si se menciona algo similar en ellos.

—¿Qué estás pensando?

—Uno o más de los Caídos está dando su sangre para permitir que estos esbirros vengan por nosotros a plena luz del día. Syre me llamó y me habló de la piloto, de modo que era consciente de su localización, pero pareció verdaderamente sorprendido cuando afirmé que fui atacado sin provocación. Insinuó que no estaba en su naturaleza hacer un movimiento como éste.

—Sabes que no puedes confiar en él. Le dio alguna especie de droga y luego llamó para ver cómo había ido el enfrentamiento con ella. ¿Cómo si no iba a saber que estaba contigo?

—Tienes razón. Eso fue lo que pensé desde el principio, que se hacía el inocente para evitar parecer culpable. Ambos sabemos que no me llamaría para hablar de un vampiro cualquiera, de manera que solamente su interés ya refleja su culpabilidad. Pero cuando mencioné el ataque a Phineas no dijo ni una palabra. No esperaba que asumiera la responsabilidad de ello, pero ¿que no reconociera nada en absoluto...? ¿Que no lo negara, que no hiciera preguntas para fingir ignorancia, nada? Eso me parece muy raro. No puede confiar en mí más de lo que yo confío en él, de modo que nunca admitiría que se le está escapando el control sobre los Caídos. Quizás esté fingiendo no tener ni idea de los ataques, pero si no finge y de verdad no sabe qué está pasando, podría haber por ahí un conventículo o incluso un aquelarre de vampiros que estén engañándonos para que entremos en guerra unos con otros. Ellos no pueden acabar con Syre, pero saben que yo sí puedo y que lo haré si está fuera de control, cosa que dejaría el campo abierto para un golpe de estado.

Jason enarcó las cejas.

—¿Esperando que tú hagas el trabajo duro? ¡Genial! Sería justo que cumpliéramos nuestra misión gracias a una revuelta de vampiros.

Hacía mucho tiempo que Adrian había dejado de pensar en términos de justicia e injusticia.

—Necesito saber si Syre está detrás de estos ataques o no. Independientemente de su culpabilidad o inocencia, podemos utilizar la información para debilitar su dominio sobre los Caídos. O está poniendo en peligro sus sueños de redención deliberadamente o los está poniendo en peligro desatendiéndolos. Ninguna de las dos cosas contribuye a su causa.

—A su causa perdida. ¿Quieres poner a los Caídos en su contra?

—¿Por qué no? Como tú has dicho, una rebelión nos beneficiaría. Sobre todo si él facilita las cosas para incitar una.

—Me pondré con ello.

Jason se marchó.

Adrian decidió que lo que le hacía falta para desprenderse de su persistente agitación era una sesión de ejercicios. Lindsay no tardaría en despertarse. Y antes necesitaba tener la mente clara para consolidar sus planes para ella.

Lindsay despertó de sus sueños antes de estar preparada. Parte de su mente seguía aferrándose al sueño, anhelando sentir de nuevo el tacto de unas manos terriblemente hábiles, otro susurro de unos labios firmes en la garganta, otro roce de unas sedosas alas blancas y carmesí…

Abrió los ojos al tiempo que emitía un silencioso grito ahogado, tenía el corazón palpitante y la piel caliente. Estaba tremendamente excitada y en su cabeza no había más que brillantes ojos azules y palabras fuertes, sexuales, pronunciadas con una voz susurrante y pecaminosa.

Se restregó la cara con una mano, apartó las sábanas con los pies y se quedó mirando las vigas de madera expuestas por encima de su cabeza. Su futuro había dado un giro monumental cuando Adrian Mitchell se fijó en ella. Hasta entonces su vida había sido muy simple: levantarse, ir a trabajar, volver a casa, y en medio de todo eso, matar cualquier cosa que disparara las alarmas. Ahora todo era muy complicado.

Lindsay se dio la vuelta, se levantó de la cama y cruzó la inmensa habitación hacia un cuarto de baño privado que tenía el mismo tamaño que su antiguo apartamento en su ciudad natal. Había una chimenea junto a la bañera y un mosaico impresionante en una ducha que tenía seis alcachofas. Ni siquiera se había alojado nunca en un hotel tan lujoso como aquel lugar, pero se sentía cómoda y tranquila. Pese a la opulencia, el efecto global era relajante. La paleta de delicados amarillos y azules aportaba luminosidad y amplitud al espacio, una apariencia que la atraía porque su vida podía ser muy oscura.

Después de lavarse la cara y cepillarse los dientes regresó al dormitorio donde la desnuda pared de ventanas que daba al oeste atrajo su mirada. Tenía vistas a unas colinas rocosas cubiertas de seca maleza autóctona. El paisaje inspiraba sentimientos de aislamiento y lejanía, pero sabía que la ciudad no estaba lejos.

Se vistió con unas mallas y una camiseta de tirantes.

—No te acostumbres a esto —se advirtió a sí misma mientras caminaba hacia las ventanas.

Al acercarse, la enorme cristalera central se deslizó lentamente hacia un lado y le abrió el camino para que saliera a la amplia terraza. El aire matutino era fresco y vigorizante y la atrajo hacia el exterior. Se aferró a la barandilla de madera con tanta fuerza que los nudillos se le quedaron blancos, inspiró profundamente y absorbió la enormidad del cambio de circunstancias. El sol salía a su espalda y una brisa suave le soplaba de frente. Abajo sobresalían otros dos pisos de la casa, encima de una pendiente escarpada, pero ella sólo pudo mirar un momento, porque el miedo a las alturas la embargó con ganas.

La oleada de ansiedad la sobresaltó. No por el hecho de sentirla, sino porque cayó en la cuenta de que no la había notado hasta entonces. Toda su vida se había sentido apresurada y agitada. La sensación se magnificaba con la proximidad a criaturas desagradables, pero vi-

braba constantemente en su interior a pesar de todo. La expectativa
de que estaba esperando que ocurriera algo, esperando a que sucedie-
ra lo inevitable, había formado parte de su existencia desde siempre.
Y ahora había desaparecido dejando tras de sí una calma extraña pero
grata. Fuera lo que fuera lo que pudiera ocurrir a continuación, en
aquel mismo momento, ella se sentía centrada y tranquila. Y para hacerlo aún mejor, lo cierto era que estaba disfrutando de la serenidad.

Al retroceder para apartarse del borde, una gran sombra pasó rápidamente a sus espaldas y avanzó a toda prisa siguiendo la barandilla.
Lindsay alzó la vista. Inspiró bruscamente y dio media vuelta.

El cielo estaba lleno de ángeles.

Giraban y descendían en picado describiendo unas danzas únicas
e hipnotizadoras contra la pálida mañana rosada y gris. Había al menos una docena de ellos, tal vez más, y se deslizaban los unos en torno
a los otros con mucha gracia y habilidad. La envergadura de sus alas
era enorme y sus cuerpos mantenían el equilibrio con elegancia. Eran
demasiado fuertes y atléticos… demasiado «letales» como para inspirar devoción, sin embargo, infundían reverencia.

Lindsay dobló la esquina de la casa y descubrió que la terraza se
ensanchaba considerablemente por detrás formando una especie de
zona de aterrizaje. Atónita y un tanto temerosa, no se acordó de respirar
hasta que le ardieron los pulmones. Ya había creído que Adrian era más
de lo que podía digerir cuando no era más que un hombre. Ahora…

Adrian destacaba incluso entre ángeles. Sus alas perladas relucían
con el sol naciente y las puntas carmesí rayaron el horizonte cuando
tomó velocidad. Se elevó como una bala y a continuación descendió
en picado al tiempo que giraba formando una mancha borrosa de color alabastro y rojo sangre.

—Creo que intenta impresionarte.

Lindsay apartó la mirada. Se encontró a Damien a su lado, con las
manos en las caderas y la atención fija en las acrobacias aéreas que tenían lugar por encima de ambos. Era guapísimo, con un cabello corto

castaño oscuro y unas facciones alargadas y esculturales que encuadraban unos ojos brillantes casi tan azules como los de Adrian. Pero, a diferencia de Adrian, él poseía un aire de tranquilidad, como un mar encalmado. Sus alas estaban expuestas y Lindsay sospechaba que era una táctica intimidatoria. Eran grises con las puntas blancas y le recordaron a un cielo tormentoso. Enmarcaban su piel tersa color marfil y creaban el efecto de una estatua clásica de mármol que hubiera cobrado vida.

—Está funcionando —confesó Lindsay—. Estoy impresionada. Pero no le cuentes que te lo he dicho.

Se levantó aire y el sonido de unas alas enormes que se agitaban precedió el aterrizaje de Adrian delante de ella. Sus pies tocaron la terraza casi en silencio, algo que Lindsay a duras penas percibió porque iba descalzo y con el pecho desnudo.

«¡Joder!»

Vestido solamente con unos pantalones negros holgados y aquellas magníficas alas, su atractivo cuerpo quedaba plenamente expuesto. La piel de un cálido color oliva se tensaba sobre unos músculos duros y esbeltos. Las manos de Lindsay se morían por acariciar sus bíceps y pectorales perfectamente definidos; se le hacía la boca agua con el deseo de lamer la fina línea de vello que dividía su abdomen musculoso. Por real que hubiese sido su sueño, la realidad de Adrian era mucho más devastadora. Había sido creado por una mano maestra y la batalla lo había perfeccionado, y ella no podía evitar que su mente tradujera toda aquella pura masculinidad en una ardiente fantasía sexual. La mera fuerza de su atractivo sexual bastó para hacer que se balanceara sobre sus talones y se quedara sin aliento.

—Buenos días. —La saludó con esa suave resonancia en su voz que casi le puso la carne de gallina—. ¿Has dormido bien?

Lindsay hizo caso omiso de la sensación de *déjà vu* que tenía y la atribuyó a la falta de café combinada con el remanente de sus muy eróticos sueños.

—He estado muy cómoda. Gracias.

—Creí que aún dormirías un par de horas más.

—En casa son las nueve. Para mí eso es dormir hasta tarde.

—¿Tienes hambre?

El hecho de saber que él no consumía comida hacía que su amabilidad fuera aún más significativa.

—Me gustaría tomar un poco de café, si tienes. Y disponer de unos momentos de tu tiempo.

—Por supuesto. —Dirigió una elocuente mirada a un hombre que montaba guardia, uno de los fornidos. El tipo le respondió con un brusco movimiento de la cabeza y a continuación entró en la casa—. ¿Te gustaría entrar? —le preguntó Adrian.

—¿Y perderme el espectáculo aéreo? Ni hablar.

Se ganó una leve sonrisa con el comentario. Ella estaba decidida a sacarle otra clase de sonrisa… una sonrisa íntima como la que le había dirigido en su sueño.

Mientras señalaba una mesa de teca que había cerca de allí, sus alas se disiparon como la niebla.

—Damien.

El otro ángel los siguió y sus alas se desvanecieron igual que habían hecho las de Adrian. Éste retiró una silla para Lindsay y a continuación rodeó la mesa y tomó asiento junto a Damien.

Lindsay estaba situada de cara al este, con lo que los dos ángeles increíblemente guapos quedaron con la salida del sol como telón de fondo. Inspiró profundamente, consciente de que se hallaba en una encrucijada.

—He dado un repentino e importante rodeo al venir aquí. Me he trasladado a California por un trabajo. Tenía planes, entre los que se incluía una reserva de hotel para anoche que no cancelé y por la que tendré que pagar. Yo…

—Me ocuparé de ello.

—No quiero que te ocupes de ello. Limítate a escuchar. —Sus dedos tamborileaban sobre los brazos de la silla—. Agradezco la oferta que me has hecho para entrenarme y quiero aceptarla. Sería una estupidez no hacerlo, dado que soy autodidacta y por lo visto ciega. Puedo sentir lo que no es humano, pero no soy capaz de restringirlo a lo que debería y querría estar cazando. Dicho esto, necesito ser autosuficiente, necesito tener mi propia casa, pagar mi parte e ir y venir como me plazca.

—No puedo permitir que te pongas en peligro.

—¿No puedes permitirlo?

Lindsay se hubiera reído, pero aquél era un momento decisivo muy serio en su asociación. Era muy consciente de que Adrian era un ser que no pertenecía a este mundo, un hombre inmensamente rico en su aspecto mortal y con un poder aún mayor como ángel. Pero ella no iba a someterse a nadie. Y mucho menos a él. Si no establecía las reglas básicas ahora, luego sería demasiado tarde.

El guardia regresó con una bandeja en la que había una jarra, una taza, crema de leche y azúcar. Lo colocó todo delante de ella y luego volvió a ocupar su posición cerca de allí. Lindsay se preguntó por qué los ángeles iban a necesitar protección, y particularmente la que proporcionaban unos individuos que irradiaban menos poder. Por lo que había entendido de la conversación que tuvieron durante la cena, los licanos vigilaban a los ángeles. Al parecer existía algún tipo de estructura organizativa en aquel inframundo sobrenatural en el que había sido brutalmente introducida de niña. Se dio cuenta de que sabía poco sobre las cosas que había estado cazando, lo cual había hecho que la matanza resultara mucho más fácil. Ahora iba a tener que ponerlas en contexto, es posible que humanizándolas durante el proceso, mientras seguía matándolas.

Lindsay deseó, no por primera vez, poder retroceder en el tiempo. Si no le hubiera rogado a su madre que la llevara a aquella maldita comida en el campo, puede que Regina Gibson aún estuviera viva.

—Estoy sentada contigo —continuó diciendo— en un intento por discutir esta situación de manera razonable para que podamos aportar ideas para afrontar los retos y al mismo tiempo darme cierta independencia. Pero si vas a adoptar la postura de «a mi manera o carretera», no tengo nada más que decirte salvo adiós. No quiero ser un blanco fácil ahí afuera, pero, francamente, preferiría arriesgarme bajo mi propia voluntad que perder mi autonomía.

Damien miró de reojo a Adrian, pero éste no apartó los ojos de ella en ningún momento. La comisura de su boca se elevó apenas, como si estuviera tentado de sonreír.

—Entendido.

—Pues bien. ¿Alguna sugerencia?

Adrian se reclinó en su asiento, deslizó sus largas piernas hacia adelante y se arrellanó con elegancia. La atracción que sentía por él le presentó un obstáculo más. Lindsay había esperado explorar la química que había entre ellos antes de saber lo que era él. ¿Y ahora…? Bueno, iba a ser muy complicado. Lindsay no tenía relaciones a largo plazo, a duras penas tenía tiempo para sí misma, y nunca había tenido una aventura con un hombre con el que trabajara, para evitar la incomodidad después de la ruptura. Sabía que si seguía viviendo con Adrian una vez terminada su relación, tendría que verlo salir con otras mujeres. Nunca había vivido con un amante, por no hablar de un antiguo amante que tuviera una nueva novia. El mero hecho de pensar que Adrian mirara a otra mujer de la misma forma en que la miraba a ella le provocó una posesividad cuya intensidad la sobresaltó, sobre todo considerando el poco tiempo que hacía que lo conocía.

Lindsay se sirvió una taza de café y le echó azúcar porque necesitaba que las células de su cerebro se apresuraran y empezaran a disparar.

—¿Te das cuenta —empezó diciendo Adrian— de que no puedes continuar alternando tus dos vidas? Si quieres normalidad puedo procurar que la tengas. Raguel Gadara se toma muy en serio la seguridad de sus empleados. Puedo arreglarlo para que te mudes a una de sus propiedades residenciales. Entre el trabajo, la casa y el cese de tus matanzas, deberías estar bien.

—No puedo dejarlo. No hasta que encuentre a quien estoy buscando. Quizá ni siquiera pueda entonces. No me imagino pasar por la vida sabiendo que esas cosas están ahí afuera aterrorizando a otras personas sin que yo haga nada al respecto.

Un brillo apareció en los ojos de Adrian. De triunfo, tal vez.

—La alternativa es que te quedes aquí, que te entrenes duro y te centres en la caza.

—¿No hay alguna especie de compromiso? ¿No puedo vivir fuera de aquí, entrenar los fines de semana y llamarte para que me apoyes cuando algo dispare mi detector de monstruos?

—Aunque pudiera permitirme reservar a uno de mis hombres con el propósito de realizar una clasificación identificativa por ti, nosotros no cazamos indiscriminadamente. Vigilamos a los vampiros, pero no podemos exterminarlos.

A Lindsay se le heló la sangre.

—¿Por qué no?

—Su castigo es vivir con lo que son.

—¿Y los humanos… qué son? ¿Daños colaterales? Nosotros también tenemos que vivir… y morir con lo que ellos son.

Los ángeles que volaban empezaron a aterrizar. Lindsay los observó con asombro y furia. Aquellas hermosas criaturas parecían mágicas y poderosas y sin embargo permitían que los vampiros parásitos vivieran.

—Cazamos todos los días —dijo Adrian—. Matamos todos los días. ¿Tan malo es que nos centremos en los que causan el mayor daño?

Ella lo miró por encima del borde de la taza.

—Me parece bien. Quizá pueda unirme a vosotros en mis días libres.

—Raguel te contrató por un motivo. ¿Para qué puesto te contrató?

—Subdirectora general.

—Un gran empleo en una nueva gran propiedad. Estoy seguro de que estás sumamente cualificada, pero imagino que es un ascenso considerable para alguien de tu edad.

Lindsay se lamió el café de la comisura de los labios.

—Y me paga demasiado bien.

—Porque espera que seas ambiciosa, ávida, y que estés dispuesta a dedicar largas horas.

Lindsay asintió con resignación. Sólo el nuevo trabajo ya le ocuparía todo su tiempo. Era una de las cosas que habían hecho que el empleo fuera tan tentador; de hecho, puede que consiguiera llevar una vida ordenada utilizando su medio de ganársela como excusa para justificar por qué no cazaba tanto como antes. Era escurrir el bulto, sí, pero se había convencido de que tomaba la mejor opción que se le presentaba.

Mientras los ángeles se iban posando a su alrededor, Adrian siguió siendo el calmado centro de actividad. Pero no era el ojo del huracán. Él era la tormenta. Era las nubes negras del horizonte, hermosas desde la distancia y sin embargo capaces de una gran violencia.

Lindsay cayó en la cuenta de que se hallaba entre ángeles, bebiendo café y hablando de su nuevo trabajo. No era una persona normal.

—Está bien. —Tomó un sorbo fortalecedor—. Caray… todas esas horas estudiando. ¿Para qué?

—No puedo creer que renunciaras a tu sueño tan fácilmente —comentó Damien mirándola atentamente—. Los mortales se marchitan sin sueños.

—La hostelería no era su sueño —explicó Adrian, que parecía muy seguro—. El suyo era una vida normal o, al menos, una que lo pareciera.

—¿Tan malo es eso? —preguntó Lindsay.

Ella quería un hombre formal en su vida, la oportunidad de enamorarse, de salir con amigos y de fichar en un empleo en el que no acabara cubierta de cenizas. Pero también se sentía culpable por desear la ignorancia. ¿Qué clase de persona preferiría no conocer el sufrimiento de otra gente para así poder ser feliz?

—No es malo. Ni mucho menos. Nunca te has sentido cómoda en el mundo mortal, ¿verdad? Eres demasiado hermosa y segura de ti misma para ser una solitaria, pero en realidad nunca has tenido la sensación de encajar. —La miró con esos ojos astutos que la penetraban—. No hay nada vergonzoso en querer sentirse reconocido por lo que eres y a gusto con tu entorno.

—Lo que está claro es que donde no encajo es aquí.

Pero no podía negar que, en el fondo, tenía la sensación de que sí. Y de que Adrian era en gran parte el motivo de ello. Él sabía lo que hacía y la aceptaba sin vacilar. Eso le daba una sensación de plenitud que ella nunca había sentido antes.

—¿Ah, no?

—Todavía no.

Pero creía que podría encajar.

Dios santo… ¿Cómo sería trabajar junto a otros que luchaban en su misma batalla, no sentirse tan absolutamente sola en aquel mundo violento y letal en el que se había iniciado con la muerte de su madre?

Lindsay levantó el brazo y se frotó la nuca.

—La verdad es que debería resultarnos mucho más difícil a ambos tomar esta decisión. Voy a retrasarte y seré una carga.

—Estoy de acuerdo —terció Damien.

Adrian encogió un hombro con elegancia y gesto ingenuo.

—Cada talento tiene una utilidad.

—Necesito ingresos —señaló ella—. Tanto si elijo una vida o la otra, no aceptaré hacerlo gratis.

—Mortales —dijo Damien con voz cansina—, siempre obsesionados con las riquezas materiales.

Un atisbo de sonrisa curvó la boca de Adrian.

—Mando equipos por todo el mundo todos los días. La obligación de hacer esas reservas de vuelos y hoteles recae en el desafortunado que resulte estar cerca de mí por la mañana; no puedo asignar la tarea al personal de mi oficina en Mitchell Aeronautics sin levantar sospechas. Hoy, esa persona serás tú. Salvo una completa ineptitud o un profundo desagrado, te mantendremos ocupada con este trabajo de manera indefinida. Podemos negociar tu sueldo y tu alquiler. Proporciono teléfonos móviles, cuentas de gastos y transporte a todos los Centinelas. Puedes optar por conservar tu propio servicio de móvil, pero entonces tendrás que llevar dos teléfonos.

—¿Centinelas?

—Todos los ángeles que ves en derredor.

Lindsay recorrió la amplia terraza con la mirada.

—¿Cuántos sois?

—Ciento sesenta y dos, ayer.

—¿En total?

Él asintió.

A Lindsay se le escapó una risita.

—No me extraña que estés dispuesto a aguantarme. Necesitas toda la ayuda que puedas obtener.

—Tenemos a los licanos —dijo Damien con voz grave.

Lindsay miró a los guardias repartidos por el perímetro de la terraza. La disparidad de su constitución física comparada con los ángeles ayudaba a distinguirlos. Los ángeles eran ágiles y delgados, cosa que probablemente contribuía a su aerodinámica, en tanto que los licanos eran más fornidos y musculosos.

Adrian miró a Damien.

—Quiero registrar la zona en la que atacaron a Phineas y creo que ya es hora de que vuelva a visitar a la manada del lago Navajo.

Damien asintió y se levantó.

—Enviaré a un equipo de reconocimiento para que asegure la base de antemano.

—No. Eso indicaría miedo y desconfianza, y no es el mensaje que quiero mandar.

—Pues manda un mensaje distinto —sugirió Lindsay—. Uno de verdad, haciéndoles saber que vas a ir.

Los dos ángeles la miraron.

Lindsay hizo un gesto despreocupado con la mano.

—No sé lo que está pasando, de modo que tal vez me equivoque, pero parece que vas a ir a algún lugar que representa un riesgo y no quieres que la gente a la que vas a visitar sepan que tú lo consideras arriesgado. Así pues… que vean que vas a ir. Anúncialo. Eso demuestra valentía: les das la oportunidad de hacer lo que sea que te preocupa. Pero antes, lleva a cabo la idea de Damien sobre el reconocimiento, pero en secreto. Registra la zona sin que ellos lo sepan. Pon a alguien por allí para que examine el lugar antes de enviar el mensaje de que vas a ir. Y entonces observa lo que hacen cuando lo reciban.

Damien entrecerró los ojos.

—Los licanos tienen un fuerte sentido del olfato. Sabrían que los están vigilando.

—Pues envía a algunos licanos de confianza para que hagan el trabajo. —Cuando vio que la única respuesta era un profundo silencio, enarcó las cejas—. ¿No tienes ningún licano en el que confíes? Entonces, ¿por qué son tus guardaespaldas? ¿Mantienes cerca a tus enemigos?

Adrian indicó a Damien que se marchara con el mentón.

Lindsay se quedó mirando al ángel mientras se alejaba.

—Muy bien. Así aprenderé a no hablar cuando no me corresponde.

Adrian se levantó de la silla y se puso de pie.

—Es un plan inteligente y bien fundado. Estoy deseando utilizar tus aportaciones, tanto hoy como en el futuro.

—Adulador.

Lindsay se preguntaba adónde iría y qué se suponía que tenía que hacer ella en su ausencia. Tenía que llamar a su padre y luego tomarse un tiempo para decidir qué iba a hacer con su trabajo.

Adrian rodeó la mesa.

—¿Querrías venir conmigo un momento?

—Sí.

Le retiró la silla y luego le puso la mano en la parte baja de la espalda. El calor de su palma atravesó la fina camiseta que llevaba y, con perversidad, hizo que se le pusiera la carne de gallina. Adrian la condu-

jo hasta la barandilla, lejos de los demás. Lindsay fue muy consciente de
que, detrás de ella, Adrian apretaba el hombro contra el suyo, y de su
olor, que era absolutamente delicioso. Si pudiera, apoyaría la nariz en
la curva de su cuello e inhalaría profundamente llenándose los pulmones. La fragancia de su piel era adictiva, embriagadora… Familiar.

—¿Confías en mí? —preguntó Adrian en voz baja, y su aliento le
sopló suavemente la oreja.

—No te conozco —respondió ella con un susurro, sacudida por
un estremecimiento de placer.

Se detuvieron en el extremo de la terraza.

—De acuerdo —repuso con voz queda y tono divertido—. Entonces, ¿me concederás el beneficio de la duda?

Lindsay se volvió hacia él. Adrian se acercó más, invadiendo su
espacio personal. Estaba tan cerca que sólo los separaban un par de
centímetros y Lindsay tuvo que inclinar la cabeza hacia atrás para mirarlo a la cara. Las alas de Adrian se materializaron y los ocultaron de
miradas curiosas. Lindsay deslizó la mirada sobre él y se empapó de su
torso delgado y musculoso. El apretado encaje que formaban sus abdominales despertó unas fuertes ansias de verlos tensarse de placer
mientras él la penetraba. La conciencia sexual chisporroteó por su piel
y le tensó el cuerpo. Se pasó la lengua por los labios secos y Adrian
siguió el movimiento con los ojos. Ella asintió.

—Bien.

Adrian la atrajo hacia sí, con un brazo le rodeó los omóplatos y
colocó el otro por debajo de la curva de su trasero.

Cada firme centímetro de él estaba presionado contra ella. Lindsay notó que el pene de Adrian se movía contra su bajo vientre, lo cual
le provocó un anhelo entre los muslos como respuesta.

Lindsay le rodeó el cuello con los brazos.

—Adrian…

—Contén este pensamiento —murmuró él—. Y agárrate a mí.

Saltó por encima de la barandilla.

8

Lindsay soltó un grito cuando cayeron en picado. Se pegó al delgado cuerpo de Adrian como pudo, con las piernas colgando. Él presionó los labios contra la sien de ella, que se calló mientras el terror la abandonaba, se escurría de su cuerpo por el punto en el que él la besó. Las alas se extendieron, atraparon el aire y remontaron el vuelo.

—Por una cuestión aerodinámica —dijo Adrian con calma— necesito que no te menees.

Molesta por el hecho de que no la hubiera avisado, Lindsay le dio un mordisquito en el cuello.

—¡Me has dado un susto de muerte!

—¿Por qué?

—¡Me dan miedo las alturas!

Lindsay enroscó las piernas en torno a las de Adrian como si fuera un pretzel.

—Tienes miedo de caer —la corrigió él acariciándole la mejilla con los labios—. Yo nunca te dejaría caer.

«Chorradas.» Ya estaba cayendo, porque se estaba enamorando de él. Lindsay se preguntó si Adrian tenía alguna idea de lo aniquiladoras que eran sus muestras esporádicas de ternura. Hacían que se cayera de culo todas las veces. Lindsay podría tener alguna defensa contra aquella ardiente intimidad si creyera que se trataba de una táctica de seducción, pero el comportamiento de él parecía carecer de una segunda intención. Sus actos parecían innatos… o irresistibles. La idea de que Adrian no pudiera evitar ser tierno con ella le daba más miedo que volar sin avión. El miedo y la excitación creaban una mezcla potente.

Lindsay enterró aún más el rostro en el cuello de Adrian, se aferró a su cuerpo fuerte y notó todas las contracciones de sus músculos mientras ascendía sobre una ladera rocosa. Adrian la sujetaba bien, con tanta firmeza que entre ellos no corría el aire, con una seguridad y confianza que calmaban su inquietud. Sonrojada por la inyección de adrenalina, tenía cada vez más calor pese al frío de la mañana y a que llevaba los brazos desnudos. Notaba los pechos pesados y los pezones arrugados y de punta, tensos y duros.

Se ladearon a la derecha y a Lindsay se le subió la camiseta. Contuvo el aliento al sentir la carne desnuda de Adrian contra la suya. Tenía la piel caliente y los fuertes músculos de debajo se flexionaban cuando él batía sus enormes alas. A ella le daba el pelo en la cara y en los ojos cerrados. El viento cantaba con algo parecido a la alegría.

Las ondulaciones de los marcados abdominales de Adrian contra su vientre plano era innegablemente sensual y las contracciones rítmicas imitaban a la perfección la sensación que tendría él mientras se la follaba. La dura longitud de la erección de Adrian suponía una presión apremiante que hacía imposible que ella pasara por alto su propia creciente excitación.

Entonces se retorció y se frotó contra la gruesa rigidez de su pene.

Cayeron varios metros en picado. Lindsay gritó. Adrian murmuró algo extraño con la vehemencia de un improperio.

—Compórtate —la reprendió, y la sujetó con más fuerza hasta el punto de inmovilizarla.

—El que tiene la erección eres tú.

Adrian la atrajo aún más hacia sí y le aplastó los pechos contra él.

—Tus pezones demuestran que no soy el único.

Remontaron otra colina y luego descendieron súbitamente y aterrizaron con habilidad en un pequeño claro del otro lado. Lindsay no se soltó enseguida. En lugar de eso, hizo lo que había querido hacer antes: presionó la nariz contra la piel de Adrian e inhaló. Él le metió los dedos en el pelo, le rodeó la cabeza con la mano y la sostuvo cerca de sí.

—¡Cómo me tientas, *tzel*! —dijo con la respiración agitada.

—¿Debería sentirme insultada o excitada cuando me llamas cosas que no entiendo?

Lindsay acarició el palpitante pulso de Adrian con la lengua; luego lo rozó suavemente con los dientes.

Adrian gimió.

—Si vuelves a hacer eso no seré responsable de la grava que luego puedas encontrarte clavada en la espalda.

—¡Ay!

Lindsay retrocedió. Echó un vistazo en derredor y se dio cuenta de que Adrian no la había traído hasta allí para una apartada cita. La maleza seca y el suelo rocoso no inducían en absoluto a quitarse la ropa.

—Los Centinelas y los licanos tienen un oído muy agudo —explicó él, que recuperó su aspecto inmaculado con tan sólo pasarse la mano por el pelo—. Si quiero hablar contigo en privado tengo que hacerlo lejos de la casa.

—¿Qué tienes que decir que no quieres que oigan?

Sus alas se desvanecieron.

—No es lo que tengo que decir, sino la manera en que lo digo. Y cómo te miro cuando lo digo.

Lindsay enarcó las cejas con gesto inquisitivo.

Su brillante mirada azul la recorrió y se detuvo en las puntas endurecidas de los pezones. Ella echó los hombros hacia atrás y dejó que mirara.

La expresión de Adrian se suavizó.

—No traigo mujeres a la casa. Los licanos no saben qué pensar de tu presencia y me prestan mucha atención, buscan pistas.

Lindsay comprimió el calor que quería extenderse por su cuerpo. Después de pasarse la vida sintiéndose fuera de sincronía con el mundo, ahora estaba en un lugar donde se sentía cómoda, un sitio en el que sólo encajaba ella. ¿Era posible que por fin hubiera encontrado la horma de su zapato?

—Pues claro que no traes mujeres aquí. ¿Cómo podrías explicar la legión que vive bajo tu techo y la manada de lobos que rondan por el perímetro? A menos que haya más como yo...

—No —dijo él en voz baja—. Puedo afirmar sin temor a equivocarme que eres única en el mundo entero.

—Pero me invitaste a cenar antes de que matara al dragón.

Adrian se cruzó de brazos, con lo que tensó sus bíceps e hizo que Lindsay se volviera loca de deseo por él otra vez.

—Hay cosas que se saben sin más. En cuanto te vi supe que era inevitable introducirte en mi vida.

—Incluso como una humana sin nada especial.

—Siempre tuviste algo especial, incluso entonces.

Lindsay se volvió de espaldas a él. Su afecto por Adrian crecía de un modo irracionalmente rápido y no parecía poder impedirlo.

—No veo como puedo ser otra cosa que no sea un incordio para ti.

—Tal como dijiste, no te ven venir. Puedes ser un señuelo para los vampiros y puedo utilizarte en mi beneficio. ¿Es una respuesta inaceptable?

Lindsay lo miró por encima del hombro. Mercenario y despiadado: no lo envidiaba por ello. Ella comprendía la necesidad de ser de ese modo. Si utilizarla para atraer vampiros era la manera en que podía resultar útil, accedería a hacerlo. Estaba muriendo gente inocente. Víctimas con familias, incluidos niños pequeños, como ella había sido una vez. Lamentaba que no hubiera habido algún mercenario despiadado para salvar a su madre.

—¿Una arteria para utilizarla de cebo? Sí, eso sería aceptable para mí. Pero quiero saber más sobre todo eso de los ángeles que se vuelven vampiros. Y lo de los ángeles que se vuelven licanos. El conocimiento es poder y todo eso.

—De acuerdo. —Adrian esperó a que Lindsay se volviera hacia él—. Poco después de que fuera creado el Hombre, doscientos serafines fueron enviados a la Tierra para observar e informar sobre su evolución. A estos ángeles se les conocía como los Vigilantes. Eran una casta de eruditos y recibieron órdenes estrictas de no interferir con el avance natural de la evolución del Hombre.

—Se suponía que sólo tenían que «vigilar». Lo entiendo.

—No obedecieron.

Lindsay sonrió con ironía.

—Me lo figuraba.

—Los Vigilantes empezaron a fraternizar con los mortales y les enseñaron cosas que no debían saber.

—¿Tales como…?

—La creación de armas, la guerra, la ciencia… —Hizo un gesto notablemente despreocupado con la mano—. Entre muchas otras habilidades.

—Te sigo.

—Se creó una casta guerrera conocida como los Centinelas para que hicieran cumplir las leyes que los Vigilantes estaban infringiendo.

—¿Y tú diriges a esos Centinelas?

—Sí.

—Así pues, eres el único responsable de convertir a los ángeles caídos en vampiros —lo acusó mientras la furia y el horror le aceleraban el pulso.

—Ellos son los responsables de lo que son. Ellos toman las decisiones que conducen a su caída. —La observó detenidamente con esos ojos insondables—. Sí, yo administré el castigo. Yo despojé a los Vigilantes de sus alas. Las alas y las almas están conectadas y la pérdida de sus almas los llevó a beber sangre. Pero soy tan responsable de sus errores como lo es un agente de policía de los crímenes cometidos por los delincuentes.

—Una mejor analogía sería un sistema penal que deja libres a delincuentes que son más peligrosos después de la encarcelación que antes de ella. —Lindsay se despeinó los rizos con gesto frustrado—. ¿Por qué tienen que beber sangre? Tú no lo haces, y ellos antes eran ángeles como tú.

—Desde el punto de vista fisiológico siguen siendo serafines. El hecho de cortarles las alas no los hace mortales. No pueden ingerir la comida que tomáis vosotros. Nos parecemos a los mortales por fuera, pero no somos iguales. No estamos hechos igual. Vuestros cuerpos crean energía a través de procesos químicos físicos; nosotros no estamos diseñados de esa manera.

Lindsay asintió moviendo lentamente la cabeza. Las alas, y la forma en que aparecían y desaparecían, eran una prueba más que suficiente de lo distintos que eran.

—¿Y qué hacen los licanos? ¿Cómo los utilizas?

—Olfatean a los vampiros en los asaltos a escondrijos y guaridas y los conducen a zonas escasamente pobladas donde no puedan causar el más mínimo daño a los mortales.

—Dijiste que ahora hay ciento sesenta y dos Centinelas. El resto… ¿murieron?

Adrian respiró profundamente y su pecho se hinchó y deshinchó.

—Fueron bajas, sí.

—¿Cuántos licanos hay?

—Varios miles a partir de veinticinco originales, porque ellos pueden procrear.

—¿Y cuántas bajas de vampiros ha habido?

—Cientos de miles. Pero siguen llevando ventaja porque pueden propagar el vampirismo a los mortales mucho más rápido de lo que los licanos pueden reproducirse.

—¿Mientras que tú te has quedado con una cantidad estática, menos los que perdiste por el camino? —Lindsay exhaló bruscamente, abrumada por la enormidad de la tarea a la que Adrian se enfrentaba—. ¿Por qué los ángeles caídos vampiros pueden propagar su enfermedad? No entiendo por qué eso está bien.

—No tengo respuesta para eso. Si tuviera que adivinarlo, diría que tiene algo que ver con la libertad de elección. La elección de los Caídos de contenerse y no compartir su castigo, tal como debían haberse contenido de compartir sus conocimientos. Y la elección de los mortales que son transformados en vampiros.

—Das por sentado que los mortales tienen elección.

—Los hay que buscan la transformación. Muy especialmente los que están enfermos o lisiados de algún modo. Son los que quieren vivir sin importarles lo que cueste.

Lindsay se estremeció.

—¿Quién quiere vivir así? Yo preferiría estar muerta.

Adrian se acercó un paso a ella. Luego otro.

—Es mejor preguntar, ¿quién quiere morir así? La mayoría de mortales no sobreviven a la Transformación. De aquellos que lo hacen, muchos se vuelven salvajes y hay que sacrificarlos. Los Caídos no tienen alma. Cuando propagan su aflicción a los mortales, que sí tienen alma, la Transformación causa un daño irreparable. Algunos esbirros pueden sobrevivir sin alma, pero la mayoría pierden su empatía y luego la cabeza.

—¿Los llamas esbirros? —Lindsay arrugó la nariz—. Hasta el término es desagradable.

Un soplo de brisa alborotó el pelo de Adrian y le dejó un denso mechón oscuro colgando sobre la frente. El leve deslucimiento de su marcada perfección lo hizo parecer más joven que los treinta y pocos años que Lindsay le había calculado en un principio.

Lindsay ya sabía que eso no era más que una ilusión. Sus ojos, de un tono tan brillante, eran viejísimos. El lapso de tiempo sobre el que hablaba tan despreocupadamente era inmensurable para ella. Siglos. Eones. Resultaba casi aterrador intentar imaginar la historia que había visto.

—Estás aquí —dijo Lindsay con cautela al tiempo que enganchaba los pulgares en la pretina de los pantalones— para castigar a los ángeles que enseñaron a los mortales cosas que aún no tenían que saber..., pero vas a enseñarme cosas que de otra forma yo no sabría. ¿Las reglas que son aplicables a los Vigilantes no te afectan a ti?

—Voy a enseñarte cómo defenderte mejor, pero dentro de las limitaciones de tu cuerpo mortal. Básicamente, nada que no pudieras aprender en otra parte con maestros en defensa personal mortales.

—Bien. —Lindsay soltó el aliento que había estado conteniendo sin saberlo—. Ahora que ya sé lo esencial, quiero ir contigo cuando te vayas.

Él le dijo que no con la cabeza.

—No sé con qué estoy lidiando. Hasta que no lo sepa, es demasiado peligroso.

—¿Hay algún lugar más seguro que a tu lado? —lo retó ella.

—El lugar más peligroso en el que puedes estar es a mi lado.

Lo demostraba la tentación que Adrian suponía, pero...

—Me arriesgaré. Además, ya tengo hecho el equipaje.

Cuando el rostro de Adrian adoptó una arrogante expresión autoritaria, Lindsay levantó la mano.

—Piénsalo bien antes de responder —le advirtió.

Adrian se detuvo. La tranquilidad que lo embargaba era absoluta.

A los pocos momentos de conocerlo, Lindsay supo que estaba acostumbrado a dar órdenes y a que éstas se obedecieran sin rechistar. Con ella iba a tener que superarlo.

—¿A tu manera o carretera? —le preguntó con una suavidad peligrosa.

Lindsay bajó la mano.

—Hago lo que hago, mato cosas monstruosas, para vengar a alguien. Lo hago por las víctimas, porque ellas no pudieron hacerlo solas. Si puedo ayudar a alguien que tenga un nombre y un rostro, que tenga amistades, una vida que yo haya visto... ¿Lo entiendes? Dijiste que me centrarías, y ésa es la clase de cosa en la que quiero centrarme. Quiero ayudarte a encontrar a quienquiera que matara a tu amigo.

—Hoy no voy a cazar.

—Tonterías. Buscas información. Quieres ver si puedes averiguar algo cerca del lugar donde mataron a tu amigo. Y si encuentras algo, no vas a dejarlo ahí y volver a casa. No necesito que me entrenen para ser de ayuda. Ya soy letal.

—Con el elemento sorpresa —matizó él—. En el combate cuerpo a cuerpo estarías muerta en un abrir y cerrar de ojos. Y cuando corra la voz sobre ti, te perseguirán. Aún no estás preparada para eso.

—Nadie puede estar totalmente preparado para eso. Y cuando me llegue el momento, pues me llegará. Todo ocurre por un motivo.

—Ahora soy yo el que te dice que no digas tonterías.

—Tienes que llevarme contigo —dijo Lindsay en un tono que no admitía discusión. Luego le lanzó «la mirada», la misma que le había dirigido en el aeropuerto para despertar su interés. No estaba por encima de utilizar sus artimañas femeninas para salirse con la suya.

Adrian sonrió. Fue una sonrisa completa y seductora que la dejó atónita.

—No puedes mangonearme, Lindsay. Me complace mucho ser el destinatario de tus habilidades persuasivas, pero no si vas a cabrearte cuando éstas no te consigan lo que quieres.

Aquella sonrisa la desarmaba. Una electricidad chisporroteante le recorrió la piel e hizo que se le erizara el vello de la nuca.

—Adrian...

—No. —La curva de su boca se enderezó bruscamente—. No voy a cometer un error táctico por culpa de mi deseo por ti. Mi misión y, por encima de todo, tú, sois demasiado importantes como para correr riesgos.

La tirantez que le oprimía el pecho a Lindsay se vio incrementada por un sentimiento de respeto. Tuvo un repentino y alocado deseo de arrastrarse por encima de él desnuda.

—Yo también tengo responsabilidades, Adrian. Sé que esas cosas están ahí afuera. Ojalá no lo supiera. Ojalá no pudiera sentirlas venir. Pero puedo, y esta maldición acarrea una responsabilidad. Pero para mí eso es todo lo que hay. Para ti, puedo resultar útil y puedo guardarte las espaldas.

—Soy un Centinela. Puedo cuidar de mí mismo.

Aunque su voz fue firme, quedó suavizada por la calidez de sus extraordinarios ojos.

—Si no me dejas ir contigo no voy a quedarme aquí. Sé que es infantil, pero es la única baza que tengo.

—Estás haciendo chantaje a un ángel.

Lindsay se encogió de hombros.

—Pues demándame.

Las alas de Adrian se materializaron y se flexionaron, moviéndose al tiempo que su mandíbula.

—Puedo retenerte.

—Y mi padre armará un lío tremendo por haber desaparecido de la faz de la Tierra y tú tendrás aún más problemas entre manos. Eh… no te enfades. En parte fue idea tuya mantenerlo informado. Además, sé que quieres atrapar a los responsables y cada día que pasa el rastro se enfría más. No sé si tú tienes el mismo sexto sentido que tengo yo o no, pero si no lo tienes, ambos sabemos que yo puedo encontrarlos muy rápido. Y no me verán venir. Para ellos no soy más que una arteria cotidiana, común y corriente.

—El chantaje funciona en ambos sentidos, Lindsay. Quiero algo a cambio.

—¿Ah, sí?

Se puso alerta al instante. El brillo en los ojos de Adrian era demasiado… triunfal, casi como si ella le hubiera hecho el juego.

—Tu razón para cazar, ese «alguien» al que estás vengando… quiero saber quién es.

—Estaba hablando en general.

Se anduvo por las ramas.

Adrian la observó durante un largo momento y luego dijo:

—Muy bien. Entonces tomaré otra cosa.

—¿El qué?

—Esto…

Antes de que Lindsay pudiera parpadear siquiera él ya la estaba besando; se había movido con tanta rapidez que tuvo la sensación de haberse perdido fotogramas enteros de un rollo de película.

La impresión la dejó inmóvil. Él puso la boca sobre la suya y presionó sus labios firmes y sensuales con suavidad. La delicadeza resultó inesperada considerando la firmeza con la que le tomó el rostro entre las manos. Adrian deslizó la lengua por el labio inferior de Lindsay y luego se la metió dentro. Aquella caricia sedosa en la boca la hizo estremecerse, y luego gimió. Adrian besaba con la tranquilidad de un hombre que se toma su tiempo para hacer el amor, lo cual era un lujo para el que Lindsay nunca había tenido tiempo. El sexo servía para satisfacer una necesidad y para sentirse humana a ratos perdidos. Nunca había sido como aquella fusión lenta y profunda. Y eso sólo era un beso. ¿Cómo demonios sería en la cama?

Se le puso la carne de gallina. Sus manos atraparon la pretina de los pantalones de Adrian y se agarraron para el viaje. Tras sus párpados cerrados, absorbió el sabor y el olor de él, la sensación de tenerlo tan cerca. Notó como si hubiera encontrado una forma de entrar en ella. No era consciente de nada más. Sólo de la sensación de que él la analizaba filtrándose en su interior como una voluta de humo…

Lindsay se apartó de un tirón y soltó un improperio.

—¿Te acabas de meter en mi cabeza?

—Necesitaba saber si tu pasado era una carga.

Adrian se relamió como si saboreara el sabor de Lindsay.

Este gesto primitivo hizo locuras en su interior, pero estaba tan furiosa que no se dejó influir por ello.

—¿De modo que has violado mi intimidad hurgando en mi cerebro para descubrir las cosas personales sobre las que no quiero hablar?

—Sí.

—Que te jodan.

Le hubiese encantado marcharse ofendida, pero estaba clavada en el sitio. Se preguntó si él lo había planeado desde el principio.

—Sé a quién quieres —dijo él—, y te aseguro que vas a necesitar mi ayuda para atraparla. Está clarísimo que vas a necesitar mi ayuda para conseguir que identifique a sus cómplices.

Lindsay se lo quedó mirando, preguntándose cómo era posible sentirse violada y esperanzada al mismo tiempo. Él había visto el ataque en su cabeza, había visto a esa zorra del tamaño de una amazona, con el cabello de un rojo encendido y un traje de cuero negro muy ajustado.

—¿No reconociste a los dos tipos que iban con ella?

—Hay miles de hombres vampiro con esos mismos pelos de punta teñidos de colores. Ni siquiera la complexión y los rasgos étnicos resultan de mucha ayuda cuando el recuerdo está tan fracturado por el terror y la pena como lo está el tuyo. —Batía las alas nerviosamente, como si el dolor del recuerdo de Lindsay lo afectara—. En algún momento durante el ataque dejaste de ver y empezaste a centrarte en el sentimiento. Es lo que más resuena en ti: qué sentiste viendo desangrarse a tu madre, qué sentiste esperando tu turno.

Que no llegó. No tenía ni un rasguño cuando salió pidiendo ayuda a gritos. El daño que le habían infligido había sido todo mental y emocional. Ver cómo a su madre se le escapaba la vida. Oír los insultos morbosos. Sentir la presión de unas zarpas sobre su carne mientras la sujetaban…

—Pero ¿conoces a la mujer? —insistió Lindsay, que necesitaba una pista.

Cualquier cosa que pudiera ayudarla a encontrar a los vampiros responsables del hecho que había cambiado su vida para siempre.

—Ah, sí. Vashti es inconfundible. Es segunda al mando de los vampiros.

—Segunda al mando… ¿Vampiros así son los que dirigen el cotarro? ¿Y eso no basta para aniquilarlos a todos?

—Basta para aniquilarla a ella y a sus cómplices. —La boca de Adrian formó una fina línea que dibujó un gesto adusto en su rostro—. Tu madre y tú caísteis en una emboscada a plena luz del día. Los Caídos son los únicos vampiros que no son fotosensibles. Pueden conferir inmunidad temporal a los esbirros compartiendo su sangre, pero, en cualquier caso, uno o más de los Caídos son responsables en última instancia del ataque. Teniendo esto en cuenta, es un milagro que sobrevivieras. Deberían haberte matado a ti también para proteger su identidad.

—Supongo que no suponía una gran amenaza. Una decisión estúpida por su parte.

Soltó aire de pronto. Pese a que estaba cabreada con él por haber hurgado en su cabeza sin permiso, también tenía ganas de besarlo hasta dejarlo sin sentido. Ahora él era la clave para resolver el misterio de aquel día. Ya tenía el «quién»; sólo necesitaba el «por qué». Entonces podría matar a esos hijos de puta y cerrar ese capítulo de su vida.

—Bueno, pues ahora que hemos quitado de en medio la parte de la extorsión de esta conversación, voy a ir contigo.

—Acatarás las órdenes incondicionalmente.

—Sí. Lo prometo. —Con un gesto de la mano, Lindsay dibujó una equis sobre su pecho—. Lo juro por mi vida.

Adrian le hizo una seña doblando el dedo.

—Tenemos que volver.

A Lindsay le bullía el cuerpo de emoción y creciente excitación. Se temía que si alguna vez Adrian volaba con ella grandes distancias, podría ser que llegara al orgasmo durante el vuelo. Como una tía buena motera que se corría con las vibraciones de una Harley-Davidson. La adrenalina siempre la había puesto cachonda. La adrenalina combinada con Adrian era un infierno. Lo contempló deslizando la mirada sobre él desde lo alto de su cabeza morena hasta sus pies desnudos… que no tocaban del todo el suelo áspero.

Lindsay lo tenía muy jodido.

9

Syre hizo girar la silla de su despacho de cara a la ventana con vistas a Main Street y contempló el esmerado espectáculo. La pequeña ciudad de Raceport, Virginia, que recordaba a un cuadro de Norman Rockwell, se había modernizado con docenas de motocicletas Harley-Davidson alineadas en filas ordenadas junto a los bordillos.

—¿Adrian admitió haberla matado? ¿Lo soltó así, sin más?

La voz normalmente melódica de su teniente vibraba con furia y dolor. Vashti andaba de un lado para otro como un animal enjaulado, golpeteando rítmicamente el suelo de madera con sus botas de tacón de aguja.

—Sí —respondió él en voz baja.

—¿Cómo vamos a responder? ¿Qué vamos a…?

—No hagas nada, padre.

La calma sobrecogedora en la voz de su hijo le rompió el corazón a Syre más de lo que lo habría hecho la furia. Se puso de pie y miró a su único hijo vivo. Torque se quedó bajo las sombras del umbral y evitó los rayos del sol que avanzaban, caían sesgados sobre la mesa de Syre y cortaban la habitación por la mitad.

—Nikki quiere… quería la paz entre nosotros y los Centinelas. —Los bellos rasgos de Torque estaban transidos de dolor, sus ojos endrinos estaban enrojecidos y tenía unas marcadas arrugas a ambos lados de la boca—. Ella no desearía ser la causa de una guerra.

—Tu mujer no causó esto —replicó Vash con brusquedad—. La guerra se la ha buscado el propio Adrian.

Syre entrelazó las manos a la espalda.

—Él afirma que fue ella quien lo atacó.

—Eso es ridículo, joder.

—Estaría de acuerdo, pero dijo que sacaba espuma por la boca. Que estaba rabiosa. Y Adrian no la reconoció, no tenía ni idea de que mató a mi nuera. ¿Cómo es posible a menos que su aspecto estuviera drásticamente alterado? Nikki llevaba dos días desaparecida. ¿Quién sabe lo que le hicieron durante ese tiempo? Podrían haberla envenenado con drogas.

Miró a su hijo, que con frecuencia había sido testigo de lo espantosa que podía ser la reacción de la química corporal única de un esbirro a ciertas drogas humanas.

—Entonces quizá no sea Nikki —se apresuró a sugerir Vash—. Quizá se trate de otra persona.

—Era ella —confirmó Torque con voz ronca—. Sentí el momento en el que se le escapó la vida.

Syre asintió, sabía que el vínculo habitual entre vampiro y esbirro era doblemente intenso cuando el amor estaba implicado. Él también sentía profundamente las muertes de Shadoe sin importar la distancia que hubiera entre ellos.

—¿Qué sabemos sobre el secuestro?

Torque se frotó la cara con la mano.

—La dejaron en el aeropuerto sobre las diez. Yo llamé a la asamblea a medianoche porque tenía que recogerme en Shreveport y llegaba tarde. Mandaron a Viktor a buscarla. Nikki había desaparecido y había un rastro de olor a perros licanos en torno al helicóptero.

Syre miró a Vash y ordenó:

—Sigue el rastro de los licanos. Tráemelos.

—Creía que nunca ibas a pedírmelo. —Sus ojos ámbar eran fríos y duros como la piedra. Hacía medio siglo, una manada de licanos había tendido una emboscada a su pareja para matarlo. Ahora ella albergaba un odio tan venenoso que la estaba consumiendo lentamente—. Puedo hacer que nos digan cuáles eran las órdenes de Adrian.

—Eso si Adrian tuvo algo que ver con ello.

Torque frunció el ceño.

—¿Quién si no iba a ser el responsable?

—Ésa es la gran pregunta.

Vash soltó una maldición entre dientes. Con su cabellera pelirroja hasta la cintura y el traje de cuero negro de una pieza, encarnaba la descripción de la belleza vampírica propia de la ficción popular. Ella nunca ocultaba sus colmillos y alegaba que algunos mortales pagaban por fundas para los dientes con esa forma.

—Adrian te dijo que mató a Nikki. ¿Qué más necesitas?

—Un motivo. —Syre arqueó el cuello para aliviar la tensión que se le estaba acumulando. Sus colmillos descendieron al estirarse, igual que sus antiguas alas expresaban antes su estado de ánimo—. En el fondo de su ser, Adrian es un Centinela. Suena simplista, pero en realidad no lo es. Adrian es como una máquina, tiene sus órdenes y no se desvía de ellas. Esta observancia de la responsabilidad es su mayor fuerza, y su debilidad más predecible. Él no actuaría por su cuenta de repente, no está en su naturaleza. Para atacar de esta forma... esto sería un contraataque, no un primer asalto.

—Tal vez sus órdenes han cambiado —sugirió Torque con desaliento.

Vash soltó un resoplido.

—Tal vez está mintiendo. Podría haberse inventado lo de la defensa propia para cubrirse las espaldas, con el objetivo principal de cabrearnos, hacer que tomemos represalias, y así tener una excusa para perseguirnos. Quizás esté mandando un mensaje.

—Te olvidas de que todavía responde ante el Creador —dijo Syre con ironía—. Y si quería expresar algo, hubiera prendido una nota en el cuerpo maltrecho de Nikki y la hubiese dejado en mi porche. No dejaría sitio para las especulaciones. ¿Qué creo yo? Que alguien quiere que le echemos la culpa a él. Y lo que resulta más inquietante es que Adrian cree que le envié a Nikki en un estado mental un tanto perjudicado, de manera que también es al contrario: nos echan la culpa por las acciones de Nikki. ¿Quién saldría más beneficiado con una guerra entre vampiros y ángeles?

—Los licanos. —Vash soltó aire bruscamente y empezó a pasearse otra vez. Sus largas zancadas se comían la distancia de seis metros entre las paredes, de un lado para otro, a una velocidad que provocaría dolor de cabeza a la mayoría de mortales que la observaran—. Supongo que algo turbio y torpe encaja con los perros. Pero no pensaba que tuvieran las pelotas… ni el cerebro de escabullirse del collar de los Centinelas.

Syre esbozó una sonrisa forzada. El hecho de que Adrian hubiera mantenido a los licanos a su servicio durante tanto tiempo era testimonio de su liderazgo. De un modo u otro había logrado mantener a todas y cada una de las sucesivas generaciones vinculadas al trato que había hecho con sus antepasados.

Hasta ahora. Syre admiraba al líder de los Centinelas por su previsión. La vida finita de los licanos les permitía reproducirse. A diferencia de los vampiros, que eran estériles. O los Centinelas, que tenían prohibido procrear. Adrian necesitaba a esos cachorros licanos para complementar sus filas de Centinelas que nunca se habían reforzado.

—Recuerda —dijo Syre con seriedad— que los licanos son descendientes de nuestros compañeros Vigilantes. Son parientes lejanos tuyos y míos, por lo que sin duda existe en ellos un poco de nuestro temperamento rebelde. Y aunque eran poco más que bestias cuando fueron infectados con sangre de demonio, su mortalidad les ha dado ventaja: nosotros permanecemos igual mientras que ellos han evolucionado.

—Así pues, un licano renegado, o unos cuantos, nos engaña para que entremos en guerra con los Centinelas. ¿Por qué? ¿Suicidio en masa? Respiran con el único propósito de servir a los Centinelas. Están entre la espada y la pared.

—Quizá ya no quieren seguir estándolo. Encontremos a los responsables del secuestro de Nikki y se lo preguntaremos, pero absteneos de atacar a ningún Centinela por ahora.

—Tenemos motivos para hacerlo —alegó Vash.

—Haz lo que te digo, Vashti.

—Como desees, Syre.

Dio media vuelta y se dirigió a la puerta. Se movía como la cazadora que era, con precisión y prudencia. Syre le confiaría su vida, al igual que le había confiado a Shadoe en su encarnación original. Vash había entrenado a su obstinada hija, le había inculcado la disciplina que tanto necesitaba y juntas, las dos mujeres, habían sido responsables de la erradicación de miles de demonios.

Vash abrazó a Torque al pasar por su lado y le murmuró una promesa de dar caza a los hijos de puta que habían matado a su esposa. Acto seguido se marchó, llevándose consigo su agitada energía. En la repentina quietud que reinó tras su marcha, Torque hundió los hombros como si llevara sobre ellos el peso del mundo. Él había transformado a Nikki porque se había enamorado de ella, confiriéndole la inmortalidad para que siempre estuviera con él. Siempre. Por desgracia, la inmortalidad no te protegía contra un Centinela.

Torque se cruzó de brazos y lanzó una mirada de odio con unos ojos que relucían como el ámbar fundido.

—Soy yo quien tiene el derecho de vengar a Nikki, no tú ni Vash.

—Desde luego. Pero necesito investigar algo y se trata de una tarea demasiado delicada como para confiársela a otro.

Torque se adentró en la habitación y se detuvo cuando las puntas de acero de sus botas tocaron la línea entre la luz del sol y la sombra. Su pelo salvajemente corto se alzaba en punta en direcciones opuestas y los tupidos mechones asiáticos tenían las puntas decoloradas y casi blancas. Era un estilo que sentaba bien tanto a los rasgos exóticos que había heredado de su madre como a su estilo de vida extremo. Mientras que Syre nutría ciudades pequeñas que atraían a los entusiastas de las motos, que aseguraban un flujo continuo de sangre fresca para los conventículos y aquelarres del lugar, él dirigía una cadena de clubes nocturnos en expansión que ofrecía refugio a esbirros novatos.

Syre se acercó a su hijo y lo agarró por los hombros. Había mucho de Shadoe en los rasgos de Torque, todas las similitudes evocadoras de los gemelos. Ahora su hija se hallaba despojada de sus genes así como de sus recuerdos. Una vez fue el vivo retrato de su madre, pero sus encarnaciones tenían la marca personal del linaje de otra persona. Aunque quería a Shadoe sin tener en cuenta su exterior, había una parte de él que se sentía como si estuviera perdiendo a su madre de nuevo cada vez que su hija renacía con el rostro de otra mujer.

—Sé que éste es un momento horrible —dijo en voz baja—, pero tengo que pedirte que desaparezcas del mapa. Además de los comentarios de Adrian sobre que Nikki le atacó, hizo una alusión a Phineas que me preocupa. Necesito que averigües qué ha ocurrido en las últimas cuarenta y ocho horas.

—Me encargaré de ello. —Torque puso las manos sobre las de Syre—. Ahora necesito alguna cosa en la que concentrarme, o podría hacer algo que todos lamentaríamos.

Syre apretó los labios contra la frente de su hijo. Lo comprendía todo perfectamente. Él a duras penas había sobrevivido a la pérdida de su esposa y de Shadoe. De no haber sido por Torque, sus muertes lo hubieran matado mucho tiempo atrás.

—Cuando hagamos correr la voz de que has sucumbido al duelo, nadie cuestionará tu ausencia.

Utilizar el dolor de su hijo para adelantar su agenda era despiadado, pero no podía permitirse el lujo de dejar pasar las oportunidades perfectas.

¡Dios santo! Se sentía viejo y cruel. Tan viejo que no reconocía el rostro joven que le devolvía la mirada desde el espejo de la pared junto a la puerta. Aparentaba tener tan sólo diez años más que Torque, a quien la mayoría calcularía entre veinticinco y treinta.

Torque dijo bruscamente:

—¿Cómo mantiene Adrian el control cuando está perdiendo al amor de su vida cada pocos cientos de años? ¿Puedes estar seguro de que lo tiene organizado? Shadoe lleva fuera mucho tiempo, papá. Eso debe de estar jodiéndole la cabeza.

—Eso podría ser cierto si a él le importara una mierda. ¿Dejarla morir una y otra vez… sin que nunca tenga ningún recuerdo de su familia y de la gente que la quería? Eso es crueldad, no amor.

—No lo sé. —Los ojos de Torque reflejaban su tormento interior—. Creo que yo haría cualquier cosa para recuperar a Nikki, fuera cual fuera el precio.

—Él no es como nosotros. Si lo hubieras oído por teléfono… tan calmado e inmutable. Es un serafín en todos los sentidos de la palabra. El alma lo es todo para él. No ve el propósito de existir sin una. Dices que harías cualquier cosa, pero si tuvieras que elegir, sé que tomarías la decisión correcta.

—No puedes saberlo. Ni siquiera yo puedo saberlo. Me apetece destrozar a todo Centinela y licano que se cruce en mi camino.

—Eso es precisamente lo que estaba planeado que hiciera la muerte de Nikki: ponernos locos de furia. Tenemos que ser más inteligentes. Si primero recabamos información podemos actuar con precisión en vez de dar palos de ciego. Piensa en cómo nos beneficiaría crear desavenencia entre los Centinelas y los licanos. Lo único que necesitamos es una prueba de que los perros están conspirando contra sus amos. Se la entregamos a Adrian y él hará el trabajo sucio por nosotros.

—¿Qué es lo que busco?

—Lo sabrás cuando lo veas. Si algo no marcha bien te darás cuenta.

—¿Alguna sugerencia sobre por dónde empezar?

Syre alzó la muñeca, la sostuvo frente a la boca de su hijo y le ofreció la potencia de su sangre de Caído para que le ayudara en el camino. Aunque el estado nafil de Torque le daba ventaja sobre los esbirros, aún se hallaba en desventaja cuando se comparaba con los Caídos. Beber una o dos pintas de sangre pura de Caído negaría tal deficiencia durante unos días.

Syre soltó aire entre dientes cuando los colmillos de Torque se clavaron en su arteria y cerró los ojos.

—Phineas estará cerca de Adrian. Ve a Anaheim. Empieza por allí.

—¿No te gusta volar? —preguntó Lindsay al observar que Elijah tenía los nudillos blancos por la fuerza con la que se aferraba a los brazos de su asiento.

Él la miró con esos hermosos ojos color esmeralda.

—No especialmente.

—Hay que reconocer que un jet privado es mucho mejor que un vuelo comercial.

—No. —Empalideció cuando el avión se ladeó ligeramente—. No lo reconozco.

Lindsay hizo una mueca. Echó un vistazo a la lujosa cabina y frotó las palmas contra el cuero del asiento anatómico en el que estaba repantingada. Adrian estaba sentado a unos pocos pasos de distancia, absorto en una conversación con Damien y un tipo rubio, Jason, que estaba buenísimo, como parecían estar todos los ángeles.

Volvió a fijar su atención en Elijah, que estaba sentado frente a ella al otro lado de una mesa. Una mesa. En un avión. Era casi tan acogedor como una autocaravana.

—Te han endilgado hacer de niñera, ¿verdad?

Él se limitó a mirarla.

—Lo siento —dijo, porque se sentía mal por él—. No te causaré problemas.

—Eso dices tú, pero sé que Adrian no está muy contento con traerte.

Lindsay terminó de decir lo que él pensaba:

—Y crees que eso significa que está actuando bajo presión, lo cual me convierte en problemática, ¿no?

De nuevo, él se limitó a mirarla con esos ojos penetrantes. Los ojos de un cazador, vigilantes y calculadores.

Consciente de que tenía que mitigar cualquier especulación de que suponía una debilidad, Lindsay dijo:

—Vamos. Tú lo conoces mejor que yo. No es de los que hace nada que no quiera hacer.

Elijah levantó un hombro musculoso a modo de respuesta.

Lindsay apoyó el codo en la mesa y la barbilla en la mano.

—No eres muy hablador, ¿verdad? Creo que vas a caerme bien, aunque sólo sea porque Adrian confía en ti para que le vigiles las espaldas, pero creo que es por algo más que eso. Con un poco de suerte también acabaré cayéndote bien.

—Prefiero enfrentarme al peligro sólo cuando cazo.

Lindsay tardó un momento en asimilarlo hasta que lo comprendió.

—¿Crees que te meterás en problemas por ser amistoso conmigo? Si Adrian tuviera intención de ser territorial no te hubiera asignado la tarea de hacerme de niñera.

El rostro de Elijah fue adquiriendo más color a medida que su atención se desviaba del miedo a la conversación que estaban manteniendo.

—Existe una gran diferencia entre ordenarme que reciba un golpe por ti y permitirnos ser… amigos.

Lindsay volvió a mirar por encima del hombro y vio que Adrian la estaba observando. Iba vestido con unos pantalones caqui hechos a medida y una camisa de vestir que debía de valer por lo menos lo que ella ganaba en un mes. Llevaba las mangas remangadas y el cuello desabrochado, con lo que su piel aceitunada quedaba lo bastante expuesta como para cautivarla. De momento lo había visto con ropa informal en el aeropuerto, medio desnudo aquella mañana y ahora con una elegancia refinada. Estaba imponente de todas formas, por supuesto. Lindsay estaba tan encaprichada de él que le costó apartar la mirada. Fue Adrian el primero que rompió el contacto visual al volver suavemente la atención a sus hombres.

Lindsay volvió a mirar a Elijah.

—¿Lo ves? No es en absoluto territorial.

—Tenemos la misma línea de sangre —susurró—. No toda la bestia que hay en nosotros proviene de los demonios.

Por un momento Lindsay quedó desconcertada con dicha idea, pero al final asintió al comprenderlo. Estaba claro que Adrian tenía algo salvaje en su interior; ella notaba cómo vibraba bajo la superficie.

—No te ha sorprendido. —Elijah entrecerró sus ojos verdes—. Él te contó lo que somos.

Bajó tanto el tono de voz que Lindsay tuvo que leerle los labios además de escuchar. Le asombró que pudiera hablar tan bajo con una voz tan grave como la suya.

—He oído la versión resumida —respondió, carente de la práctica de hablar tan bajo como él pero intentándolo con todas sus fuerzas—. Aunque todavía no estoy segura de entender toda la jerarquía. Quiero decir que está claro que los Centinelas tienen mal genio, de lo contrario no hubieran sido capaces de someter a los Vigilantes, para empezar. A menos que los Vigilantes no se resistieran...

—No lo sé. Quizá no tanto como lo habrían hecho de haber sabido en lo que se convertirían.

—¿Quieres decir que no lo sabías? ¿No lo recuerdas?

Elijah frunció los labios.

—Yo no estaba allí. Los licanos no son inmortales. Sólo tengo setenta años.

Lindsay se quedó boquiabierta. La idea que ella tenía de un hombre de setenta años no encajaba en absoluto con el serio pedazo de cachas que tenía sentado enfrente. Su espeso cabello negro no tenía ni un solo pelo gris y las arrugas no habían dañado sus rasgos fuertes y atractivos.

—¡Caray! —exclamó.

Se hizo un silencio. Sorprendentemente, fue Elijah quien acabó rompiéndolo.

—¿Por qué cazas?

Lindsay pensó en su respuesta un momento. Era un tema que nunca discutía, porque hablar de la muerte de su madre implicaba revivir su recuerdo. Pero ahora Adrian lo sabía y en este nuevo mundo en el que estaba viviendo su pasado era relevante para que la comprendieran. Eso era algo que no se tomaba a la ligera. Hasta entonces nadie la había entendido del todo y no se había dado cuenta de lo mucho que ansiaba la aceptación hasta que la había encontrado en Adrian. Inspiró profundamente y respondió:

—Fui víctima de un ataque de vampiros.

—Tú directamente no, o estarías muerta.

—Un miembro de mi familia.

Elijah asintió.

—Yo también.

—¿Es por eso que peleas la buena batalla?

Elijah enarcó su oscuro entrecejo.

—Como si tuviera alternativa. Pero sí, eso me motiva.

—Sí. —Lindsay suspiró—. Yo tampoco tengo elección. Creía que sí, pero me estaba engañando.

—¿Qué eres tú?

—¿Eh?

—¿Cómo supiste anoche que eso era un demonio?

—Ah. —Hizo una mueca—. Supongo que podría decirse que soy una humana… una mortal con mala suerte.

Antes solía preguntarse cómo sería vivir dichosamente ignorante como otros mortales, pero había pasado mucho tiempo desde eso. No tenía sentido preguntarse cómo sería su vida si fuera un gato.

—¿Qué es lo que ves?

—No veo nada. Siento cosas. Como si alguien caminara sobre mi tumba, no sé si conoces la expresión.

—Fuiste directa a Adrian en cuanto lo viste. ¿Es por eso?

—No. Me fijé en él porque está bueno. —Adornó la media verdad con una sonrisa y no soltó prenda sobre su percepción del tiempo y la relación que esto tenía con Adrian—. Además, soy una mujer, ya sabes. Heterosexual. Los hombres atractivos me llaman la atención.

—¿No te parece una coincidencia que te fijaras precisamente en el único ángel de la terminal?

—Desde luego que sí. Anoche le comenté esto mismo a Adrian, pero él me lo explicó con lo de los seis grados de separación.

—Mmm...

—Mi reacción también fue prácticamente la misma, pero ¿qué sé yo? No soy religiosa.

—Eso dice la mujer que ahora vive con ángeles.

—No fastidies. —Lindsay sonrió abiertamente—. ¿Viste la cara que puso Adrian cuando cayó el dragón?

A Elijah se le iluminaron los ojos con una expresión divertida.

—Ya lo creo.

El avión inició el descenso. Lindsay se frotó las manos.

—Espero que encontremos a quienquiera que estemos buscando.

—Lo encontraremos.

Sus facciones se endurecieron y adoptó la expresión feroz de un depredador.

—Te gusta cazar, ¿verdad?

—Sí. Sobre todo en estos momentos. —Los iris de sus ojos adquirieron un brillo preternatural—. Además del teniente de Adrian, este vampiro es responsable de la muerte de dos licanos.

—¿Amigos tuyos?

—Algo parecido.

Lindsay se preguntó a cuánta gente consideraba Elijah sus amigos y se figuró que era un grupo pequeño y exclusivo. Hizo rodar los hombros hacia atrás y exhaló de forma audible.

—¿Estás bien? —preguntó él, y empalideció cuando el avión descendió rápidamente.

—Lo estaré.

Era la primera vez que estaba impaciente por matar algo. Y no se sentía ni mucho menos tan mal como creía que debía sentirse.

10

Lindsay bajó del avión, se puso las gafas de sol y echó un vistazo en derredor.

—¡Ostia!

Una mano cálida se apoyó en la parte baja de su espalda, seguida por el murmullo de Adrian:

—¿Qué?

Lindsay se dio la vuelta lentamente hasta quedar frente a él.

—¿Dónde está el suelo?

La pista de aterrizaje terminaba… en el aire.

—Estamos en un altiplano.

—No me digas.

—Sí te digo.

—¿Quién puede estar tan loco para construir una pista de aterrizaje en un altiplano? Si el piloto se pasa de largo estás muerto.

Adrian crispó la boca y Lindsay ansió verlo sonreír de nuevo.

—Ven.

La condujo hasta el pequeño aparcamiento del aeropuerto donde los esperaban dos sedanes oscuros de líneas elegantes. Jason y Damien subieron a la parte de atrás del primer vehículo en tanto que Elijah se deslizó en el asiento del acompañante del segundo.

—Saint George, ¿eh? —comentó Lindsay mientras Adrian le abría la puerta—. Nunca he estado en Utah.

—Es un estado muy bonito. —Ocupó el asiento junto a ella y cerró la puerta. Los automóviles se pusieron en marcha—. La mitad sur tiene unas magníficas formaciones de piedra roja.

—¿Adónde nos dirigimos?

—No muy lejos. A una pequeña ciudad llamada Her-ah-kun.

Lindsay frunció el ceño.

—¿Her-ah-kun? Qué nombre tan raro.

Él casi sonrió, otra vez.

—Se escribe casi como *Hurricane*, huracán.

Una tormenta. Oh, cielos…

Su resolución la fortaleció. El nombre de la ciudad no podía ser una coincidencia, no después de todo lo que le había pasado desde que había salido de Raleigh.

A medida que iban descendiendo hacia la ciudad, Adrian se fue quedando inmóvil y silencioso, pero ella notaba que su volubilidad adquiría fuerza con cada kilómetro que recorrían. Su mejor amigo estaba muerto. Pese a la apariencia estoica de Adrian, estaba claro que era una pérdida que sentía profundamente. Su pena lo humanizaba, lo hacía más hombre que ángel. Y también hizo que ella se preguntara dónde buscaba consuelo cuando lo necesitaba, o si era de los que lo interiorizaban todo. Aun rodeado de ángeles que morirían por él, parecía estar muy solo.

Lindsay puso una mano en el asiento entre los dos y a escondidas enlazó el dedo meñique con el de Adrian. Aunque no dio ninguna muestra externa de ello, notó la sorpresa que lo sacudió. Adrian le agarró la mano con fuerza y dirigió la mirada a la ventanilla. Ella cubrió sus manos unidas con la parte superior de su bolsa de lona para que el contacto no se viera reflejado en el espejo retrovisor. Él le dio un rápido apretón de agradecimiento.

Extrañamente conmovida por ser una fuente de consuelo para él, Lindsay consideró la intimidad que ya se había desarrollado entre ambos. Se estaban abriendo el uno al otro de una manera en que no lo hacían con personas a las que conocían desde hacía más tiempo. ¿Por qué? ¿Por qué Adrian había planeado llevarla a su casa la pasada noche? Un restaurante hubiera sido la elección más sensata para evitar que ella descubriera sus secretos. ¿Y por qué se mostraba tan «íntimo» con ella? Tan tierno…

¿Y por qué ella se lo permitía? ¿Por qué no era más cauta con él, tal como era con todo aquél que se cruzaba en su camino?

Contempló el paisaje que pasaba sin ver nada, preguntándose por qué parecía atraer lo extraño y raro. ¿Por qué se movía con tanta rapidez cuando no era más que humana? Su padre la había llevado al médico en cuanto moqueaba o le salía la más mínima erupción. Le habían hecho radiografías óseas y dentales, análisis de sangre rutinarios, e incluso un TAC cuando había sufrido una conmoción cerebral al caerse del columpio en el patio de una amiga. No había ninguna explicación médica para sus habilidades. Pero no se podía negar que era distinta, y sus anomalías estaban fomentando una afinidad entre ella y Adrian. No podía determinar si eso era bueno o malo.

Dejaron la carretera y se metieron en el aparcamiento de una pequeña ferretería rural. Mientras el automóvil se deslizaba suavemente hacia uno de los espacios señalados junto al vehículo que llevaba a Jason y Damien, ella echó un vistazo a su alrededor para orientarse.

—Hemos llegado —dijo Adrian antes de apearse.

La puerta de Lindsay se abrió y allí estaba Elijah, alto y extraordinariamente intimidante. Aunque era un hombre musculoso de espaldas anchas, no se veía excesivamente grande, pero su presencia daba esa impresión. Al igual que Adrian, estaba claro que era alguien a quien no querrías cabrear.

Lindsay bajó del coche, respiró profundamente y echó un vistazo en derredor. Hurricane parecía ser una de esas ciudades pequeñas con una única calle principal. Además de la ferretería también había un par de establecimientos de comida rápida, una tienda de una cadena de comestibles y un par de comercios familiares.

El viento aulló y le azotó el cabello. Entonces soltó un grito ahogado y retrocedió un paso ante su vehemencia. Elijah la tomó del brazo para sujetarla.

Pero antes de que pudiera recuperar el aliento, Adrian ya estaba a su lado.

—¿Qué sientes?

Ella se estremeció.

—Este lugar está plagado.

—¿Un nido, quizá? —comentó Damien, que se unió a ellos.

—No sé qué es eso.

—Un grupo de vampiros sin control —explicó Adrian.

Estupendo. Justo lo que ella siempre había querido.

—Sin duda hay más de unos cuantos.

Damien miró a Adrian.

—No bromeabas. Es hipersensible.

Adrian asintió con un gesto brusco de la cabeza.

Lindsay recobró la compostura.

—¿Queremos investigar ahora? ¿O esperamos refuerzos?

Jason le echó un vistazo a conciencia.

—¿Puedes precisar su posición?

Lindsay asintió, a sabiendas de que el viento la guiaría en la dirección adecuada si le daba una oportunidad.

—Cuanto más me acerque a ellos, más los sentiré. Sólo tengo que darme un paseo por ahí.

—No. —Adrian se apartó como si ya no hubiera nada más que decir sobre el tema—. Ahora sabemos que a Phineas no lo siguieron; se metió en un nido. Podemos empezar desde aquí y seguir el rastro sin que ella tenga que correr ningún riesgo.

Lindsay consideró qué hacer. Desafiar a Adrian delante de sus hombres no era una opción, pero tampoco iba a permitir que le negaran la oportunidad de ayudar «por su propio bien».

Al no ocurrírsele una idea mejor, optó por la única solución que le vino a la cabeza: se alejó.

Se dirigió hacia la calle principal porque pensó que la vía más transitada sería el mejor lugar para empezar; además, esperaba que la ubicación, muy visible, evitara que Adrian se lo impidiera… no le extrañaría nada viniendo de él. Lindsay no dudaba que Adrian era capaz de echársela al hombro y llevarla adonde creyera que estaría más segura. De hecho, notaba su mirada sobre ella. Para bien o para mal, sus sentidos estaban tan centrados en él como lo estaban en encontrar a su presa.

Elijah la alcanzó y le siguió el paso. Llevaba los ojos ocultos tras las gafas de sol, pero Lindsay sabía que estaba reconociendo la zona con la meticulosidad de un depredador.

—Para tu información, normalmente los desafíos tienen consecuencias.

—Ya me lo figuraba. Soy mayor; puedo manejarlo. ¿Y tú vas a estar bien?

—Se supone que no tengo que perderte de vista.

—O sea, que tanto si vienes conmigo como si no, estarás jodido. —Frunció los labios—. ¿Qué crees que hará?

Elijah se encogió de hombros.

—No estoy seguro. Normalmente la insubordinación es fatal, pero imagino que contigo no será tan duro.

Lindsay tuvo un estremecimiento de temor que intensificó la inquietud provocada por el viento frenético. Estaba segura de que Adrian era capaz de cosas que no podía ni imaginar; de lo contrario no lo habrían situado a cargo de los Centinelas. Aun así, no le tenía miedo… al fin y al cabo, lo que a él más le preocupaba para empezar era su seguridad. Preocuparse por las consecuencias no iba a llevarla a ninguna parte. Lo único que podía hacer era lo que siempre había hecho: poner un pie delante del otro y seguir avanzando.

Por suerte, parecía que este razonamiento le estaba haciendo bien en este momento. Lindsay se fue sintiendo más cómoda con cada paso que daba. Se sintiera como se sintiera Adrian con respecto a su rebelión, la estaba dejando ir delante. Ella lo agradeció. Le reconocía que tenía cerebro y cierta experiencia. Considerando el cavernoso abismo entre sus habilidades y las de Adrian, su muestra de confianza significaba mucho para ella.

Entonces, ella y Elijah pasaron junto a un establecimiento Dairy Queen y ella miró por las ventanas. Dentro había familias y adolescentes que reían, comían y vivían felices e ignorantes. Eran unos cabrones con suerte.

—¿Tienes novia? —preguntó—. ¿O esposa? ¿Niños?

—No tengo pareja.

Lindsay resistió el impulso de comprobar cuán de cerca los seguía Adrian. La verdad es que sería mejor si estuviera sola; un grupo de tipos atractivos e intimidantes en una ciudad de aquel tamaño era una clara revelación de que ocurría algo fuera de lo habitual.

—¿Es eso lo que perdiste? ¿A tu pareja? Lo siento... No debería fisgonear.

Elijah la miró.

—Si hubiese perdido a mi pareja ahora no estaría vivo. Los licanos languidecen cuando mueren sus parejas. La muerte sobreviene con rapidez.

—Ah. ¿Cómo los lobos? Los de verdad. Leí que se emparejan de por vida.

Él volvió a centrar la atención al frente.

—Sí.

—Eso también les ocurre a los humanos, ¿sabes? Con parejas que llevan mucho tiempo casadas. Por norma general el superviviente no dura mucho después de fallecer el cónyuge. ¿Puede aplicarse esto mismo a los vampiros? ¿Y a los Centinelas?

—Los vampiros se emparejan, pero no para toda la vida. Los Centinelas no salen con nadie.

—Ah, bueno... Tienen mucho que ocultar y no es que puedan mezclarse entre ellos... no hay suficientes. Entiendo que en esas circunstancias la mejor alternativa es un rollo de una noche.

—Que yo sepa, ni siquiera tienen relaciones sexuales. Punto. Por lo que yo he visto no parecen anhelarlo. Siempre he tenido la impresión de que estaban por encima de la necesidad.

Lindsay sonrió ampliamente porque sabía perfectamente que Adrian anhelaba el sexo. ¡Si prácticamente manaba de sus poros!

—Supongo que lo que pasa es que no sois su tipo.

—Los licanos siempre están cerca de los Centinelas —insistió en voz baja—. Alguien me habría contado algo.

Lo que la sorprendió fue la firme convicción del tono de Elijah, seguida por el recuerdo de lo sosegados que eran los Centinelas. Lindsay aún no había visto una risa o una sonrisa de verdad. Ni siquiera alzaban la voz, ya fuera por furia o excitación. Aunque no es que llevara mucho tiempo con ellos como para hacer un estudio exhaustivo del tema…

—Tienes que estar de broma —replicó Lindsay.

—¿Y por qué iba a estarlo?

Ella se sorprendió al darse cuenta de que lo creía. Era uno de esos tipos que sencillamente no decían chorradas. Cosa que la dejó confusa. Distinguía el interés masculino en cuanto lo veía… por no mencionar que Adrian había sido muy directo y había dicho cuáles eran sus intenciones. ¿Qué otra cosa podía querer de ella si no era explorar la atracción que existía entre ambos?

Llegaron al final de la avenida principal, donde la carretera torcía a la izquierda en dirección a una zona más residencial. Las señales decían que el desvío para ir al Parque Nacional Zion estaba cerca.

—Así pues, ¿estás buscando a tu alma gemela? —preguntó Lindsay—. ¿Es así como funciona? ¿La única persona en el mundo para ti y esas cosas?

—No. No. Y no.

—Ya veo. Con esta clase de vida no quieres tener ningún tipo de relación a largo plazo. Yo hace mucho tiempo que descarté esa posibilidad. —El viento le azotó el pelo—. Estamos cerca.

Elijah la miró.

—¿Te importaría explicar estas alocadas ráfagas de viento que te siguen?

—Estamos en un lugar que se llama Hurricane. ¿Qué esperabas?

Alzó bruscamente la barbilla en dirección a una colina rocosa que había al otro lado de la calle y acto seguido echó a correr hacia allí a toda velocidad.

Elijah le iba pisando los talones.

—Los licanos sentimos el peligro en el aire antes de poder olfatearlo —insistió él.

Lindsay aún consideraba que su radar climático era demasiado personal y demasiado revelador para compartirlo. No estaba segura de qué revelaba exactamente, pero decía algo sobre ella que prefería guardarse para sí... de momento.

Deslizó la mano por debajo de la solapa de su bolsa y agarró la empuñadura de un cuchillo arrojadizo. Pasaron junto a una especie de monumento, un pilar de piedra con una placa de latón. Tras él había unas casas pequeñas situadas en abanico formando un arco de herradura. Casas antiguas de los años cincuenta o anteriores.

—¿Hueles igual de bien en las dos formas? —preguntó Lindsay al tiempo que barría la zona con mirada escrutadora.

Al cabo de un minuto notó un golpe en el muslo que desvió su atención hacia un enorme lobo de color chocolate que tenía a su lado. Supuso que eso respondía a su pregunta.

—¡Caray! —Estaba seriamente impresionada—. ¿Cómo lo has hecho tan rápido? ¿Y dónde está tu ropa?

Él le lanzó una mirada que ella identificó como exasperada.

—Está bien —cedió, y alargó la mano para tocar su pelaje y ver si era suave o áspero. Resultó ser algo intermedio. Unas manchas blancas en el pecho y las patas rompían la monotonía de la lustrosa piel color chocolate y hacían que todo el conjunto fuera hermoso y regio—. Eres un lobo muy atractivo, ¿sabes?

Elijah soltó un resoplido.

Lindsay avanzó y se dio cuenta de lo calmado que se había quedado el aire de pronto. Casi estancado. Protegiéndola al no soplar y no
diseminar el olor a licano y a ángel. De algún modo supo que los ángeles habían ocupado el terreno elevado. No levantó la mirada, pero
supuso que estaban en lo alto de la colina por encima de ella.

—Estoy pensando en un sótano —comentó, a lo que Elijah asintió
con un gruñido.

Siguieron adelante por el camino en forma de herradura. En un
porche cubierto había una mujer mayor sentada en un balancín. Los
saludó con la mano y una sonrisa cuando pasaron, sin mostrar la más
mínima preocupación por el enorme can que iba al lado de Lindsay.
Teniendo en cuenta lo gruesas que eran las gafas de la mujer, ella supuso que no veía demasiado bien. Era la única explicación —aparte de
la senilidad— de que hiciera caso omiso de un lobo del tamaño de un
poni que rondaba por allí.

Ante ellos apareció un sendero de grava señalado por dos farolas
achaparradas de ladrillo situado en el espacio entre dos casas. Lo siguieron, bordeando la colina. Al final había una sorpresa: una casa de
arquitectura anterior a la Guerra Civil y que mostraba el letrero des-
vencijado de una pensión.

Lindsay sintió la caricia de una brisa gélida en la nuca.

—Tienes que estar de broma —se quejó en voz alta.

Aunque era evidente que el edificio ya no se utilizaba como aloja-
miento, conservaba una dignidad y un estilo que contradecían su posible uso como «nido» de vampiros. Lo único que hacía falta para rea-
vivar el exterior era un jardinero y una nueva capa de pintura.

Al aproximarse a la pequeña abertura de la cerca de ladrillo que
rodeaba la propiedad, una sombra enorme y el batir de unas alas
anunciaron el grácil aterrizaje de Adrian frente a ella.

—Ya te has acercado lo suficiente, Lindsay.

Ella enarcó las cejas.

—No es nada. Me alegro de haber podido ayudar.

Los rasgos de Adrian se suavizaron.

—Gracias.

Jason y Damien aterrizaron al otro lado de la valla en el jardín delantero. A la derecha estaba la colina. Por detrás de ellos, a unos ochocientos metros de distancia, estaba la carretera y la calle en forma de herradura con las casas antiguas. A mano izquierda había una gran extensión de terreno sin urbanizar. El nido estaba oculto a plena vista. No es que eso sorprendiera demasiado a Lindsay. Normalmente las cosas que ella mataba tenían un aspecto exterior normal. Tan normal que resultaba extraño.

Lindsay se quedó atrás, a unos veinte pasos de distancia de la verja. Elijah se puso en cuclillas a su lado. Los ángeles avanzaron: Adrian en el centro, Jason a la izquierda y Damien a la derecha. Aparecieron otros dos lobos que la sobresaltaron. Ella se preguntó de dónde habían salido y luego recordó a los dos conductores, uno en cada sedán. O un licano por cada ángel. Uno de ellos era una mezcla de gris carbón y blanco, y el otro de un marrón herrumbroso y gris pardo. Ambos jadeaban suavemente, como si a duras penas pudieran contener su impaciencia.

Sin embargo, las tres bestias la rodearon a ella. Dejaron que los ángeles se las arreglaran solos.

Lindsay bajó la mano y acarició la enorme cabeza de Elijah con un gesto silencioso de gratitud. Los otros dos ocuparon posiciones detrás de él y lo dejaron al mando. Elijah sólo movía las orejas y los ojos. Aunque su actitud parecía despreocupada, ella sabía que podía abalanzarse con un estallido de movimiento en un abrir y cerrar de ojos. Todos los rasgos de cazador que había observado en él como humano se multiplicaban en su forma lupina.

Entonces volvió su atención a los ángeles, que se acercaban a la casa con sus alas flexionadas a la espalda. Eso la sorprendió. ¿Para qué exponer semejante vulnerabilidad cuando no estaban volando? Jason y Damien tal vez pudieran retirarse por el aire si eran capaces de despegar en vertical, pero Adrian estaba en el porche, entre dos columnas de dos pisos de alto y un tejado voladizo.

Adrian entró en la casa por la puerta principal mientras que los otros dos encontraron formas de hacerlo alternativas que ella no pudo ver desde su punto de observación. Reinaba el silencio en la zona. Lindsay iba cambiando el peso del cuerpo de un pie a otro y daba vueltas a un cuchillo arrojadizo con una mano al tiempo que con la otra jugueteaba distraídamente con la oreja de Elijah.

—Esto me da muy mala espina.

El viento aulló por la llanura desnuda y le erizó el fino vello de los brazos. Y entonces se desató un infierno.

Los cristales de las ventanas encortinadas estallaron en pedazos y los ángeles salieron por ellas al unísono, seguidos por una verdadera horda de vampiros.

—¡Ostia puta!

La avalancha de vampiros salió a raudales hacia ella y pasaron en tropel por encima del bajo muro. Lindsay arrojó el cuchillo que llevaba en la mano y se lo clavó a un vampiro que echaba espuma por la boca justo en medio de los ojos. Siguió lanzando cuchillos, uno detrás de otro, al tiempo que retrocedía mientras los licanos se precipitaban hacia adelante y formaban una barrera para protegerla.

Entonces miró a Adrian por encima de aquella concentración de miembros que se retorcían. «¡Oh, cielos…!»

Adrian estaba segando un camino a través de la multitud… literalmente. ¿Y ella había pensado que sus alas eran vulnerables? Eran letales. Las esgrimía como espadas, cortando miembros y torsos, girando con una precisión letal. Verlo a él y a los otros dos ángeles era un espectáculo asombroso. Sus alas se movían como si fueran capas, se extendían bruscamente y luego se curvaban con fluidez alrededor de sus cuerpos. Las brasas encendidas de los vampiros derrotados trazaban espirales en torno a ellos en forma de nubes brillantes. Lindsay no podía apartar la mirada de sus danzas macabras y sobrecogedoramente airosas.

Un gañido agudo hizo que volviera la atención de nuevo a los licanos y a la vampira suicida que se le había enganchado en la nuca a Elijah. Él realizó unos violentos esfuerzos para quitársela de encima, pero aquella zorra con ojos de loca resistió y siguió aferrada al licano, que se arrojó de espaldas y se retorció, aplastándola contra el suelo bajo él.

Lindsay buscó frenéticamente con la mirada a los otros dos licanos y los encontró con las mandíbulas llenas. Se armó de valor y se lanzó al combate. Un vampiro se precipitó hacia ella de cabeza, jugando a quién es más valiente. Consciente de que desviándose sólo conseguiría debilitar su paso, cargó con una daga en la mano. Lo apuñaló en el corazón y acto seguido utilizó el mango que sobresalía como palanca para dar la voltereta por encima de su hombro y caer al otro lado.

Entonces siguió adelante sin alterar su zancada mientras que Elijah se enderezaba. Estrelló el puño en la mandíbula de la vampira, que cedió con un desagradable crujido. Desprendida de su asidero, la vampira cayó de espaldas al suelo. Elijah se volvió hacia ella con un rugido, la agarró por el cuello y le desgarró la carne hasta la espina dorsal. Y ella la remató con un cuchillo arrojadizo en la frente.

Un disparo resonó en la colina, seguido por el inconfundible silbido del rebote de una bala.

Lindsay dio media vuelta rápidamente. En los escalones de la casa había una mujer con una escopeta que estaba metiendo otro cartucho en la recámara. La mujer apuntó a Adrian y apretó el gatillo. El estallido reverberó a través de Lindsay, cuyos pulmones se agarrotaron y le impidieron gritar la advertencia que aullaba dentro de su mente horrorizada.

Adrian giró un ala rápidamente y desvió la bala con un áspero sonido de metal contra metal.

El arma desapareció de las manos de la vampira y apareció a sus pies.

El cerebro de Lindsay tardó medio minuto en entenderlo del todo, a trompicones. Entonces recogió el arma, accionó el extremo delantero y disparó contra un vampiro que atacaba a uno de los lobos. Después lanzó seis disparos más que proporcionaron cobertura a los licanos. Cuando se agotó el último cartucho, Lindsay empuñó la escopeta como si fuera un garrote y golpeó a un vampiro que intentaba levantarse del suelo donde había caído derribado.

Entonces se arriesgó a echar un vistazo a la casa y buscó a Adrian.

Él estaba rodeado por todas partes y repartía unos buenos golpes. Pero la chica del porche había cogido otra escopeta, esta vez una de cañones recortados, y la levantaba para apuntar…

Lindsay cruzó la abertura de la cerca como una bala, esquivando los cuerpos que volaban por los aires y atravesando los montones de cenizas a toda velocidad. Un vampiro voló hacia ella por la derecha, pero se agachó, pasó por debajo de su cuerpo y se sobresaltó con su propia agilidad. Agarró el último cuchillo que tenía en la bolsa y se preparó para lanzarlo.

El cañón de la escopeta giró hacia ella.

Entonces agarró al vampiro más próximo y de un tirón se lo puso delante. La escopeta descargó con un retumbo ensordecedor.

El vampiro se sacudió contra ella. Lindsay le había rodeado la cintura con el antebrazo, del que ahora irradiaba un dolor atroz. Se dejó caer de rodillas en medio de la nube de cenizas que estalló cuando el disparo mortal desintegró al vampiro.

Los tres licanos se lanzaron escaleras arriba y atacaron a la tiradora.

Lindsay dio unas boqueadas, pero el dolor no la dejaba respirar. Mantuvo la vista apartada, tenía miedo de mirarse el brazo.

Un vampiro salió al galope a cuatro patas por la negrura de la puerta principal y saltó hacia Adrian. Ella lo mató con el último cuchillo que aún aferraba en su mano ilesa. Las cenizas del vampiro flotaron sobre el césped amarillento e infestado de malas hierbas en el preciso momento en el que Adrian estrellaba el puño en las fauces llenas de espuma de un vampiro que gruñía.

El vampiro cayó al suelo inconsciente. Lindsay le hizo compañía al cabo de un segundo.

11

Lindsay se despertó en una habitación sumida en la oscuridad. Parpadeó para quitarse el sueño de los ojos y volvió la cabeza para averiguar dónde estaba.

Su mejilla rozó el frío algodón de la funda de la almohada y vio a Adrian. Estaba sentado a su izquierda, en una silla redonda de respaldo bajo cubierta con damasco plateado. Iba desnudo salvo por un par de pantalones de pijama blancos y holgados y lo que pudiera llevar debajo. La miró con ardiente intensidad y su boca formó una peligrosa línea recta. Aunque Adrian no movió ni un solo músculo aparte de parpadear, ella sintió que un tornado se arremolinaba en su interior.

—Hola —dijo con voz ronca por lo seca que tenía la garganta.

Debía de haber forzado demasiado el cuerpo; siempre acababa molida y sintiéndose como una mierda cuando se esforzaba más allá de sus límites.

Adrian tomó la jarra de cristal transparente de la mesilla y vertió una gran cantidad en el vaso allí dispuesto. A continuación se levantó, la ayudó a incorporarse y le puso unas almohadas para que se recostara antes de pasarle la bebida.

Lindsay la aceptó con una sonrisa de agradecimiento. Tenía un grueso vendaje de gasas en el antebrazo izquierdo. Bajo él notaba unas débiles punzadas de dolor. Se bebió todo el contenido del vaso y se lo devolvió.

Adrian tomó el teléfono que estaba junto a ella y apretó un botón para pedir algo al servicio de habitaciones. Lindsay cayó en la cuenta de que estaban en un hotel. Las ventanas situadas a la derecha de la cama tenían al menos dos pisos de altura y estaban cubiertas por unas cortinas de color azul Tiffany. Había una amplia zona de estar junto a ella, y a los pies de la cama un enorme centro de entretenimiento. Considerando el tamaño y la opulencia de la habitación, y el piano de cola que veía a través de la puerta abierta del salón, estaban en…

—¿Las Vegas? —preguntó.

Adrian asintió mientras colgaba el teléfono. Le llenó el vaso otra vez y se lo devolvió.

Lindsay soltó aire.

—¿Cuánto tiempo he estado inconsciente?

—Estuvimos en Hurricane anteayer.

¡Uf!

—¿Está bien todo el mundo?

Adrian la perforó con la mirada.

—Tú fuiste la única herida grave.

—Eso está bien.

—¡Y una mierda! —gruñó él con una voz que retumbó por la habitación como un trueno e hizo traquetear todos los objetos sueltos—. Te dije que no te movieras.

«Ya estamos.»

—Y eso era lo que pensaba hacer. Hasta que la vampira del porche te apuntó con una escopeta. Entonces no pude quedarme quieta.

—¿Y por qué no, joder?

¡Dios, qué sexy estaba cuando se sulfuraba! Lindsay no le había visto mostrar nada aparte de un completo autodominio, pero ahora estaba visiblemente furioso.

—Porque necesitabas a alguien a tus espaldas. Todos los demás estaban ocupados. No podía arriesgarme a que abarcaras demasiado y dejaras una brecha.

—Podía haber sobrevivido a ello.

—¡Eso no lo sabes! Tú mismo me dijiste que has tenido bajas. No eres indestructible. No iba a quedarme ahí quieta viéndote morir.

Si había algo de compasión en el mundo, que nunca tuviera que ver morir a otra persona que le importaba.

—De modo que decidiste hacer que fuera yo el que te viera morir a ti, ¿no?

«Otra vez».

Las dos palabras que no pronunció se metieron insidiosa e inexplicablemente en la cabeza de Lindsay, que hizo una mueca y presionó la palma de la mano contra la sien en la que de repente sintió unas punzadas. Adrian le tomó el vaso de la otra mano —la mano que debería estar demasiado débil para poder sujetarlo—, se inclinó y le puso los labios en la frente. El dolor la abandonó como una marea que bajara.

—¡Ojalá pudieras embotellar este don! —murmuró ella.

Lindsay recordó el salto al estilo ninja/*Matrix* que había ejecutado por encima del vampiro y su propia sangre fría la dejó alucinada. ¿Cómo demonios había podido hacer eso?

—Vas a volverme loco.

Aunque la voz de Adrian volvía a ser suave como la seda, su agitación interior no había disminuido. Se irguió.

—¿Puedes descorrer las cortinas?

Adrian pulsó un botón de la mesita de noche y las cortinas se separaron dejando ver un cielo encapotado y llovizna. En Las Vegas. No es que nunca lloviera en la ciudad del desierto, pero ¿en esta época del año…?

Lindsay miró a Adrian consciente de que su estado de ánimo estaba afectando al tiempo una vez más, cosa que a su vez la afectaba a ella.

—Estabas preocupado de verdad.

Adrian apoyó las manos en sus caderas exponiendo su torso perfecto y sus deliciosos bíceps al completo. Sus alas se materializaron y se extendieron con una gracia sinuosa. ¡Qué guapo era! ¡Tan feroz y orgulloso! Como un narcótico. Tenía ganas de rodar con él sumida en un dichoso estupor, inhalando ese olor suyo que la volvía loca.

—Cuando caíste al suelo… —Adrian soltó aire bruscamente y bajó las pestañas para ocultar el repentino destello de sus brillantes ojos. Cruzó los brazos sobre su pecho y sus movimientos inquietos delataron el erizamiento de sus plumas—. Sí, estaba preocupado.

—No debería importarte tanto. No me conoces.

—Habla por ti. Fuiste tú quien arriesgó la vida por mí.

Tenía razón. Un intenso miedo a perderlo la había incitado a cargar contra un vampiro armado con una escopeta. Habría sido un ataque suicida para cualquiera, sobre todo para un débil humano. Pero Adrian era… Bueno, era inestimable para ella.

En tan corto espacio de tiempo él le había dado una sensación de pertenencia. Sabía lo peor y lo mejor de lo que ella era y no la juzgaba. Aunque su padre la quería mucho, Eddie Gibson no sabía la verdad sobre lo que había visto el día en que su madre murió ni que cazaba por eso.

Lindsay apartó las sábanas y pasó las piernas por el lado de la cama. Sus piernas desnudas. Se quedó helada al ver que sólo llevaba una camiseta de tirantes y unos pantalones cortos que en realidad eran unos calzoncillos. Aunque no iba indecorosa, de repente fue consciente de que necesitaba darse una ducha, cepillarse los dientes y afeitarse las piernas.

—Tengo que refrescarme…

El clic del pestillo de la puerta le dijo que Adrian ya había abandonado la habitación.

Vash corría a través del bosque, cruzando a toda velocidad el suelo moteado por el sol, sorteando los cipreses. Por delante de ella oía la respiración áspera y agitada de los licanos a los que perseguía. Tres de sus capitanes Caídos la flanqueaban, embarcados en la persecución con la misma concentración penetrante que ella. La maleza crujía bajo sus pies mientras recorrían kilómetros en cuestión de minutos con el fuego de la venganza quemándoles las venas.

«Solamente necesito uno...»

Uno de ellos le diría lo que necesitaba saber sobre la muerte de Nikki.

Oyó que uno de ellos tropezaba y caía. El rugido de frustración del licano hizo asomar una sonrisa a sus labios. Se llevó la mano al hombro, agarró la empuñadura de su katana y la liberó de la vaina que llevaba colgando a la espalda. El susurro de la hoja contra la funda atronó sus oídos y sabía que también sería como un trueno para el licano. La repentina intensidad de los latidos de éste hizo que sus colmillos se extendieran con anticipación.

Saltó sobre un pino caído y redujo la distancia entre los dos hasta que se acercó tanto que pudo oler el miedo subyacente bajo el olor natural del licano. Era su fragancia favorita, más dulce incluso que el olor de su sangre.

El ataque por la izquierda la pilló totalmente desprevenida.

Vash salió despedida contra el tronco de un árbol cercano, la espada se le fue volando de la mano y empezó a dar vueltas frenéticamente a través de los restos de vegetación que cubrían el suelo del bosque. El inmenso y viejo pino se estremeció a modo de protesta y sus hojas cayeron en torno a ella como lluvia.

Aturdida por la emboscada, tardó un momento en detectar la amenaza. El lobo rojo volvía a arremeter contra ella antes de que tuviera siquiera la oportunidad de recoger su espada.

Lo único que pudo hacer fue tensarse para recibir el golpe y rezar para que éste no la matara.

Luego podría darle una paliza.

Adrian estaba de pie frente a la ventana que daba a La Franja de Las Vegas y lidiaba con las arrolladoras emociones que no debería estar sintiendo. Cuando la puerta se abrió a sus espaldas se dio la vuelta esperando ver a Lindsay. Se encontró en cambio con Raguel Gadara, que entraba en la suite del ático como si fuera el dueño del lugar…, que lo era. El Mondego Hotel and Resort, mundialmente famoso, era propiedad del arcángel. A pesar de ello, Raguel ocupaba una posición muy por debajo de la de Adrian en la jerarquía angelical. Debería mostrar más respeto.

—Raguel.

—Adrian. Espero que estés cómodo.

—Si no lo estuviera lo sabrías.

El arcángel vaciló un momento y a continuación inclinó la cabeza con la deferencia que era de esperar. Su sonrisa era de un blanco deslumbrante, enmarcada en una piel tan suave y tersa como el más exquisito chocolate con leche. Unos cuantos rizos grises y apretados cubrían las sienes de Raguel, pero este revelador indicio de envejecimiento era una afectación para disfrazar su inmortalidad. A diferencia de Adrian, el arcángel aceptaba con entusiasmo la atención que los medios le prestaban.

Raguel se sacó un puro del bolsillo y le ofreció uno a Adrian.

—No.

La sonrisa del arcángel se hizo más amplia. Iba vestido con una guayabera holgada y unos pantalones de lino, pero su aspecto de hombre ocioso, así como su cabello gris, también formaban parte de un disfraz. Al igual que los otros seis arcángeles, Raguel era intensa y despiadadamente ambicioso.

—Ese esbirro que trajiste contigo… Está enfermo.

Espuma por la boca. Ojos enrojecidos. Actitud casi mecánica. Los contagiados eran como zombis. El nido estaba parcialmente lleno de ellos: los enfermos viviendo junto a los sanos. Adrian había interrogado a la vampira de la escopeta y le había preguntado sobre el responsable del ataque del día anterior contra Phineas. ¿Cuántos más de los Caídos los estaban alimentando? Sólo unos cuantos de los miembros del nido eran fotosensibles. El resto del grupo, casi un centenar de esbirros, según una estimación aproximada, habían podido atacar a la luz del día.

La mujer se había reído durante largos minutos, respirando con dificultad. Luego, con ojos ambarinos brillantes de maldad, había dicho entre dientes:

—¿Qué tal sienta que te cacen, Centinela? Será mejor que te acostumbres.

Al final no había revelado nada en absoluto. Carcomido por la frustración y dominado por el miedo por Lindsay, Adrian le había cortado la cabeza. Algo se había roto en su interior cuando vio a Lindsay caer al suelo. No recordaba nada de lo que había hecho desde que ella se desplomó hasta el momento en que determinó que sobreviviría. Si Lindsay Gibson moría antes que Syre, el ciclo de reencarnación de Shadoe continuaría: otra tanda de espera hasta su regreso y el atontamiento resultante. Pero además de eso, ver caer a Lindsay había despertado en él un terror distinto. Acababa de encontrarla, apenas había empezado a conocerla, a imaginar unos cuantos años de caza con ella a su lado. Al verse enfrentado a la pérdida de la miríada de posibilidades que había entre ellos, le había sobrevivido un infierno único.

«Miedo.» Eso era lo que sentía. Al principio no lo había reconocido porque nunca lo había experimentado antes. Ahora lo conocía porque lo había vivido a través de los recuerdos de Lindsay; había sentido el puro terror que la había paralizado desde el interior. Lo que Lindsay recordaba del asesinato de su madre era una pesadilla capaz de perturbar la mente de personas adultas, ni qué hablar de la de una niña de cinco años: una comida campestre manchada de sangre, las súplicas de una madre pidiendo compasión para su hija, una soleada tarde de verano hendida por los gritos de un niño. Las imágenes de las briznas de hierba empapadas de rojo y la sensación recordada de unas garras que casi rompieron la frágil piel estaban tan vivas en su memoria que se habían grabado en la de Adrian.

Era casi un milagro que Lindsay Gibson hubiera madurado hasta convertirse en la mujer que era: fuerte y cuerda, decidida y compasiva. Era una de las muchas grandes ironías de su vida que la mujer que supuso su perdición fuera también la responsable de devolverle un poco de su empañada fe. Ella demostró que la redención siempre era posible, por desesperadas que fueran las circunstancias o insuperables las adversidades.

Y así, con el corazón palpitante de miedo, se había reunido con ella en el asiento trasero del sedán y había levantado su cuerpo inconsciente con cuidado para colocárselo en el regazo. El brazo dañado descansaba sobre su pecho con el hueso expuesto y los tendones desgarrados. La carne crepitó cuando la sangre que Adrian exprimió de un corte en la palma de su mano obró el milagro y reparó los tejidos rasgados, reconstruyendo lo que el disparo de la escopeta había arrancado. Si le hubieran disparado directamente, no hubiera sido capaz de salvarle el brazo. Él no podía devolverle un miembro perdido; sólo podía sanar lo que aún estaba vivo.

«Ella había arriesgado su vida mortal por la suya.»

—No es el primer esbirro enfermo que he visto últimamente —dijo Adrian, que se obligó a concentrarse de nuevo en Raguel—. Tengo que hacerme una idea de qué le pasa y de lo extendida que está la enfermedad.

—Quizás al fin ha llegado la hora de los vampiros. A Jehová le encantan sus plagas.

—Ya lo consideré y no puedo descartarlo, pero creo más probable que estén intentando combatir su sensibilidad a la luz con una nueva droga que tiene unos efectos secundarios horribles. En ese nido había demasiados esbirros capaces de tolerar la luz del sol.

Otra alternativa era que Syre hubiera enviado grandes cantidades de sangre de Caídos a Hurricane. Considerando lo cerca que estaba el nido de la manada del lago Navajo, era una posibilidad muy real. Pero no iba a compartir dicha especulación con Raguel en aquel momento, si es que lo hacía alguna vez.

—¿Quieres que haga analizar su sangre?

El brillo de avaricia en los ojos oscuros del arcángel contradecía la naturaleza altruista de su oferta.

—Sí.

Adrian tenía intención de realizar unas pruebas de sangre completas en casa, pero aún tenía que hacer el viaje hasta el lago Navajo. Mientras tanto, necesitaba respuestas y las necesitaba de inmediato. Aunque se hubiera demostrado que fue un ataque de vampiros lo que mató a Phineas, todavía era necesario terminar la reducción de población licana que había empezado el teniente.

—Me encargaré de ello. Si puedo ayudarte en algo más, llámame.

Adrian enarcó una ceja.

—Estás siendo amable.

—Resultar útil compensa —contestó Raguel de forma enigmática.

—Lo tendré presente. Si no hay nada más...

Tras una leve inclinación burlona, el arcángel se marchó sin obtener lo que en realidad había ido a buscar.

Adrian se quedó mirando la puerta cuando ésta se cerró, consciente de que Raguel lo había visitado solamente por una razón: para ver a Lindsay. Para verlo a él con Lindsay. Para ver lo vulnerable que ella lo hacía. Aquella conversación podrían haberla tenido por teléfono.

Los vampiros no eran los únicos que olerían la sangre y darían vueltas como buitres.

Despejada después de la ducha, Lindsay se situó frente al muy iluminado espejo del lavabo y se examinó el antebrazo izquierdo. Lo torció a uno y otro lado y se fijó en el tono rosado de bebé que tenía la carne sin vello. Aunque parecía tierna, los músculos y tendones de debajo estaban tan fuertes que le habían permitido lavarse el pelo. Flexionaba la mano y los dedos sin problemas, y lo único que notó fue que tenía ligeramente limitada la fuerza.

Se le estaba regenerando el brazo. Era un puto milagro.

Salió del cuarto de baño envuelta en una toalla... y se encontró un regalo propio de un amante esperándole sobre la cama: un pijama de seda color champán de dos piezas y una suntuosa bata larga del mismo tono. El tanga de encaje a juego lo remataba.

Lindsay se quedó mirando el conjunto durante un largo momento, luego se quitó la toalla y se vistió. No pudo combatir el estallido de deseo que le provocó el tacto de la seda, pero quedó moderado por todo lo que sabía y por todo lo que no sabía. Adrian era intrincadamente complicado y ella ya tenía complicaciones más que suficientes en su vida.

Se ató el cinturón de la bata, se dirigió a la puerta y salió al salón. Su inmenso tamaño hizo que se detuviera a mitad de dar un paso. Aparte del piano de cola también había una cocina de dimensiones normales, un comedor y una mesa de billar. A través de una separación de cristal divisó una piscina cubierta.

—Ha llegado la comida —dijo Adrian, que atrajo su mirada hacia el lugar en el que estaba sentado en el sofá.

El blanco reluciente de sus pantalones contrastaba mucho con el azul de la tapicería. La forma en que tenía las piernas apoyadas en la mesita de caoba y cristal, con los tobillos cruzados y los pies descalzos, resultaba elegantemente erótica. Se puso de pie en cuanto entró Lindsay y deslizó la mirada sobre ella con una caricia ardiente.

Adrian tenía un aspecto tan humano... de no ser por su belleza imposible y su elegancia sensual.

Lindsay se acercó a la mesa del comedor y fue levantando las tapas abovedadas de los platos una por una. Tortitas, huevos, bacón, salchichas y jamón, patatas *hash Brown*, zumo de naranja y café. Al menos había para dos, pero él no iba a comer. Sin embargo, ella se comería hasta el último bocado. Siempre comía por todo un ejército después de uno de sus excesos de poder.

—Estás guapísima —murmuró Adrian mientras retomaba su asiento y recuperaba el iPad que estaba a su lado sobre el cojín.

Lindsay se sentó y tomó el tenedor.

—Gracias. Tú también.

Él respondió inclinando su cabeza morena.

—¿Por qué estamos aquí? —preguntó Lindsay mientras untaba abundantemente con mantequilla todas las capas de las tortitas.

—Nos estamos reagrupando.

—Querrás decir que os estoy reteniendo.

Él bajó la mirada hacia lo que fuera que saliera en la pantalla.

—No.

—Te agradezco lo que sea que hicieras con mi brazo.

—De nada. Pero si alguna vez vuelves a ponerte en peligro por mí, haré que lamentes haberlo hecho.

Lindsay le lanzó una mirada que él no vio mientras que para sus adentros se preguntaba si estaba loca. Ninguna mujer moderna en su sano juicio escucharía esa chorrada machista y oiría en ella una amenaza sensual. Pero ella lo hizo y algún gen recesivo primitivo provocó que su cuerpo reaccionara con un hormigueo.

—No me amenaces.

—No es una amenaza. No voy a perderte. He perdido mucho.

Ella hizo una mueca y recordó que Adrian acababa de perder a un amigo que había sido como un hermano para él. Su actitud afrentosa se desvaneció. Intentó encontrar algo que decir para llenar el repentino vacío, se debatió y logró pronunciar sin mucha convicción:

—Gracias por la ropa. —Tras darse un tortazo mental en la cabeza, añadió—: Es preciosa.

—Me alegro de que te guste —repuso él en un tono demasiado neutro.

Parecía tener un control absoluto, pero el suave aullido del viento que se oía fuera y la lluvia constante le dijeron otra cosa.

Lindsay no podía soportar la agitación de Adrian. Ella estaba tan confusa como él… vulnerable, pero no podía ocultarlo de la forma en que lo hacía Adrian. Y tampoco podía dejar que él lo ocultara. Él conocía sus secretos y ella necesitaba mantener aquella franqueza ahora que la había conseguido.

—Aunque está claro que no es adecuada para llevarla en público. ¿Vas a dejarme atrás?

Adrian respondió sin levantar la mirada:

—Saldremos mañana. Juntos. Hasta entonces, necesitas comer y descansar.

—Tampoco es una ropa adecuada para descansar.

Echó sirope en las tortitas y empezó a comer.

Adrian alzó la cabeza y la observó.

—¿No es cómoda?

Lindsay tragó la comida.

—Sí, claro.

Adrian enarcó las cejas a modo de pregunta silenciosa.

—También es muy sensual. —Clavó el tenedor en un pedazo de salchicha—. Diseñada para que resulte sexy tanto para el que la lleva como para el espectador. Pero he oído que los ángeles puede que no se exciten de la misma manera que los mortales, sexualmente hablando, de modo que quizá no estabas pensando en nada de ese estilo cuando la compraste.

Con mucha calma, Adrian apagó el iPad y lo dejó en el asiento a su lado.

—Has estado hablando con Elijah. Preferiría que las preguntas me las plantearas a mí.

—Bueno, verás, ése es el problema. No sé qué preguntar.

Dio un mordisco a la salchicha con más entusiasmo del necesario.

—Tal vez sea porque no hay nada que preguntar.

—Eso lo dudo —replicó ella, masticando—. ¿Me estás engatusando? Quizá me elegiste porque necesitabas una compañera que resultara útil para los medios de comunicación o una pareja para algún acontecimiento inminente. Entonces te sorprendí con lo del dragón y ahora no sabes muy bien qué hacer conmigo.

Adrian apoyó el codo en el reposabrazos del sofá y se acomodó de manera que expuso su cuerpo de manera aún más favorable. Puede

que fuera un ángel, pero era consciente de sus recursos y de la debilidad de Lindsay por ellos, y no estaba por encima de explotar ambas
cosas.

—No, sí sé lo que hacer contigo.

—Pero la otra noche no lo hiciste. Y parece ser que llevas mucho
tiempo sin hacerlo… si es que lo has hecho alguna vez.

¡Dios santo! Se estaba poniendo cachonda con sólo pensar que
pudiera ser virgen. La idea de adiestrar a un hombre como Adrian…
las cosas que podría enseñarle…

—Así pues —murmuró él—, ¿el hecho de que no sea promiscuo
te preocupa?

—¡Ja! —Lindsay lo apuntó agitando el cuchillo—. Hay una gran
diferencia entre el discernimiento y el celibato.

—Quizás el celibato exista por el discernimiento.

—¿Ésa es tu respuesta?

Adrian se examinó las uñas de la mano derecha.

—No sabía que había una pregunta sobre la mesa.

—De acuerdo, ahí va una. ¿Los ángeles tienen prohibido practicar
el sexo?

—No.

Lindsay entrecerró los ojos.

—¿Hay algo de cierto en el rumor de que estás por encima de la
lujuria?

—¿Tú qué crees?

—Creo que me gustaría que estuvieras encima de mí. Y creo que
íbamos a llegar a ello, con el tiempo, pero tengo la sensación de que
están pasando muchas cosas de las que no sé nada.

Adrian se pasó la lengua por el labio inferior y provocó que Lindsay quedara tan mojada como si la hubiera lamido con ella.

—Pues vayamos a ello ahora.

Lindsay se limpió la boca con la servilleta que tenía sobre el regazo
y se retiró de la mesa. Avanzó hacia él con un paso deliberadamente

lento y seductor. Se llevó las manos al cinturón de la bata, deslizó los dedos por el nudo de seda y lo aflojó. Al llegar junto a la mesa de centro dejó que la bata cayera al suelo. Sonrió cuando a Adrian se le entrecortó la respiración. Él se irguió y colocó los pies separados en el suelo revelando así su excitado pene en toda su gruesa longitud. El acto de la provocación era tentador en sí mismo, pero la reacción física de Adrian llevó su acelerado apetito a otro nivel.

Era como si ella estuviera tirándole de la cola a un tigre nervioso y, a juzgar por el apetito intenso y rapaz de su mirada, Adrian se estaba preparando para saltar. Y morder.

Lindsay se inclinó sobre él, se apoyó con una mano en el respaldo del sofá y dejó que se abriera el escote de su camisola. Cuando Adrian desvió la mirada hacia las vistas, ella utilizó su distracción como una oportunidad para hacerse con su iPad.

Se enderezó y regresó a la mesa. Siguió comiendo mientras utilizaba *Google* para buscar algunas palabras clave elegidas. Como «sexo y ángeles», «ángeles centinelas» y, finalmente, «ángeles vigilantes vampiros». Se distrajo brevemente con un artículo en el que se especulaba que los ángeles Vigilantes masculinos habían sido capaces de erecciones interminables, pero lo más trascendente que descubrió fue qué habían hecho exactamente los ángeles Vigilantes para ser condenados al vampirismo: habían deseado a mortales y se los habían tirado.

Mientras Lindsay leía, Adrian permaneció sentado en el sofá, callado e inmóvil. Ella no lo miró, pero percibía la tumultuosa expectación en él y la oía en el retumbo de los truenos que llegaba desde el exterior. La sensación dentro de la suite con aire acondicionado era como en la hora previa a que una tormenta de verano terminara con una ola de calor: insoportablemente bochornosa y húmeda, cargada de energía contenida. Toda la turbulencia interior de Adrian estaba preparada para estallar. Lindsay sabía que él necesitaba ese alivio, al igual que sabía instintivamente que ella podía llevarlo a exponerse hasta ese punto. Pero ¿a qué precio?

Se llevó a la boca el tenedor con los restos de *hash Brown* y a continuación se recostó en la silla mientras masticaba con aire pensativo. Sus miradas se cruzaron y ambos la sostuvieron.

—Como ya me imaginaba, no hice la pregunta adecuada —dijo Lindsay después de terminarse el zumo de naranja. Ahora que ya había comido, su cuerpo se estaba recargando con tanta rapidez que se sentía mareada—. ¿Tienes prohibido practicar sexo? ¿Es ése el pecado del que hablabas la otra noche? ¿No la lujuria en sí misma, sino su culminación?

Adrian apoyó los codos en las rodillas y juntó las puntas de los dedos.

—Supongo que no te satisfará que te diga que me dejes a mí las consecuencias, ¿no?

Lo que la satisfaría era él, caliente y duro, bien dentro de ella. Pero había consecuencias y «consecuencias».

—¿Podrías perder tus alas y el alma y convertirte en un vampiro?

—Podría perder la cabeza de deseo por ti.

—No puedes hablar en serio.

La estaba matando.

—¿Ah, no?

Apoyó el mentón sobre los dedos.

—No, no puedes. Y yo sería una estúpida si creyera que iba a salir impune. Mi vida no funciona de ese modo. Pago por todo. De hecho, puede que haya estado pagando por esto… —se interrumpió e hizo un gesto entre los dos con un movimiento impaciente de la muñeca— toda mi vida. Lo que quiero decir es, ¿a quién le ha ocurrido todo lo que me ha ocurrido a mí? Puede que cuando nací alguien dijera: «Sí, ésta es la que va a joderle la perfección a Adrian».

Él se enderezó de pronto con expresión de angustia.

—Lindsay…

—Eres el guerrero más poderoso en el rango más elevado de los ángeles. He visto cómo te miran los demás. Confían en ti. Te admiran.

Tener el poder que tú tienes y el aspecto que tú tienes... hay alguien allí arriba que te quiere con locura. No voy a ser yo la que te lo fastidie todo.

Apartó la silla de la mesa y se levantó sintiéndose tan agitada que hubiera podido correr ocho kilómetros sólo para quemar energía.

Adrian también se puso de pie.

—La decisión nos pertenece a ambos. Hay algo entre nosotros. Algo precioso y poderoso. Lo quiero. Te quiero a ti.

Sus alas se materializaron y se desplegaron. Aquella extensión nacarada relucía con tanta belleza que a Lindsay le escocieron los ojos. No había llorado desde la muerte de su madre, pero Adrian la había llevado al borde de las lágrimas en más de una ocasión desde que lo había conocido. La manera que tenía de hacerla sentirse importante y valiosa, la facilidad con la que la aceptó tal como era... Solamente por su ternura, Lindsay no podía permitir que asumiera la culpa por ella. Él la hacía sentir humana; él la hacía sentir, y punto. Se sentía tan vibrantemente viva cuando estaba con él que era como si se hubiera pasado la vida medio dormida y al fin estuviera despertando. Pero la humanidad que le había devuelto era algo prohibido para él y Lindsay no podía permitirse el lujo de olvidarlo. Él no podía permitirse el lujo de que ella lo olvidara.

—A mí me gusta el sexo tanto como a cualquiera —dijo Lindsay, y empezó a caminar. Adrian era un serafín, al igual que los Vigilantes. La misma clase de ángeles, la misma ofensa... ¿el mismo castigo? No tenía motivos para creer que Adrian no fuera a sufrir el mismo destino y por lo visto él no iba a darle ninguno—. Puede ser muy divertido y una excelente manera de aliviar el estrés. Siendo retorcida, me halaga ponerte tan excitado y preocupado. Pero no vale la pena chupar sangre por ello. No vale la pena perder estas preciosas alas. Créeme, los preámbulos son la mejor parte. No te estás perdiendo nada.

Adrian se movió, cruzó el espacio que los separaba en un abrir y cerrar de ojos y le bloqueó el paso, obligándola a afrontarlo directamente. Lindsay se detuvo dando un traspié para no chocar con él. Un trueno retumbó justo por encima de ellos e hizo traquetear los cubiertos de la mesa.

Adrian cruzó los brazos sobre su pecho musculoso; los ojos le centelleaban con unas llamas de un puro color azul. Enseñó los dientes con una sonrisa rapaz.

—Demuéstralo.

12

Lindsay le dijo que no con la cabeza de manera rotunda.

—No.

Hizo ademán de retroceder y Adrian la agarró por los hombros. Nada más tocarla recordó la fragilidad de su cuerpo mortal.

«Y había arriesgado su vida por él.»

La deseaba tanto que le dolía. Su propia vulnerabilidad por lo que a ella respectaba lo enfurecía a la vez que lo humillaba.

—No me mires así —murmuró Lindsay.

—Te necesito, *tzel* —dijo él en voz baja.

—No, lo que necesitas es que yo sea lo bastante fuerte para decir que no e intentar hacerte entrar en razón. —Dirigió la mirada por encima del hombro de Adrian. Se zafó de él y lo rodeó—. Tendría que haberme dado cuenta antes… Ahora mismo lo estás pasando mal. Has pasado por muchas cosas en un corto espacio de tiempo y no piensas con claridad. Estás siendo imprudente. ¡Mierda, pero si atacaste un nido con unas probabilidades suicidas!

Era exquisita. Aún tenía el cabello húmedo, con lo que sus rizos espesos tenían el mismo tono que la miel pura. Cuando había ido a por su iPad, Adrian había quedado cautivado por su paso agresivo, el balanceo sensual de las caderas, el suave frufrú de la seda mientras se acercaba. Una leona dorada a la caza. Una rival que lo superaba con creces. Más que dispuesta a enfrentarse a él… hasta que descubrió los riesgos a los que se exponía.

Lindsay Gibson se estaba conteniendo por su bien, porque estaba preocupada por él.

La expectación le tensó la espalda, la perspectiva de una caricia que no sabía si iba a recibir, pero que ansiaba de todos modos. Los dedos de Lindsay rozaron tímidamente las plumas de la parte superior de su ala derecha y él cerró los ojos mientras aquella caricia casi imperceptible lo recorría.

—Son preciosas —susurró ella con voz llena de asombro—. ¡Anda! Creía que había un par. Pero hay... ¿tres? ¡Oh, Dios mío! Tienes seis alas.

Adrian tenía tal nudo en la garganta que sólo pudo asentir.

La mano de Lindsay se volvió más atrevida. Siguió deslizándola por la curva superior y el ala se extendió ligeramente de gusto. Ella ahogó un grito y retrocedió dando un traspié.

—Lo siento.

—No pares.

Se hizo una pausa.

—¿Son sensibles? ¡Pero si desviaste balas con ellas!

—Nada de lo que haya creado el hombre puede herir las alas de un serafín.

Lindsay avanzó de nuevo, abrió los dedos y los deslizó suavemente por sus plumas.

—Fue asombroso verte en acción.

La gravedad de su voz le dijo a Adrian que el recuerdo la excitaba, lo que tal vez fuera un efecto que persistiera de su época como Shadoe. O es que simplemente era así. Lindsay era una guerrera por derecho propio.

Ansioso por empaparse de su atención y admiración, desplegó las alas lentamente, animándola en silencio a que continuara tocándolo.

—Todos los ángeles que he visto yo tenían un solo juego de alas —murmuró ella mientras lo torturaba con su suave caricia—. Las de Jason son oscuras. Las de Damien son grises. Hay ciertas similitudes entre los demás, pero nadie tiene unas alas como las tuyas. Ese toque de rojo en las puntas… Precioso. ¿Significa algo? ¿O el dibujo de las alas es algo individual que depende del azar, como las huellas dactilares?

—La mancha apareció cuando le corté las alas a Syre. Fui el primero en derramar la sangre de un ángel.

—¿Nunca lo había hecho nadie antes?

—Nunca.

Lindsay le tocó la nuca y deslizó las yemas de los dedos entre las alas, recorriendo su espina dorsal. Adrian arqueó la espalda al tiempo que soltaba un gemido entrecortado y su cuerpo se estremeció.

—¿Esto te…? —Se aclaró la garganta—. ¿Te resulta erótico?

Adrian se llevó el brazo a la espalda y tomó la mano derecha de ella. La llevó por debajo de sus alas y hacia su pecho. Lindsay se vio obligada a acercarse más, tanto que su aliento casi penetraba entre las plumas hasta la piel de debajo. Entonces le puso los dedos en torno a la erecta longitud de su pene.

Lindsay emitió un sonido suave, un sonido que él reconoció como un grito de vulnerabilidad. Adrian se aprovechó de ello sin piedad, se despojó de los pantalones con un pensamiento brusco y presionó la palma de ella contra su carne desnuda.

Hubo un intenso momento de inmovilidad. Él esperó a que ella apartara la mano de un tirón o que siguiera.

Cuando habló, Lindsay lo hizo en voz baja:

—Hiciste esto mismo con la escopeta, ¿verdad? Se la arrebataste a la vampira y la mandaste hacia mí. Lo hiciste con la pajita en el aeropuerto. Puedes mover cosas a tu antojo.

—Sí.

Entonces cerró la mano en torno a él.

Adrian dejó caer los brazos y cerró los puños. El aroma limpio del cuerpo de Lindsay y el denso matiz de su excitación impregnaron sus sentidos. Era embriagadora… inevitablemente adictiva.

—Está ardiendo —susurró ella.

—Tú me pones así.

Se le había enfriado la sangre al enterarse de la muerte de Phineas. Se había convertido en hielo cuando ella se había desplomado cubierta de sangre. No fue hasta aquel momento, bajo el calor de su tacto, cuando por fin se sintió... «humano» otra vez.

Lindsay cerró el puño en torno a la base de su pene y luego lo fue acariciando hasta la punta.

—Y es grande. ¡Dios mío, qué grueso y largo! Quiero esto. Te deseo. Con todas mis fuerzas. Desde el momento en que te vi.

—Tómame —repuso él con voz ronca.

—No puedo.

Adrian tensó la mandíbula. Ella tenía todo el derecho a tener miedo. No era tan tonta como para no tenerlo. A partir de ahora la cosa no haría más que complicarse.

Entonces bajó la mano apretada hacia la base de su pene con más fuerza. Y luego otra vez.

—Sí —gruñó él, que hincó la pelvis en su mano—. Hazme una paja. Haz que me corra.

—¡Por Dios!

Lindsay lo soltó.

Adrian temblaba de deseo. Necesitaba que lo tocara. Doscientos años sin sentirlo lo habían dejado muerto en todos los aspectos más fundamentales. Ahora todos sus sentidos y terminaciones nerviosas volvían a estar vivos y desesperados por ella.

Lindsay rodeó sus alas derechas y se dejó ver.

Adrian se quedó allí, expuesto en todos los sentidos.

Sus miradas se cruzaron.

—Dime la verdad, ángel. ¿Esto es sólo entre tú y yo? ¿O es entre tú, yo y un motivo que todavía no he entendido?

—Sólo entre tú y yo.

Se le hizo un nudo en el pecho al responder con aquella verdad a medias. En realidad, todo se interponía entre ellos. Su misión, su padre, las normas que le negarían el consuelo de su cuerpo...

«Dime la verdad, ángel.»

La verdad se le atragantó. Le atenazó la garganta y se la apretó con tanta fuerza que apenas podía respirar, y mucho menos revelarle lo que se merecía saber. «Voy a enfrentarte a tu gente. Voy a enseñarte cómo matar a tu padre. Voy a enviar tu alma fuera de esta tierra de una vez por todas. Mi amor te destruirá, y a mí también, y destruirá todo aquello que nos importa. No puedo evitarlo.»

Lindsay deslizó el brazo izquierdo convaleciente en torno a la cintura de Adrian y lo metió por debajo de sus alas. Con la mano derecha lo agarró de nuevo. Él soltó el aire entre los dientes.

Entonces lo acarició con firmeza. Las alas de Adrian temblaban mientras la lujuria recorría su cuerpo. La siguiente embestida del puño de Lindsay fue tan perfecta que casi resultó dolorosa.

—Más rápido —jadeó, y la tomó del hombro para acercarla más a él.

Lindsay separó los pies y le puso el brazo en la cintura para estabilizar su postura. Estaba situada frente a su costado. La proximidad de su cuerpo lo quemaba. Él tenía un lado del torso metido entre los pechos de ella y la pierna entre sus dos muslos separados. Una vez afianzada, Lindsay aprovechó el apoyo que tenía para deslizar el puño cerrado sobre su pene con más fuerza y velocidad.

Adrian echó la cabeza hacia atrás con aire de súplica. Sus alas se alzaron y se curvaron en torno a ambos, protegiendo su valiosa intimidad.

Ella no dejó de mover la mano sobre él, con firmeza y a un ritmo constante. La respiración rápida y jadeante de Adrian agitaba su pecho. Ella también respiraba con rapidez, lanzando rachas de aliento caliente sobre su torso. Notaba los pezones tensos y duros de Lindsay contra su piel y los movimientos rápidos de sus caderas, en pequeños y ávidos círculos. Le escocían los ojos y presionó los labios contra su frente.

—Se te pone más gruesa antes de correrte —dijo Lindsay en voz baja—. Y más dura.

La mano de Lindsay volaba en torno a él, lo masturbaba a una velocidad preternatural... y era precisamente lo que necesitaba. El deseo contenido durante dos siglos exigía liberarse en aquel momento. Después podría seducirla como era debido. La atraería hacia su cama y allí la envolvería con su cuerpo y fingiría que no existía nada ni nadie aparte de ellos dos. Sin consecuencias, sin engaños, sin la inevitable separación eterna.

—Sí —jadeó Adrian contra la frente de ella, húmeda de sudor—. Ya me falta poco...

La necesidad se le enroscaba en la espina dorsal y se encharcaba como hierro fundido en la base de su pene.

Lindsay, su eterna tentación, lo provocaba con una voz enronquecida por su propio deseo.

—Enséñamelo. Córrete para mí, Adrian. Córrete con fuerza.

—Sigue tocándome... no pares.

—No pararé. No puedo parar. Déjame ver cómo te...

Todo su cuerpo se sacudió con el primer chorro. «Lindsay.»

Ella emitió un suave sonido hambriento mientras Adrian se estremecía con el explosivo orgasmo al que lo llevó su brazo incansable con la dedicación de una mujer que no quería nada más que complacerle.

«Te quiero.» Las palabras se abrían paso a toda costa desde lo más profundo de su alma y amenazaron con escapar.

Incapaz de detener el torrente de sentimiento, Adrian contuvo la verdad con la suavidad de su boca.

A Lindsay se le doblaron las rodillas cuando la boca de Adrian se fundió con la suya.

Él se volvió en sus brazos y le tomó el rostro entre las manos con delicadeza. Pese a la ferocidad de su lujuria cuando estaba desesperado por un orgasmo, ahora su ternura resultaba devastadora. Sus labios presionaban los suyos con suavidad y su lengua era como un látigo de terciopelo. Lindsay lo agarró de las muñecas, tan inmersa en su olor y sabor que no se dio cuenta de que se movían hasta que notó la pared contra la espalda.

—Gracias —susurró Adrian, y le metió la lengua en la boca.

Ella dejó escapar un leve gemido. Él movió la cabeza lentamente, de un lado a otro, deslizando los labios entreabiertos sobre los suyos, de un extremo a otro. Le metió los dedos en el pelo y le masajeó la cabeza. Un placer ardiente la recorrió, impregnó su sobreexcitado cuerpo y alivió su deseo frenético. Lindsay, que languidecía bajo el ataque sorprendentemente delicado de su boca, lo agarró por las delgadas caderas y lo atrajo hacia sí.

—No te metas en mi cabeza —le advirtió.

—No es en tu cabeza donde quiero meterme ahora mismo.

A Lindsay se le cortó la respiración al notar el pene de Adrian contra su vientre, aún duro como el acero. Él respiró en su boca y le llenó los pulmones de su aire. La intimidad era más potente que los dedos de Adrian deslizándose por sus hombros, apartando los finos tirantes de su camisola. Entonces ella arqueó la espalda y le ofreció sus pechos.

Su cabeza le decía que no estaba bien ser así con Adrian. Sabía que tenía que parar, que tenía que hacer que él parara. Así que apartó las manos y apretó las palmas contra la pared. Pero el tacto de Adrian sobre su piel desnuda, las yemas de sus dedos que recorrían la línea de su cintura para luego deslizarse bajo la camisola era sublime... tan perfecto...

Lindsay ahogó la risa y hundió el estómago para escapar a los dedos exploradores de Adrian.

Sus hermosos labios se curvaron contra su boca.

—Tienes cosquillas.

El deleite de Adrian era palpable, retumbaba a través de ella y hacía tambalear su determinación. Entonces la agarró por la cintura, tiró de ella y la abrazó con euforia.

Ay, Dios… no podía tomarlo de esta manera. Sensual. Juguetón. Sus ojos brillantes ya no eran turbulentos, pues estaban iluminados de alegría… por ella. Era un nivel de intimidad que Lindsay no conocía, que nunca había experimentado en sus breves encuentros sexuales anteriores. No sabía lo que se había estado perdiendo…

—Adrian.

—¿Mmm…? —Le dio un beso en la sien y luego fue bajando hacia su oído—. ¿Dónde más tienes cosquillas, Lindsay?

—No… —El roce de la lengua recorriéndole la oreja hizo que se estremeciera. Apretó los puños—. N... no deberíamos estar haciendo esto.

—Tú no tienes que hacer nada —susurró Adrian mientras rodeaba sus sensibles e hinchados pechos con las manos ahuecadas.

Lindsay dejó escapar un gemido. Volvió el rostro hacia el ventanal de la pared que tenían al lado. El sol brillaba intensamente y hacía centellear las gotas de lluvia del cristal: un reflejo del estado de ánimo de Adrian y de cómo ella lo había alegrado.

Entonces le atrapó los pezones entre el índice y el pulgar y tiró suavemente de ellos.

—Unos pezones tan diminutos y delicados para unos pechos tan exuberantes. Voy a lamértelos hasta que te corras.

Lindsay echó las caderas hacia adelante sin querer y su sexo se comprimió con ávida exigencia.

—Para ser virgen —dijo ella con un jadeo— se te da de perlas la seducción.

Adrian se detuvo y sus ojos cerúleos centellearon con expresión divertida.

—¿Crees que soy virgen?

—¿Estás diciendo que ya has hecho esto antes? —La devoraron los celos y se le heló la sangre—. Creía que te crecían los colmillos si lo hacías.

Una sonrisa puramente masculina se dibujó en la boca de Adrian.

—Sólo estás tú, *neshama*. Eres la única que hace salir este lado de mí.

Lindsay no tenía ni idea de lo que acababa de llamarla, pero despertó algo en su interior, y la manera en que sonó su voz cuando lo dijo hizo que sintiera mariposas en el estómago.

—Adrian… Mierda. Voy a arder en el infierno por esto.

—¿Por apoyarte en una pared? —Le lamió el interior de la oreja con erotismo—. No, no vas a arder en el infierno.

—Estoy intentando hacer lo correcto —protestó Lindsay aun cuando no parecía poder reunir la fuerza de voluntad necesaria para apartarlo. Y menos cuando le estaba metiendo una de sus malvadamente hábiles manos en las bragas mientras la otra le subía la camisola y le descubría el pecho.

—Esto era inevitable. Nosotros somos inevitables. —Adrian bajó la vista para mirar los aturdidos ojos de Lindsay—. Lo sabes.

—¿Por qué no tienes miedo?

—Me da más miedo no tenerte que pagar por el privilegio.

Ahuecó la mano con gesto posesivo por encima del encaje de su tanga.

Lindsay echó la cabeza hacia atrás y toda resistencia la abandonó cuando el dedo provocador de Adrian recorrió el pliegue de su muslo, allí donde la piel se encontraba con el borde del encaje. Se sentía embargada de un ansia vibrante, de un apetito penetrante y anhelante que la asustaba más que las repercusiones de lo que estaban haciendo. La sensualidad erótica que emanaba Adrian la envolvió y acarició su deseo hasta que su anhelo por él le impidió pensar. Anhelaba su tacto… Se moría por sentirlo.

Adrian le sujetó la espalda con una de sus grandes manos e hizo que se inclinara hacia él. Lindsay contuvo el aliento y esperó. Él lanzó un soplo de aire frío sobre su pezón fruncido y la leve constricción del tanga desapareció junto con la propia prenda. La lengua caliente y húmeda de Adrian la recorrió en el mismo instante en que sus dedos la separaron y le acariciaron el clítoris. Lindsay se estremeció violentamente y soltó un grito; estaba tan caliente que creía que ardería. Estaba febril, empapada de sudor y del flujo de su excitación.

Adrian emitió un grave murmullo de aprobación.

—Suave y húmedo. Y depilado a la cera. Sin nada que se interponga mientras te como durante horas.

A la cera, no. Con láser. Pero ¿por qué discutir? A Adrian le gustaba. Y a ella le gustaba que le gustara. También le gustaba la sensación de su tacto ligero como una pluma trazando círculos en la temblorosa entrada de su cuerpo, y su lengua revoloteando sobre su pezón endurecido. Le gustaba la forma en que sus alas se curvaban con elegancia hasta la pared formando un escudo blanco que la hacía sentir a salvo y protegida. Preciada.

Lindsay alzó la mano y pasó los dedos por el cabello oscuro y tupido de Adrian. Levantó una pierna y se la apoyó en la cadera, abriéndose más a él.

—Tócame —le dijo con un jadeo, y se retorció cuando Adrian hundió las mejillas en torno a su pecho y le dio un rápido tirón.

—Ya te toco.

Sintió su aliento sobre la humedad que había dejado su boca.

Lindsay gruñó.

Dos dedos largos y elegantes se abrieron camino dentro de ella.

—¿Es esto lo que quieres?

Lindsay lo agarró por la nuca, se acercó a él y le devoró la boca; luego bajó dando mordisquitos por su mandíbula hasta el cuello. Separó los labios sobre su pulso palpitante y lo acarició con la lengua, hinchando la gruesa vena. Luego le pasó los dientes.

Adrian gimió y la sujetó con un brazo a la espalda.

—Joder, qué caliente estás. Me estás volviendo loco.

Lindsay subía y bajaba las caderas y las movía en círculos guiando los dedos de Adrian. Le devolvió sus mismas palabras:

—Hazme una paja. Haz que me corra.

Adrian inclinó la boca sobre la suya. Le presionó el clítoris palpitante con el pulgar y lo masajeaba con cada embestida de sus dedos. Lindsay jadeaba de placer en su boca y hundió las cortas uñas en los músculos de sus hombros duros como rocas. Entonces le atrapó la lengua y se la chupó, haciendo que su sexo se cerrara más fuerte en torno a la mano con la que la masturbaba.

La caricia suave como la seda del vello del pecho de Adrian sobre sus pezones anhelantes la estaba matando, terminando el trabajo que había empezado su ternura. La tocaba de una manera reverente. Con veneración. Incluso en mitad del encuentro sexual más salvaje que había tenido jamás, tenía la sensación de que todo tenía que ver con ella. Con estar con ella de la forma más íntima posible.

Llegó al orgasmo como si la alcanzara un rayo. Se sacudió en brazos de Adrian experimentando un violento clímax y los delicados tejidos de su sexo se estremecieron junto con los dedos malvadamente expertos que se curvaban y frotaban haciendo que continuara corriéndose.

Lindsay no pudo hacer más que sujetarse a él mientras las lágrimas se abrían paso por debajo de los párpados apretados. Sus jadeos se intercambiaron con los de él, que en ningún momento dejó de besarla como si fuera a morir de no hacerlo.

Apenas había dejado de temblar cuando Adrian retiró los dedos y la levantó contra él… desnuda porque la ropa le había ido a parar donde la suya… fuera donde fuera. Entrelazados, giraron con precipitación controlada; luego Lindsay notó la fría superficie de la mesa del comedor bajo las nalgas, echó las manos hacia atrás y se apoyó en los brazos, con el torso inclinado. Adrian le apartó la rodilla con la mano y se agarró el pene con la otra. Colocó la ancha punta de su miembro contra ella.

Los ojos de Adrian, que relucían con unas violentas llamas azules, se clavaron en los suyos.

—He pasado mucha hambre de ti, *neshama sheli*.

Lindsay quería preguntarle qué había dicho, pero apenas había terminado de tomar la temblorosa bocanada de aire que necesitaba para hacerlo cuando él empezó a deslizarse en su interior, duro y caliente, al tiempo que la empujaba para que se tendiera y la cubría con el calor abrasador de su cuerpo. Ella se retorció para acomodarlo y lo agarró por las caderas para intentar lentificar el empalamiento que se prolongaba implacable.

—¡Dios santo! —exclamó con un jadeo al tiempo que arqueaba la espalda—. ¿Por qué tienes la constitución de una estrella del porno si no se te permite tener sexo?

La risa de Adrian la recorrió y dejó una estela de carne de gallina. Era un sonido tan denso y profundo… infinitamente bello y te llegaba al alma. Se le hinchió el corazón como si viviera y respirara para oír aquel sonido salir de su boca.

Adrian hundió el pene hasta la base y llegó al final de Lindsay. Sus alas se extendían y se plegaban con una sensualidad que le hizo pensar a ella en la suntuosidad con la que se estiraba un felino bien alimentado. Sus miradas se encontraron y ambos la sostuvieron; lo mismo ocurrió con sus alientos. En aquel apasionante momento Adrian le rodeó el rostro con la mano y la miró de una forma que la derritió.

—*Ani ohev otach*, Lindsay —susurró, tras lo cual tomó su boca y su exhalación le llenó los pulmones ardientes.

Hizo girar las caderas y se hundió un poco más. Lindsay sentía hasta el último centímetro, podía jurarlo, notó hasta la última protuberancia venosa y hasta el último latido de su corazón palpitante.

Entonces lo sujetó por la nuca con una mano mientras le lamía los labios, afectada por la absoluta certeza de que se encontraba justo donde siempre había anhelado estar sin saberlo.

—Adrian, yo…

El sonido de unas campanadas resonantes la dejó helada. Y a él también.

Se quedaron aferrados el uno al otro, con la respiración agitada, el pene de Adrian como una presencia gruesa y palpitante dentro de ella. Toda la importancia de lo que estaba haciendo y de con quién lo estaba haciendo cayó sobre ella como una tromba de agua helada.

El sonido se repitió, seguido de unos bruscos golpes en la puerta. Era un puto timbre.

Lindsay emitió un sonido jadeante de alivio y gimió cuando Adrian empezó a retirarse. No apartó la mirada de ella ni un instante mientras salía de su interior con una lentitud exasperante y la mandíbula fuertemente apretada. En cuanto Adrian se retiró pesadamente de su cuerpo, Lindsay bajó de la mesa a toda prisa y corrió a su dormitorio.

Él volvió a ponerle el pijama antes de que ella cerrara de un portazo, pero nada tan simple como la ropa podía hacer que se sintiera menos sensible y expuesta.

13

Adrian se pasó las manos temblorosas por el pelo para alisárselo y luego se miró en el espejo ovalado del vestíbulo. Aunque la túnica sin mangas de estilo asiático que había hecho aparecer le llegaba a medio muslo y ocultaba su erección, el rostro colorado, los ojos brillantes y los labios hinchados por el fervor de Lindsay delataban su debilidad mortal.

Se quedó mirando su reflejo mientras regulaba la respiración y ponía toda su fuerza de voluntad en adoptar el semblante tenso y austero que se esperaba de él. Escondió las alas, consciente de que éstas revelarían sus agitadas emociones con la misma certeza con que lo hacía su mirada.

Sonó el timbre por tercera vez, seguido de otra tanda de golpes. Adrian accionó la manija de una de las puertas dobles que, nada más cruzarlas, empezaron a deslizarse automáticamente para cerrarse de nuevo. Mientras recorría la habitación fue aplastando con la mente algunas de las flores más fragantes de los enormes arreglos florales esparcidos por la amplia suite. Los aromas empalagosos no podían ocultar el exuberante olor a sexo del poderoso olfato de un ángel, pero al menos mostraría respeto si hacía el esfuerzo.

—Capitán —lo saludó Jason alargando la palabra con complicidad.

—¿Tienes noticias para mí?

Fue a la cocina y se lavó las manos, se quitó el olor del deseo de Lindsay que ahora le era tan querido. Aún se le embravecía la sangre al recordar el firme abrazo de su cuerpo. Aquel radiante momento de conexión lo habría destrozado si ella no lo hubiera hecho reír, algo tanto tiempo olvidado, que ya no recordaba cuando fue la última vez.

Había olvidado lo poderosa que era su afinidad. No recordaba que anteriormente lo hubiera abrasado de forma tan completa. Se sentía como si hubiera pasado por una forja, como si lo hubieran calentado hasta derretirse y luego le hubieran dado otra forma nueva e impoluta.

—¿Dónde está Shadoe?

Adrian se volvió, presa de una extraña inquietud al oír que se utilizaba un nombre que todavía no podía explicar a Lindsay, y se encontró con Elijah y Jason. La verdad de lo que había estado haciendo antes de su intromisión no iba a pasar desapercibida a los instintos más primarios de un licano. Llevaba encima el olor de ella y, a juzgar por cómo se le ensancharon las ventanas de la nariz, Elijah lo reconoció.

—Lindsay —respondió Adrian poniendo énfasis en el nombre— aún se está recuperando.

Jason lo observó sin disimulo.

—Pero se ha levantado. Ha… comido.

—Como un leñador.

—¿Cómo tiene el brazo? —preguntó Elijah esmerándose en mostrarse impasible.

—Se le está curando muy bien.

—Estupendo.

El licano hizo un gesto enérgico de satisfacción con la cabeza.

Adrian se cruzó de brazos y estudió a Elijah. Ya no tenía ninguna duda de que era un Alfa, y menos después de haberlo visto con los otros licanos cuando limpiaron el nido en Hurricane. Tampoco había duda de que era peligroso, de que su dominio inherente y su habilidad para motivar a otros licanos para que siguieran su ejemplo sólo podía acarrear problemas. Sin embargo, de momento estaba comprometido con Lindsay. Ella le había salvado el pellejo, y más de una vez, según él. Pagaría esa deuda protegiéndola con su vida y, en aquellos momentos, ése era el nivel de lealtad que Adrian necesitaba para mantenerla a salvo.

—Sólo quería comprobar contigo —empezó a decir Jason al tiempo que se dirigía hacia la mesa del comedor— los planes para regresar a Utah mañana. ¿El programa aún es posible?

—Dije que lo era. —Adrian respondió en voz baja y suave, pero tuvo que hacer un gran esfuerzo para no apretar los puños cuando Jason se detuvo justo en el sitio donde hacía unos momentos él había estado enterrado en Lindsay—. Quiero estar de camino a las seis en punto.

—De acuerdo. —Jason apoyó la mano en la mesa y lo miró—. Helena está en Las Vegas. Quiere verte.

—Me reuniré con ella en cuanto me cambie. Elijah, quédate con Lindsay.

Adrian se dirigió a su dormitorio situado al otro lado de la zona de estar, enfrente del de Lindsay. Cerró la puerta y se sentó en el borde de la cama, exhaló bruscamente, descolgó el teléfono y pulsó el botón que lo conectaba con la habitación de Lindsay.

Ella tardó un buen rato en responder.

—¿Diga?

—Linds… ¿Estás bien?

Ella suspiró.

—No, no estoy bien ni mucho menos.

Adrian cerró los ojos. La vergüenza y confusión de Lindsay eran palpables.

—Tengo que salir. Elijah se quedará contigo. Cuando regrese, tú y yo hablaremos.

—De acuerdo.

—Si necesitas o quieres algo mientras estoy fuera, cárgalo a la habitación.

—Ah, bien. —Soltó un gemido—. No me sobornes, por favor.

—Ni se me ocurriría. Tú no tienes precio.

Se hizo otra larga pausa. Cuando le respondió, lo hizo con cierta dureza.

—Tienes razón, Adrian. No te lo puedes permitir. Mi precio es demasiado alto. No dejaré que lo pagues.

Adrian miró la puerta cerrada y soltó una maldición entre dientes. Lindsay necesitaba su atención y consuelo después de lo que acababan de compartir, pero con los otros dos allí no podía hacer nada para calmarla. Había cosas que aún no podía contar, pero podía demostrárselas si tuvieran intimidad.

—Hablaremos cuando vuelva —repitió.

—Ten cuidado.

—No te metas en líos.

Colgó el auricular y se puso de pie. Cuanto antes se ocupara de los negocios, antes podría volver con ella.

Lindsay se duchó por segunda vez. Cuando salió del cuarto de baño había otro conjunto sobre la cama. Éste estaba en una percha y cubierto por una bolsa protectora de una boutique. Sacó la prenda del interior de la bolsa y vio que aún tenía las etiquetas con el precio escandaloso. Era un conjunto precioso, unos pantalones palazzo de color chocolate, y una blusa sin mangas en múltiples tonos de turquesa y dorado. Caro y elegante, muy del gusto de Adrian. A su lado había un estuche de maquillaje lleno de productos MAC sin estrenar. Y debajo de todo ello, encima de la cama con aspecto inofensivo, un sobre grabado con el logotipo del hotel que contenía un fajo de unos cinco centímetros de grosor de billetes nuevos de cien dólares.

Lindsay se pasó las manos por la cara y soltó un quejido. Estaba metida tan hasta el cuello que se estaba ahogando. Adrian era demasiado para ella. No podía manejar la situación. No podía manejarlo a él. Las miradas que le dirigía, la manera en que le hablaba y la tocaba… fuera lo que demonios fuera que estuvieran haciendo, para él no era una aventura. Y daba igual lo que ella dijera, daba igual lo mucho que lo intentara, él estaba decidido a tenerla a cualquier precio.

Se vistió, se puso presentable, y a continuación se acomodó en el asiento que él había ocupado antes y llamó a su padre.

—Eddie Gibson, Gibson Automotive —respondió él.

—Hola, papá. —Lindsay oyó el zumbido de las herramientas de aire comprimido y se le hizo un nudo de añoranza en la garganta. Su padre no conocía los aspectos más oscuros de su vida, pero sabía que era peculiar y la quería incondicionalmente de todos modos—. Soy yo. Siento no haberte llamado antes.

—Hola, nena. ¿Te encuentras mejor?

La voz que Lindsay tanto quería estaba ronca de preocupación.

Ella frunció el ceño y preguntó:

—¿Mejor? Sí, me encuentro bien. De hecho, me encuentro estupendamente.

—Me alegra oírlo. —Un suspiro de alivio atravesó la línea entre los dos—. Me preocupé cuando no pude ponerme en contacto contigo. Cada vez que intentaba llamarte al móvil me saltaba el buzón de voz.

—Sí. No lo he cargado desde que llegué. Puede que esté muerto.

—Dile a Adrian que agradezco que me llamara para hacerme saber que estabas bien. De no haberlo hecho, es probable que hubiera llamado a la guardia nacional para que te localizaran.

—¿Adrian te llamó?

Un cosquilleo la recorrió. Con todo lo atareado que estaba, había tenido en cuenta la preocupación paterna y se había tomado la molestia de aliviarla. Su amabilidad la conmovió profundamente.

—Ayer. Me explicó que un virus estomacal te había dejado para el arrastre. Deberías tomarte las cosas con calma durante los próximos dos días y beber mucho líquido. Y podrías considerar invertir un poco de tiempo en Adrian Mitchell. Da la impresión de que se preocupa de verdad por ti. Ahí podría haber algo.

¡Ojalá! Al fin había conocido a un hombre al que no tenía que mentir, del que no tenía que esconderse, y no podía tenerlo.

—¿Tú ya te cuidas?

—Como sé que si no lo hago vas a regañarme, sí. Anoche también fui a casa de Sam y jugamos al póquer.

—Bien.

Le había estado insistiendo en que saliera más. Una noche de póquer con los amigos era un buen primer paso.

—¿Dónde estás? El localizador dice Mondego Resort.

—Es una propiedad de Gadara —explicó Lindsay, que se había fijado en el logotipo de Gadara Enterprises del teléfono de la mesita mientras marcaba.

—De modo que ya estás de vuelta al tajo. Tienes que cuidarte. Siempre te exiges demasiado.

—¡Mira quién habla! —replicó—. Te propongo un trato: cada vez que te tomes un día libre, yo lo igualaré haciendo lo mismo.

Él se rió y Lindsay absorbió el sonido con deleite.

—De acuerdo. Trato hecho.

—Te quiero. Volveré a llamarte dentro de un par de días, pero si necesitas cualquier cosa o simplemente quieres charlar, me aseguraré de tener el teléfono cargado.

—Vale. Te quiero.

Tras colgar el auricular, Lindsay se levantó y se dispuso a salir del dormitorio, por lo que agarró su bolsa de camino a la puerta. Ya hacía un rato que no se oían voces masculinas en la zona de estar, pero aun así respiró hondo y se armó de valor antes de abrir la puerta. Oír la voz de su padre la había ayudado a centrarse de nuevo, pero seguía teniendo una sensación de vulnerabilidad y de estar expuesta. Adrian la afectaba. Por mucho que quisiera que no fuera así, tenía muy pocas defensas contra él.

Entonces se encontró a Elijah esperando junto al sofá, de pie con los brazos cruzados. Su presencia era grande y formidable. La camiseta verde oliva y los vaqueros holgados que llevaba hacían muy poco para ocultar la fuerza de su cuerpo. Daba sensación de solidez y firmeza; era la clase de tipo al que podrías confiarle la vida. En ese aspecto le recordaba a Adrian. Él también era extraordinariamente augusto y fuerte. La sensación de afianzamiento que le proporcionaba era el aspecto que más le costaba resistir de él. Lo deseaba, le gustaba, confiaba en él. Y cuando estaba a su lado se sentía tranquila, un estado de ánimo que los vampiros le habían robado aquel lejano día de pesadilla.

Adrian le había devuelto la ecuanimidad. Pero para devolverle el favor, tenía que dejarle ir. Por más que él le diera, ella podía arrebatárselo todo en un solo momento de egoísmo.

—Hola, El. —Sonrió al guapo licano—. ¿Cómo estás?

—Vivo. —La voz grave de Elijah retumbó por la habitación—. En gran parte gracias a ti.

—Lo que tú digas. Estuviste sensacional. Yo sólo intenté ser algo más que una humana indefensa.

—Indefensa. —Soltó un resoplido—. No, no estás indefensa. Estás como una puta cabra.

Lindsay asintió con seriedad.

—Por lo general.

Los brillantes ojos verde esmeralda de Elijah la recorrieron con una mirada fría y escrutadora.

—¿Cómo te encuentras? ¿Te duele el brazo?

Lindsay se acercó a él con la mano extendida. El color rosáceo de la carne se estaba desvaneciendo y había aparecido una leve pelusa que no tenía antes de ducharse.

Elijah le miró el brazo y silbó.

—Estaba seguro de que lo perderías.

—Fue grave, ¿eh?

Él le lanzó una mirada irónica.

—Sí. Casi te lo vuelan de un escopetazo.

Lindsay recordó el dolor agudo y se apretó el brazo masajeando las punzadas imaginarias.

—¿Cómo lo hizo?

—Ojalá lo supiera.

Al verlo tan fascinado, le dijo:

—Puedes tocarlo.

—Ni hablar.

Lindsay enarcó una ceja.

—No muerdo.

—No voy a cabrear a Adrian. Además, la curiosidad mató al lobo.

—En serio. Estás sobreestimando totalmente cualquier tendencia posesiva por su parte. Por otro lado, ¿cómo iba a saberlo?

—Me olería en ti.

La otra ceja se enarcó a juego con la primera.

—En serio —repitió él con sequedad—. No me gusta nada hacerte sentir violenta, pero yo lo huelo a él por todo tu cuerpo.

A Lindsay se le hizo un nudo en el estómago.

—¿Y también me oliste a mí en él?

—Sí.

—Mierda. —Se sacudió el pelo con manos agitadas—. Si quisiera hacer la maleta y salir corriendo, ¿tendría que deshacerme de ti? ¿O me dejarías marchar pacíficamente?

—Prueba a deshacerte de mí —repuso con un suave gruñido—. A ver lo lejos que llegas.

—¿Tienes órdenes de retenerme?

—No. Pero no voy a perderte de vista.

Como confiaba en él, Lindsay dejó que viera su confusión.

—Estoy jugando con fuego y voy a quemarme. Podría vivir con ello, pero Adrian… él no necesita esta presión. Aún se está recuperando de la muerte de Phineas.

—Ya es mayor. Puede cuidarse solito. —La expresión de Elijah se ablandó—. Preocúpate de cuidar de ti misma.

Lindsay volvió la mirada hacia la mesa. Recordaba vivamente la sensación de tener a Adrian dentro de ella. El tono de su voz había sido tan íntimo como el acto físico, y las palabras ininteligibles que había pronunciado resonaban en su interior despertando una sensación de lejana familiaridad. No conocía su significado, pero sabía que eran las de un amante. Eran tan poderosas como las caricias tangibles y se deslizaban suavemente por su piel como una brisa cálida. Si ella fuera la única que se enfrentara a las consecuencias, lo tomaría. Lo conservaría. Lo haría suyo. Pero las cosas no eran así. Él sufriría...

Soltó aire bruscamente.

—Parece ser que la luz de advertencia de mi instinto de supervivencia no funciona bien.

—Ya me di cuenta el otro día.

—¿Tienes hambre?

—Podría comer algo.

—Vamos a darnos un atracón, luego subiremos a una montaña rusa hasta que vomitemos.

Un subidón de adrenalina o dos eran lo único que podría evitar que huyera. La cuerda le apretaba demasiado. Si no la aflojaba, se partiría.

Elijah suspiró.

—¿Para esto me salvaste el culo?

—O eso o me escapo. Tú eliges.

—Muy bien. —Con un movimiento del brazo señaló la puerta doble de entrada a la suite—. Pero te lo advierto ahora... No te conviene para nada vomitarme encima.

Lindsay empezó a andar, impaciente por escapar del lugar que albergaba demasiados recuerdos peligrosos.

—¿Por qué no?

—Porque te vomitaré yo a ti —respondió al tiempo que abría la puerta—. Y te aseguro que como más que tú.

—¡Uf!

Lindsay estaba a punto de salir al pasillo cuando un hombre afroamericano muy elegante llenó el umbral con su presencia.

Se detuvo en seco, paralizada por aquella sonrisa de un millón de vatios. Se le reconocía al instante. Además, era su jefe.

—Hola, señor Gadara.

—Buenas tardes, señorita Gibson. Venía a hablar con usted.

Adrian entró en el Hard Rock Café y preguntó por Helena Bardon. La recepcionista le brindó una sonrisa radiante e intentó charlar con él, pero Adrian respondió con monosílabos y con el pensamiento firmemente centrado en Lindsay. La guapa morena siguió coqueteando con él mientras lo acompañaba al reservado en el que estaba Helena, pero su cordialidad se esfumó rápidamente cuando vio que la rubia se deslizaba del banco para saludarlo. Adrian sabía lo que había visto la recepcionista: una mujer despampanante, escultural, de una belleza deslumbrante, con una melena rubia hasta la cintura y ojos azules de serafín.

—Adrian. —Helena le dio un abrazo afectuoso—. Cuando me enteré de lo de Phineas me quedé muy preocupada por ti.

—Voy tirando.

A la mujer se le ensancharon las ventanas de la nariz mientras lo observaba con atención.

—Tu Shadoe ha vuelto para consolarte.

Adrian le hizo un gesto para que se sentara.

—Ya sabes que no te juzgo —dijo ella en voz baja mientras retomaba su asiento.

—Lo sé.

Después de todo aquel tiempo, Helena seguía siendo pura de corazón y alma. Su devoción era inexpugnable; parecía indemne al mundo en el que vivían. Adrian le envidiaba esa serenidad.

—¿De verdad te da consuelo?

—Consuelo y tormento, placer y dolor. Todo ello llevado al extremo. Es sublime y es un infierno, y lo necesito para existir. La necesito.

Había pocos Centinelas con los que pudiera hablar con tanta libertad. La fe inquebrantable de Helena le proporcionaba una imparcialidad que pocos podían atribuirse.

Un camarero se entrometió y pidieron la comida. Juguetearían con ella para guardar las apariencias y luego pedirían que se la empaquetaran para llevársela a sus licanos. Cuando volvieron a estar solos, Helena se reclinó en el asiento y de pronto dio la impresión de estar agotada.

—¿Cómo puedo ayudarte? —preguntó Adrian.

No dejó traslucir cómo le afectaba su malestar, pero así era. Le afectaba profundamente. Helena siempre había sido una de las cosas inmutables en su existencia. Claro que Phineas también.

—Compadeciéndome. —Apoyó su mano delicada en la mesa—. ¿Te he contado que uno de mis licanos, Mark, afirma estar enamorado de mí?

Adrian se quedó de piedra.

—No.

—Sí. Bueno, eso es lo que él cree.

Mientras se sobreponía, le dijo:

—No estoy demasiado sorprendido por la posibilidad. Eres una mujer hermosa con un alma dulce.

—Ya sabes adónde deberían dirigirse los elogios de estas cosas, pero gracias. —Sus dedos tamborilearon suavemente sobre la mesa, una acción reveladora de la que no parecía consciente—. Lo he intentado todo para ser respetuosa con sus sentimientos, por inconvenientes que sean. Ha hecho muy bien su trabajo a causa de ellos. Mark se ha puesto en peligro de maneras y en situaciones en que no lo habría hecho ningún otro licano.

—¿Se ha convertido en un problema para ti?

—No. —Suspiró—. El problema soy yo.

Adrian alargó el brazo, le tomó la mano y detuvo sus dedos.

—Estoy escuchando.

—Sabía que él tenía… necesidades. Comprendo la raza de los licanos. Lo que ocurre es que… me negué a ver cómo manejaba él dichas necesidades y él hizo todo lo posible para ocultar sus actividades. —Sus dedos se tensaron sobre los de Adrian—. Pero el otro día, cuando me enteré de lo de Phineas, llamé a Mark para que viniera cuando ya le había dado la tarde libre. Cuando regresó olí… olí a una mujer en él.

—Helena.

A Adrian se le hizo un nudo de compasión en el pecho.

—Me puse furiosa, Adrian. Como nunca me había puesto antes. Arremetí contra él. Dije cosas crueles e hirientes a propósito. Lo acusé de ser débil e imperfecto. Y más… mucho más. No podía parar. La fealdad salía de mí y no podía detenerla. Hice que se odiara a sí mismo. Él ya estaba sufriendo su propia culpabilidad y vergüenza y yo añadí la carga de mi dolor a la suya.

—Estabas celosa. —Y ahora sabía lo que pocos Centinelas sabían: que eran tan posesivos como podían llegar a ser los licanos y los vampiros. Por lo visto, era un rasgo inherente en los serafines y se transmitió a los Caídos—. Podría haber sido peor. Lo hubiera sido de haberte estado acostando con él.

—Y éste es el dilema con el que acudo a ti. —Alzó el mentón—. Tú, más que nadie, sabes cómo me siento. Hasta ahora había creído que los impulsos de la carne eran ajenos a nosotros. Que la lujuria era una batalla que no teníamos que luchar.

—Se supone que tienen que ponernos a prueba, ya lo sabes.

—Sí, pero cuando intenté explicar la situación a Mark, disculparme por el daño que le causaría y prepararlo para un traslado lejos de mí, él cayó en la cuenta de algo que a mí se me había pasado por alto. Tenemos prohibido emparejarnos con mortales, Adrian. Los licanos y los vampiros no son mortales… ni siquiera los demonios lo son.

Adrian le soltó la mano y se reclinó en su asiento, salió de su papel de amigo y volvió a asumir el de su oficial al mando.

—Esperas hallar un resquicio legal.

—¡No me juzgues! —le espetó ella, demasiado alterada para mantener las formas—. ¿Cómo puedes suponerlo siquiera cuando vienes aquí impregnado del olor de una mujer mortal?

—¿Qué esperabas que dijera? Pregúntate, sinceramente, si acudiste a mí buscando conmiseración, porque sabes que la tienes. Se me rompe el corazón por ti. Pero si viniste a buscar la absolución, no puedo dártela.

—¿Por qué no?

—Si te doy licencia para cometer los errores que he cometido yo, no sería mejor que Syre. No voy a llevarte a la perdición, Helena. Es mi responsabilidad hacer todo lo que esté en mi mano para evitar tu caída.

—Haz lo que digo —comentó ella con amargura—, pero no lo que hago.

Le lanzó una mirada fulminante que lo atravesó. En cuestión de momentos se había convertido en su enemigo. Por mucho que lo hiriera la furia de Helena, Adrian no podía hacer otra cosa.

—Yo no tengo la respuesta a tu pregunta. Ya lo sabes.

A Helena le temblaba el labio inferior.

—Pregunto y no oigo nada.

—La conclusión que saqué de ello —comentó con delicadeza— fue que el silencio era respuesta suficiente.

Helena inspiró brusca y temblorosamente.

—Creía que me ayudarías.

—Lo intentaré. Pero no de la forma en que tú quieres.

Se formó una lágrima que se deslizó por la mejilla perfecta de la mujer. Helena irradiaba su dolor y éste hacía eco en Adrian. Se deslizó para levantarse del asiento.

—Necesito un momento para recomponerme.

Adrian asintió y se la quedó mirando mientras ella se abría paso zigzagueando por el comedor y giraba por el pasillo que conducía a los servicios. Sacó el teléfono móvil y marcó.

—Jason —dijo cuando el teniente contestó—. Busca a los guardias personales de Helena y convócalos de inmediato.

—Me encargaré personalmente. ¿Qué está pasando?

—Lo discutiremos después. Si dentro de media hora no has recuperado a los dos guardias, necesito saberlo.

—Entendido.

Llegó la comida y Adrian la mandó de vuelta para que la prepararan para llevar. El camarero tardó varios minutos en ocuparse de ello y Helena no regresó durante ese tiempo. Pero Adrian ya sabía que las probabilidades de que lo hiciera eran de un cincuenta por ciento a lo sumo. Comprendía por lo que estaba pasando y sabía lo que él haría si hubiera habido alguien capaz de interponerse entre Lindsay y él: iría a por ella y huiría, ganando todo el tiempo precioso que pudiera antes de que los atraparan.

Echó dinero en la mesa para pagar la cuenta. Recogió la bolsa con los recipientes de comida con una mano mientras que con la otra se frotaba el nudo que sentía en la garganta. Le había dado una hora de ventaja a Helena. Era una concesión lamentable, pero era la única que podía hacer antes de que empezaran a buscarla a ella y a su licano descarriado.

Adrian esperaba que Helena hubiera tenido la precaución de tener a Mark esperándola cerca de allí. La alternativa —que pudiera haber pensado, aunque sólo fuera por un momento, que él toleraría su decisión— era demasiado dolorosa para contemplarla.

Si Adrian había caído tan bajo a ojos de sus Centinelas, las pruebas a las que se enfrentarían en días venideros serían insuperables.

14

Vash se limpió la sangre de la boca con el dorso de la mano y enseñó los colmillos al licano al que había inmovilizado contra un árbol con una espada revestida de plata. La plata le había envenenado la sangre, por lo que se vio obligado a adoptar su forma humana y estaba desnudo, sin fuerzas, con la cabeza colgando y respirando de manera superficial.

—Ya sabes de quién es esta sangre —dijo ella otra vez mientras atendía su abundante colección de mordiscos profundos y cortes. Agitó el trapo con la reveladora mancha de sangre debajo de su nariz—. ¿Qué miembro de tu manada se llevó a la piloto del aeropuerto de Shreveport?

—Que te jodan. Zorra —jadeó mientras agarraba la empuñadura de la espada, pero estaba demasiado débil para arrancarla de la madera que tenía detrás.

—Nos pasaremos todo el día con esto.

Él la miró por debajo de un mechón de pelo pelirrojo que era unos cuantos tonos más claro que el de ella.

—Dentro de una hora estaré muerto. Y no tendrás nada.

—La verdad es que no te conviene desplomarte antes de decirme lo que quiero saber.

—Estás tomando el «árbol» por las hojas.

Logró reírse con voz ronca de su chiste malo.

—Eres todo un humorista. —Lo agarró por la barbilla y le obligó a levantar la cabeza—. Veo el reconocimiento en tus ojos. Si soltaras el nombre tu dolor terminaría.

—¿Esto también lo ves?

Le hizo un corte de mangas.

Vash miró fijamente al licano con la mandíbula apretada, preguntándose si podría ser el responsable de la muerte de su compañero. Era una pregunta que la asaltaba cada vez que se encontraba con un licano. Tenía que creer que el responsable seguía con vida en alguna parte, esperando a que ella se vengara por las atrocidades cometidas contra su querido Charron.

—¿A cuántos vampiros has matado, perro?

—N... no los suficientes.

—Es joven —terció Salem que estaba junto a ella y que por un momento la distrajo con su último y deslumbrante pelo teñido de un azul primario.

Era una suerte para él que poseyera una estructura ósea clásica; su hermoso rostro poseía un aire regio que trascendía cualquier tono de lápices de colores que adornara su cabeza. También era un jodido hijo de puta. De no haberlo sido, el blanco que llevaba en el coco hubiera hecho que lo mataran hacía tiempo.

Vash examinó el rostro del licano. Bajo el sufrimiento y el agotamiento que lo estropeaban, vio juventud. Tal vez fuera demasiado joven.

—¿Cuántos años tienes?

—Chúpame la polla.

Ella se inclinó y sus miradas se alinearon.

—Estoy a punto de soltarte, idiota. No la cagues.

El pelirrojo la fulminó con la mirada.

—Cincuenta.

No era él. Sería un cachorro de cinco años cuando murió Char. Sacó la espada del árbol de un tirón y se quedó mirando al licano que se desplomó en el suelo del bosque.

—Dile al gilipollas que secuestró a mi amiga que Vash va por él. Que puede enfrentarse a mí como un hombre o encogerse de miedo como un perro y encontrarse con mi espada clavada en la espalda.

La piel del licano empezó a ondularse y apareció la sombra del pelo, un último intento desesperado de salvarse cambiando a su forma lupina. Durante el proceso, su carne alterada se cerraría y curaría más deprisa de lo que lo haría sin el cambio.

—¿Vas a dejarlo ir? —preguntó Raze, cuyo enorme bíceps sobresalía mientras limpiaba la sangre de licano de su espada.

—Si consigue salir del bosque con vida, se merece morir otro día.

Vash dio media vuelta, se alejó y empezó a seguir el sendero que los dos licanos habían tomado cuando huían de ella. Los dos capitanes Caídos empezaron a caminar en fila detrás.

Al cabo de un kilómetro y medio, Raze la tomó del brazo y la miró a través de sus gafas de sol. Vash era una mujer alta, pero el capitán descollaba sobre ella.

—Syre quería que lleváramos a los licanos de vuelta a Raceport.

—Ése no va a cantar, ni siquiera por Syre. Si queremos que resulte útil, necesitamos darle su libertad.

—Las posibilidades de que consiga volver a la civilización son prácticamente inexistentes —señaló Salem con sequedad.

Vash le devolvió una sonrisa forzada.

—Está motivado. Estaba dispuesto a morir para proteger a quienquiera que sea el que buscamos. Va a querer volver y avisar de que venimos, y cuando lo haga, nos llevará directos al que queremos. Si es necesario, lo ayudaremos a seguir adelante y nos aseguraremos de que sobreviva lo suficiente para darnos una pista.

Localizaron los restos de la ropa del licano unos tres kilómetros más adelante. En el bolsillo de los pantalones encontraron su cartera. Vash sacó su tarjeta de indentificación de Mitchell Aeronautics, sonrió y la agitó.

—Me lo figuraba. Su dirección es Angel's Point. Sabía que Adrian estaba involucrado. Ahora quizá podamos demostrarlo.

—Señor Mitchell.

Adrian se detuvo al pasar por la recepción del Mondego.

—¿Sí?

El empleado de recepción fue a coger el teléfono.

—Al señor Gadara le gustaría verle cuando tenga un momento.

Adrian asintió con un gesto brusco de la cabeza y siguió andando hacia los ascensores. Antes de que se abrieran las puertas, su teléfono móvil emitió un pitido para indicar que tenía un mensaje de texto. Se sacó el teléfono del bolsillo mientras subía a la cabina del ascensor que lo esperaba.

«La protagonista se ha puesto en marcha, vía Gadara. Me dirijo al sur para interceptarla, pero puede que tenga que seguirla hasta California. Informaré lo antes posible.»

Como estaba en parte distraído planeando la logística de la persecución de Helena y su licano, Adrian tardó un instante en darse cuenta de quién le enviaba el mensaje —Elijah— y de quién era la protagonista: Lindsay. Mierda.

Extendió la mano justo antes de que las puertas del ascensor volvieran a cerrarse y salió de la cabina a toda prisa.

—Lo veré ahora —le dijo al recepcionista, que le indicó otro ascensor que para activarse requería de una clave de acceso que debía introducir el ocupante o en recepción.

El ascensor sólo tenía dos paradas: el despacho de Raguel y el tejado. Las puertas se deslizaron y se abrieron a una enorme recepción que mantenía las visitas a raya hasta que Raguel estaba preparado para recibirlas. Adrian dejó la bolsa de comida sobre la mesa de recepción y fue directo hacia él.

—Adrian. —Raguel se levantó con elegancia de su asiento frente a la mesa y despachó a su secretaria con un gesto insolente de la muñeca. Detrás de él había una pared de ventanas que ofrecía una vista panorámica de la ciudad, creando un impresionante telón de fondo para el excesivamente ambicioso arcángel—. Me temo que los resultados de las pruebas aún no han llegado.

—Estás jodiendo al serafín equivocado.

—Ah, entiendo. —La sonrisa de Raguel era de complicidad—. Has venido por la señorita Gibson. Había supuesto que tus pensamientos se centraban en asuntos más apremiantes.

—Ahora mismo mis pensamientos se centran en hacer de tu vida un infierno. Y tú no quieres que haga eso. ¿Dónde está?

—Tu voz carece totalmente de emoción y sin embargo tus palabras son feroces. ¿Qué pasa, Adrian? ¿La partida de la señorita Gibson te ha molestado de verdad o es que simplemente no has adquirido las habilidades sociales adecuadas?

—No vas a hacerme picar, Raguel. ¿Dónde está?

El arcángel volvió a hundirse en su asiento con una elegante economía de movimientos.

—Tomó mi helicóptero para ir al aeropuerto donde creo que tiene intención de tomar un vuelo hacia California. Estaba muy impaciente por empezar su trabajo como subdirectora general del Belladonna.

—Tu intromisión en mis asuntos es excepcionalmente temeraria. Te creía más listo.

—No tenía ningún derecho a detenerla. En cuanto expresó su deseo de marcharse, no tuve más remedio que dejarla ir. ¿Qué hubieras querido que hiciera? ¿Retenerla?

Adrian notó que un estremecimiento de irritación le recorría la espalda.

—No tenías que ayudarla.

—Trabaja para mí. ¿Cómo no iba a ayudarla cuando me lo pidió?

—¿Te lo pidió? ¿O se lo ofreciste?

—¿Y eso qué más da? Aceptó encantada.

La sonrisa de Raguel era absolutamente calculadora.

Adrian sacó su teléfono y envió un rápido mensaje de texto a Elijah. «Encuentra a la protagonista. Protégela hasta nuevo aviso.»

—Estaré más que encantado de prestarte mi helicóptero a ti también —le ofreció Raguel.

—Tal vez. Si surge algo apremiante.

Casi había decidido que no debía ir detrás de Lindsay aun cuando le fuera posible hacerlo. Estaría más segura si se quedaba lejos. Él ya no la necesitaba para atraer a Syre; el líder de los vampiros le estaba dando todas las excusas necesarias sin la ayuda de Lindsay.

Y quizá dejar ir a Shadoe era la lección que nunca había aprendido. Tal vez ella había sido su prueba de altruismo y él no había logrado superarla, había fallado una y otra vez. Quizá liberar tanto el alma de Shadoe como el recipiente que la contenía era el verdadero sacrificio que se esperaba que hiciera. No había ningún motivo por el que Lindsay Gibson no pudiera llevar una vida separada de la suya. Él le había dado a elegir entre la relativa normalidad —un trabajo mundano y dejar de cazar— o entrenarse con él. Si había elegido la primera opción, no había ninguna buena razón para que no la dejara ir. Sabía dónde estaba; podía mantener a Syre alejado de ella hasta que llegara el momento en que pudiera terminar esto.

El momento iba a llegar pronto. Muy pronto.

Mientras tanto, tenía que vérselas con Helena. Encontrarla no era algo que delegaría en otra persona. Respetaba demasiado a sus Centinelas como para no ocuparse de ellos personalmente. Y cuando la encontrara y la separara de su licano, sería mejor si podía mirarla a los ojos y explicarle que él había hecho el mismo sacrificio por su felicidad que el que le estaba exigiendo que hiciera ella por la suya.

—Me sorprendes —murmuró Raguel—. Has arriesgado mucho por algo a lo que renuncias muy fácilmente.

—No me conoces, Raguel. —Dio media vuelta para abandonar la habitación—. Pero yo sí te conozco. Tu ambición será tu ruina. Sobre todo si haces de mí un enemigo.

—Creo que vas a descubrir —replicó el arcángel mientras Adrian se alejaba— que soy un amigo al que vale la pena tener en tu rincón.

—A diferencia de ti, yo no tengo un rincón.

Adrian entró en el ascensor, se situó mirando a Raguel y le enseñó los dientes con una sonrisa feroz. El territorio del arcángel se extendía solamente por Norteamérica; Adrian no tenía semejantes límites.

Las puertas del ascensor se cerraron y dejaron fuera la expresión de intensa consideración del rostro de Raguel.

Shadoe nunca había huido de Adrian con anterioridad. Desde la primera vez que lo había seducido y lo llevó más allá de las restricciones, las normas y el sentido común, había estado ferozmente decidida a mantenerlo embelesado. Al principio había tardado un largo tiempo en hacer que se derrumbara, un implacable y apasionado asalto a sus sentidos que lo llevó a caer sobre ella víctima del celo irreflexivo, haciéndole perder la razón. Desde entonces sus encarnaciones habían sido unas seductoras consumadas y ella había disfrutado con cada una de las rendiciones de Adrian.

Hasta ahora.

Ahora que estaba solo, desprovisto de la gente con cuyo apoyo había contado. Primero Phineas. Luego Simone. La partida de Lindsay le resultaba igual de difícil de aceptar. Había hallado consuelo en su presencia y ya la echaba de menos. Pero se negó a permitir que sus pérdidas afectaran su capacidad para llevar a cabo su misión.

Sí que admitió, sin embargo, que probablemente fueran las primeras de muchas señales de que su castigo estaba próximo.

Lindsay aún estaba dándose de tortas mentalmente cuando su avión aterrizó en el aeropuerto John Wayne. Huir no era propio de ella. Era una persona dinámica. Una mujer que afrontaba las situaciones de cara. No le gustaba dejar las cosas en manos del azar o no estar al tanto de lo que pasaba.

No obstante, en cuanto se le había abierto una ruta de escape, había huido. No porque estuviera asustada. No... eso era mentira. Estaba cagada de miedo por todo lo que tenía que ver con Adrian Mitchell. La manera en que la afectaba era espeluznante. Estaba acostumbrada a arreglárselas sola, a ser reservada, y él se le había metido tan adentro que ya había empezado a olvidar cómo era estar sola. Sin embargo, no podía olvidar cómo era ser ella misma. La experiencia había sido liberadora y ahora estaba regresando a la jaula del mundo «real».

La sensación de pérdida era casi como de duelo.

Pero aprendería a lidiar con ello. Tener el alma de Adrian en la cuerda floja era una poderosa motivación. Era demasiado valioso como para malgastarse con ella.

El viento, ese cabrón veleidoso, se mofaba de ella con sus suaves susurros. «Adrian... Vuelve con Adrian...»

«¡Que te den!» Salió de la terminal con tan sólo la ropa de diseño a la espalda, el teléfono móvil con un cargador de emergencia que había comprado en el aeropuerto McCarran y una absurda cantidad de dinero en su bolsa. Tenía intención de devolver hasta el último penique que gastara, pero no se había permitido el lujo de dejar el dinero atrás. No cuando Adrian tenía su maleta en su casa. Cosa que hacía inevitable que tuviera que verle otra vez. Al menos tenía que recuperar su equipaje. Podía pedirle que enviara a alguien desde la colina con la maleta y ahorrarles a ambos la incomodidad, pero no lo haría. Tenían asuntos pendientes y él merecía la cortesía de que lo hablaran en persona.

Lindsay se dirigió a la parada de taxis más cercana. Durante un único día surrealista había tenido la impresión de que la vida de Adrian podría ser su vida. Pero era una fantasía ridícula. La existencia de Adrian estaba llena de jets privados, suites presidenciales, Maybachs, una casa que se mostraba en televisión, dragones, demonios, vampiros que sacaban espuma por la boca, cielos llenos de ángeles, tipos que se convertían en lobos, y miembros que se regeneraban. Mientras tanto, ella era una mortal de clase media un poco loca, con cicatrices mentales e impulsos suicidas. Eran como el agua y el aceite.

Lo que necesitaba era un tiempo muerto para aclararse las ideas y orientarse. Luego podría planear los próximos pasos. Unos pasos que la alejarían de Adrian. Suponía una tentación demasiado grande para ella. No podía fiarse de sí misma si lo tenía cerca.

Se deslizó por el asiento trasero de un taxi y le dijo al conductor que la llevara al Hotel Belladonna. El señor Gadara le había ofrecido una de las suites terminadas hasta que pudiera organizar las cosas para que se mudara a una de sus propiedades residenciales. Le había sorprendido lo dulce que era ese hombre. Para tratarse de una figura pública tan conocida y poderosa parecía sumamente accesible y con los pies en la tierra.

Lindsay pasó por alto intencionadamente el hecho de que, fuera cual fuera la clase de ser que conducía el taxi, estaba enviando la clase de vibraciones inhumanas y maléficas que antes lo hubieran situado en su lista negra.

—Es tu día de suerte —murmuró Lindsay mientras cruzaba la mirada con la del conductor que le dirigió un vistazo curioso por el espejo retrovisor.

Lindsay se sacó el teléfono del bolsillo y volvió a encenderlo. No se sorprendió cuando el aparato emitió una multitud de sonidos de alerta de mensajes de voz y de texto. Cobró ánimo para combatir el nudo que de repente se le había hecho en el estómago y empezó por leer los mensajes de texto.

«No causes problemas hasta que llegue, por favor (a propósito, soy Elijah)»

—¡Oh, joder! —masculló sintiéndose gilipollas por haberlo dejado colgado.

Si tenía problemas por su culpa… Bueno, pues sería mejor que no los tuviera o ella se cabrearía con Adrian por no ser justo.

Luego Adrian. «Llámame.»

Lindsay marcó su número.

—Lindsay. —Su voz, suave y modulada, hizo que ella agarrara el teléfono con más fuerza—. ¿Estás en Anaheim?

—Todavía no. Acabo de aterrizar.

—No deberías haberte marchado —dijo Adrian con la arrogancia que ella empezaba a adorar—. Dicho esto, es mejor que lo hayas hecho. Ha surgido algo. No podré venir hasta dentro de un día o dos. Elijah se reunirá contigo hasta entonces. No vuelvas a dejarlo plantado.

Aun estando al otro lado de las ondas telefónicas y a pesar de su firme tono de voz que no dejaba traslucir nada, Lindsay supo que estaba preocupado. Lo sentía.

—¿Qué pasa? ¿Estás bien?

—Yo… —Se le fue apagando la voz—. No, no estoy bien.

Lindsay irguió la espalda.

—¿Qué ocurre?

—Estoy en un lugar donde no sería seguro discutirlo. —Soltó aire de manera audible—. Ojalá pudiera hablar libremente. Hay cosas que quiero sacarme de dentro y que sólo tú entenderías.

—Adrian. —Lindsay se inclinó hacia adelante, dispuesta a decirle al conductor que diera media vuelta—. Si me necesitas vendré.

—Siempre —dijo, así de sencillo, como si no fuera inmensamente profundo que un ser de su poder dependiera de ella para algo—. Pero ahora no. Estarás más segura en Angels' Point.

—En realidad… —Lindsay se sorprendió dudando si poner la distancia necesaria entre ellos. No parecía ser el momento… no mientras él la necesitara. Pero no podía mentirle y tampoco frenar lo inevitable. Fuera lo que fuera lo que hubiera entre ellos, se basaba en descubrir partes de sí mismos que no exponían a nadie más—. Voy de camino al Belladonna. Voy a alojarme allí hasta que pueda encontrar un lugar donde vivir. Dijiste que estaría a salvo con Gadara.

Se hizo una corta pausa.

—Ten a Elijah contigo en todo momento. Quédate en el hotel todo el tiempo posible y no caces.

—No lo haré. Sé que primero tenemos que discutir la logística.

Lindsay iba a necesitar su ayuda para acabar con los vampiros que habían matado a su madre. Por imprudente que pudiera ser a veces, no tenía deseos de morir y no quería poner en peligro a Adrian sin darse cuenta cruzando alguna línea o infringiendo una regla de la que no estaba al tanto.

—Cuando dejaste Las Vegas, ¿me estabas dejando a mí también?

El nudo de su estómago se tensó aún más.

—Tuve la sensación de que tenía que hacerlo. Yo… te deseo. Si sólo fuera sexualmente no pasaría nada. Pero cuanto más estoy contigo más me gustas. No se me da bien luchar contra esa clase de sentimientos. No puedo decirte que no y, en cambio, ambos necesitamos que lo haga.

Esta vez el silencio se alargó. Tanto que Lindsay temió haberlo perdido.

—¿Adrian?

—Estoy aquí. Es que… me sorprendiste, nada más. Tu decisión de marcharte para protegerme es inesperada.

—No vale la pena caer por mí —murmuró—. Eso te lo prometo.

—No estoy de acuerdo. —Aunque no alteró el tono de voz, ella intuyó un cambio en él—. Tú también me gustas, Lindsay. Me fascinas. Eso es un regalo muy poco frecuente para alguien de mi edad. Tenía intención de dejarte ir si accedías a dejar de cazar. Pero he cambiado de opinión. Cuando vuelva retomaremos esta conversación y llegaremos a un compromiso.

Lindsay enarcó las cejas. No le resultaba fácil imaginarse a Adrian comprometiéndose con nada. Daba la impresión de que él siempre acababa consiguiendo lo que quería. Aquel ángel guerrero con las alas manchadas de sangre era un hijo predilecto. Y la había cautivado completamente.

—Tengo que darte las gracias —dijo Lindsay— por llamar a mi padre. Se hubiera angustiado muchísimo.

—Fue un placer.

—Significa mucho para mí que pensaras en ello.

—No puedo evitar pensar en ti —repuso él con voz baja y tono íntimo—. No he podido parar de hacerlo desde que nos conocimos.

¡Dios santo...! Ella sentía lo mismo. Estaban con la mierda hasta el cuello el uno con el otro.

—Sea lo que sea que tengas que hacer, ten cuidado, por favor.

—No te preocupes, *neshama*. Nada puede impedir que termine lo que empezamos hoy.

—¿Algún día vas a decirme qué me estás llamando?

—Vuélvemelo a preguntar —susurró— la próxima vez que esté dentro de ti.

Lindsay se estremeció intentando combatir una súbita acometida de ardor sexual, se despidió a toda prisa y puso fin a la llamada.

Sabía que había hecho lo correcto marchándose, pero eso no impedía que lo lamentara. Sobre todo ahora que sabía que él la necesitaba a su lado para que lo escuchara y le brindara apoyo.

Maldita sea... tenía que tranquilizarse y pensar, pero una feroz presión de regresar con él le oprimía los pulmones. Aunque en su cabeza sabía que lo más razonable y menos egoísta era mantenerse alejada, en su interior había una necesidad impulsora que exigía que volviera y lo tomara. Que lo reclamara. Que lo hiciera irrevocablemente suyo. Aquel impulso rapaz era tan intenso que la asustaba.

Nunca había tenido problemas para ceñirse a sus decisiones, pero con Adrian tenía la sensación de estar batallando consigo misma... con un gran riesgo de perder. Él era un ser glorioso, orgulloso y peligrosamente hermoso. Su único propósito era cazar las mismas criaturas que ella odiaba y quería muertas. Si lo destruía, si desbarataba el trabajo que hacía —y que tan importante era para ella—, se destruiría a sí misma. Pero el hecho de conocer las consecuencias no parecía acallar los furiosos susurros del diablo posado en su hombro.

Procedió tal como había decidido con más fuerza de voluntad de la que debería haber necesitado y envió un mensaje de texto a Elijah: «Nos vemos en el Belladonna».

Se alegró de que Elijah fuera a estar con ella. Era un tipo sincero. La ayudaría a bajar de las nubes, donde volaban los ángeles y los mortales no tenían que meterse.

—Esto es para bien —se dijo a sí misma, con lo que se ganó otra mirada recelosa del conductor.

Aquel refuerzo verbal no la ayudó tanto como hubiera deseado.

—La realidad es peor que lo más desastroso que puedas imaginar. —Torque se puso una almohada detrás de la espalda y se recostó en el cabecero sujeto a la pared. Se guardó mucho de no exponer la pierna al fino rayo de luz del sol que se colaba por un resquicio entre las cortinas opacas de su habitación del motel—. En las calles corre el rumor de que Phineas está muerto… a consecuencia de un ataque de vampiros sin provocación.

Se hizo una larga pausa que sólo llenó la respiración profunda y regular de su padre.

—¿Muerto? ¿Estás seguro?

—Tan seguro como puedo estar sin haberlo oído de boca de Adrian. Ha estado fuera de la ciudad desde que llegué. Supongo que está dando caza a los responsables.

—Sin duda.

Torque destinó recursos ilimitados al conventículo que había logrado infiltrar en la zona y que proporcionaba, tanto a él como a su padre, acceso a informes precisos sobre las actividades de Adrian y los demás Centinelas. Adrian se mantenía visible a propósito, por supuesto, y Torque hacía tiempo que sospechaba que si nadie había molestado a los miembros del conventículo era únicamente porque el líder de los Centinelas había mirado hacia otro lado por voluntad propia. Su mensaje parecía ser: «Me ves venir y aun así me adelantaré a ti».

—Tenía la esperanza de reunirme con él —dijo Torque mientras jugueteaba con un *shuriken*— para hacerle saber que no tuvimos nada que ver con esto.

—No. Podría verte como un cambio justo de Phineas, alguien a quien amaba y en quien confiaba, por alguien igualmente valioso para mí.

—Un pequeño sacrificio para evitar que estalle una guerra.

—No te corresponde a ti tomar esta decisión.

—¿Ah, no?

Torque lanzó el *hira-shuriken* contra la pared y se dio cuenta distraídamente de la posición en la que había quedado la estrella con respecto al dibujo del papel pintado. Su padre era demasiado protector, hasta el punto que Vash servía como su segundo al mando para que él no estuviera en la línea directa de fuego. Aunque Torque comprendía los motivos, y la paranoia que los alimentaba, eso no hacía que el trago fuera menos amargo. Él quería servir a la comunidad vampírica tanto como pudiera. No había nada que no hiciera o sacrificara para verla florecer y prosperar.

—Ya he perdido un hijo. No voy a perderos a los dos. —Podía imaginar a su padre apoyando pesadamente la cabeza en el reposacabezas de la silla de su despacho—. Ven a casa, hijo. Ya tenemos la información que necesitamos. Ahora tenemos que cavilar qué hacer con ella.

—Deberíamos enviar a Vash a una misión de limpieza. Quizá reforcemos nuestra inocencia si patrullamos nosotros primero.

—Sí, tienes razón. Tú puedes encargarte de localizar a los secuestradores de Nikki.

—Nada me gustaría más, pero hay otra cosa. —Torque lanzó otro *shuriken*, que se clavó en la pared justo al lado del primero—. Últimamente han visto a Adrian con una mujer.

De nuevo, el silencio se extendió largamente.

—¿Crees que es Shadoe?

—No le he visto mostrar interés por ninguna otra mujer. ¿Y tú?

—Phineas ha muerto. Adrian estará profundamente afligido, quizá tanto como para infringir una regla primordial. Tenemos que estar seguros de la identidad de la mujer antes de ir a por ella.

Torque relajó la mano.

—Seguiré indagando hasta que lo sepa con seguridad.

—Si se trata de tu hermana tenemos que traerla a casa.

—Por supuesto. Te mantendré al corriente.

Torque se apartó el teléfono de la oreja, lo apagó y lo echó sobre la cama a su lado. La búsqueda de información lo distraía del dolor al que ahora no podía soportar enfrentarse. Cuando había transformado a Nikki, lo había hecho porque quería tenerla junto a él como inmortal. La vida de Nikki fue un sacrificio que no se había esperado que tendría que hacer. Vivir sin ella lo estaba matando. Ahora entendía el veneno que corría por las venas de Vash por la pérdida de su pareja. El sufrimiento lo estimulaba, mantenía su concentración y su necesidad de venganza bullendo en su sangre.

Faltaban un par de horas para que anocheciera y entonces podría salir a las calles. Y que Dios ayudara a cualquier Centinela que tuviera la mala suerte de cruzarse en su camino.

Adrian acababa de llegar a Mesquite cuando le sonó el teléfono.

—Mitchell —respondió.

—¿Tienes idea de cuánto tiempo llevaba infectado el vampiro antes de que lo capturaras? —dijo Raguel.

El tono sombrío de su voz acaparó toda la atención de Adrian.

—No. ¿Por qué?

—El vampiro está muerto y la muestra de sangre se degradó durante el análisis. Según me han dicho, fue como si su sangre se convirtiera en un «lodo parecido al aceite de motor» en un instante.

—Lamento mucho oír eso.

Sería más apropiado decir que estaba furioso, pero procuró que no resultara evidente en su voz.

—Sea lo que sea esto con lo que estás lidiando —continuó diciendo el arcángel—, por lo visto es letal y quizá de acción rápida, dependiendo de cuándo se contagiara el sujeto.

—Gracias. Agradezco tu ayuda.

Adrian colgó y miró a Jason y Damien. Esperaban cerca de allí, bajo el letrero de neón de un bingo, con aspecto taciturno y desanimado. Adrian lamentó no haber podido ahorrarles aquella búsqueda de uno de los suyos, pero no podía arriesgarse a perder a Helena ni a su licano si éstos decidían separarse. El segundo guardia de Helena ya viajaba separado de la pareja, se detenía con menos frecuencia y avanzaba con rapidez.

—Necesitamos capturar más esbirros —les dijo—. Tanto si están contagiados como si no.

Una expresión preocupada resaltó los atractivos y radiantes rasgos de Jason.

—¿Qué pasa?

—Quizá se acerque por fin el final de los vampiros. —Adrian volvió a guardarse el teléfono móvil en el bolsillo. «A Jehová le encantan sus plagas», había dicho Raguel. Tal vez el arcángel había descubierto algo importante.

—Eso sería una bendición —comentó Damien con seriedad, y dobló la esquina del aparcamiento del casino detrás de Adrian para prepararse para el despegue.

Adrian no expresó el resto de sus pensamientos.

«O estamos a punto de ser puestos a prueba de maneras que aún puedan suponer el fin de todos nosotros.»

15

Lindsay toqueteaba el teclado de su teléfono móvil considerando la sensatez de llamar a Adrian. Los primeros días había sido fuerte y se había abstenido de ponerse en contacto con él, pero la noche anterior había sido dura. Se había despertado a las tres de la madrugada con la cabeza llena de recuerdos de un sueño tan vivo que al cabo de ocho horas seguía recordándolo.

Estaba con Adrian en un frondoso valle. Junto a ellos transcurría un río inmenso que proporcionaba el agua necesaria para sustentar los kilómetros de prados que se extendían desde sus orillas. El sol era radiante e intenso, la atmósfera húmeda, y casi hacía demasiado calor. Adrian solamente llevaba puestos unos pantalones de basto lino y unas sandalias de cuero, y el pelo le llegaba hasta los anchos y poderosos hombros. Tenía la cabeza echada hacia atrás, con los ojos cerrados y la boca apretada con una mueca de frustración o desagrado. Tenía una espada en la mano, un arma gruesa y sólida que le recordó a una espada medieval o un sable, como la *Excalibur* del rey Arturo. Adrian la hacía girar con habilidad, distraídamente, con una destreza que resultaba evidente en su cómoda familiaridad con el peso y la longitud del arma. Su aspecto era regio a la vez que feroz. De una belleza que te partía el corazón.

Con el viento deslizándose cariñosamente por su cabello, Adrian la miró con expresión atormentada. Ella sintió que su mirada la atravesaba, como si la hubiera apuñalado con el arma que esgrimía con tan evidente inquietud.

«*Ani ohev otach, tzel*», le había dicho a su yo en el sueño. «Te quiero, sombra.* Pero no puedo tenerte. Lo sabes. ¿Por qué me tientas? ¿Por qué haces alarde de lo que yo anhelo y que sin embargo no se me permite poseer?»

La pena que sintió por su sufrimiento le había comprimido los pulmones y le había provocado un dolor tan intenso que la despertó de un sueño profundo. Se había despertado de repente con la cara y la almohada mojadas de lágrimas y los restos de pena y compasión retorciéndole el estómago. Adrian le había hablado como si ella fuera la fuente de su sufrimiento, pero Lindsay no podía imaginarse haciendo nada que provocara aquella expresión devastadora de su rostro. Moriría antes de herirlo tan profundamente.

Pasar el resto de la noche sola en la suite del Belladonna había resultado casi tan desolador como cuando había hablado con Adrian por teléfono hacía cuatro días. El impulso de llamarlo otra vez se estaba volviendo demasiado poderoso como para resistirse. Lindsay estaba preocupada por él y lo echaba de menos más de lo que debería.

Tomó aire bruscamente, conteniendo un torrente de ávido deseo y sentimientos de posesión a los que no tenía derecho. Se había pasado la vida esforzándose por encontrar un lugar en el que mirar desde fuera a la gente «normal», pero sólo había tardado un par de días en acostumbrarse irrevocablemente a encajar en algún sitio. Seguir adelante sola después de aquella aclimatación era muy difícil; estar preguntándose si Adrian podría sentirse igualmente perdido resultaba aún más duro.

Lindsay pulsó el botón de marcar en el teléfono y se lo llevó al oído.

Adrian descolgó casi al instante.

—Lindsay... ¿Va todo bien?

El nudo que tenía en el estómago se aflojó en cuanto oyó su voz cálida y segura.

---

* La protagonista interpreta «sombra» por el parecido fonético en inglés entre Shadoe y *shadow*. (N. de la T.)

—Te he llamado para hacerte la misma pregunta.

—¿Para preguntarme…? —Se le fue apagando la voz—. Yo…

—¿Adrian? ¿Estás bien?

—Lo siento. Aún me estoy acostumbrando a que me hagan esta pregunta. Han sido un par de días duros, pero terminará pronto.

A Lindsay le dio un vuelco el corazón. Adrian se mostraba tan sosegado y tranquilo, tan circunspecto y dueño de sí mismo y de los demás, que ella se dio cuenta de lo fácil que sería suponer que siempre estaba bien. ¿En quién se apoyaba cuando las cargas lo abrumaban? Estando muerto Phineas, ¿tenía a alguien?

Él le había dado una salida para su yo íntimo. Si pudiera devolverle el favor, si confiara en ella lo suficiente para hacerlo, lo consideraría un honor.

—No pareces alegrarte mucho.

—Alguien que me importa está sufriendo, y tendré que infligirle más dolor antes de que todo termine.

Los celos clavaron sus garras en Lindsay, una reacción tan extraña y poco grata que la perturbó profundamente.

—Lo siento. Ojalá hubiese algo que pudiera hacer.

—Me basta con oír tu voz y saber que estás pensando en mí.

Lindsay sintió que la invadía una feroz oleada de orgullo de que pudiera seguir siendo una fuente de consuelo para él, a pesar de todo lo que se interponía entre ambos.

—Anoche soñé contigo.

—¿Ah, sí? —Su voz adquirió una suavidad seductora—. ¿Me lo contarás?

—Me pedías que te dejara en paz. Que dejara de tentarte. —Lindsay suspiró pesadamente y se dejó caer sobre la mesa—. Y a una parte horrible de mí no le importaba que te estuviera hiriendo haciendo que me desearas. Estaba casi mareada por tu tormento. Me hacía sentir poderosa tener semejante dominio sobre ti. Te deseaba… a cualquier precio.

Adrian soltó aire lentamente.

—El sueño te afectó.

—¡Joder, ya lo creo! Detesto la idea de que pudiera pensar de ese modo aunque sólo fuera por un momento. Yo no me siento de esa forma. No me sentiré así.

—Lindsay. —Hizo una pausa—. Ya sé que no lo harás. No fue más que un sueño.

—Lo cual significa que en algún lugar de mi subconsciente existe ese pensamiento. —Se pasó una mano por los rizos—. No quiero ser esa persona, Adrian. No quiero hacerte daño, pero fíjate. Ni siquiera puedo pasar unos días sin llamarte, aunque sé que tenemos que mantener una distancia profesional entre nosotros.

—Tú no eres esa persona. —La brusca vehemencia de su tono de voz la desconcertó—. Igual que yo no soy el Adrian con el que soñaste. Si acaso, los papeles estaban invertidos en tu sueño. Tú me estás pidiendo que te deje marchar y yo no voy a hacerlo. Sé que me deseas, y explotaré tu deseo al máximo… tan desesperadamente te anhelo. Con cada día que pasa, con cada conversación que tenemos, mayor es mi deseo. Arde en mi interior, Lindsay. Suspiro por ti.

—Adrian… —Cerró los ojos y suspiró—. Lamento mucho que nos hayamos conocido.

—No, no lo lamentas. Lo único que lamentas es que suponga riesgos.

—Debería salir corriendo mientras aún pueda.

Se había mudado tan lejos de su padre por la misma razón, porque sabía que era demasiado peligroso para él estar cerca de ella. Si le ocurriera algo por culpa de su caza nunca se lo perdonaría, igual que nunca se perdonaría que Adrian pagara un precio por estar con ella.

—Te encontraría —repuso él en tono amenazante—. Allá adonde fueras, por mucho que te escondieras… te encontraría.

Llamaron a la puerta contigua y los golpes la trajeron bruscamente de vuelta al momento presente.

—Debería dejarte.

—Te veré pronto, *neshama*. Hasta entonces, no te metas en problemas.

—No te preocupes por eso. Tú eres el único problema que puedo manejar ahora mismo.

Lindsay colgó y a continuación dijo:

—Entra, El.

Elijah entró. Aún llevaba el pelo húmedo de la ducha y alisado hacia atrás, dejando la frente despejada. Iba vestido con vaqueros holgados y camiseta como de costumbre y su mirada recorrió la habitación como hacía siempre que entraba en algún sitio. Aquel hombre era un guerrero hasta la médula.

—¿Tienes hambre? —le preguntó aunque ya sabía la respuesta.

Aquel tipo comía como un… lobo.

—Estoy hambriento.

—¿Podemos no volver a llamar al servicio de habitaciones, por favor? Necesito salir de este hotel. No puede ser tan peligroso ir hasta el Denny's que hay en la esquina, ¿no?

—Um… —Elijah miró por la ventana. Hacía un día soleado y despejado—. De acuerdo. Trae tu bolsa y todo el rollo.

Lindsay se puso de pie.

—Sé que para ti es una mierda tener que cargar conmigo, pero me alegro de que estés aquí.

Lindsay adoraba a Elijah, pese al hecho de que era un recordatorio constante de Adrian y de la vida que podría haber compartido con el ángel si fueran sólo amigos y no estuvieran locos de deseo por mucho más. Después de perder a su madre, ella no podría soportar perder a ningún otro ser querido, y con la caza su vida era demasiado peligrosa como para comprometerse con otra persona. No sería justo para nadie. Pero Adrian era especial. Él compartía la vida que llevaba Lindsay y a ella le molestaba no poder siquiera intentar tener una relación con él. Tantas veces como había deseado encontrar a alguien que pudiera saber y comprender por qué cazaba, cuando al fin lo había hecho, resultaba que no podrían estar juntos jamás. Hasta el viento parecía lamentarse por aquella injusticia, aullando suavemente cada vez que ella salía a la calle.

—Es un buen lugar para estar —dijo Elijah al tiempo que hacía rodar los hombros hacia atrás como si tuviera los músculos demasiado tensos.

—Estás muerto de aburrimiento.

—Sí, pero ahora necesito pasar desapercibido.

Lindsay hizo una mueca.

—¿Por mí? ¿Porque me largué?

—No. —Soltó aire de forma audible—. Antes era miembro de la manada del lago Navajo. Luego me enviaron con Adrian para someterme a observación. Ahora mismo, cuanto menos me observen, más probable será que olviden que supuse algún problema.

—No te tenía por un tipo de los problemáticos.

Era demasiado estoico y honorable. Se tomaba en serio sus compromisos, tal como evidenciaba el hecho de que se hubiera subido a un avión para ir a buscarla a pesar de que le aterrorizaba volar.

—No creo que lo sea.

—Mmm… Vayamos a comer a alguna parte y puedes contármelo.

—Me apunto a lo de la comida, pero no a lo de la charla.

Lindsay le lanzó una mirada irónica.

—Después de casi una semana en mi compañía, ¿aún no me tienes calada?

Elijah soltó un largo suspiro de sufrimiento e hizo un gesto hacia la puerta.

—Valía la pena intentarlo.

Lindsay consiguió dejar que Elijah acabara con dos montones enteros de tortitas y seis huevos fritos antes de insistir para que le diera más información.

—Dime, ¿por qué la gente piensa que eres problemático?

Elijah dejó caer una porción de mantequilla sobre sus patatas *hash Brown*.

—Dije que estaba en observación, no que fuera problemático.

—De acuerdo. —Lindsay apartó los restos de su desayuno—. ¿Por qué estás en observación?

Él se metió un tenedor cargado de patatas en la boca. Después de masticar y tragar, respondió:

—Hay algunos que piensan que muestro rasgos Alfa.

—¿Alfa? ¿Como el macho dominante? ¿El señor del castillo? ¿Dueño de todo cuanto alcanza su mirada? —Lindsay asintió—. Absolutamente.

Elijah detuvo el tenedor nuevamente cargado a medio camino entre el plato y sus labios.

—No estás ayudando.

—¿Qué? —Lindsay se recostó en el asiento—. ¿Qué tiene eso de malo? Seguro que es mejor que ser un macho Beta. Quiero decir que tienen su utilidad y todo eso, pero lo cierto es que las mujeres buscan machos Alfa sexys y macizos. Nos gustan las vibraciones que da esa actitud de estar al mando, de no aguantar tonterías, ese aire de chico malo. A muchas de nosotras nos gusta de verdad, cosa que estoy segura que habrás notado en el transcurso de tus setenta y tantos años de existencia.

Elijah soltó aire de una forma que expresaba una paciencia infinita.

—Dejando de lado las mujeres —dijo con sequedad—, no es bueno mostrar rasgos Alfa cuando eres un licano.

—¿Por qué no?

Él se la quedó mirando durante un largo rato, como si considerara qué decir o si debía decirlo.

—Se supone que los Centinelas son los únicos Alfa. Se supone que los licanos recurren a ellos para que les guíen, no recurren unos a otros.

La gravedad de su voz hizo que se pusiera más seria. Lindsay esperó a que la camarera hubiera vuelto a llenarle la taza de café y se dirigiera a otra mesa y entonces preguntó:

—¿Qué pasa si se decide que eres un licano Alfa?

—Me separarán de los demás y... no lo sé. No surgen Alfas con mucha frecuencia, de modo que no sé lo que les pasa. He oído rumores de que los mantienen juntos y los utilizan para misiones que no son de campaña, como interrogatorios, pero francamente, no sé cómo podría funcionar eso. No puedes juntar a un montón de Alfas y esperar que se porten bien. Pero quizá se trate de eso, de hacer que nos matemos unos a otros, así los Centinelas no se ensucian las manos.

—No puedo creer que Adrian tolerara algo así.

—Después de trabajar con él, no estoy seguro de si es plenamente consciente de cómo se dirige el sistema licano. —Agarró la mitad superior de un panecillo inglés y miró detenidamente la cantidad de mantequilla que ya llevaba—. Él está ahí afuera en las trincheras, más que cualquier otro Centinela que yo haya visto. Siempre de caza. Cuando nos viste en Fénix llevaba casi dos semanas fuera de casa. Habíamos eliminado a un esbirro descontrolado apenas unas horas antes de que nos encontráramos contigo.

—Ahora lleva días fuera de casa.

Elijah abrió dos paquetes de mermelada y echó el contenido sobre el panecillo raspando con el cuchillo.

—Sí. Vive para cazar. Es su forma de vida.

Lindsay soltó aire. También era la suya. La única forma de vida que conocía.

—Bien, pensarás que es una locura, pero... ¿qué me dices de hacer negocios conmigo? ¿Como cazarrecompensas, quizás? ¿Investigaciones privadas? Seguirías cazando. Además, tengo que saldar una cuenta pendiente y la verdad es que me vendría muy bien tu ayuda. Ambos sabemos que necesito a alguien que sea la equilibrada voz de la razón.

Elijah se detuvo a medio masticar, se la quedó mirando y luego tragó la comida con ayuda de medio vaso de zumo de naranja.

—¿Crees que puedo dejarlo así sin más?

—Eh, que yo también tendría que dejar mi trabajo.

—La única manera de dejar de trabajar para los Centinelas es la muerte.

A Lindsay se le alteró el pulso.

—¿Qué estás diciendo? ¿Acaso sois prisioneros? ¿Esclavos?

Elijah continuó comiendo. Después de tragar, dijo:

—Creo que voy a traer a otro licano a bordo.

—Está bien, ignora la gran pregunta, al final te la arrancaré. En cuanto a otro licano, haz lo que creas mejor. Confío en ti. Imagino que no será una mujer… Me sentiría mucho mejor sobre el hecho de que tengas que hacerme de niñera si te divirtieras un poco haciéndolo.

A Elijah le hizo tanta gracia que sus ojos verdes centellearon.

Lindsay cayó en la cuenta de cómo había sonado y soltó un quejido.

—Eso ha sonado fatal.

—No, no es una mujer. Es alguien a quien también le vendría bien pasar un tiempo lejos.

—¿Es un Alfa?

Elijah lo negó con la cabeza.

—No lo es. Gracias a Dios.

Más que cualquier cosa que hubiera dicho, fue el alivio de su voz lo que le provocó más escalofríos a ella.

En cuanto anocheció, Adrian salió de Yellowstone y entró en la ciudad de Gardiner, Montana. Había localizado a Helena y a Mark a primera hora de la mañana y luego había retenido a Damien y Jason hasta el atardecer para que los dos amantes pudieran pasar juntos un último día.

Era una concesión que los Centinelas obedecieron sin rechistar pero que no podían comprender. El amor en el sentido mortal les era desconocido. No entendían el deseo desesperado, el doloroso anhelo ni la pureza de la dicha que sentía un mortal al encontrar la otra mitad de su alma.

Adrian conocía perfectamente esos extremos, pero en esta ocasión con Lindsay todo era nuevo en muchos sentidos. No podía dejar de pensar en ella, no podía dejar de comparar su encarnación con las que la habían precedido. Estaba acostumbrado a empezar desde cero, pero siempre había ciertas constantes que había acabado por esperar. Lindsay se desviaba del patrón hasta tal punto que Adrian no podía encontrar muchos indicadores con los que planificar sus interacciones. Todo era nuevo y desconocido. Y estaba cautivado por las vivas emociones que despertaba en él.

—¿Qué vas a hacer, capitán? —preguntó Damien mientras entraban a pie en la pequeña ciudad.

—Se han organizado las cosas para que el licano se una a la manada Hokkaido.

—Sigo pensando que deberías sacrificarlo —dijo Jason—. Si alguna vez fue el momento de dar un castigo ejemplar a un licano, es ahora. Cuando esto se sepa…

Adrian lo cortó con una mirada.

—No va a saberse.

Primero le había seguido la pista a la otra guardia licana de Helena y la había localizado a medio camino de Cedar City, dirigiéndose a la manada del lago Navajo. Su destino mostraba la fuerza de su instinto de conservación. Había tenido la oportunidad de escapar mientras los Centinelas estaban distraídos por la deserción de Helena y sin embargo optó por dirigirse a la manada más cercana. Había accedido sin dudarlo a no volver a hablar de Helena y Mark durante el resto de su vida. Por su lealtad y sentido común, Adrian le había ofrecido reasignarla a su propia manada, un ascenso que ella había aceptado de buena gana. Adrian había aprendido hacía mucho tiempo que el refuerzo positivo era mucho mejor motivador que el miedo y la intimidación.

—En cuanto Mark esté en Japón y Helena en Anaheim —continuó diciendo en voz baja— todos vamos a olvidarnos de los últimos cuatro días. Ninguno de nosotros querrá lidiar con lo que ocurra si no es así.

Una aventura entre un Centinela y un licano. Su fuga juntos. Las consecuencias de tal decisión. Todo ello sería una bomba de relojería que daría munición a los malcontentos. Con la reciente avalancha de ataques de vampiros y la infección de la que había sido testigo en Arizona y Utah, Adrian no podía arriesgarse a que ahora hubiera conflictos en las filas de los Centinelas. El equilibrio que había mantenido durante tanto tiempo se estaba desmoronando a su alrededor. Si perdía el control de los Centinelas, nada salvaría al mundo del caos resultante.

La necesidad de mantener el secreto era acuciante, por lo que hasta el momento había dirigido toda la caza sin ayuda tecnológica, pues no podía arriesgarse a dejar un rastro si utilizaba los recursos de Mitchell Aeronautics. La búsqueda se hubiera acortado de haber podido localizar el coche de alquiler de Helena mediante el GPS, pero Adrian no tenía prisa. Proporcionarle unos días de la felicidad que pudiera obtener huyendo era una pequeña concesión, y era la única que podría hacerle. Cuanto más tiempo pasaba Helena ausente sin permiso, más volátil se volvía la situación.

—Helena y tú no podéis ser los únicos que forjan vínculos —comentó Jason.

—No.

Todo parecía estallar al mismo tiempo. O quizá lo sentía así porque aún no se había recuperado de la decisión de Lindsay de dejarlo. Ella estaba actuando desinteresadamente por él. Tenía que intentar hacer lo mismo por ella, lo cual podría significar dejarla ir.

—No puede ser que te sorprenda —continuó diciendo Jason—. Llevamos una eternidad con esta misión.

—Lo único que me sorprende más es que nos llevara tanto tiempo. —Adrian miró a Damien, que se encogió de hombros con un gesto despreocupado que no confirmaba ni negaba si compartía su misma opinión—. Pero ¿qué alternativas hay? ¿Abandono del deber? ¿La pérdida de las alas? ¿Alimentarnos de los mortales cuando fuimos creados para protegerlos? ¿Quién coño quiere llevar esa vida?

Damien soltó aire con aspereza.

—Eso tendrías que preguntárselo a los Caídos.

Cruzaron la ciudad de Gardiner hasta llegar al otro lado de las cabañas de alquiler donde Helena estaba escondida. Adrian la había vigilado a ella y a su licano desde el aire durante la noche, los había seguido por los tortuosos caminos rurales y por las pequeñas ciudades por las que habían viajado hasta que se detuvieron poco antes de amanecer.

Se metió la mano en el bolsillo y la cerró sobre el teléfono. Deseó poder hablar con Lindsay en aquel momento. Su corazón mortal quizá no entendiera por qué iba a separar a dos amantes, pero ese corazón sabría que lo destrozaba hacerlo. Ella no vería su comprensión y compasión como una debilidad. Aunque le diera razones en contra de las acciones que se veía obligado a realizar, el simple hecho de oír su voz y su razonamiento llano lo tranquilizaría, lo fortalecería para afrontar el dolor que estaba a punto de infligir a una amiga a la que quería.

Cuando el teléfono vibró con una llamada entrante, lo aferró sorprendido. Aminoró el paso preguntándose si acaso Lindsay se había sentido impulsada a llamarlo por la fuerza de su deseo de que lo hiciera.

El identificador de llamadas le dijo que ésta era de Angel's Point. Respondió.

—Puede que tengamos un problema —anunció Oliver sin preámbulos.

Adrian se detuvo. Oliver nunca describía nada como un problema a menos que lo fuera, y mucho.

—¿Qué pasa?

—Acabo de hablar con Aaron. Fue a Luisiana a la caza de un descontrolado que hemos estado buscando. Vash y dos de sus capitanes le tendieron una emboscada. Aaron quedó tan malherido que lo han dejado fuera de servicio durante una temporada. No tiene ni idea de lo que les ocurrió a sus licanos mientras se estaba regenerando. Lleva tres días buscándolos.

Adrian miró a Jason y Damien, que podían oír perfectamente lo que se hablaba, y vio la desesperación que sentía reflejada en sus rostros. Demasiado. Demasiado rápido. Como las fichas de un dominó, todo se derrumbaba en una sucesión rápida e imparable.

—¿Enviaste a un equipo para rescatarlo? —preguntó Adrian.

—Sí. Pero después de lo de Phineas y el ataque que sufriste tú, pensé que debías saber que Vash iba tras los licanos.

—¿Es posible que fueran los responsables de la muerte de Charron?

—Ya lo pensé. Son demasiado jóvenes, los dos.

—Mantenme al corriente. —Adrian puso fin a la llamada y empezó a caminar otra vez, estimulado por la intensa necesidad de volver a casa donde podría reagruparse y tomar la ofensiva. Sólo podía esperar que la compilación de la información que había obtenido a lo largo de la última semana lo llevara a entender qué coño estaba pasando y por qué todo se había ido a la mierda en cuestión de días—. Terminemos con esto —les dijo a Jason y Damien.

Adrian liberó las alas mientras se acercaban a la cabaña. Percibió un olor metálico que reconoció al instante. En la casita no había ninguna luz encendida, lo cual intensificó su mal presentimiento. Recorrió el último trecho que lo separaba de la puerta corriendo y abrió la cerradura con un pensamiento antes de llevar la mano al pomo. El hedor a sangre que se coagulaba le llegó con tanta fuerza que lo hizo retroceder un paso. Encendió las luces mentalmente, aunque para ver no le hacía falta iluminación.

Soltó una maldición y apartó la mirada de la carnicería que bajo la fuerte y parpadeante luz de los fluorescentes resultaba aún más horripilante.

Jason entró en la cabaña y se quedó helado.

—¡Joder! —exclamó con un grito ahogado, tras lo cual dio media vuelta y salió tambaleándose por la puerta.

Damien entró después. La brusquedad con la que tomó aire reveló lo impresionado y consternado que estaba, pero permaneció al lado de Adrian recorriendo la habitación con la mirada mientras asimilaba el horrible cuadro que tenían delante.

Consciente de la necesidad de dar fuerza a los dos Centinelas, Adrian se frotó la cara con las manos e hizo rodar los hombros. Volvió a mirar al frente, respirando por la boca. La imagen de un ala en el suelo se hizo borrosa y luego se aclaró cuando las lágrimas cayeron por sus mejillas. Las otras alas estaban desperdigadas por la habitación como si las hubieran tirado igual que tanta otra basura. Una de ellas colgaba del extremo de la cama y sus suaves plumas grises y rosadas estaban ahora manchadas de sangre. Se las habían arrancado de la espalda a Helena, dejando dos filas de tres muñones que sobresalían de su grácil columna.

La Centinela caída estaba tendida boca abajo en la cama con sus ojos sin vida dirigidos a la puerta, su cabello rubio pegado a las mejillas y a la espalda con el sudor y la sangre secos. Su licano yacía en el suelo a los pies de la cama. Las dos perforaciones abiertas que tenía en el cuello explicaban la palidez enfermiza de su piel. Adrian dudaba que quedara una sola gota de sangre en el cuerpo de Mark.

—Esto es un infierno —comentó bruscamente, conmocionado hasta el alma por el desperdicio... por la maldad de todo aquello.

Damien lo miró.

—¿Por qué no funcionó?

—¿Por qué tendría que haber funcionado? A ella no la castigaron. Fue su amante licano quien le quitó las alas, no un Centinela. A él lo mordió un... —Adrian se acercó al cuerpo de Helena y le levantó el labio superior. Se quedó mirando un largo momento—. No le han crecido los colmillos.

—Tal vez se retrajeron porque no cayó del todo.

Adrian alzó la mirada al cielo mientras una pena corrosiva le ardía por las venas. Sus dedos rozaron suavemente los mechones antes magníficos del cabello de Helena. Había sido más que una amiga. Ella había sido la prueba de que el fracaso no era inevitable, de que era posible, siendo lo bastante fuertes, cumplir con su misión sin perder la fe durante el proceso. Ahora esa esperanza estaba perdida, se había desvanecido con una muerte atroz junto con la serafín cuyo corazón era tan puro que sólo el amor pudo destruirlo.

Adrian pensó, por primera vez, que quizá no era tanto que hubieran puesto a prueba a los Centinelas, sino que más bien los habían utilizado como sujetos experimentales para responder a la pregunta: ¿Era inevitable la caída de los Vigilantes?

—Tienes razón, capitán —dijo Jason, que se quedó en el porche—. Esto no puede saberse jamás.

Damien se pasó una mano temblorosa por el cabello oscuro.

—Tenemos que limpiar este lugar.

Adrian continuó contemplando los daños con las manos apretadas a los costados. Allí se había perdido algo más que dos vidas. Una serafín se había mutilado por voluntad propia en un intento por caer. Luego había intentado transformar a su licano. Si hubieran tenido éxito, ahora ambos serían vampiros... una nueva clase de vampiros. Y habrían abierto la puerta para que otros intentaran lo mismo. El mero conocimiento de lo que habían hecho albergaba un poder inconmensurable.

—Aquí algo salió mal. —Adrian pensaba en voz alta—. Quizá la ingesta de sangre de licano afectó su caída. Tal vez él hubiera podido transformarse si ella le hubiera dado su sangre antes. Puede que fuera imposible que tuvieran éxito. No podemos saberlo a menos que se intente de nuevo. Quizá más de una vez. Sean cuales sean las posibilidades que este acto desesperado pudiera inspirar en otros, deben morir aquí, con ellos.

Aunque habló como si pudiera contenerse, Adrian sabía que la idea simplemente permanecería dormida durante un tiempo, esperando a que otra mente fértil la concibiera.

Lo sabía porque una vez la idea había sido suya, hacía mucho tiempo.

Y no hacía tanto tiempo también.

16

—Ella está aquí, en Anaheim. —Torque se tapó los ojos para protegerlos de la luz de los faros de un automóvil que entraba en aparcamiento situado frente a su habitación en la planta baja del motel—. Pero Adrian lleva casi un mes fuera, con excepción de una visita de una noche hace una semana, cuando lo vimos salir con ella.

—Entonces no puede tratarse de Shadoe —dijo Syre con un suspiro de pesar.

—No puedo decirlo con seguridad. Tiene un guardaespaldas licano. Si sale del hotel por algún motivo, lo cual es raro, él siempre la acompaña. Es posible que Adrian no quiera ponerla en peligro mientras él caza.

—¿Dejándola con un solo guardaespaldas? ¿Lejos de Angels' Point?

—Ella trabaja para Raguel y vive en su propiedad. No necesita mucha protección cuando está bajo el ala de un arcángel.

Syre soltó aire con aspereza.

Torque frunció el ceño al oírlo porque percibió una gran cantidad de inquietud y frustración en su sonido. No era lo que se habría esperado de su padre mientras discutían sobre la posible reencarnación de Shadoe.

—¿Qué pasa? ¿Qué es lo que no me cuentas?

—¿Recuerdas lo que dijo Adrian sobre Nikki? ¿Sobre su aspecto y comportamiento?

—Como si pudiera olvidarme de las putas mentiras como ésa.

—Torque… —Otra pausa abrumada—. He recibido dos informes de observaciones similares. Éstos provienen de nuestras propias filas.

—¿Observaciones de qué?

—De enfermedad. De contagio. ¿No has oído nada?

—No. Pero aquí el conciliábulo tiene éxito por su discreción. Son reservados y están centrados en vigilar Angels' Point. —Los conciliábulos espías de Torque, conocidos como los *kage*, estaban formados por sus esbirros de más confianza, aquellos que acataban las órdenes sin cuestionarlas y que respetaban profundamente que él era el hijo de Syre—. ¿De qué clase de infección estamos hablando?

—De una agresividad irracional, una sed sin sentido. La descripción que dio Adrian de espuma en la boca y ojos inyectados en sangre ha sido corroborada.

Torque se dejó caer en el borde de la cama con el pulso acelerado.

—Nikki sólo estuvo dos días desaparecida...

Oyó el crujido de la cómoda y gastada silla de su padre por el receptor del teléfono móvil.

—Si a final de semana no te ha sido posible establecer definitivamente la identidad de la mujer, quiero que vuelvas a casa. Dependiendo de lo extendida que esté la enfermedad, podríamos hallarnos frente a una inminente guerra con los Centinelas. Tenemos que estar preparados.

Una joven familia de turistas pasó por delante de la ventana de Torque, riendo y charlando sin tener en cuenta lo tarde que era. Él volvió la cabeza, desviándola de la sencilla felicidad que nunca conocería, y miró el reloj de la mesita de noche.

—Creo que aún es más importante que averigüe quién es esta mujer. Piensa en ello, papá. ¿Y si Adrian está detrás de todo lo que está ocurriendo? ¿Y si está representando estos ataques buscando una excusa para ir por ti? Tendría sentido si la rubia es Shadoe.

—¿Una rubia?

A Torque se le heló la sangre en las venas al percibir el dolor en la voz de su padre. Si aquella mujer era su hermana, no podían estar más lejos de parecer gemelos.

—Sí. Y ahora me estoy tiñendo el pelo para quitar el rubio. ¿No te parece irónico? Mañana tengo una entrevista de trabajo con ella y ya veremos qué pasa. Por eso te pedí que me mandaras la sangre de Caído con un envío nocturno. Tengo que salir a la luz del día.

—¿Te ha llegado?

—Sí. La he recibido.

—Si necesitas más, Vashti debería llegar dentro de poco. Estaré esperando noticias de los dos.

Torque estaba cansado de esperar.

—Me pondré en contacto lo antes posible. Mientras tanto, piensa en la posibilidad de que Adrian orquestara esos ataques y la enfermedad.

—No llegaría al extremo de matar a Phineas. Eran como hermanos.

—Cualquiera sacrificaría mucho, papá, si está lo bastante desesperado. No puede ser una coincidencia que Vash esté siguiendo la pista del secuestrador de Nikki hasta Angels' Point. Mientras investigas los informes de esbirros enfermos, mira a ver si te enteras también de secuestros de vampiros. —Torque se frotó la cara con la mano sintiéndose cansado e irritado por el hedor químico del tinte del pelo—. Creo que lo que has oído son rumores cuidadosamente infiltrados, pero si alguno de ellos tiene algo de verdad y Adrian está involucrado, tiene que estar secuestrando vampiros para infectarlos. Y si es así, hay alguien ahí afuera que echa de menos a los secuestrados. Igual que yo echo de menos a Nikki.

Se estaba consumiendo vivo de tanto que la echaba de menos. Era como si por dentro estuviera gritándole al mundo a través de un cristal insonorizado.

—Lo investigaré, hijo. Te agradezco tu consejo, como siempre.

—Sí, bueno. Ojalá tuviéramos cosas mejores de las que hablar.

Lindsay miró el reloj. Tenía quince minutos hasta su próxima entrevista. Aunque sabía que no debería hacerlo, quería llamar a Adrian. La llamada de teléfono que acababa de terminar, la que había hecho al cuchillero que le fabricaba los cuchillos arrojadizos por encargo, hizo que tuviera ganas de oír la voz de Adrian. Estuvo un momento haciendo girar el teléfono una y otra vez sobre la mesa; entonces sonó. Cuando vio el nombre de Adrian en el identificador de llamadas, lo agarró rápida como el rayo.

—Hola —contestó con demasiada rapidez—. Debo de haberte llamado con el pensamiento.

—Lindsay. —Adrian soltó aire bruscamente—. Necesitaba oír tu voz.

La sonrisa de Lindsay se desvaneció al instante.

—¿Qué ocurre?

—De todo. Yo… perdí a un Centinela anoche.

—Adrian. —Se hundió nuevamente en la silla, consciente de lo muy en serio que él se tomaba su compromiso con su misión y sus Centinelas—. Lo lamento mucho. ¿Quieres hablar de ello?

—Se lo hizo ella misma. La puse en una situación en la que sentía que su única opción para ser feliz era correr un riesgo fatal, y lo ha pagado con su vida.

—Podía elegir —argumentó Lindsay—. No es culpa tuya que optara por esa opción.

Adrian respiró con suavidad al teléfono.

—¿Crees en lo de predicar con el ejemplo?

—Sí.

—Entonces tengo algo de culpa. Y para serte sincero, envidio su fuerza de voluntad. Yo me he enfrentado a la misma decisión. Yo no tuve… ni tengo, coraje para hacer lo que ella hizo.

La firmeza de su voz resultaba más alarmante que si hubiera estado perceptiblemente alterado.

—Está muerta. Eso no es tener coraje, es estar chiflado. Tienes que volver a casa. Llevas demasiado tiempo fuera y estás cansado. Necesitas un descanso.

—Te necesito a ti.

Lindsay enredó la mano que tenía libre en el reposabrazos de la silla. No podía evitar querer ser la amiga que él necesitaba. Igual que no podía evitar las ganas de hablarle de su nuevo trabajo, de sus armas, de cómo le había ido el día… de cualquier cosa y de todo. Porque estaba chiflada por Adrian. Y estaba casi segura de que él sentía lo mismo por ella.

—Ya sabes dónde estoy.

Adrian se despidió y ella colgó apesadumbrada por la preocupación.

Los sueños que había tenido con él todas las noches la mantenían conectada a Adrian. Casi tenía la sensación de estar viéndolo cada día, como si no se hubieran separado desde que ella dejó Las Vegas.

La noche anterior había soñado que hacían el amor en un carruaje tirado por caballos. Iban disfrazados. Llevaban ropa de época, como la que había visto en las adaptaciones cinematográficas de las historias de Jane Austen. Ella se le había subido al regazo y se había remangado metros de faldas y enaguas mientras él se desabrochaba los calzones. Cuando ella había envuelto toda su rígida longitud en su interior, él le había tomado el rostro entre las manos, la había besado y le había soltado el peinado alto que llevaba, liberando unos largos mechones de cabello oscuro. La agarró por las caderas, empujó hacia arriba con una ferocidad apenas contenida y la llevó al orgasmo con firme determinación. Sus ojos habían brillado con aquella llama azul preternatural mientras le decía con voz crispada: «*Ani ohev otach, tzel*».

Te quiero, sombra.

Lindsay se asustó al ver que entendía un idioma que no debería conocer. Estaba confusa tanto por las grandes diferencias de cada sueño, los lugares exóticos y una interminable gama de ropa de todos los períodos, como por las similitudes repetitivas. Adrian siempre estaba con ella. Siempre estaba enamorado de ella y ella siempre era insaciable. El tiempo que pasaban juntos siempre se veía empañado por una sensación dominante de desesperación y por su ávida determinación a conquistarlo a cualquier precio. Ella siempre era una mujer que amaba a Adrian con una peligrosa indiferencia por las consecuencias; sin embargo, nunca era la misma mujer. Su aspecto, su cultura, su idioma y entorno, todo era mutable.

Lindsay se irguió e inhaló profundamente para aclararse las ideas. Cada día estaba más dispersa. Más inquieta e incapaz de concentrarse. Necesitaba volver a cazar. Hasta que no hiciera las paces con su pasado no habría paz para ella en el presente.

El teléfono que tenía en la mesa emitió un pitido que la avisaba de que había llegado el siguiente entrevistado. Al cabo de un momento, un guapo joven asiático apareció al otro lado de la puerta de cristal transparente de su despacho.

Lindsay le sonrió y con un gesto le indicó que pasara.

El hombre entró con paso rápido y seguro.

—Buenos días.

—Hola.

Se puso de pie al tiempo que echaba una mirada rápida a su solicitud para leer su nombre. «Kent Magnus». Le gustó cómo sonaba. Cuando se estrecharon la mano, se encontró con que reaccionó a él de forma inmediata y sorprendente: no era humano, pero tampoco le ponía los pelos de punta. Iba vestido con unos pantalones Dickies holgados de color caqui y una camisa negra de manga corta. Tenía una sonrisa amplia y encantadora y su apretón de manos fue fuerte y seco.

No sabía si eso era bueno o malo porque tuvo la abrumadora sensación de que ya conocía a Kent y había hablado con él antes.

—Tome asiento, señor Magnus, por favor.

Él aguardó a que ella se sentara antes de hacerlo.

—El Belladonna es impresionante.

—¿Verdad que sí? —Un hecho que hacía aún más molesto el descontento de Lindsay. Su trabajo era una oportunidad fabulosa de las que sólo surgen una vez en la vida y ella no lo estaba apreciando como debería—. Ha solicitado el puesto de auditor nocturno.

—Sí, así es.

—Tengo que decir que está demasiado cualificado.

—Espero que en el puesto haya cabida para el ascenso…

Lindsay se agarró a los reposabrazos. La sensación de *déjà vu* especialmente intensa que evocaba la presencia de ese hombre hizo que la habitación se inclinara. El último domicilio que había anotado en su solicitud estaba en Virginia, un estado por el que ella había conducido muchas veces. Era posible que se hubiera cruzado con él en una gasolinera o en un restaurante en algún momento. Unas manchas negras bailaban ante sus ojos y parpadeó, luego aunó todos sus esfuerzos para que su mente se empleara a fondo.

Kent llevaba el pelo corto. Al igual que el de ella, la longitud era la misma en todo el contorno. También era fornido, con unos hombros anchos y unos bíceps gruesos, pero no era tan grande como un licano. Tomó nota mentalmente de pedirle a Elijah que lo clasificara para ella.

—Definitivamente hay cabida para el ascenso —le aseguró—. Me he fijado que es nuevo en la zona. Confieso que me preocupa si decidirá quedarse aquí o no. La Costa Oeste es muy distinta de la Costa Este.

—¿Ha viajado a menudo a la Costa Este?

—Acabo de mudarme desde Carolina del Norte. —Incapaz de quitarse de encima la sensación de mareo, Lindsay se puso de pie—. ¿Le apetece un poco de agua?

Él se levantó cuando ella lo hizo, haciendo gala de la etiqueta que se esperaba de los hombres, pero de la que por desgracia carecían la mayoría de los candidatos a los que había visto durante los últimos dos días.

—No, gracias. De modo que usted y yo éramos prácticamente vecinos.

Lindsay sacó una botella de agua del minibar que había en la librería detrás de su mesa y se sintió aliviada al notarse menos desorientada estando de pie. Tomó un trago largo y se fijó en la alianza que él llevaba. Un inhumano que estaba casado. Eso la desconcertó.

—El horario es desde las once de la noche hasta las siete de la mañana y los días de martes a sábado. ¿Será un problema?

—En absoluto. Soy un ave nocturna.

—¿Y su esposa también?

No era su intención curiosear, pero tampoco quería formar a un auditor nocturno para perderlo al poco tiempo.

Todo el encanto y humor se esfumaron de su rostro. Sus hermosos ojos ámbar revelaron una profunda tristeza.

—Mi esposa falleció recientemente.

Su solicitud decía que tenía veintiséis años. Demasiado joven para haber sufrido semejante pérdida. Por otro lado, quizá tuviera miles de años de edad igual que Adrian. O incluso varias décadas como Elijah.

—Lo siento mucho.

Él asintió con un breve movimiento de la cabeza.

—Quiero empezar de nuevo, en un sitio nuevo y con un trabajo nuevo que me mantenga ocupado por la noche. Si me contrata le prometo que no lo lamentará.

Lindsay inspiró hondo, sintiendo compasión por Kent Magnus sin tener en cuenta la clase de ser que era. Ella sabía lo duras que eran las noches cuando te enfrentas a la pérdida de un ser querido. Resultaba fácil mantenerse ocupado durante el día, pero por la noche era cuando uno cerraba filas con la familia y se acomodaba en las rutinas privadas: cena, programas favoritos de televisión, los rituales antes de acostarse. La seguridad y la calmada dignidad de aquel hombre eran dos rasgos que ella admiraba mucho, y su formalidad sugería que daba un cien por cien en todo lo que se proponía. También reconoció la posibilidad de que le gustara porque era un tanto «diferente» y sin embargo había amado, perdido y llorado la pérdida, igual que ella. Igual que Adrian. Su ángel le había enseñado que no todas las criaturas preternaturales eran malas.

—¿Cuándo podría empezar? —preguntó Lindsay.

Kent recuperó la sonrisa.

—Cuando usted diga. Estoy listo cuando usted lo esté, señorita Gibson.

—Llámame Lindsay.

Nada más ver a Elijah que la esperaba en el amplio vestíbulo del Belladonna, Lindsay supo que algo iba mal. Se notaba en la postura de sus hombros y en la expresión adusta de su boca. Y estaba andando de un lado a otro… merodeando como una pantera inquieta, en realidad. Borremos eso… como un lobo.

A Lindsay le dio un vuelco el corazón.

—¿Qué ocurre? ¿Es Adrian?

Elijah le dijo que no con la cabeza y se puso en jarras. Un leve gruñido surgió de su pecho.

—¿Recuerdas ese amigo del que te hablé? ¿Aquél al que quería que reasignaran para ser mi compañero?

—Sí.

—Fue a una caza en Luisiana justo antes de que saliéramos para Utah. Acabo de enterarme de que había estado desaparecido hasta esta tarde.

—¿Se encuentra bien?

Lindsay se cruzó de brazos con firmeza, consciente de que Adrian estaba recibiendo a diestro y siniestro y sufriendo por ello.

—Según me han dicho está casi medio muerto. Y pregunta por mí. —Sus ojos verdes le dirigieron una mirada penetrante—. Necesito que te quedes aquí. No salgas del hotel hasta que vuelva o hasta que alguien venga a vigilarte.

—Quiero ir contigo, El. No quiero que vayas solo, y sé que no quieres dejarme aquí. Si lo haces, estarás preocupado por mí y por tu amigo al mismo tiempo.

—No quería pedírtelo —admitió con brusquedad—. Micah está en Angels' Point.

A Lindsay se le aceleró la respiración al recordar la mañana en la que Adrian la había llevado volando por encima de las colinas en torno a su casa. Su cuerpo reaccionó a los recuerdos como si lo estuviera experimentando todo otra vez. Aquel día el viento estaba contento, silbaba con una alegría que rara vez sentía en él. O quizá la alegría había sido suya.

La fragancia de los enormes arreglos florales que decoraban el vestíbulo se volvió empalagosa de pronto. El altísimo techo pareció cerrarse sobre ella. Todo el hotel parecía una trampa. Ella no encajaba aquí. Por mucho que lo estuviera intentando y haciéndolo lo mejor posible, seguía siendo una inadaptada en el mundo «normal»... y lo sería siempre.

—No pasa nada —le aseguró, tanto para tranquilizarlo a él como a sí misma—. Si te hace falta otra razón para llevarme, te recordaré que de todos modos tengo que ir por mi maleta. Es un buen momento para que lo haga.

Elijah asintió.

—¿Quieres cambiarte o necesitas ir a buscar algo?

—Sí a las dos cosas.

Al cabo de quince minutos subían al híbrido Prius azul pálido de Lindsay que el servicio de transporte de automóviles le había entregado el día anterior. Elijah ocupaba todo el espacio del vehículo incluso con el asiento del acompañante echado hacia atrás al máximo. Lindsay se sentía mal por encerrarlo así, pero a ella le gustaba su coche. Le había dicho a Adrian que no tenía aspiraciones de salvar el mundo, pero que sí intentaba no contaminarlo ni agotar sus recursos naturales.

Salieron a la carretera. Elijah era un gran copiloto y le decía dónde girar a tiempo para que pudiera maniobrar por los carriles.

—Estás nerviosa —observó él cuando Lindsay se frotó la palma húmeda en los vaqueros… otra vez.

—Me preocupa todo lo malo que ha estado ocurriendo desde que os conocí a ti y a Adrian. Es mucho más de lo habitual, ¿no?

—Siempre estamos ocupados, pero no hay duda de que la cosa se está poniendo más intensa.

—¡Dios santo! —Soltó aire con brusquedad—. Estoy muy preocupada por Adrian. Últimamente ha perdido a muchos de sus amigos y no está teniendo ocasión de llorar la pérdida como es debido con todo desmoronándose al mismo tiempo.

—Los mortales no se emparejan tan rápidamente.

Lindsay le dirigió una mirada astuta.

—No estoy segura de dónde salió eso, pero tengo que disentir. ¿Nunca has oído hablar de un rollo de una noche? Algunos mortales se emparejan a los pocos minutos de conocerse.

—No hablo de emparejarse para follar —la corrigió con sequedad—. Me refiero a emparejarse como para recibir una bala.

—Yo recibiría una bala por ti. Y aunque estás muy bueno, no quiero emparejarme contigo.

—Estás chiflada, ¿lo sabes?

Lindsay se encogió de hombros.

—Y tú eres mi amigo. ¿En qué te convierte eso?

Elijah se quedó mirando el perfil de Lindsay durante un largo rato hasta que al final volvió la cabeza para mirar por la ventanilla del acompañante.

Mientras subían por la ladera hacia Angels' Point, sonó el teléfono de Lindsay. Lo sacó del posavasos donde lo había dejado y buscó a tientas el botón del altavoz para responder.

—Papá. ¿Cómo narices estás?

—Te echo de menos. ¿Cómo estás tú?

—Aguantando. Estoy contratando personal para la gran inauguración e intentando no meterme en líos.

—¿Cómo está Adrian?

Al recordar el hastío que había percibido en la voz de Adrian, Lindsay suspiró y dijo:

—Está pasando momentos difíciles.

—Pero tú no lo has abandonado. Es esperanzador. La cosa debe de ir en serio entre los dos.

Lindsay miró a Elijah y dijo la verdad porque sabía que ambos querían lo mejor para ella.

—En realidad, pisé un poco el freno.

—¿Por qué?

A diferencia de Adrian, la voz de Eddie Gibson revelaba todas sus emociones. El tono de decepción fue inconfundible.

—Somos… incompatibles.

—¿Te lo dijo él?

Ahora parecía cabreado.

—No —se apresuró a responder ella—. Él quiere intentarlo. Lo que pasa es que veo los problemas que han de sobrevenir y es mejor enfriar las cosas ahora, antes de involucrarnos demasiado.

—Ya estás involucrada, cariño —replicó—. O no estarías preocupada por los problemas que han de sobrevenir.

Lindsay frunció los labios.

—Um…

—Has mantenido a distancia a los hombres toda tu vida. Cuando eras más joven me alegraba de ello y más adelante supuse que si los chicos con los que salías valieran algo la pena no te resultaría tan fácil cortar con ellos. Pero dejar a Adrian no es tan fácil, ¿verdad?

—Papá, ¿puedes dejar de psicoanalizarme, por favor? O al menos resérvalo para cuando hayas intentado volver a salir con alguien.

—Por eso te he llamado. Esta noche voy a llevar a alguien a cenar.

Lindsay apretó las manos en el volante. Por un momento no pudo decidir qué sentía. No era todo bueno. Estaba sorprendida y asustada, consternada y herida, contenta y emocionada.

—¿Lindsay?

—Sí, papá —repuso con voz demasiado ronca. Carraspeó—. ¿Quién es la afortunada?

—Una nueva clienta que vino hoy. Después de cambiarle el aceite me preguntó si quería salir con ella.

—Ya me cae bien. Está claro que es inteligente y que tiene muy buen gusto con los hombres.

Él se rió.

—¿Estás segura de que te parece bien?

—Absolutamente. —Dijo una mentirijilla—. Me enfadaría si no fueras. Y, además, será mejor que te lo pases bien. Y ponte la camisa y los pantalones que te regalé por tu cumpleaños.

—Vale, vale. Lo he entendido: Tengo que ir. Pasármelo bien. Y no vestirme como un vagabundo. Pero tú también tienes que hacer algo por mí... dale una oportunidad a Adrian. Una de verdad.

Lindsay soltó un quejido.

—Tú no lo entiendes.

—Escucha —dijo su padre con su tono de «nada de tonterías»—. Adrian es un adulto. Sabe cuidarse solito. Si él no ve ningún problema, no crees tú uno. Mereces ser feliz, Linds, y ninguna relación está libre de riesgos. Yo estoy tanteando las aguas de las citas otra vez. Pero tú... tú nunca te has zambullido. Creo que ya es hora de que des el paso decisivo.

—Te quiero, papá, pero las metáforas me están matando.

—¡Ja! Yo también te quiero, cariño. Sé buena.

—Mañana voy a querer que me pongas al tanto —le advirtió.

—Como si fuera de los que van contándolo. Ya hablaremos.

Lindsay pulsó el botón para finalizar la llamada y miró a Elijah que le devolvió la mirada. Al fin su padre volvía a ponerse en circulación. Creía que se alegraría de ello. Y se alegraba... en gran medida. Pero había una parte de ella, una parte que reconocía que era infantil, que tenía la sensación de que su padre estaba dejando atrás a su madre. Y eso era algo que ella aún no podía hacer.

—Tienes una relación muy estrecha con tu padre —comentó Elijah.

—Sólo nos tenemos el uno al otro, si es que eso tiene sentido.

Elijah asintió y dijo:

—Eso explica por qué Adrian tiene a licanos protegiéndolo.

Lindsay levantó el pie del acelerador.

—¿Cómo dices? ¿Por qué?

—Adrian asignó a unos licanos a vigilar a tu padre. No sabía por qué. Ahora ya lo sé. Lo está haciendo por ti, porque tu padre es importante para ti.

—¿Cuándo lo dispuso?

—En Las Vegas.

Lindsay pisó más el acelerador y pensó que en aquel momento sería mejor no estar detrás del volante.

—¿Y por qué iba mi padre a necesitar protección?

—Cualquier persona importante para Adrian corre el riesgo de ser utilizada contra él.

Lo que afectara a su padre la afectaría a ella, lo que a su vez afectaría a Adrian.

—Si ocurriera algo…

—No te preocupes. —Elijah le dirigió una sonrisa tranquilizadora—. Adrian me pidió que eligiera al equipo y sugerí a los mejores de la manada. Lo mantendrán a salvo.

De no haber estado conduciendo podría haberlo besado.

—Gracias.

—De nada. También deberías agradecérselo a Adrian.

—Sí —dijo ella en voz baja mientras el corazón se le ablandaba aún más. La caída de Adrian no era la preocupación más inmediata; era su propia caída la que era inminente—. Debería hacerlo. Lo haré. Mierda, todo es un desastre.

—Sí.

Cosa que le recordó por qué se dirigían a Angels' Point para empezar.

—¿Sabes qué le ocurrió a tu amigo? ¿Por qué desapareció?

—Le tendieron una emboscada y lo dejaron por muerto. Tardó un par de días en conseguir llegar a la carretera donde lo encontraron.

—¡Por Dios! —susurró—. ¿Fueron vampiros?

Elijah asintió con un brusco movimiento de la cabeza y le hizo un gesto para que girara a la izquierda más adelante.

—Hijos de puta. Quiero matarlos a todos.

Mientras Lindsay pronunciaba aquellas palabras, la intensidad del odio que contenían la sorprendió. Su vida había cambiado mucho en el último par de semanas. Ahora los vampiros estaban haciendo daño a sus amigos y eran responsables de que le fuera imposible tener a Adrian. No se le ocurría ni una sola buena razón para que existieran. Eran como pulgas o mosquitos: unos inútiles y asquerosos parásitos chupadores de sangre que estarían mejor extinguidos.

Entonces se acercó a la verja de hierro forjado y a la garita que protegían Angels' Point. El guardia echó un vistazo a Elijah y los dejó pasar. Era media tarde. El sol aún estaba alto en el cielo y le brindó la oportunidad de ver todo lo que se había perdido la primera vez que había cruzado la elegante verja. Los lobos permanecían al otro lado de una elevación en el camino, ocultos a la vista del público. Lindsay los vio al llegar a lo alto, esparcidos por el paisaje autóctono. Había muchos. Majestuosos e inminentemente peligrosos.

Lindsay avanzó por el camino de entrada circular y aparcó. Intentó liberar un poco de tensión soltando aire de forma rápida y audible.

Elijah salió del automóvil con poderosa pero controlada precipitación y le abrió la puerta antes de que ella se hubiera desabrochado el cinturón de seguridad. Esperó a que saliera y luego señaló un edifico grande parecido a un hangar, situado en lo alto de una colina a menos de un kilómetro de distancia.

—Estaré allí. Puedes subir cuando termines de recoger tus cosas o esperarme aquí. Si veo que voy a estar más de una hora, te avisaré.

Lindsay lo tomó del brazo antes de que se diera la vuelta para marcharse.

Él le miró la mano y ella la retiró a toda prisa.

—Lo siento. No era mi intención dejar mi olor en ti. Yo sólo… Lamento lo de tu amigo, Elijah.

Él alzó la vista, su mirada encontró la de ella, y su expresión se suavizó.

—Lo sé. Gracias.

—Si necesitas algo, estoy aquí para ti.

Le brindó una sonrisa compasiva y acto seguido se dirigió hacia la puerta doble de la entrada. Acababa de levantar la mano para llamar cuando ésta se abrió.

—Señorita Gibson.

Un pelirrojo alto y nervudo llenó la entrada. Tenía el pelo largo, por debajo de los hombros, pero no había nada de afeminado en él. Te hacía pensar en un guerrero vikingo de antaño, de expresión adusta y decidida.

Lindsay vaciló.

—Hola. Sólo necesito recoger mis cosas; luego me quitaré de en medio.

El pelirrojo se la quedó mirando un momento, estudiándola de un modo que sugería que la encontraba poca cosa. Luego le indicó que entrara con un gesto.

Ella sabía que era un ángel. Todos los Centinelas tenían los mismos ojos azules y llameantes, aunque sólo los de Adrian daban calor. En realidad, los centinelas eran obras de arte. Resultaba bastante intimidante estar rodeado de docenas de seres perfectos y hermosos.

Dado que el pelirrojo no quiso decir nada más, fue directa al dormitorio que había utilizado cuando pasó la noche allí. Todo parecía estar tal y como lo había dejado, la cama estaba hecha y sus artículos de tocador estaban pulcramente colocados en la encimera del baño. La última vez que había salido de aquella habitación, hacía casi dos semanas, esperaba regresar aquella misma noche. La pérdida de lo que podría haber tenido si hubiera podido unirse al mundo de Adrian hizo que se le formara un nudo en la garganta y que le costara tragar.

En retrospectiva, los planes que había hecho de vivir en aquel suntuoso espacio, con el balcón que conducía a una terraza desde la que podía ver cómo los ángeles alzaban el vuelo al amanecer, y su propietario, que era la criatura más magnífica de la Tierra, parecían ridículos. Pero había albergado aquel sueño durante un momento y lo echaba muchísimo de menos.

Entonces miró la cama mientras pasaba a su lado y recordó cómo había fantaseado sobre seducir allí a Adrian. Su imaginación había sido especialmente viva en ese sentido, pero ni mucho menos tan cruda y dolorosa como había resultado ser la situación real.

—Tengo que salir de aquí —masculló, combatiendo el feroz deseo de quedarse… para siempre. Combatiendo el doloroso anhelo de abrazar al ángel, su vida y los posibles amigos, como Elijah, que comprendían lo que la motivaba.

Lindsay hizo la maleta en un tiempo récord, la agarró por el asa y salió de la casa. Tuvo que pasar junto a una gran cantidad de Centinelas que aparecían de no se sabía dónde para echarle un vistazo. Ahora entendía por qué la miraban como lo hacían. Era la humana entrometida que le comía la cabeza a su jefe. Pese a la palpable animosidad por su parte, se detuvo en el umbral de la puerta abierta y les hizo frente.

—Estoy con vosotros, chicos —dijo.

Quiso pedirles que cuidaran de Adrian por ella, pero no tenía derecho a hacerlo. Adrian les pertenecía a ellos, no a ella.

La puerta principal se cerró a su espalda con un suave chasquido de irreversibilidad. No lloró; se negó a hacerlo. No iba a sentir pena de sí misma por hacer lo correcto por Adrian. Y en realidad por el mundo, que dependía de él, aunque no lo supiera.

Así que sacó pecho, plegó el asa telescópica de la maleta y la levantó del suelo. El viento arreció y se arremolinó formando un embudo que sólo la rodeaba a ella. Entonces se quedó inmóvil en aquel agitado abrazo.

«Quédate, quédate, quédate», canturreó el viento.

—Ya he causado bastantes problemas —replicó ella con brusquedad.

«No te vayas, Lindsay. Lindsay… Lindsay…» El viento cesó de pronto y dejó un vacío en el que su nombre restalló como un látigo.

«Lindsay.»

Volvió la cabeza. Adrian estaba junto a la puerta trasera abierta del Mayback, el cual estaba parado al inicio de la parte circular del camino de entrada. Tenía el viento encima como si fuera un amante, agitándole el cabello oscuro que por lo menos le había crecido un centímetro desde la última vez que lo vio. Tenía un aspecto disoluto y hermoso con una camiseta negra estilo *henley* de manga larga y unos pantalones azul marino hechos a medida. Su rostro era sereno, su expresión tranquila y su pose relajada, pero, aun así, percibía la furiosa agitación de su interior. Adrian bajó la mirada a la maleta que ella llevaba en la mano y Lindsay se sintió embargada por una gélida oleada de desolación que hizo que se estremeciera. Nunca había sentido una desesperación semejante, una culpabilidad y una pena tan desgarradoras. Tanto por su parte como por parte de él.

Le escocieron los ojos por las lágrimas. A duras penas podía recuperar el aliento.

¡Dios santo! De todas las cosas a las que tenía que renunciar, ¿por qué tenía que ser a él? Renunciaría a la comida. Al chocolate. Al agua. Al aire. Si eso suponía poder tenerle sin restricciones durante cualquier cantidad de tiempo.

Adrian rompió su quietud cuando se precipitó hacia ella y echó a correr.

Lindsay aflojó la mano y la maleta cayó en el camino de grava.

«Adrian.»

Apenas había dado unos pasos cuando él la agarró y la levantó con tanta brusquedad que la dejó sin aire en los pulmones.

Adrian liberó las alas en una erupción de alabastro con manchas carmesí y se elevaron por los aires.

17

Al entrar en el barracón de los licanos, Elijah se encontró con un silencio escalofriante, cargado con la expectación de una muerte inminente. Las filas de literas con las camas pulcramente hechas se prolongaba interminablemente, y el otro extremo de la habitación se iba extendiendo frente a él mientras la atravesaba.

Seguía el pitido de un monitor cardiaco, pero sabía adónde se dirigía sin tener que guiarse por el sonido. Micah tenía una de las habitaciones privadas del fondo, de las que se reservaban para las parejas. La puerta estaba abierta y unos cuantos licanos, incluidos Esther y Jonas, formaban un pasillo hasta el umbral.

Lo miraron con ojos angustiados y suplicantes. Él desvió la mirada de sus aplastantes esperanzas; no soportaba que creyeran que era una especie de mesías. El hecho de que tuviera un control absoluto sobre su bestia no significaba que ejerciera el mismo nivel de control sobre los destinos y circunstancias de otros licanos, pero eso era lo que muchos esperaban y creían.

Al entrar en la habitación se encontró a Micah en la cama, con numerosas vías intravenosas, atendido por Rachel. Ésta se puso de pie cuando Elijah se acercó y fue a su encuentro a medio camino, con un aspecto igual de pálido y delgado que su compañero.

Elijah tragó saliva para deshacerse del nudo que tenía en la garganta y preguntó:

—¿Cómo está?

Ella se pasó una mano temblorosa por el cabello oscuro y le hizo un gesto silencioso con la barbilla para que saliera fuera. En cuanto volvieron a estar en la gran sala del barracón, Rachel dijo:

—Se está muriendo, El. Es un milagro que aún esté vivo.

Elijah se frotó los ojos con los puños para intentar aliviar el escozor de la pena.

—Te ha estado esperando —continuó diciendo ella—. Francamente, creo que es lo único que esperaba.

Elijah la miró con expresión de impotencia.

Ella se limpió las lágrimas de las mejillas.

—Te quiere mucho.

Elijah pasó junto a ella con una prisa desesperada, entró de nuevo en la habitación y se sentó en el asiento que Rachel había dejado vacío. Lo acercó más a la cama y alargó el brazo para coger la fría mano de su amigo.

Micah entreabrió los ojos. Volvió la cabeza y miró a Elijah.

—Hola —susurró—. Has llegado a tiempo.

—Es mi estilo.

Una lenta sonrisa transformó los rasgos del licano por un momento pero desapareció enseguida.

—Tenía que decirte… Vash…

—¿Vash te hizo esto?

—Te está buscando… a ti.

—¿A mí? ¿Por qué?

—Un vampiro en Shreveport… desaparecido. Tu sangre estaba allí.

—Yo nunca he estado en Shreveport.

Un violento temblor sacudió el demacrado cuerpo de Micah.

—Sí, bueno…, pues tu sangre sí estaba.

—No hables más. Descansa un poco. Ya nos pondremos al día más tarde.

Los ojos verdes de Micah, antes tan claros, estaban empañados de dolor y cansancio.

—No hay tiempo. Me voy, Alfa. Es así.

—No.

—Guárdate las espaldas. La sangre… es tuya.

Elijah miró a Rachel que rondaba por la entrada. Ella asintió con expresión sombría. «Su sangre.» En la escena de un secuestro en una ciudad que nunca había visitado.

Un resuello agudo desde la cama hizo que volviera su atención a Micah.

—Estaré bien —dijo Elijah con brusquedad—. No te preocupes por mí. Preocúpate por ponerte mejor.

Micah apretó la mano de Elijah con una fuerza sorprendente, extendió las zarpas lo suficiente como para rasgar la piel de su palma y de la de Elijah. La sangre, caliente y viscosa, se encharcó entre sus manos unidas.

—Escucha. Tú eres el indicado. ¿Me oyes? Eres tú. Saca a Rachel. Sácalos a todos.

Elijah se echó hacia atrás de golpe.

—No me cargues con eso, Micah.

—Ella confía en ti…

El pelirrojo tuvo un violento acceso de tos seca que le dejó salpicaduras en los labios y en la blancura inmaculada de las sábanas.

—Rachel estará bien. Eso te lo prometo.

—Rach no… —explicó con un jadeo—. La mujer de Adrian… confía en ti. Puedes secuestrarla… para tener ventaja.

Elijah se zafó de la mano de Micah de un tirón, furioso y asqueado de que su mejor amigo le echara esa mierda encima en aquel momento. En su puto lecho de muerte.

—No hagas esto —le dijo entre dientes—. No me pidas eso. Ella arriesgó su vida por mí.

Micah levantó la cabeza de la almohada con una mirada que era un eco de su anterior ferocidad.

—Adrian cederá por ella. Prométemelo. Da el paso. Haz que ocurra. Puedes liberarlos a todos. Sólo tú.

Elijah se puso de pie tambaleándose y salió dando tumbos de la habitación.

—Es un pacto de sangre, El —susurró Micah levantando la mano ensangrentada.

Acto seguido se hundió en la cama respirando con dificultad, con cada estertor resonando en su pecho.

Elijah cruzó el umbral. Miró a los licanos que esperaban frente a la puerta de la habitación. Ahora había más. Una docena de rostros conocidos que lo miraban con firme y sombría expectación.

—Todos vosotros lo incitasteis a esto —acusó—. Le dijisteis dónde he estado este último par de semanas.

Esther dio un paso adelante.

—Elijah...

—Sois unos jodidos cabrones egoístas.

Se miró la mano dañada por los pinchazos que ya se estaban curando. Soltó un rugido y cambió de forma. Se despojó de la ropa y avanzó de un salto tan impetuoso que lo llevó casi al extremo del edificio.

Se precipitó por la puerta hacia el exterior y echó a correr.

Cuando Adrian aterrizó al otro lado de la casa, Lindsay todavía respiraba entrecortadamente e intentaba recobrar el aliento. Oyó deslizarse una puerta de cristal a su espalda; luego Adrian la cruzó con ella en brazos y llegaron a una habitación con una mesa enorme y una pared rebosante de estantes con libros.

Lindsay se echó hacia atrás en sus brazos y miró su rostro. Tenía una expresión severa y la piel tirante con una feroz determinación. Otra puerta se cerró a sus espaldas. Ésta era una puerta interior y de repente se encontró inmovilizada contra ella, por el cuerpo duro y caliente de Adrian. Las cortinas empezaron a cerrarse deslizándose automáticamente junto con la puerta corredera de cristal, y la habitación se sumió en la oscuridad y el silencio.

—Adrian...

Pegó la boca a la suya. La agarró por las muñecas y se las colocó sobre la cabeza, primero una y después la otra. Le metió la lengua, se la hundió con un movimiento rápido que la excitó al instante.

El cálido y vivo aroma de su piel le inundó el olfato, un olor que aquel día era más salvaje de lo que recordaba. Más sensual.

Lindsay intentó zafarse y se encontró con las muñecas atadas a un colgadero que había detrás de la puerta. Cuando él le deslizó las manos por los brazos, ella tiró en vano y luego apretó los dedos frenéticamente. Notó el tacto del encaje y se dio cuenta de que Adrian había hecho eso de desnudarla con el pensamiento y la había sujetado al gancho con las bragas. Se retorció tímidamente y comprobó que no llevaba ropa interior bajo los vaqueros.

—Déjame ir.

—No vas a dejarme —declaró en voz baja, con un tono engañosamente tranquilo, pero tras el cual había una intransigencia igual de tangible que el tanga que tenía en torno a las muñecas.

Lindsay tiró de nuevo. El encaje se desgarró e inmediatamente algo más fuerte la ató a la puerta. Cuando Adrian le metió las manos por debajo de la camiseta y rodeó con ellas sus pechos desnudos, se dio cuenta de que era su sujetador. Un estremecimiento la recorrió. La única vez que la habían retenido contra su voluntad fue el día en que habían matado a su madre.

—Suéltame, Adrian.

Los labios de Adrian se cerraron a un lado de su cuello. Sus dedos le tiraron de los pezones hasta que se le pusieron duros y erectos.

—No.

Lindsay se arqueó en sus manos sin querer, sintiendo los pechos cada vez más sensibles y pesados.

—Estás disgustado. Deberíamos ha... hablar. Tenemos que hablar.

—Ahora no.

La agarró por las caderas, y se dio cuenta de que ahora estaba completamente desnuda. Cuando un muslo velloso se abrió paso a la fuerza entre los suyos, entendió que él también lo estaba.

Su respiración era fuerte en la habitación por otra parte silenciosa. El corazón le palpitaba con una potente mezcla de miedo y deseo prohibido. Si el que la retenía hubiera sido cualquier otro, Lindsay hubiera perdido el control. Pero se trataba de Adrian, y el tacto de sus manos contra su piel mantenía a raya el terror que podría haber sentido.

—Deberías pensar en esto —le dijo jadeante, retorciéndose para intentar apartarse de aquel tacto que la inflamaba—. No es lo que quieres. No quieres lo que va a ocurrir si haces esto.

El pene de Adrian se deslizó entre los húmedos labios de su sexo. Lindsay se quedó inmóvil. Su miembro estaba caliente y duro, era deliciosamente largo y grueso.

—¿Te parece que no lo quiero? —susurró.

Entonces se encorvó cuando Adrian le rodeó el pezón con los labios. El colgador emitió un crujido de protesta pero se mantuvo bien sujeto. Adrian no tenía esas puertas huecas de aglomerado que le hubieran dado la oportunidad de escapar. La sólida madera que su arquitecto había utilizado era lo bastante resistente como para resistir de sobras su peso y el abuso. Él se entretuvo en su pecho, dándole largos e intensos tirones con su malvada boca. Las buenas intenciones de Lindsay empezaron a desvanecerse.

—Tengo miedo… —mintió con la esperanza de disuadirlo.

—Ya lo sé. Ardes de miedo. —Separó los labios de su sexo y deslizó la punta del dedo por el líquido sedoso de su deseo—. Eres siempre muy valiente, pero confías en mí lo suficiente como para estar asustada.

El gemido de Lindsay resonó por la habitación. Fue angustiosamente consciente de que el vestíbulo debía de estar al otro lado de la puerta que tenía detrás, así como una docena o más de ángeles que le tenían antipatía y desconfiaban de ella precisamente por esa razón: reducía a su líder a un mero hombre, con todas las debilidades, anhelos y deseos de comodidad que implicaba aquel estado mortal.

—Para esto.

—No puedo. —La besó otra vez. Un beso cálido, húmedo y sensual que hablaba de un hombre que había traspasado sus límites en algún momento durante los días que habían estado separados—. No lo haré.

—¡Por Dios, Adrian! —Lindsay se retorció en sus manos mientras él atrapaba con la boca el pezón desatendido, lamía y mordisqueaba su rígida protuberancia—. ¿Por qué no vas a dejar que te salve?

Adrian le soltó el pecho con un leve estallido, se irguió y le rozó la sien con la suya.

—No hay nada que salvar. Todo se desmorona.

La dolorosa emoción de sus palabras le rompió el corazón. Ella ansiaba abrazarlo estrechamente, calmar su tormento. Pero no podía moverse, sólo contaba con su voz para consolarlo.

—Cuéntame qué pasó.

—Después.

Adrian se deslizó por su cuerpo. Sus labios descendieron por el escote y luego su lengua se movió rápidamente sobre el ombligo. Cuando bajó la cara entre sus piernas, Lindsay se mordió el labio inferior para no soltar un grito. Por debajo de la angustia de estar inmovilizada en la oscuridad y su preocupación por el voluble estado de ánimo de él, estaba ferozmente excitada. Se hallaba en una situación insostenible. No podía olvidar lo expuestos que estaban y cuánta gente… cuantos ángeles, había cerca.

—No hagas esto. Lo lamentarás.

—Lamentaré no hacerlo. —La abrió con los pulgares. Hizo revolotear la punta de la lengua sobre su clítoris de un modo enloquecedor. Mientras su sexo se contraía con ávido apetito, Adrian dejó escapar un sonido áspero—. Debería haber terminado lo que empezamos en Las Vegas. No debería haber hecho caso de la maldita puerta y haberte follado hasta que no volviera a pasársete por la cabeza dejarme.

Los altibajos de su voz revelaron su angustia y la hirieron profundamente. Ella quería hundir los dedos en su pelo y abrazarlo. Quería calmarlo con unas suaves caricias en la espalda. Quería darle la libertad de soltar sus cargas con total seguridad, lejos de las miradas de aquellos que necesitaban que fuera fuerte todo el tiempo. Pero si lo hacía tendría que enfrentarse a lo que lo estaba consumiendo, cuando lo que ahora quería era el olvido que podía encontrar en el cuerpo de Lindsay.

Un olvido que ella no podía ofrecerle. No al precio que Adrian tendría que pagar por él.

Entonces le agarró la pierna derecha por detrás de la rodilla. La levantó y se la pasó por encima del hombro, abriendo a Lindsay para la súbita arremetida de su lengua. Ella arqueó la espalda, se dio con la cabeza contra la puerta y el golpe resonó por la habitación y seguramente también fuera en el vestíbulo. Adrian no lo oía o no le importaba. Él tenía la boca hundida en los resbaladizos pliegues de su sexo, con la lengua tan enterrada en su interior como era posible. Ahora movía la boca sobre su carne tierna con avidez, como si estuviera bebiendo de ella. Consumiéndola. Marcando su cuerpo con el fuego de su beso íntimo. Lindsay se estremeció y soltó un grito ahogado, tenía los pies tan tensos que empezó a tener calambres. Se aferró a esa punzada de dolor para combatir el orgasmo al que él estaba decidido a hacerla llegar.

De repente Adrian soltó un prolongado gemido cuyo sonido tan perdido y desolado hizo que a ella se le llenaran los ojos de lágrimas.

—No es de... demasiado tarde —logró decir entre jadeos.

Unas lágrimas calientes cayeron en sus pechos y se le desgarró el corazón porque sabía que sí, que era demasiado tarde. Ambos habían llegado demasiado lejos como para dar media vuelta ahora. Habían cruzado el punto de no retorno en el instante en el que ella había matado al dragón delante de él. Podía haberse marchado sin matarlo sólo por esa vez, pero no lo había hecho. Había descubierto su secreto más íntimo a las pocas horas de conocerlo, como si necesitara que Adrian la viera como era en realidad.

Aun así, Lindsay se resistía a lo inevitable porque le tenía afecto. Un profundo afecto. Tanto que la idea de que sufriera por ella la volvía loca.

—Puedes parar esto, Adrian. Antes de que vaya demasiado lejos.

Entonces él soltó un gruñido, un grave rebumbio de agresividad y determinación. Se enganchó a su clítoris y se lo chupó a un ritmo rápido y enérgico. Un ritmo constante y provocador que la llevó a un clímax explosivo. Unos espasmos brutales de liberación retorcieron su cuerpo, devastado por un placer ardiente contra el que no podía defenderse.

Adrian volvió la cabeza y se secó la boca en la parte interior de su muslo. Luego le bajó la pierna del hombro y se puso de pie.

—¿Qué consideras tú demasiado tarde y demasiado lejos? —le preguntó con una suavidad peligrosa—. Ya he estado dentro de ti. Con los dedos. Con la lengua. Con el pene.

Lindsay se había quedado con los ojos apretados y la cabeza colgando. Intentaba normalizar la respiración, recuperar un poco el control sobre su cuerpo. Aun cuando la oscuridad los envolvía, se sentía expuesta y sensible, quemada por la abrasadora confusión emocional de Adrian.

—T... técnicamente, sí —consiguió decir entre boqueadas para tomar aire—. Pero te detuviste. Te contuviste una vez. Puedes volver a hacerlo.

—Técnicamente, dices. —Le rodeó el trasero con las manos y se lo apretó con brusquedad. Le mordisqueó la curva superior del pecho, encima del corazón, con la fuerza suficiente como para hacerle daño. El dominio firmemente controlado que Lindsay asociaba con él había desaparecido. Se mostraba implacable, rapaz, resuelto a dominarla desde fuera hacia adentro—. ¿Acaso no cuenta porque ninguno de los dos se corrió?

Adrian la levantó y de un tirón le colocó las piernas en torno a su cadera. Al cabo de un segundo la estaba penetrando con su erección tremendamente dura. Lindsay se estremeció y se esforzó por acomodarlo, pero él dio un rápido paso adelante y se enterró en ella hasta la raíz.

Totalmente clavada contra la puerta, gimió con un dolor exquisito. Aunque la media docena de noches de tiernos sueños eróticos la habían preparado, aún necesitaba tiempo para adaptarse al tamaño de Adrian.

—Por favor —susurró, aunque no sabía qué le estaba pidiendo.

¿Que parara? ¿Que empezara? ¿Que no desistiera aunque ella se lo suplicara? Lindsay no podía decir que sí, no cuando sabía lo que él arriesgaba. Pero no podía atajar el anhelo egoísta que quería que él se negara a aceptar un no por respuesta. No había ningún lugar en el que prefiriera estar que allí donde estaba, pero su negativa no era por ella. Era por Adrian y por lo que era mejor para él.

Lindsay oyó el murmullo de las alas de Adrian, notó la suave brisa que creaban al desplegarse y moverse. Aquel beso de aire revelador delataba las emociones que él se esforzaba por ocultar.

—No —gimió ella en un último y vano intento por salvarle.

Adrian le puso una mano en el pelo y le alzó la cabeza para poder llegar a su boca. Sus labios se ladearon sobre los de Lindsay y sus pulmones inhalaron hasta la última de sus jadeantes exhalaciones. Entonces hizo girar las caderas y se clavó profundamente en ella, hundiéndose con la presión justa para estimular su clítoris hinchado y sensibilizado. Lindsay tensó el cuerpo con acalorada expectación y su ávido sexo se estremeció en torno a la longitud del palpitante pene de Adrian.

Él contuvo el aliento. Los iris le llamearon con tanta brillantez que delinearon la esclerótica de sus ojos y el grosor de sus pestañas en la oscuridad. Soltó el aire dentro de sus pulmones.

—Basta de tecnicismos.

Adrian se corrió con tanta intensidad que Lindsay lo sintió como una profunda y dura embestida en su interior. La violenta sacudida de su pene al descargarse... la oleada de líquido que hizo que el sudor se le deslizara entre los pechos...

El orgasmo la pilló desprevenida.

Se sacudió con aquel inesperado torrente de placer y la sangre le rugía en los oídos hasta el punto que apenas oyó a Adrian gemir su nombre.

Lindsay sintió que la embargaba una necesidad de gritar y sollozar. Atrapó el cuello de Adrian entre los dientes y mordió para contener los sonidos que no quería que oyera nadie más.

—Sí —dijo él entre dientes mientras seguía arremetiendo con despreocupación—. Joder, sí.

Las muñecas de Lindsay se soltaron. Sus brazos cayeron sobre los hombros de Adrian con una sensación de hormigueo y calambre en los músculos después de la tensión de los tirones para liberarse.

Adrian dio media vuelta y se alejó de la puerta llevándola en brazos por la oscuridad sin vacilación… todavía unido a ella, todavía corriéndose. Se sentó y ella notó unos cojines bajo las rodillas. Un sofá de dos plazas, tal vez. O una silla sin brazos. Entonces aflojó la mandíbula, soltó el cuello de Adrian y él alzó la cabeza. Por detrás de ella fue surgiendo un suave resplandor, como el de una luz con regulador: una lámpara de mesa que se fue iluminando gradualmente hasta que por fin pudo ver todo lo que había en la habitación.

Miró a Adrian a los ojos y el corazón le palpitó de alegría al verlo. Estaba sonrojado, con los ojos febriles y los labios hinchados por la ferocidad de sus besos. Pero lo que se lo estropeó fue el brillo húmedo de sus pestañas.

Lágrimas. De su indomable e implacable ángel.

—Ya es demasiado tarde —declaró Adrian con voz ronca mientras se limpiaba las lágrimas de las mejillas pasándose los pulgares con suavidad—. ¿Lo entiendes?

Lindsay asintió.

Adrian le besó las marcas que le habían dejado en las muñecas las ataduras con las que la había dominado.

—Sé que querías protegerme de esto. Intenté dejar que lo hicieras, pero no puedo.

—Lo siento. Lo siento mucho, joder, yo…

—No lo sientas. —Echó la cabeza hacia atrás. Tapizado con ante negro, el sofá de dos plazas que ocupaban enmarcaba el oscuro esplendor de Adrian y contrarrestaba su piel olivácea—. No te disculpes por preocuparte tanto como para ser fuerte cuando yo soy débil. No lamentes ser lo único que me hace feliz.

—¿Durante cuánto tiempo? —lo retó ella.

—Tanto como podamos suplicar, pedir prestado y robar. No me rechaces. Te necesito. Necesito esto… tu tacto, tu placer, tu amor. Sin ti no puedo pensar, no puedo sentir nada. Y necesito hacer ambas cosas para salir de la mierda en la que estoy metido ahora mismo. Si quieres salvarme tienes que estar conmigo.

—¿Y qué pasa con los demás Centinelas?

—¿Qué pasa con ellos? Ahí afuera no hay ni uno de ellos que no sepa que acabo de clavarte a la puerta de mi despacho.

—¡Oh, Dios mío!

Se sonrojó de vergüenza.

—Quería que lo oyeran —anunció con vehemencia—. Podría haberte llevado a kilómetros de distancia, pero tú y yo… es necesario que salga a la luz. No me avergüenzo de lo que siento por ti. No me avergüenzo de no poder dejar de desearte. Las cosas son como son.

—Ya me detestan. —Le horrorizaba salir de la habitación y enfrentarse a todos aquellos ojos cerúleos de mirada acusadora—. Y ahora…

—Te oyeron decir que no. No pueden echártelo en cara.

Lindsay le tomó el rostro entre las manos.

—No soy digna de todo esto. No lo soy. Sólo soy una mortal loca que no tiene instinto de conservación.

—Y yo soy un ángel que moriría por ti. ¿Lo ves? La pareja perfecta.

A ella se le cayó el alma a los pies. «Adrian.»

Él la agarró por las muñecas y su rostro reveló tanta emoción que se echó a llorar ante su belleza.

—Quédate conmigo, Lindsay. Estate conmigo.

—¿Cómo puedo decir que sí sabiendo lo que eso te hará?

—Dilo y ya está.

Eran demasiado tozudos, los dos. Lindsay ya había obtenido lo que deseaba. Y una vez más, lo lamentaba. Ella no podía decir que sí y él no iba a aceptar un no.

—No pertenezco a ningún otro sitio, ya lo sabes. Nunca he encajado con la gente «normal». No encajo con tu gente. Pero sí encajo contigo. Lo sé. Lo siento. Sin embargo, nada de eso importa porque está prohibido. Que me aspen si voy a ser el motivo de tu caída y de que pierdas las alas. Preferiría morir antes que verte convertido en un vampiro sin alma chupador de sangre.

Adrian le acarició la nariz con la suya.

—*Ani ohev otach*, Lindsay.

Dios santo... Ahora que sabía lo que eso significaba...

—Hazme el amor —susurró Adrian, que le acercó la boca a la suya y recorrió el borde de sus labios con la punta de la lengua—. Demuéstrame que deseas esto tanto como yo.

Lindsay se aferró al respaldo del sofá.

—Tómame, *neshama sheli* —la engatusó al tiempo que volvía a meter dentro de ella su pene aún erecto. Tumbado debajo de Lindsay con toda su hermosa magnificencia mientras susurraba una erótica invitación, parecía, en todos los aspectos, un ángel caído pecaminoso, decadente y desvergonzadamente malvado—. Soy tuyo.

Lindsay se negó moviendo la cabeza.

—No.

Una magnífica sonrisa iluminó los rasgos de Adrian. Se retorció con rapidez y ella se encontró debajo de él, llena de él.

—Sé lo que significa cuando dices eso —murmuró Adrian al tiempo que enganchaba el brazo por debajo de la pierna de Lindsay y se la levantaba, abriéndola tan completamente que su pene llegó hasta el fondo.

Jadeando con aquella exquisita tortura, Lindsay logró decir:

—Significa corre. Sálvate.

—Todo lo cual dice: «Me estoy enamorando de ti, Adrian».

Su lengua recorrió con calma el labio inferior de Lindsay antes de atrapar su suave curva entre los dientes. La miró con aquellos ojos poblados de pestañas, midiendo su reacción mientras daba uno de sus diestros giros de cadera. La gruesa corona de su pene frotaba todas las zonas erógenas deliciosamente sensibles del interior de Lindsay… era un asalto sensual deliberado.

Ella gimió cuando él se retiró poco a poco, tras lo cual volvió a embestir profundamente. Con calma y suavidad. Adrian había mitigado su apetito y ahora se estaba preparando para lo que Lindsay sabía que iba a ser un paseo largo y sin prisas. Le clavó las uñas allí donde sus caderas se estrechaban.

—Adrian.

Él inclinó la cabeza y gimiendo en su boca le dijo:

—Yo también me estoy enamorando de ti, Lindsay.

18

—Tiene que ser ella.

Syre apartó los delgados brazos femeninos que tenía cruzados sobre el pecho y se deslizó fuera de la cama. Exhaló con brusquedad, conteniendo la creciente esperanza que con tanta frecuencia llevaba al desengaño.

—¿Estás seguro?

—Al principio no —respondió Torque—. Ni siquiera después de reunirme con ella podía afirmarlo con seguridad. Esta vez está distinta.

—¿En qué sentido?

—En muchos sentidos. Por ejemplo, estoy casi seguro de que la puse nerviosa. Hubo un par de veces que me miró de manera extraña, como si pudiera conocerme pero no acabara de ubicarme.

—Eso no demuestra nada.

—No, pero se dirigió a Angels' Point dos horas después de haberme reunido con ella. Adrian regresó poco después.

Syre, inquieto por la emoción, iba de un lado a otro del dormitorio.

—¿Cómo llegarás a ella?

—Tiene que bajar a la ciudad para ir a trabajar. —Había una sonrisa en la voz de su hijo—. Y me contrató, de modo que tengo una excusa para estar en el hotel casi todas las noches de la semana. No tardará en presentarse la ocasión perfecta.

—Parece demasiado bueno para ser verdad.

—Es la mejor oportunidad que hemos tenido nunca.

Syre se frotó el dolor que sentía en el pecho.

—Debería ir contigo.

—No —replicó Torque con sequedad y un tono implacable—. Vash ya está aquí, con Raze y Salem. Tengo todo el apoyo que necesito. Viniendo sólo conseguirías darle a Adrian la oportunidad de eliminarte. De momento tienes que quedarte en Raceport y mantenerte tan fuera de la vista como te sea posible.

—No voy a esconderme.

—Pero quieres a Shadoe, y quieres verla otra vez. No creo que falte más de un par de semanas para que eso ocurra.

Syre miró la luna por la ventana, un espectáculo que había visto tantas veces que era imposible contarlas. Demasiadas veces sin Shadoe. Los padres afligidos no tienen la oportunidad de reunirse con los hijos que perdieron, pero su maldición era también su bendición. Había caído en desgracia por ser el padre de Torque y Shadoe. Nefalines, los llamaban. Ángeles mestizos. Pero fue esa hibridación especializada la que había salvado su alma cuando inició la Transformación para salvarle la vida a ella. Todos los vampiros nefalines eran únicos en ese sentido. Sus almas sobrevivían a la Transformación porque eran fuertes como las de un ángel, sin la vulnerabilidad de las alas.

—Tómate todo el tiempo que necesites, hijo —repuso en voz baja, y se alejó un poco más de la cama cuando una de las dos mujeres que la ocupaban rodó hacia un lado y suspiró malhumorada—. No me hace ningún bien perder a un hijo mientras intento recuperar al otro. Os necesito a los dos.

—Papá —Torque se rió suavemente—, no he llegado a la edad que tengo cometiendo errores estúpidos. No te preocupes. Tú encárgate de los preparativos para el regreso de Shadoe. Volveremos a estar todos juntos antes de lo que imaginas.

—Micah dice que Vash tenía un trapo o un paño… un pedazo de tela con mi sangre.

Desde su posición elevada en lo alto de las escaleras que bajaban al salón soterrado, Adrian examinó a Elijah, que parecía desacostumbradamente inquieto.

—¿Y afirma que proviene de un secuestro en Shreveport?

El licano asintió. Tenía los brazos cruzados y las piernas separadas, como si se estuviera afianzando para recibir un golpe.

—En el aeropuerto. Pero entonces yo estaba contigo en Fénix. Al vampiro lo secuestraron un par de días antes del accidente del helicóptero.

—¿Cómo es posible? —preguntó Jason desde su lugar junto a la chimenea—. ¿Cómo iba a acabar tu sangre a estados de distancia de donde estabas?

—No tengo ni idea —dijo el licano—. Para que hayan podido identificarla tan fácilmente, no podía haber tenido más de un mes. Antes de atacar el nido en Utah, en ninguna caza de los últimos treinta días he perdido tanta sangre como para que quedara por ahí y alguien cogiera un poco.

—Disculpad… —empezó a decir Lindsay, que atrajo la atención de Adrian.

Estaba sentada en uno de los sofás, con aspecto menudo y frágil en aquella enorme habitación.

No había dicho nada desde que salió del dormitorio de Adrian, fresca después de una ducha y oliendo a su jabón y champú. Aunque ninguno de los dos sirvió para disimular el olor al sexo que había tenido con él y que estaba por debajo de la piel. Aun así, se había sentido tan avergonzada al pensar que todos podrían oler en ella la lujuria de Adrian que él había intentado consolarla de la única manera que se le ocurrió: le había dicho que tendría sentido que oliera como él si utilizaba sus artículos de tocador.

—¿Sí, *neshama*?

La instó a hablar. El poder vibraba a través de él, su alma se había recargado al estar cada vez más unida a la de Lindsay. Además del impulso más primitivo que sentía tras haberle hecho el amor durante horas, Adrian se sentía preparado para enfrentarse a cualquier cosa. Los Centinelas creían que su amor por una mortal lo debilitaba cuando en realidad era todo lo contrario. Lindsay le daba fuerza de maneras que no podía explicarle a nadie más.

—Estoy segura de que es importante entender «cómo» —empezó a decir—. Pero tengo curiosidad en cuanto a «por qué». ¿Por qué alguien iba a querer tenderle una trampa a Elijah? ¿Qué sacan con eso?

Lindsay miró al licano y le dirigió una breve sonrisa de apoyo. Parecía tenerle cariño, cosa que hizo que Adrian se decidiera a mantener cerca a la bestia, sana y salva, por el bien de Lindsay. Él le brindaría toda la estabilidad y todas las nociones que pudiera ofrecerle en las delicadas circunstancias en las que se encontraban todos.

—Tal vez no se trate de él en particular —sugirió Jason—. Quizá cualquier licano hubiera servido para su propósito. Todo lo que hacen se refleja en Adrian.

Lindsay frunció los labios con aire pensativo.

—¿Así que alguien lo amaña para que parezca que fue Adrian quien secuestró al vampiro…? ¿Por qué es eso una novedad? Es lo que hace. Es lo que hacéis todos, tanto licanos como ángeles.

Adrian saboreó una sonrisa en sus adentros, complacido por la participación de Lindsay y por su inteligencia. Ella lo mejoraba. Lindsay era una guerrera, igual que él. Igual que lo había sido Shadoe. Pero era cerebral en ese aspecto, analítica, mientras que Shadoe había utilizado su sexualidad como un arma.

—Vash no tomaría represalias por cualquiera —comentó Adrian—. ¿Dijo a quién secuestraron?

A Elijah se le ensombreció el semblante.

—No dijo ningún nombre. Sólo que el vampiro era una mujer. Una piloto amiga de Vash.

—Una mujer piloto.

Adrian miró a Jason preguntándose si su segundo estaba llegando a la misma conclusión que él.

257

Jason silbó.

—No puedo decirlo con seguridad, capitán. No llegué a verla bien.

—Estaba enferma e irreconocible. Enferma como el vampiro que atrapamos en Hurricane.

Aaron entró en la habitación. El Centinela, que había regresado recientemente, ya había dejado claro su deseo de un justo castigo. Además del estado de salud de Micah que empeoraba, había perdido a su otro guardia licano en el ataque de Vash.

—Vash tenía a Salem y a Raze con ella. Nos atacaron a plena luz del día.

Tres Caídos juntos en la caza. No es que fuera inédito, pero sí muy raro. No tenían muchas ocasiones de ejercer tanta fuerza de una vez.

Adrian recordó su conversación con Syre. «Nikki era una de las que tenía más buen corazón entre nosotros...»

«Mierda.» Miró a Damien, que estaba de pie detrás del sofá que ocupaba Lindsay.

—La esposa de Torque. Nicole, ¿verdad?

El Centinela asintió.

—Parece acertado. Y es una antigua piloto del ejército.

—¿Quién es Torque? —preguntó Lindsay, que fue pasando rápidamente la mirada de un rostro a otro.

«Tu hermano. Tu gemelo.»

Adrian miró a Jason, que tenía las cejas enarcadas con una expresión que preguntaba: «¿Cuánto vas a contarle?»

—El hijo de Syre —respondió Elijah.

—Y Syre es... —dijo ella instándolo a continuar.

—El líder de los vampiros —dijo Adrian con una ecuanimidad que se contradecía con el nudo que tenía en el estómago. Lindsay aún no estaba preparada para oírlo todo. Él preferiría que nunca lo oyera. Si el Creador era bueno, conseguiría matar a Syre. Entonces Lindsay quedaría liberada de las dotes de nafil de Shadoe, el alma de Shadoe quedaría libre del purgatorio y a él lo convocarían por haber desobedecido la orden de mantener con vida a los Caídos. Era lo más que podía acercarse a rectificar su error.

—¿El Vigilante cuya caída te dio esas puntas rojas en las alas? —preguntó Lindsay.

Él le dijo que sí con un gesto brusco de la cabeza.

—De acuerdo. Antes de que sigamos... ¿De qué va lo de los nombres de superhéroe? Syre, Torque, Vash, Raze...

—La mayoría de Caídos renunciaron a sus nombres angélicos al caer. A Syre antes se le conocía como Samyaza. Raze fue Ertael una vez. Como vampiros, tienen una proliferación de nombres legales que se cambian de vez en cuando en el transcurso del tiempo, de modo que han establecido una cultura en la que casi hay una competición para tener los nombres más extravagantes.

—Bien... Para que me quede claro, Vash, una vampira importante, está involucrada porque la chica a la que secuestraron era importante, porque es pariente política del líder de los vampiros. ¿Lo he entendido hasta ahora?

—Sí.

—¿Y por qué no te llaman y te preguntan cuáles son las condiciones del rescate? No será que no pueden encontrarte.

—Ya lo hicieron.

—¿Y no creyeron que eres inocente?

—La maté. Fue lo que le conté a Syre.

Adrian cruzó la mirada con Lindsay con impavidez, sabiendo que ella entendería una admisión de asesinato tan brutal.

Lindsay parpadeó, sorprendida.

—¿Cuándo?

Adrian bajó al salón.

—¿Cuándo se lo conté? En Fénix. En el aeropuerto, justo después de conocerte.

—Así pues, Vash sabe que esto no es una misión de rescate. Ha salido en busca de sangre para vengar una muerte. Logró acorralar a

Aaron y a sus dos licanos. Pero en lugar de retener a Aaron para cobrar un rescate o convertirlo en objetivo porque ocupa una posición más elevada que los licanos en la cadena alimentaria, lo deja marchar. Estoy confusa en cuanto a por qué un vampiro que normalmente sólo caza peces gordos volvería a echar al agua al más gordo de todos. —Miró a Elijah—. Sin ánimo de ofender a tu amigo.

El licano le devolvió la mirada.

—No es ninguna ofensa.

Jason se cruzó de brazos.

—Matar a un Centinela llevaría la situación más allá de lo que Syre consentiría.

—La esposa de su hijo está muerta, gracias a Adrian, pero ¿él se muestra reacio a eliminar a uno de los Centinelas?

Damien miró a Adrian.

—Continúa, Lindsay. Esto se está poniendo interesante.

Lindsay se retorció en el sofá para meterse más de lleno en la conversación.

—Sólo intento entender qué está pasando. Elijah se lleva a la nuera del jefazo de los vampiros. Supuestamente —añadió cuando Elijah abrió la boca—. El vampiro llama a Adrian para pedirle que se la devuelva y Adrian dice que la mató. Sin embargo, Vash sigue centrada en el licano involucrado y no en los Centinelas. ¿Y eso por qué?

Adrian desplegó las alas.

—Yo acusé a Syre de enviar a Nikki para atacarme. Él no respondió a la acusación tal como me hubiera esperado, ni a mi mención de Phineas, lo cual me llevó a preguntarme si estaba perdiendo el control sobre sus vampiros.

—¿Es posible que él piense que estás perdiendo el control sobre los licanos? Quiero decir, lo contrario. Probablemente tú no respondiste de la forma que él esperaba. Te llamó porque estaba preocupado por su nuera y tú ni siquiera sabías quién era. No la reconociste. Pero los licanos que se la llevaron conocían su identidad... suponiendo que entonces no estuviera enferma. Tiene que estar pensando que los licanos realizaron una acción muy audaz llevándose a alguien tan valioso para él sin que tú lo supieras.

—Te lo dije —terció Jason mirando a Adrian.

—¿Adónde quieres llegar con todo esto? —preguntó Aaron.

Jason enarcó las cejas.

—Es posible que los licanos estén actuando por su cuenta.

—Pero —interpuso Lindsay, lanzando una mirada a Elijah cuyo rostro no delataba nada— ¿por qué implicar a uno de los suyos dejando sangre de Elijah en el escenario?

Aaron soltó aire con brusquedad.

—Cosa que resultó en la muerte de Luke, mi otro licano, en cuanto lo vieron. No hubo ningún intento por capturarlo o hablar con él. Y Micah está prácticamente muerto.

—Lo capturaron y luego lo soltaron.

—Lo dejaron por muerto —replicó Aaron—. Hay una diferencia.

—¿La hay? —cuestionó Lindsay—. A mí todo esto de dejar a alguien por muerto me resulta incomprensible. O algo está muerto o no lo está, y si no lo está y lo querías muerto no dejas las cosas al azar. ¿Por qué iba Vash a...?

Lindsay dejó de hablar de pronto y se hizo el silencio en la habitación. Todas las miradas se posaron en ella hasta que se encogió de hombros alegremente y dijo:

—No importa. Es demasiado complicado para mí. Me duele el cerebro.

Se levantó, se dirigió hacia las ventanas y cruzó una de ellas cuando el gran cristal se deslizó automáticamente hacia un lado.

Adrian resistió el impulso de flexionar las alas y despachó a Jason y Aaron con la orden de presentarse en su despacho por la mañana. Fingió despreocupación, pero por dentro estaba sopesando el sinnúmero de posibles motivos por los que a Elijah, el primer Alfa que había aparecido en muchos años, le habían tendido una trampa para que lo culparan del secuestro de Nikki. Lindsay había seguido la misma línea de pensamiento y había dejado de especular en cuanto cayó en la cuenta de lo peligroso que era para Elijah.

Adrian estudió al licano mientras se vaciaba la sala de estar y se fijó en que éste seguía a Lindsay hasta la ventana, seguía protegiéndola, pero estaba haciendo un claro esfuerzo por mantenerse dentro de unos límites que no incitaran su feroz sentido de posesión. Era evidente que Lindsay y el licano tenían algún tipo de amistad, motivo por el cual él confió a éste su protección, pero esto no mitigaba el peligro que Elijah suponía como Alfa. Tanto si de algún modo era culpable del secuestro como si no, parecía ser que alguien había hecho un gran esfuerzo para llamar la atención de los vampiros sobre el licano Alfa, y éstos estaban dando los pasos necesarios para formalizar dicha presentación.

«El enemigo de mi enemigo es mi amigo.»

Una confabulación entre los licanos y los vampiros conduciría a la aniquilación de los Centinelas. Los superarían tanto en número que no podrían resistir.

Estimar la lealtad de Elijah era más importante que nunca. Adrian se esperaba que prevaleciera la fidelidad hacia los demás licanos, pero también podría ser que la que le tenía a Lindsay fuera lo bastante fuerte como para dificultar la deserción.

Elijah cruzó la mirada con Adrian mientras se movía para seguir a Lindsay afuera.

Adrian se detuvo en el umbral.

—¿Tú qué piensas, Elijah?

—Vash se fue con las manos vacías después de hablar con Micah. Se vio frente a la decisión de interrogar a otro licano antes de que mi muestra de sangre se deteriorara o de seguir a Micah hasta mí. Creo que es por eso que lo dejó con vida.

—¿Y qué harás si viene hasta aquí?

—Destripar a esa zorra —gruñó con un fuego verde centelleando en sus ojos—. Micah es mi amigo. Es como un hermano para mí, como Phineas lo era para ti. Y ella lo mató. Podría haber vivido con ello si hubiera luchado con él para hacerlo. Pero morir así, enfermo y roto en una cama… ningún licano tendría que morir así.

Adrian puso la mano en el hombro de Elijah y examinó la mente del licano con rapidez. Una bruma roja de furia y dolor invadía todos los pensamientos que cruzaban por ella, y ninguno tenía nada que ver con amotinamiento o traición. Adrian se quedó tranquilo de momento y murmuró:

—Puede que caigamos todos luchando.

Soltó al licano, salió fuera y encontró a Lindsay de pie a una distancia prudencial de la barandilla, contemplando el paisaje urbano en la distancia. Adrian la abrazó por detrás, rodeándola con los brazos y las alas.

—Tu participación ha ayudado muchísimo —le dijo con los labios junto al oído—. Gracias.

—Me duele mucho que tengas que lidiar con tanta mierda al mismo tiempo. —Se inclinó hacia él y apoyó los brazos en los suyos—. No has tenido tiempo de llorar las pérdidas. Y el hecho de que yo esté aquí sólo sirve para empeorar las cosas.

Adrian la estrechó más entre sus brazos.

—El hecho de que estés aquí hace que las cosas sean soportables.

—Eres masoquista —murmuró Lindsay—. Te es leal, ¿sabes? Elijah. Y es un buen tipo.

—Eso no lo hace necesariamente menos peligroso.

—¿Qué significa ser un Alfa? ¿Qué lo hace diferente?

—La bestia que hay dentro de los licanos es poderosa. Fueron creados con sangre de demonio, sangre de hombres lobo, y es muy parecido a estar poseído. Tienen dos naturalezas batallando en su interior.

—¡Dios mío! —susurró Lindsay—. Puedo imaginarme cómo

debe de ser para ellos. A veces tengo la sensación de estar luchando conmigo misma. Sobre todo contigo. Sé lo que tengo que hacer, pero es difícil acallar la voz en mi cabeza que dice: «A la mierda con las consecuencias».

Adrian cerró los ojos para protegerse de la confesión inadvertidamente precisa de Lindsay y continuó:

—En ocasiones, la bestia se impone. El licano no puede controlar la necesidad de cambiar de forma ni la violencia que ello conlleva. Los Alfas son distintos. Ellos tienen el poder de decidir qué mitad de su naturaleza es más dominante, pese a los desencadenantes o provocaciones, y este poder parece extenderse fuera de sí mismos. Pueden calmar y subyugar a las bestias de los licanos de su entorno. Los demás se ven atraídos hacia esa fuerza de voluntad y sus bestias se someten de buen grado al Alfa, pero ante todo su lealtad debe estar con los Centinelas.

Lindsay apoyó la cabeza en la curva del hombro de Adrian y sus sedosos rizos dorados le rozaron la mandíbula.

—¿Qué hacéis con los Alfa?

—Los separamos de los demás y los utilizamos para misiones en las que se requiere un cazador solitario. Los otros licanos tienen que trabajar en equipo.

—¿Quién supervisa eso por ti? ¿O lo haces tú?

—Reese es el encargado de las asignaciones de los Alfa. Puedo presentártelo si quieres. Él puede responder a tus preguntas más a fondo.

Lindsay suspiró y ladeó la cabeza. Sus labios suaves susurraron contra el mentón de Adrian:

—No sé cómo llevas el peso de todo lo que tienes bajo tu responsabilidad, pero te respeto por hacer el que tiene que ser el trabajo más difícil que ha existido jamás.

En Utah, Adrian se había dado cuenta de que Lindsay se abstenía de contradecirle en público, mostrándole un respeto y haciendo gala de un comedimiento que era único en ella. Aunque era resuelta y apasionada como Shadoe, era mucho menos impetuosa en lo que concernía a sopesar las repercusiones de sus palabras y actos. Se manejaba bien en las interacciones en grupo, pero de un modo que minimizaba su presencia y participación. En tanto que Shadoe siempre había sido la presencia más animada en cualquier reunión, Lindsay podía retraerse y evitar llamar la atención cuando quería. Era una táctica defensiva que debía de haber cultivado para sobrellevar sus sentimientos de anormalidad. ¿Quién podía darse cuenta de que era rara si no se fijaban en ella?

Adrian admiraba su habilidad para ser circunspecta, lo cual hacía que estuviera mucho más decidido a protegerla de experiencias que pudieran mermar su confianza. Lindsay Gibson era una mujer extraordinaria en muchos aspectos. No quería que pusiera en duda su valía ni por un momento.

Sin embargo, él la había puesto en la situación de estar rodeada de quienes desconfiaban y recelaban de ella. Cuando él se excluía de la ecuación y pensaba sólo en ella, sabía qué tenía que hacerse. Cuanto antes matara a Syre, antes se liberaría Lindsay del alma de Shadoe y de esta vida de guerra que no era para ella. Pero con cada hora que pasaba Adrian caía un poco más y la idea de perderla lo carcomía más profundamente.

Sabía que debía de haber temido perderla con semejante ferocidad en alguna otra ocasión, pero que lo asparan si recordaba cuándo.

Lindsay se hundió en el diván del dormitorio de Adrian y se estiró. El espacio personal de Adrian era sorprendentemente espartano comparado con el dormitorio que le habían dado a ella. No había obras de arte adornando las paredes y el mobiliario era de estilo Shaker.

Pensó que aquello era más propio de él. Aunque parecía encontrarse como pez en el agua rodeado del boato de la inmensa riqueza, era en esta habitación donde encajaba mejor. Mientras contemplaba el espacio, la afinidad que sentía con él se intensificó. Sabía cómo era llevar un disfraz continuamente. Resultaba agotador y al cabo de un tiempo desgastaba a la persona.

Adrian estaba atareado deshaciendo las maletas. A ella no le pasó por alto que lo hacía a la antigua: con las dos manos. Aquella tarea de poca importancia era un indicio de agitación. O de evitación.

Lindsay se puso las manos detrás de la cabeza y se quedó mirando al techo. Era algo que su padre y ella habían hecho a menudo a lo largo de los años: se habían tendido de espaldas mirando al cielo, notando cómo el viento se movía por encima de ellos susurrando suavemente. Eddie Gibson nunca dudó que su hija oía voces en el aire, aunque él no pudiera oírlas. Ella le estaba muy agradecida por aquel amor incondicional. Le permitía amar a otros que eran extraordinarios, como Adrian.

—Por cierto —dijo—, gracias por cuidar de mi padre. Sé que ahora mismo necesitas todos los recursos disponibles, pero no voy a convencerte para que dejes de guardarle las espaldas. Él es mi sostén, no podría arreglármelas sin su apoyo.

—De nada.

Lindsay se frotó el dolor de nostalgia del pecho con aire ausente.

—Estás muy callado. Un penique por tus pensamientos.

—Estoy pensando en las preguntas que planteaste antes. —Adrian la miró—. Tú también estás callada. ¿En qué estás pensando?

—En mi padre, lo cual me llevó a pensar en los licanos que lo protegen. Intento hacerme a la idea de que estés haciendo cumplir esta norma de «o trabajas para mí o mueres». No lo veo en ti. Comandante de las fuerzas militares, sí. Un empresario, sí. Incluso un ángel, no hay problema. Pero ¿alguien que obliga a la gente a hacer cosas contra su voluntad bajo amenaza de muerte? No.

Adrian soltó aire de forma audible. Aunque la expresión de su rostro no cambió, Lindsay percibió cierta inquietud en él.

—¿Son esclavos? —Lo miró otra vez—. ¿Adrian?

Él se detuvo con las manos en su bolsa de lona y el ceño fruncido.

—Yo siempre he utilizado el término «sujetos a un contrato».

—Es una forma de servidumbre.

—No los maltrato. Hago todo lo posible para procurar que estén cómodos. Intento, en todos los sentidos, ser justo con ellos.

—Pero ¿no pueden dejarlo? ¿O marcharse?

Adrian respiró profundamente y su pecho se alzó y descendió.

—No.

—Sí… Ahí veo un problema.

—Pero los Centinelas tampoco pueden. Ni los vampiros. Estamos todos atrapados en nuestros papeles, que se determinaron hace eras. Este tira y afloja entre nosotros… nos supera a todos. La brutal realidad del asunto es que si los licanos no me ayudan a mantenerlo todo en orden, no habrá mundo en el que ser libres.

Lindsay se apartó el pelo de la frente.

—Entiendo lo que dices. Pero aun así no me gusta.

—¿Y crees que a mí sí?

—No. No creo que te guste. No creo que tengas lo que haría falta para que te gustara, motivo por el cual me pregunto cómo lo has hecho durante tanto tiempo.

—Soy un soldado, Linds. Me dan órdenes y yo las acato. No puedo hacer más.

Había algo en la suavidad de su tono que hizo que pareciera estar muy solo. Tan solo como se había sentido ella a menudo a lo largo de los años. Lindsay le tendió la mano.

—Me gustaría que me contaras lo ocurrido durante la última semana.

Adrian cruzó la habitación hacia ella. «Aquí no», le dijo moviendo los labios sin hablar y tomándole los dedos entre los suyos. Tiró de ella para que se levantara y la hizo salir a la terraza que rodeaba la casa.

Lindsay se puso entre sus brazos y le dijo:

—Espera un minuto antes de levantar el vuelo.

—¿Aún tienes miedo?

—Ahora mismo no, pero lo tendré dentro de un momento. —Sonrió, consciente de que no había ningún otro sitio en el que prefiriera estar que con Adrian. Toda la inquietud que había estado vibrando en su interior durante la última semana, y anteriormente durante la mayor parte de su vida, se había desvanecido y había sido reemplazada por una languidez que provenía de algo más que de un sexo fabuloso. Provenía sólo de él. Adrian la centraba—. Es que me encanta la sensación de tu cuerpo contra el mío cuando te estás esforzando. Y dado que ésta es prácticamente la única forma libre de culpa de que lo hagas, quiero asegurarme de que disfruto cada minuto.

Adrian le puso las manos en las caderas y la atrajo hacia sí.

—Siempre que quieras verme esforzándome contra ti, sólo tienes que pedirlo.

Lindsay envolvió a Adrian con su cuerpo, desde el hombro hasta el tobillo.

—Sabes que no puedo hacer eso.

Él la miró con unos ojos ardientes de deseo y afectuosamente tiernos.

—Sí, ya lo sé, *neshama*. ¿Preparada?

Lindsay asintió.

Adrian abrió las alas de golpe y saltó por encima de la baja barandilla. Remontaron el vuelo y se desplazaron por encima de las colinas oscurecidas mientras el viento cantaba suavemente. En la distancia próxima, las luces de la ciudad centelleaban como una alfombra de estrellas multicolor.

El vuelo terminó demasiado rápido. Adrian aterrizó a unos pocos kilómetros de distancia, enfrente de un edificio de lados metálicos y sin iluminación situado en una árida planicie.

—¿Dónde estamos? —preguntó Lindsay sin aliento y con el corazón todavía acelerado por la excitación.

—En uno de los campos de entrenamiento. Mañana podrás experimentarlo, si quieres.

Abrió la puerta y las luces fluorescentes se encendieron automáticamente con un parpadeo y dejaron ver una habitación grande tipo almacén con media docena de literas, dos sofás y las paredes cubiertas de todas las armas que conocía, así como varias que no había visto jamás. Era una habitación enorme parecida a una gigantesca guarida para hombres, al estilo homicida.

—¿Por qué los licanos y Centinelas que poseen tan asombrosos mecanismos de defensa naturales necesitan cualquiera de estas cosas? —inquirió Lindsay.

—Porque los vampiros las utilizan. Tenemos que saber cómo repeler los ataques efectuados con estas armas e improvisar, si alguna de ellas cayera en nuestras manos.

Lindsay admiraba una hoja que se parecía un poco a una guadaña y lo miró por encima del hombro.

—Me preocupa cómo van a llevar los otros Centinelas el hecho de que entrene con ellos.

Adrian estaba parado allí cerca, observándola con acalorado orgullo.

—Deja que yo me preocupe por ellos.

—No quiero causarte problemas, Adrian. Y es lo único que estoy haciendo. No lo soporto.

—Esta mañana me desperté rezando para que el final llegara pronto. Ahora te tengo y el final es lo último que quiero.

Lindsay no pudo contener la lágrima que se deslizó por su mejilla. Podía ser fuerte con respecto a muchas cosas, pero la ternura de Adrian había sido devastadora desde el principio. Adrian la hacía sentir como si fuera muy valiosa para él. Intentaba dárselo todo de sí mismo, pero aun así ella sólo tomaría una parte, y eso la destrozaba. No había nada que pudiera hacer al respecto salvo ofrecerle todo el consuelo del que fuera capaz y abstenerse de pedirle nada a cambio.

—Habla conmigo. Cuéntame por qué estabas dispuesto a darte por vencido.

Sus alas se agitaron inquietas. Aquel telón de fondo nacarado exhibió la oscura belleza de Adrian creando un efecto impresionante.

Lindsay se había enojado mucho tras la muerte de su madre. Había recriminado a la entidad en la que otra gente creía, al Dios que otros afirmaban que era tan generoso y cariñoso. En la vida había encontrado muy poco para redimir su fe perdida en un benévolo poder más elevado, pero la existencia de Adrian suavizó ese escepticismo. Si el mismo ser que había permitido que su madre fuera brutalmente asesinada era también el responsable de crear a Adrian, entonces había algo mágico y loable en el mundo, aunque en nada de ello hubiera participado ella nunca de buen grado.

—La Centinela que perdí era amiga mía —dijo Adrian en voz baja, hiriendo a Lindsay con su dolor sin darse cuenta—. Pero además de eso, era un ejemplo impecable de lo que debería ser un serafín. Tanto su espíritu como su propósito eran puros, centrados únicamente en nuestra misión.

Lindsay fue hacia él, le tomó la mano y se la apretó. Mucha muerte. Adrian había tenido que lidiar con demasiada.

—¿Otro ataque de vampiros?

—Eso hubiera sido más amable que la realidad.

Lindsay se acercó más y Adrian la abrazó y apoyó la barbilla en lo alto de su cabeza. La conexión que tenía con él en aquel momento la sacudió. En un almacén de una ladera remota, rodeada de implementos de destrucción y de los brazos de un ángel, se sintió en paz de un modo en que nunca se había sentido antes.

—Dijiste que tendrías que hacer daño a alguien que te importaba.

—Se enamoró —murmuró Adrian—. De un licano.

—¿Y eso es malo?

—Es imposible.

—¿Por qué? Los licanos no son mortales.

Adrian soltó una risa seca y amarga.

—Helena dijo lo mismo, pero los serafines no están concebidos para experimentar el amor mortal. Se supone que no debemos tener pareja. Ella quería mi bendición. Esperaba que se la diera porque yo te tengo a ti. Pero no me corresponde a mí tomar esa decisión. Mi responsabilidad es mantener a los Centinelas por el buen camino.

Lindsay notó el progreso que había hecho recientemente con respecto a reincidir un poco en la fe. ¿Cómo podía ser malo el amor, en cualquiera de sus formas?

—¿Qué fue lo que hizo?

Mientras Adrian le explicaba las medidas que había tomado Helena, a Lindsay se le heló la sangre en las venas y se le puso la carne de gallina. Revivió con él el horror y sufrimiento de aquella noche, con los hombros encorvados bajo el peso cada vez mayor de la desesperación de Adrian. No había mayor prueba de la imposibilidad de amarlo a él que el suicidio de Helena y de su amado licano.

—¡Dios mío! —susurró cuando Adrian hubo terminado—. No me lo puedo ni imaginar.

—Yo sí. —Se le hinchó el pecho cuando inhaló profundamente—. Lo he hecho.

A Lindsay se le paró el corazón, que acto seguido volvió a latir a un ritmo redoblado. Se echó hacia atrás y lo miró.

—Te juro… —Se le quebró la voz y se vio obligada a aclararse la garganta antes de seguir hablando— que si alguna vez intentas algo así haré que lo lamentes.

Adrian apoyó los labios en su frente.

—Te preocupas demasiado por mí.

—Lo digo en serio. —Le clavó los dedos en la cintura—. Sean cuales sean las consecuencias a las que nos enfrentemos por estar juntos, se nos escapan de las manos. No necesitamos tomar problemas prestados encima.

—Y no lo haremos. —Por un momento Adrian pareció tan resuelto y pesimista que Lindsay tuvo la sensación de que necesitaba añadir algo más. En cambio, dijo—: Deberíamos volver. Mañana tienes que madrugar y yo tengo que indagar en cómo acabó la sangre de Elijah en Luisiana.

—¿Tienes alguna sospecha?

—Sacamos sangre a todos los licanos y la almacenamos con propósitos genéticos y de identificación. Si falta algo de la sangre almacenada de Elijah es que tengo un traidor en mis filas. La alternativa sería que en algún momento del pasado alguien recogiera su sangre en una caza y la guardara, lo cual denotaría una premeditación prolongada. La verdad es que se mire como se mire, no pinta bien. Hay alguien por ahí con un motivo oculto que sólo puede causarme un montón de problemas. —Le acarició el pómulo con el pulgar—. Sé lo que sientes por los licanos y no estoy en desacuerdo, pero es imposible que ciento sesenta y un Centinelas puedan contener a los miles de vampiros del mundo sin su ayuda.

—Deja que te ayude, que ponga ideas en común contigo. Quiero apoyarte...

—Sí, *neshama*. Estoy impaciente. —La instó a ir hacia la puerta—. Pero primero tienes que dormir un poco.

—Eso no será un problema. —Salió del edificio delante de él—. No he dormido bien desde Las Vegas y hoy ha sido un día muy largo.

Adrian curvó la boca en un esbozo de sonrisa que la fascinó.

—Puede que tras el entrenamiento de mañana cambie tu definición de un largo día.

Lindsay lo miró a través del mechón de pelo que el viento de la tarde le soplaba por la mejilla.

—No puedes asustarme.

Adrian apagó las luces y salió con ella. El viento lo besó también y susurró sobre sus alas.

—No tienes miedo. Ésa es una de las muchas razones por las que te deseo.

Un estremecimiento de conciencia sexual recorrió a Lindsay y le calentó la sangre.

Cuando volvieron a la casa ella no entró, a sabiendas de que era mejor no enfrentarse directamente a la tentación.

—Voy a regresar al hotel. ¿Mis cosas están aún en la puerta?

Adrian se detuvo en el umbral de la puerta de cristal corrediza que llevaba a su dormitorio.

—Quiero que te quedes.

—No es una buena idea. Además —continuó apresuradamente al ver que los ojos de Adrian adquirían el brillo de la determinación—, tengo que avisar con dos semanas de antelación y cuanto antes lo haga mejor.

Adrian lo consideró un momento.

—En cuanto dejes el trabajo ¿te quedarás aquí?

—Adrian...

Dio un paso hacia ella.

Lindsay sabía lo que ocurriría si la tocaba.

—¿Podemos hablar de ello en otro momento? Estoy hecha polvo.

Tras una breve vacilación, Adrian asintió.

—Mañana. Deja la maleta aquí.

—He venido...

—No tienes ni idea de lo que me supuso verte poner esa maleta en el coche. —Le tomó la mano y le acarició el dorso con el pulgar—. Déjala aquí.

—Está bien.

Lindsay le apretó los dedos, un débil eco de la opresión que le atenazaba el corazón.

No podía expresarlo con palabras, pero podía demostrárselo. Eso tendría que bastarles a los dos.

19

—Sabía que lo iban a pasar mal con esto —le dijo Lindsay a Elijah con un murmullo mientras observaban cómo empezaban a aterrizar más y más Centinelas en el campo junto al almacén de entrenamiento.

Acababa de salir el sol. La noche anterior Adrian había insistido en que Elijah llevara a Lindsay en coche de vuelta al hotel alegando que estaba demasiado cansada para conducir. Dado que el Prius era un poco pequeño para un licano grande, habían ido en uno de los Jeeps que había en Angels' Point. Lindsay pensó que dejar su coche allí podría haber sido otra forma de que Adrian se quedara con algo suyo, algo que ella tuviera que volver a buscar, de modo que se abstuvo de discutir.

—Hace mucho tiempo que las cosas son igual para los Centinelas —dijo Elijah—. Probablemente haya llovido mucho desde la última vez que se vieron ante una situación inesperada.

Lindsay se dio la vuelta para mirarlo.

—¿Vas a estar bien, El? Con todo este tema del Alfa y ahora lo de la sangre de ayer… ¿Hay algo que pueda hacer yo?

Elijah la miró. Con sus ojos verdes ocultos tras las oscuras gafas de sol, Lindsay no pudo interpretar lo que podría estar pensando.

—Tú no te separes de mí. Se supone que tengo que mantenerte a salvo. Si la cago, estoy jodido.

—No te imagino cagándola en nada.

Él soltó un resoplido.

—¿Quieres hablar de ello? —se ofreció Lindsay.

—Ni siquiera quiero pensar en ello.

—De acuerdo. Si me necesitas, aquí estoy.

Se acercó Damien. Aunque la mañana era fría y el suelo estaba cubierto de niebla, él iba vestido igual que los demás Centinelas que había en el campo: con unos pantalones holgados y sandalias de cuero. Las mujeres llevaban sujetadores deportivos, pero por lo demás todos lucían el torso desnudo. Lindsay se estremeció con sólo mirarlos. Ella se había puesto un chándal forrado y aun así le faltaba muy poco para que le castañetearan los dientes.

—Te he visto con cuchillos y una escopeta. —El Centinela la miró de arriba abajo con frialdad—. Fuiste muy hábil con ambas cosas. ¿Cómo se te da el combate cuerpo a cuerpo?

Lindsay enarcó las cejas.

—¿En serio? Soy humana. Para eso son los cuchillos y las armas, para evitar que los inhumanos se acerquen tanto que puedan hacerme pedazos. Además, el lanzamiento de cuchillos y la puntería son actividades solitarias, de modo que aprendo sola… ¡Eh!

Lindsay arqueó la espalda alejándose del puño de Damien que voló hacia su cara. El sonido de la carne contra la carne rasgó el aire. Cayó de culo contra el suelo de tierra y alzó la mirada con unos ojos como platos.

Elijah había bloqueado el golpe de Damien con la palma de la mano. Estaban en tablas, con los brazos temblando por la fuerza que cada uno ejercía en una brutal especie de competición del brazo más fuerte.

—¿Qué coño ha sido eso? —le espetó ella.

Los dos hombres se alejaron de un empujón, retrocediendo cada uno un paso. Se volvieron hacia ella al unísono y ambos le tendieron la mano para ayudarla a levantarse. Lindsay se agarró a las dos y dejó que tiraran de ella para ponerse en pie.

—Adrian dijo que eras rápida —dijo Damian en tono calmado, como si no acabara de arremeter contra ella con un golpe que le habría roto algún hueso—. No tuve ocasión de verte en Hurricane, de modo que tenía que medir tu velocidad.

Lindsay lo miró boquiabierta y acto seguido le lanzó una mirada a Elijah. El lincano tenía un tic nervioso en el músculo de la mandíbula. Tal vez la prueba no había sido sólo para ella. Quizá lo estaban probando a él también.

El resto de los Centinelas, unos diez divididos por igual entre hombres y mujeres, se hallaban esparcidos por el campo en torno a ellos intentando formarse un juicio sobre Lindsay. Ella se sentía como un pedazo de carne cruda arrojada a unas voraces aves rapaces.

Hizo rodar los hombros hacia atrás.

—Si me pones a punto —le dijo a Damien—, Adrian se preocupará menos de mí y más sobre la mierda con la que estáis lidiando. Es lo que queremos todos.

El Centinela se quedó inmóvil, mirándola. Ella no se inmutó.

Al final asintió. Puede que todos quisieran un pedazo de su carne, pero Damien los mantendría centrados en el panorama general. Con suerte.

Elijah se acercó a ella.

—No me voy a ir a ninguna parte —le prometió de un modo que parecía una amenaza.

Un guante que arrojó para los demás.

Damien le hizo un gesto a Lindsay para indicarle que se uniera a los Centinelas en el campo.

—Vamos.

Se dio cuenta de que Adrian no bromeaba sobre lo de revisar su definición de un día largo. Supo que aquél iba a ser interminable. Y eso que ni siquiera había empezado.

—La sangre de Elijan ha desaparecido del lago Navajo.

Adrian apartó la mirada del paisaje que pasaba a toda velocidad junto a la ventanilla del asiento trasero del Maybach y miró a su teniente.

—Joder.

—Sí. —Jason volvía a meterse el teléfono móvil en el bolsillo—. No toda la muestra, sólo un poco. Tuvieron que pesar la bolsa para detectarlo.

El sol centelleaba en el cabello dorado del Centinela a través del techo de cristal panorámico y creaba el efecto de un halo. Por un momento, Adrian sintió la nostalgia como un profundo dolor en el pecho.

El tiempo máximo que podían almacenar sangre antes de que la conservación criogénica afectara la calidad de la muestra era de diez años. Alguien había accedido a la sangre, había sacado la que necesitaba y había devuelto la muestra.

—Cuando lleguemos al campo de aviación —dijo Adrian—, quiero que te dirijas al lago Navajo y descubras al responsable. Sólo los Centinelas están autorizados a acceder a las instalaciones de almacenamiento criogénico.

—¿Crees que es uno de nosotros?

—Después de lo de Helena… ¿quién puede estar seguro? Necesito saberlo con seguridad.

Jason suspiró.

—Nunca pensé que sentiría compasión por lo que hicieron Syre y los Vigilantes. Pero parece ser que cuanto más estamos aquí, más humanos nos volvemos. Queremos cosas… sentimos cosas… Bueno, ya sabes.

Adrian estudió a su segundo durante un largo momento, mirando a Jason con un detenimiento que no había empleado desde hacía bastante tiempo. Por lo visto, había dejado de prestar atención a muchas cosas. Estaba demasiado sumido en la apatía fomentada por su dolor y culpabilidad.

—¿Tú deseas, Jason?

—No hasta el punto en que lo haces tú y no deseo sexo. Mi inquietud es resultado de la frustración. Estoy cansado de llevar un yugo que nunca podré quitarme.

—Aliviaría tu preocupación si pudiera.

—Oh, bueno. —Jason encogió un hombro—. Sobreviviré. Y tengo la esperanza de que esta enfermedad de vampiros señale el fin de nuestra misión. Si Dios quiere, los matará a todos y podremos irnos a casa.

Adrian volvió a mirar por la ventanilla.

A casa. Ahora su casa estaba dondequiera que estuviera Lindsay.

Llegaron a Ontario y al hangar que Mitchell Aeronautics tenía allí. Esperaron brevemente mientras las enormes puertas metálicas se separaban y luego metieron el Maybach dentro. Jason fue a hacer los preparativos para su vuelo a Utah. Adrian se adentró más en el edificio y bajó a las zonas de almacenamiento subterráneo. Cuanto más descendía más fácil resultaba oír los gruñidos y siseos. Unos sonidos ininteligibles se mezclaban con gritos amenazantes y blasfemias por parte de los cautivos que todavía no se habían contagiado.

Era muy parecido a entrar en las entrañas del infierno.

—Capitán.

Una morena menuda se acercó a él con paso rápido y preciso. Vestida de camuflaje urbano y luciendo un peinado corto como de duende, Siobhán tenía un aspecto demasiado delicado para ser formidable, lo cual la ayudaba enormemente en combate. Sus oponentes siempre la sobrestimaban. Era uno de los motivos por el que Adrian la había puesto a cargo de reunir a vampiros infectados. El otro motivo era su fascinación por la ciencia. Aquella cacería había requerido a alguien que comprendiera que capturar a los vampiros era sólo el principio.

Se bajó la mascarilla quirúrgica que le cubría el rostro con las manos enguantadas.

—Ya hemos perdido a dos de los seis que atrapé. Un grupo de cuatro sujetos es muy pequeño, de modo que tendré que volver a cazar pronto.

—¿Alguno de los que no se han contagiado tiene información útil sobre cuándo empezó a aparecer la enfermedad? ¿O sobre cómo podría extenderse?

—Hay uno dispuesto a hablar.

Rebuscó en los múltiples bolsillos de su pantalón y sacó una mascarilla y unos guantes que entregó a Adrian.

—¿Son necesarios?

Los Centinelas eran inmunes a la enfermedad.

—No lo sé. —Le indicó con un gesto que la siguiera y lo condujo a una habitación llena de una docena de jaulas chapadas en plata—. Pero no querrás que te echen la saliva, aunque sólo sea porque es asqueroso.

Adrian se colocó la protección sin cuestionar nada más.

—¿Qué sabemos?

—La enfermedad apareció por primera vez hace más o menos una semana. El ritmo de contagio es variable. Algunos sucumben rápidamente y mueren en cuestión de días. Otros tardan más en mostrar síntomas y viven hasta dos semanas. Este grupo no era consciente de que hubiera otros episodios de infección en otros estados, lo que me lleva a preguntarme cuánto sabe Syre en realidad.

Adrian caminó junto a las jaulas examinando a los vampiros contagiados con fascinación morbosa. Tenían los ojos enrojecidos, sacaban espuma por la boca y parecían tontos. Se golpeaban contra las implacables barras metálicas y sacaban los brazos por ellas con los dedos como garras, intentando agarrar a Adrian y Siobhán con malvada desesperación. Sus miradas eran salvajes, pero carentes de vida.

—¿Muestran algún indicio de inteligencia?

—No. Son como los zombis de una mala película de serie B. Aparte de una feroz sed de sangre, parece que están en la luna.

Adrian soltó aire con brusquedad.

—¿Estamos analizando su sangre?

—Tomamos muestras de los contagiados y los no contagiados en el avión mientras aún estaban bajo los efectos de los tranquilizantes. Sin embargo…

La pausa que hizo llamó la atención de Adrian, que arrancó la mirada de aquel macabro espectáculo de bichos raros para mirarla a ella.

—Continúa.

Siobhán se cruzó de brazos.

—Su metabolismo es sumamente acelerado. Mientras los vampiros no infectados permanecían bajo anestesia inducida durante lo que duró el vuelo, los enfermos se despertaron poco después de que despegáramos. Uno de ellos mordió a Malachai mientras intentaba sacarle sangre.

—¿Se encuentra bien?

—De momento sí. Pero lo tengo en cuarentena hasta que lo sepa con seguridad. El vampiro que lo mordió fue la primera de las dos bajas. Tuve que matarlo para que dejara a Malachai.

Siobhán empezó a caminar de nuevo y se detuvo frente a una jaula en la que había un vampiro sentado en un rincón, abrazándose las rodillas.

—Éste es el hablador.

—De modo que tú eres el gran Adrian —dijo el vampiro con voz temblorosa—. No das mucho miedo con esa máscara puesta. Pareces asustado.

Adrian se puso en cuclillas y le preguntó:

—¿Cómo te llamas?

—¿Acaso importa?

—A mí sí.

El vampiro levantó una mano que le temblaba para echarse hacia atrás un mechón de pelo oscuro que le había caído sobre la frente.

—Singe.*

—¿Y qué te gusta quemar? —preguntó Adrian, que reconoció las señales del síndrome de abstinencia y sabía que los nombres que elegían los vampiros a menudo tenían un significado.

---

* El verbo *singe* significa quemar, chamuscar en inglés. (*N. de la T.*)

—Sueño de cristal.

Adrian miró a Siobhán y preguntó:

—¿Existe alguna posibilidad de que la droga esté relacionada? ¿Quizá proporcione algún nivel de inmunidad?

—En este punto todo es posible.

—Gracias por tu ayuda, Singe. —Adrian se levantó y se volvió hacia Siobhán—. Llévame con Malachai.

Salieron de la habitación y avanzaron por el pasillo.

—Tengo una pregunta que hacerte —dijo Adrian en voz baja.

—¿Sí, capitán?

—Lindsay Gibson mencionó que su sangre tiene un efecto negativo contra algunos de los seres que ha cazado. Puesto que ha matado a vampiros y demonios por igual, supongo que este último grupo era el susceptible. —Pensó en la vampira a la que había interrogado en Hurricane. Él tenía sangre de Lindsay en sus manos, pero eso no provocó ninguna reacción de ningún tipo, ni adversa ni de ninguna otra clase—. ¿Puedes explicar por qué su sangre permitiría que un cuchillo cortara la impenetrable piel de un dragón?

—Interesante —repuso la mujer con el ceño fruncido—. Tendré que pensar en ello. Desde luego me gustaría analizar una muestra.

—¿Es posible que la causa sea tener dos almas dentro de ella?

Siobhán aminoró el paso hasta detenerse frente a una puerta metálica con ventana.

—Sí, es posible. Ya sabes lo poderosas que son las almas. El hecho de que haya dos en un recipiente seguramente crea una fuerza única que es probable que nunca entendamos del todo.

Adrian miró a través del cristal y vio a Malachai acomodado en un camastro con el teléfono móvil en la mano. Adrian llamó a la puerta. Malachai alzó la vista y una sonrisa se dibujó en su rostro al reconocer a su visitante.

—Me encuentro estupendamente, capitán —gritó el Centinela.

—Me alegra oírlo. —Adrian estaba a punto de decir más cuando empezaron a oírse unos fuertes golpes provenientes del fondo del pasillo. Se volvió a mirar por encima del hombro—. ¿Qué es eso?

Siobhán frunció el ceño.

—No lo sé. No me gusta.

Unos cuantos Centinelas aparecieron en el pasillo mientras los violentos golpes continuaban. Todos miraron a Adrian, que rápidamente pasó junto a ellos para dirigirse al origen del ruido.

Cuando se hizo evidente la localización del estrépito, Siobhán dijo:

—Ésa es la morgue improvisada.

—¿Quién hay ahí?

—¿Aparte de los cadáveres de dos vampiros infectados? Nadie.

Se oyó un estallido de cristales rotos seguidos de un grito.

—¡Sacadme de aquí!

Doblaron una esquina y recorrieron un corto pasillo que terminaba en una única puerta. Un rostro masculino miraba a través de la ventana rota con unos ojos de color ámbar relucientes de ira.

—¡Que os jodan, Centinelas! —gruñó aquel hombre—. Matadme o dejadme marchar. ¡No me dejéis aquí con un cadáver en descomposición, joder!

—Él también era un cadáver —susurró Shiobán—. Yo misma le disparé después de que mordiera a Malachai.

Adrian no apartó la mirada del vampiro que tenía delante.

—Se ha recuperado milagrosamente.

—Pero, el otro sigue muerto...?

—Igual que el que yo atrapé. Me dijeron que se convirtió en una mancha de aceite.

Contempló al vampiro curado con los ojos entrecerrados y se le aceleró el corazón mientras consideraba las posibilidades.

—Una de estas cosas no es como las demás —murmuró—. La única diferencia es... ¿cuál? ¿La ingesta de sangre de Centinela?

Siobhán emitió un grito ahogado.

—Mierda.

Sí, una gran mierda.

—¿Te encuentras mejor? —preguntó Elijah cuando vio que Lindsay salía del dormitorio contiguo.

Estaba sentado frente a la mesa pequeña de su suite, trabajando con su portátil e intentando no tener la sensación de que todo se le venía encima. Esto era bastante difícil, considerando el recelo con que lo observaban los centinelas y la expectación que pesaba en la mirada de todos los licanos con los que se cruzaba. Todo el mundo estaba esperando que diera un paso, uno que haría pedazos el eficiente sistema que mantenía a los mortales en dichosa ignorancia. Unos querían apaciguar el poder que se le percibía mientras que los otros querían que estallara como un barril de pólvora. Estaba jodido por todos lados.

—Colega. —Lindsay se sacudió los rizos mojados con las manos—. ¿Tienes el agua con vitaminas que pedí?

—Está en tu minibar. Su Alteza.

—¡Caramba! —Lo miró con exagerada estupefacción—. ¿Acabas de hacer una broma?

Elijah se abstuvo de sonreír.

—No.

—Yo creo que sí.

Elijah volvió la vista a la pantalla de su portátil. Lindsay le caía bien. Y después de las múltiples ocasiones en las que se había desvivido por salvar su lamentable pellejo, la consideraba una amiga. No tenía muchas amistades, cosa que fue el motivo por el que se había quedado sin habla cuando ella había dicho que eran amigos. En algún momento durante los días que la había estado protegiendo había dejado de pensar en ella sólo como una protagonista y había empezado a hacerlo sólo como Lindsay. Se encontraba más cómodo en su presencia de lo que se había sentido con nadie desde hacía mucho tiempo, porque su amistad venía sin ataduras ni expectativas. Estaba loca, era divertida y excesivamente directa. Lo que tenía de boba revelaba que no había socializado mucho de pequeña. Al igual que él, probablemente tuviera un grupo muy reducido de gente en la que confiara. Elijah se preguntó si alguna vez habría compartido sus talentos con alguna otra persona. ¡Mierda! ¿Y por qué los tenía, para empezar? Lindsay era un gran interrogante y todo el mundo quería un pedazo de ella. Y su trabajo era asegurarse de que nadie excepto Adrian obtuviera ninguno.

Lindsay volvió a aparecer al cabo de un momento bebiendo de una botella con un líquido color neón que alardeaba de su contenido nutricional.

—¿Sabes? Me siento como si me hubiera atropellado un tren de mercancías mientras sufría una resaca.

Los centinelas la habían hecho trabajar duro toda la mañana, tanto que Elijah había tenido que intervenir un par de veces. No les había gustado que lo hiciera, pero sabían que Adrian lo respaldaría. En cuanto a ella, había aguantado aquel ritmo brutal sin protestar, recibiendo algún que otro golpe sucio sin darle importancia.

Estaba claro que los Centinelas no entendían la importancia de la demostración de dominio sexual que Adrian había hecho el día anterior o habrían tenido más cuidado con Lindsay. Quizá ni siquiera el propio Adrian entendiera del todo la necesidad imperiosa que sentía de reclamarla, marcarla y poseerla, una necesidad agravada por el intento de fuga que había protagonizado. Las hembras licanas no eran tan tontas como para huir. Despertar a la bestia negándole a su hembra no era lo más sensato. Antes Elijah había supuesto que era el demonio en la línea de sangre licana lo que los hacía ser tan primarios con sus parejas, pero él había tenido cuidado con Lindsay desde el principio, sólo por si acaso. Una decisión inteligente, se decía él. Ahora se había demostrado que los ángeles eran capaces de la misma carnalidad posesiva y salvaje. Quizá la contribución angélica a la composición genética de los licanos fuera la mayor fuente de aquella violenta avidez.

A pesar de todo, los licanos habían recibido el mensaje de Adrian alto y claro. Por desgracia, Elijah temía que la conciencia de la importancia que Lindsay tenía para el líder de los Centinelas sólo sirviera para hacerla más vulnerable. Se dio cuenta de que aquellos que habían estado susurrando sobre una rebelión habían estado buscando y esperando un punto débil en el intacto poder de Adrian, y Lindsay lo era.

«Mierda.» Se frotó la cara con ambas manos. ¿Cómo se le había pasado por alto el fanatismo al que habían llegado los demás? ¿Cuánto tiempo hacía que Micah les había estado llenando la cabeza con el sueño imposible de la libertad?

—Oigo girar los engranajes en tu cabeza —dijo Lindsay con sequedad mientras dejaba la botella vacía sobre el tocador para que el servicio de habitaciones la reciclara.

Elijah se había percatado de que era un tanto ecologista.

Tenía que dar caza a quienquiera que le hubiera tendido la trampa, pero no podía dejar a Lindsay y no había nadie a quien pudiera confiarla.

Lindsay se acercó al armario y sacó su bolsa, pues se sentía absolutamente cómoda andando por ahí con un arsenal colgado de la cadera.

—Tengo que salir.

Elijah se apartó de la mesa.

—¿Para qué?

—A por algunos recuerdos horteras de Disney y California para turistas. Sombreros, sudaderas, vasos de chupito, etcétera.

Su falta de emoción debió de notársele en la cara porque ella se echó a reír.

—Tengo que comprar algo para mi padre que le haga poner los ojos en blanco —explicó—. Pero, por suerte para ti, no estaremos fuera mucho tiempo. Tengo una entrevista a las tres.

Elijah miró el reloj y vio que era la una. Tenía que reconocérselo: se había pasado la mañana recibiendo una paliza y aún seguía funcionando.

—¿Tienes planes para esta noche?

—Necesito ir a buscar el coche a Angels' Point, pero por lo demás eres libre de hacer lo que quieras.

Elijah asintió.

—Bien. Gracias.

En cuanto Lindsay estuviera acomodada en el hotel para pasar la noche, él podría hablar por teléfono con Rachel. Tenía que hacerse una idea de lo generalizados que eran los planes de rebelión de Micah. Elijah sabía que tenía que arrancar aquella mala hierba de raíz cuanto antes... una tarea casi imposible cuando se pasaba casi todo el tiempo lejos del resto de la manada.

—¿Por qué no tienes novia? —le preguntó Lindsay mientras salían del ascensor en la planta baja.

Normalmente iban por las escaleras, los diecisiete pisos, pero aquel día estaba demasiado hecha polvo y no necesitaba el ejercicio.

—Es demasiado complicado, requiere demasiado tiempo y demasiado trabajo.

—Pero te gustan las chicas, ¿verdad? ¿O no?

Elijah desvió rápidamente la mirada hacia ella y se encontró que sus ojos oscuros se reían.

—Te he hecho mirar —se mofó ella.

Elijah resopló en vez de reírse, pero la cosa estuvo reñida entre los dos.

Lindsay se detuvo bruscamente nada más cruzar las puertas giratorias que conducían a la zona cubierta por un toldo donde estaban el botones y el aparcacoches. Los porteros estaban recibiendo formación delante de ellos mientras que los jardineros daban los últimos toques a los macizos de flores que bordeaban el camino de entrada en forma de semicírculo. La vida que los mortales conocían seguía adelante como de costumbre, pero la repentina rigidez en la postura de Lindsay y su intensa concentración era como la de un perro señalando la proximidad de una presa cercana.

Todos sus sentidos se pusieron alerta de repente. Elijah volvió a escudriñar las inmediaciones, tal como había hecho automáticamente antes de salir del vestíbulo. El extraño viento que siempre parecía seguir a Lindsay sopló junto a él y le hizo llegar el olor a vampiro cargado de sangre. La bestia de su interior se revolvió preparándose y gruñó suavemente anticipando su orden de ataque.

El vampiro responsable de la reacción instintiva de ambos apareció al cabo de un momento, andando tranquilamente hacia el aparcamiento desde la acera, felizmente ajeno a los depredadores a los que había despertado.

Su aspecto fue como un mazazo para Elijah. Era una mujer alta y pechugona, con unas caderas curvas y unas tetas firmes y turgentes. El cabello le llegaba hasta la cintura, liso como una tabla y de un color rojo sangre. Iba vestida como una maldita dominatriz, con unas botas de tacón de aguja, unos pantalones negros ceñidos y un chaleco de cuero con un pico pronunciado en la pechera que mostraba el profundo valle de su escote.

Elijah quedó cegado por el descabellado impulso de tumbarla encima del capó del Mercedes junto al que pasaba, enroscarle el pelo con el antebrazo y penetrar su exuberante cuerpo hasta correrse con un rugido.

Él odiaba a los putos vampiros, sobre todo a las mujeres, que eran más despiadadas que los hombres. No obstante, cuanto más la miraba más sentía la lujuria salvaje que le hinchaba el pene.

La mujer dio una sacudida brusca que lo trajo de vuelta a la realidad de golpe. Giró violentamente sobre sus talones, como si hubiera recibido un golpe, y se volvió otra vez enseñando los colmillos.

Él no se dio cuenta de lo que había ocurrido hasta que vio el reflejo del sol en algo metálico y clavado en su hombro.

—Mierda —masculló, y apenas pudo agarrar a Lindsay por el hombro al verla salir disparada.

—Suéltame, El —le espetó ella dando un tirón para zafarse de su inflexible agarre.

—¿Qué coño estás haciendo? —le gritó—. Estamos a plena luz del día. Ésa es una de los Caídos.

Lindsay le tajó el antebrazo con el cuchillo, provocando un rugido de dolor y consiguiendo soltarse.

Ya estaba a medio camino del vampiro cuando le respondió:

—Esa zorra mató a mi madre.

20

Vash notó un dolor ardiente en el hombro y al bajar la vista se dio cuenta de que la habían alcanzado con un cuchillo arrojadizo plateado. Se arrancó la hoja y levantó la mirada a tiempo de ver otro proyectil una fracción de segundo antes de que se le clavara en el bíceps.

—¡Joder! —exclamó entre dientes; no estaba preparada para un ataque en toda regla a pleno día.

Una rubia corría hacia ella y otro cuchillo salió volando de su mano. Vash apenas tuvo tiempo de apartarse dando una sacudida y el olor de su propia sangre le despertó el apetito.

Una humana. ¿Qué coño...?

Vash se lanzó al ataque, dispuesta a matar a esa zorra loca, cuando olió al licano. Éste salió corriendo de la sombra bajo el toldo de la puerta principal del hotel, persiguiendo a esa rubia loca que quería morir.

Entonces cayó en la cuenta: «Shadoe». Seguida rápidamente por el olor identificativo de su perro guardián...

Era el jodido cabrón que había secuestrado a Nikki.

Vash se quedó tan pasmada que perdió el sentido y dio un patinazo hasta detenerse, con lo cual recibió otro cuchillo en el muslo.

Las dos personas a las que había venido a capturar a la ciudad iban directamente hacia ella y no había nada que pudiera hacer al respecto. Al menos mientras estuviera sola. No sin sus armas. No con testigos.

Se le clavó otra hoja en el hombro, muy cerca de donde la había alcanzado el primer cuchillo.

Ella le había enseñado a Shadoe a lanzar así. Le había enseñado a cazar, a matar. Vash lo tuvo claro enseguida: Shadoe evitaba alcanzar órganos vitales y arterias deliberadamente. La rubia loca creía que iba a capturar a un vampiro.

Vash agarró un cuchillo, se lo sacó del hombro y se lo arrojó al licano, luego se deshizo del que tenía en la pierna y se precipitó hacia adelante, golpeó a Shadoe en el pecho con las palmas de las manos y la hizo retroceder varios pasos hasta que chocó contra su guardia licano. Cayeron los dos y Vash salió huyendo, subió al capó de un Jaguar cercano y de ahí al techo. Saltó por encima del muro de piedra divisorio entre el aparcamiento del Belladonna y el del café teatro de al lado con una furia tan salvaje que apenas veía por donde iba.

Ella nunca huía. Nunca la alcanzaban múltiples veces. Ella nunca dejaba vivo a nadie que derramara su sangre. Pero no podía eliminar a la hija de Syre. No podía matar a Shadoe.

—¡Maldita sea! ¡Mierda! ¡Joder! —gritó.

Sus botas dieron en el techo de un Suburban que había al otro lado del muro y cuya alarma se activó con un estallido de bocinazos. Se le rompió el tacón derecho, con lo que perdió el equilibrio, cayó dando tumbos por encima del parabrisas y se deslizó por el capó hasta el asfalto.

Apenas había logrado recuperar el equilibrio cuando oyó que otro cuerpo golpeaba contra el automóvil por detrás de ella. Echó un vistazo por encima del hombro y vio a la rubia que iba pisándole los talones. Vash recibió otro impacto en el hombro y el chisporroteo de la plata hizo que el dolor le recorriera las venas. Incapaz de quitarse una daga de la espalda, lo único que podía hacer era seguir corriendo y esperar que se le abriera una ruta de escape. Frente a ella había una calle concurrida, pero eso no pareció disuadir a Shadoe. Fuera lo que fuera lo que se le había metido por el culo a la hija de Syre, la estaba aguijoneando como una picana para ganado.

Una camioneta blanca de tamaño normal entró dando botes en el aparcamiento a una velocidad excesiva y fue directa hacia ella. Vash estaba calculando la trayectoria que necesitaba para saltar por encima del vehículo cuando éste dio una vuelta descontrolada y cambió de dirección. La cabeza de Salem apareció por la ventanilla del lado del conductor.

—¡Sube!

Vash saltó a la parte de atrás y Salem apretó el acelerador levantando el asfalto suelto y dejando atrás una nube que olía a goma quemada. Un cuchillo arrojadizo alcanzó la parte trasera de la cabina con un fuerte ruido metálico. Vash agachó la cabeza y soltó una maldición.

La camioneta se metió por entre el rápido tráfico con un chirrido, provocando un coro de bocinazos enojados y un crujido de metal y fibra de vidrio. Vash no se sintió lo bastante segura como para levantar la cabeza hasta que no estuvieron a más de tres kilómetros de distancia.

—Pediste informes de secuestros.

Syre alzó la vista de las hojas de cálculo del monitor que tenía delante y cruzó la mirada con la vampira que estaba en la puerta de su despacho.

—Sí, Raven.

La belleza de cabello oscuro entró con un paso inconscientemente sensual. Llevaba unos zapatos de tacón de aguja altísimos, falda de tubo hasta las rodillas y una camisa con botones que cubría unos pechos abundantes. Por lo visto representaba el papel de secretaria pícara, uno de los muchos juegos a los que jugaba para mantener las cosas interesantes.

—Anoche hubo un asalto en Oregón —dijo—. Un grupo de Centinelas invadió un nido y se llevaron a varios esbirros.

Syre se reclinó en la silla y se maravilló de la creciente audacia de Adrian. No parecía propio de él infectar a los esbirros con una enfermedad. Era un guerrero que entablaba combate físico y se destacaba en él. La guerra biológica no era una táctica que Syre hubiese atribuido jamás al líder de los Centinelas. Algo había cambiado, o estaba en vías de cambiar.

Por primera vez desde hacía muchos, muchos años, Syre tuvo la sensación de que el reloj hacía tictac con una impaciencia brutal. Torque lo había estado presionando para actuar en lugar de reaccionar, hacía años ya. Daba la impresión de que, realmente, el momento podía estar muy próximo.

—Gracias —murmuró—. Envía un equipo a Oregón. Quiero conocer hasta el último detalle del ataque. Y mantenme al corriente de cualquier informe adicional.

—Sí, Syre.

Raven abandonó la habitación. Él intentó volver a concentrarse en la pantalla que tenía delante. Fue un esfuerzo vano. Cuando sonó el teléfono lo descolgó con alivio, con la mente aún ocupada en las ofensivas de Adrian.

«No tienes ni idea de lo que estoy autorizado a hacer», había dicho el líder de los Centinelas apenas unas semanas antes. Quizás aquellas palabras contuvieran una abundante amenaza de la que Syre no había sido consciente.

La voz exaltada del que llamaba al otro lado de la línea fue audible antes incluso de que se llevara el auricular al oído.

—Cálmate, Vash —dijo para tranquilizarla—. Habla más despacio. No puedo...

Syre se puso rígido mientras ella continuaba vomitando las palabras apresuradamente y en su mente todo pensamiento se desvaneció salvo uno. «Actuar en lugar de reaccionar.»

En efecto, había llegado el momento.

—¿En qué coño estabas pensando? —preguntó Adrian con ese tono de voz frío y modulado que hacía que Lindsay apretara los dientes.

Pese a estar nerviosa, hubiera preferido que le gritara o alzara la

voz, que caminara de un lado a otro o la mirara con el ceño fruncido...
que hiciera algo. En cambio, él permaneció de pie frente a su mesa con
aire despreocupado y habló con la misma calma que si hubiera estado
comentando el tiempo. El distante retumbo de los truenos fue lo único
que le dijo a ella que Adrian no se estaba tomando la noticia de su imprudente ataque contra uno de los Caídos con otra cosa que no fuera un
absoluto aplomo.

—Llevo toda la jodida vida buscando a esa vampiro —soltó con
brusquedad— y ahí estaba, pasando tranquilamente a mi lado. Tenía
que hacer algo.

—Era pleno día. Estabas rodeada por docenas de turistas.

Lindsay se cruzó de brazos.

—No tengo toda la eternidad para darle caza. Si tengo que esperar
otros veinte años para encontrarla, puede que no sea físicamente capaz de hacer nada al respecto. Puede que ni siquiera esté viva. Es ahora o nunca.

La llama azul de la mirada de Adrian penetró en ella y la quemó
con su calor.

—Ahora te has expuesto a los Caídos. Van a ir a por ti.

—Pues espero que la manden a ella —replicó Lindsay en tono
desafiante—. La próxima vez no voy a jugar con ella. La mataré sin
más.

Damien hizo un ruido que llamó la atención de Lindsay.

—Si pudiste haberla matado, ¿por qué no lo hiciste?

—Porque necesito saber dónde están los otros dos gilipollas. Estaba sola cuando la vi. No vi a nadie con ella hasta que la rescataron. Y,
por cierto, el tipo que conducía el vehículo en el que huyó llevaba el
mismo pelo de punta de color disparatado que recuerdo del día en
que atacaron a mi madre. Si aún va con ese tipo, supongo que el otro
no andará lejos.

—Las repercusiones de lo que has hecho van a perseguirnos. No
cazamos a los Caídos. No podemos. Su castigo es vivir con lo que son.

—Pues ella no estaba sufriendo cuando aterrorizó a mi madre; se lo estaba pasando de muerte. Esa puta chupadora de sangre no merece vivir. —Lindsay lanzó una mirada a Adrian, cuyo rostro impasible no dejó traslucir nada. Se le hizo un nudo en el estómago. ¡Dios!, ella no quería causarle más problemas. Pero ¿qué podía haber hecho? Toda su vida se había construido en torno a vengar a su madre—. Me dejó con vida, de modo que si ahora la estoy cazando es por su estúpido error. Supongo que imaginó que, siendo humana, no iba a resultar una amenaza cuando creciera. Pero eso debería absolverte de cualquier culpa. Yo no soy uno de vosotros. No opero bajo las mismas normas. Lo que yo haga no debería afectaros.

—Iba contigo un licano —le recordó Adrian—. Eso nos involucra.

—Pues déjame ir. —No le gustó nada el tono suplicante de su voz—. No puedo traerte más que problemas. Eso me está matando, Adrian. Me rompe el corazón.

Adrian exhaló bruscamente, apoyó la cadera en la mesa y se agarró al borde.

—Cuando Vash te empujó contra Elijah, podría haberte hundido fácilmente el puño en la caja torácica y haberte arrancado el corazón. Si ahora respiras es porque ella te dejó ir.

—¿Y por qué coño iba a hacer eso? ¿Otra vez? Le llevaba ventaja; puedo volver a hacerlo.

—¿Ésa era Vash? —El gruñido de Elijah retumbó por toda la habitación—. Quiero esa caza.

Lindsay lo miró y asintió con un brusco gesto de la cabeza. Vash les había arrebatado a personas a las que amaban y ya era hora de hacerle pagar por ello.

Lindsay volvió a mirar a Adrian y dijo:

—Me dijiste que me ayudarías a darle caza. Hurgaste en mi mente. Sabías quién era. ¿Estabas mintiendo?

—No. Pero tenemos que provocarlos para que nos ataquen, no lanzarnos a una guerra. Podemos defendernos, no tomar la ofensiva.

Existen unas reglas y hay formas de evitarlas... —Su teléfono sonó encima de la mesa y desvió la atención de Adrian hacia él. Frunció el ceño y dijo—: Disculpa.

Respondió a la llamada con un entrecortado «Mitchell».

El rostro de Adrian adoptó la dureza de la piedra mientras Lindsay lo observaba. Oyó que alguien hablaba rápidamente pero no pudo distinguir las palabras. Elijah soltó aire precipitadamente, y se acercó más a ella, como si quisiera apoyarla. Respaldarla. Se sintió embargada por un estremecedor presentimiento.

Transcurrió un largo e interminable momento. Al fin, Adrian asintió.

—Sí. Estate preparado. Yo organizaré las cosas.

Adrian volvió a dejar la Blackberry con un cuidado excesivo y pasó la mirada de Damien a Elijah. Una comunicación silenciosa tuvo lugar entre ellos y los dos hombres se movieron para salir de la habitación. El breve apretón que Elijah le dio en el hombro y la mirada compasiva que le dirigió Damien intensificaron aún más el frío nudo de terror que Lindsay tenía en el estómago.

—¿Qué pasa? —preguntó cuando se cerró la puerta y se quedó a solas con Adrian en su despacho.

Adrian se acercó a ella y le agarró los brazos con suavidad.

—Es tu padre, Lindsay. Él...

—No.

El suelo cedió bajo sus pies y se tambaleó. Tenía la sensación de que se le había partido el pecho en dos, con un dolor tan atroz que se hubiera desplomado en el suelo si Adrian no la hubiese sujetado.

—Su coche se salió de la carretera. Chocó contra un árbol.

—Mentira. —Las lágrimas caían a raudales por sus mejillas—. No me creo ni una mierda. Mi padre maneja los automóviles como un profesional. Esto es culpa de Vash. Ella es la segunda de Syre. Podría haberlo ordenado.

Lo cual implicaba que aquello fuera en parte culpa suya.

Adrian desplegó las alas y la envolvió con ellas, protegiéndola. La atrajo hacia sí, la agarró por la nuca y la cadera y la apretó con fuerza contra él.

—No puedo descartarlo. Investigaré hasta saberlo con seguridad.

Un sonido entrecortado e irregular llenó la habitación. Lindsay se dio cuenta de que estaba sollozando, de que todo su cuerpo se sacudía con violentos temblores.

Adrian la abrazó, su calor penetró desde el exterior y se hundió en ella. No... él estaba dentro de ella. Dentro de su mente como antes, enroscándose en todo como unas insidiosas volutas de humo. El dolor desesperante de Lindsay empezó a desvanecerse, mitigado por una extraña sensación de consuelo.

Lindsay se zafó de Adrian de un tirón, retrocedió tambaleándose y se desplomó.

—¿Qué co... coño estás haciendo?

Adrian se agachó a su lado y alargó la mano para apartarle el pelo de la cara. Una llama preternatural parpadeó en sus ojos que relucían por las lágrimas.

—Llevarme tu dolor. No puedo soportarlo.

—¿Qu... qué? ¿Cómo...?

—Puedo quitarte los recuerdos dolorosos, *neshama*. Puedo intensificar tu memoria de los felices.

—¡Ni te atrevas! —Lindsay se puso de pie y apartó de un empujón la mano que Adrian le tendió para que no perdiera el equilibrio—. Si alguna vez me robas algún recuerdo, doloroso o no, nunca te lo perdonaré.

—No puede resentirte la pérdida de algo que no recuerdas.

Fue un milagro que pudiera mantenerse en pie cuando tenía la sensación de que un atizador al rojo vivo le estaba atravesando el pecho.

—Si te importo lo más mínimo, no vas a llevarte los acontecimientos que han determinado quién soy en estos momentos... ¡Dios santo! —Tenía la cabeza a punto de estallar y se la agarró con ambas manos mientras un torrente de pensamientos se agolpaba de forma caótica. Le costaba tanto respirar que tenía el pecho palpitante y sus propios sollozos casi la volvían loca—. Tengo que marcharme. No puedo quedarme aquí.

—Quédate esta noche —dijo Adrian en voz baja—. ¿Puedes hacerlo por mí? Ahora no estás en condiciones de estar sola.

—Adrian… —Ni siquiera lo veía a través de la afluencia de las lágrimas que le quemaban los ojos y la garganta. Habían hecho el amor en aquella habitación, se habían abrazado durante horas. Resultaba apropiado que Lindsay recibiera el castigo por dicha transgresión en el mismo espacio—. Nos estamos matando mutuamente. Cada momento que pasamos juntos vuelve a nosotros en forma de un tormento infligido a personas que amamos. Tenemos que mantenernos alejados el uno del otro.

—Sí —coincidió él con voz queda—. Te dejaré marchar. Pero esta noche no. No tal y como estás. Una noche en mi casa, donde sé que estarás a salvo. No te molestaré. ¿Puedes concedérmelo?

—¿Prometes dejarme marchar?

—Sí, *neshama sheli*. Lo prometo.

Lindsay ya no quería saber qué significaba eso. Todo era demasiado doloroso, la intimidad agridulce que habían compartido. Asintió con la cabeza a su petición porque tenía la boca tan seca que no podía hablar.

—Gracias.

Adrian inclinó levemente la cabeza.

La severa austeridad de sus rasgos tenía algo que la perturbó. Un atisbo de sombría determinación. Pero ahora mismo ya no podía más. Se estaba desmoronando, destrozada por un golpe del que no se recuperaría jamás…

«Papá…»

Lindsay salió del despacho sin decir ni una palabra más y cerró la puerta tras ella. Estaba hecha una mierda. Su vida era un desastre. Y estaba jodiéndole la vida a toda la gente de su entorno.

Se retiró a su habitación, se metió lentamente en la cama y lloró hasta sumirse en un sueño oscuro e inquieto.

Adrian hizo el equipaje en una bolsa de viaje con callada deliberación. Separó ropa suficiente para una semana, aunque no preveía necesitarla toda. Dios mediante, Syre estaría muerto en las próximas cuarenta y ocho horas.

Quedaba muy poco tiempo. Vash había reconocido a Lindsay como Shadoe; no había otro motivo por el que le hubiera respetado la vida. En este preciso momento Syre sabía que su hija había regresado. El líder de los Caídos estaría sopesando sus opciones. Consultaría con aquéllos en quienes confiaba, recopilaría datos y decidiría qué hacer con ello. Adrian tenía que llegar a él antes de que se tomara dicha decisión.

Después tendría que llegar a Vashti. El ataque contra la madre de Lindsay había sido tan impropio de la segunda al mando de Syre que sólo podía haberse hecho para mandarle un mensaje a él. Vash tenía que haber sabido que Lindsay era Shadoe y haber contado con que se enteraría del asesinato cuando inevitablemente se encontraran. Las pocas décadas que habían transcurrido no eran nada para un inmortal, la espera era intrascendente.

La cuestión era: ¿por qué? Si hacía tanto tiempo que Vash sabía quién era Lindsay, ¿por qué no decírselo a Syre? Adrian tenía intención de obtener la respuesta directamente de la fuente.

Maldita fuera. Detestaba cazar de esta manera… poco elaborada, demasiado apresurada. Ése era el motivo por el cual, en todas las reencarnaciones pasadas de Shadoe, había esperado a que Syre fuera hasta él. Era mejor enfrentarse a su oponente en su terreno, donde tenía todas las ventajas a mano. Pero a veces lo que hacía falta para introducirse en las defensas de un enemigo era un ataque rápido y temerario. Rezaba para que éste fuera el caso, porque iba a intentarlo. Porque esta vez era distinto. Lindsay era distinta. Él era distinto con ella. Valía la pena el precio que tuviera que pagar, fuera cual fuera.

Dirigió rápidamente la mirada al reloj de la mesita de noche. Faltaba poco para medianoche. Afortunadamente, Lindsay había dejado de llorar alrededor de las diez y se había quedado dormida. Todos los sollozos que provenían de su habitación se habían clavado en Adrian cada vez más hondo hasta que ahora su corazón sangraba sin parar. Las cosas nunca habían sido así entre ellos. En el pasado ella siempre se las había ingeniado rápidamente para meterse en su cama y quedarse allí. En cualquier otra reencarnación ahora mismo él estaría en sus brazos. Abrazándola, haciéndole el amor, optando por no precipitar el inevitable enfrentamiento con Syre para así poder ganar un poco más de tiempo con la mujer que amaba.

Ahora tenía un vuelo reservado que lo llevaría a Raceport en cuestión de pocas horas. Iba a viajar solo, en un vuelo comercial, y llegaría poco después del amanecer. La hora del día no afectaría a Syre, pero limitaría el número de esbirros a los que Adrian tuviera que enfrentarse.

Estaba metiendo otra camiseta Henley en la bolsa cuando la oyó gimotear. Se quedó inmóvil y concentró todos sus sentidos en la mujer que estaba durmiendo en la habitación de al lado. El colchón soltaba aire con sus movimientos; luego oyó un gemido seductor que arrolló sus sentidos.

A Adrian se le puso la carne de gallina. Se alejó de la cama para acercarse a la pared aunque no necesitaba la proximidad. Podría estar en el barracón de los licanos y seguir oyendo la respiración de Lindsay como si tuviera el oído pegado a su pecho.

Ella empezó a jadear y a retorcerse. Otro gemido lo sacudió por completo.

Incapaz de resistirse a ella cuando el tiempo que pasarían juntos casi había llegado a su fin, Adrian abandonó el dormitorio y recorrió el corto trecho de pasillo hasta la puerta de Lindsay. Soltó el pestillo con un pensamiento impaciente y entró.

En el dormitorio reinaba la oscuridad. Las cortinas estaban corridas y ocultaban las vistas de la ciudad a lo lejos. Adrian cerró la puerta al entrar y avanzó hacia la cama en silencio, viéndola con la misma claridad que si estuviera la luz encendida.

Lindsay se había destapado a puntapiés. Se retorcía en la cama con sensual abandono y el voluptuoso aroma de su deseo se metió en la cabeza de Adrian y lo intoxicó. Ella se agarraba los pechos con las manos y los apretaba por encima del satén de la camisola a juego con el tanga que llevaba.

Arqueó la espalda ofreciendo sus hermosos pechos como un obsequio.

—Adrian...

Él inhaló bruscamente al oír la invitación erótica de la voz de ella. Bajó la mano y frotó su ardiente erección por encima de los pantalones en toda su longitud mientras la sangre corría caliente y espesa por sus venas. Lo que lo había excitado tanto era la buena disposición de Lindsay mientras dormía, una disposición que le negaba estando despierta porque le tenía cariño. Adrian comprendía el afecto que la motivaba. Si no lo amara, ella no negaría las necesidades que la perseguían incluso en sueños.

Consciente de que no debería hacerlo, Adrian lo deseó y su ropa quedó amontonada en el suelo de cualquier manera. Resultaba agradable notar el aire frío de la noche en su piel caliente, casi como una caricia de las manos de Lindsay. Ella emitió otro suave gemido. Entonces apoyó la rodilla en la cama.

El colchón se hundió bajo su peso y Lindsay abrió los ojos de golpe.

—Adrian —susurró, y se lanzó rápidamente en sus brazos.

Gimió cuando ella lo besó ardientemente y le hundió la lengua en la boca con una avidez que hizo que la punta del pene se le mojara del deseo que sentía por ella. Lindsay lo empujó, colocó una de sus sedosas piernas encima de las caderas de Adrian y alargó la mano entre ellas para agarrarle el miembro con su esbelta mano. Adrian arqueó el cuello al sentir el placer de su tacto, de su deseo, de su lujuria entregada sin reservas por primera vez.

Lindsay empujó hacia abajo y la cálida humedad de su sexo, que había empapado la tira de satén del tanga, quemó la piel sensible de la erección de Adrian. Necesitaba sentir la piel desnuda de ella contra la suya, por lo que le agarró la ropa interior y se la arrancó del cuerpo. Un fuerte estremecimiento lo recorrió cuando notó lo mojada que estaba. La sensación de sus labios depilados, suaves como un pétalo de flor, acariciando todo su pene casi lo llevó al clímax.

—*Ani rotza otha*, Adrian —susurró Lindsay al tiempo que deslizaba su resbaladizo sexo sobre él, adelante y atrás.

«Te deseo.»

Adrian se quedó inmóvil, el corazón se detuvo en su pecho. Conocía muy bien aquel tono seductor.

—¿Shadoe?

Ella alzó la espalda, deslizó las manos por los sensuales rizos rubios de Lindsay e hizo ondular su cuerpo mientras ejercía sobre él su erótico hechizo.

Pero ya no fue lujuria lo que Adrian sintió cuando el alma de Shadoe lo miró desde el hermoso rostro de Lindsay.

Adrian soltó una temblorosa exhalación.

La primera vez lo había atraído de la misma manera. Empezó con un beso robado. Luego el sabor de sus pechos, que le ofreció alzándolos con ambas manos con los pezones marrón oscuro duros y erectos al descubierto. Él le había suplicado que lo dejara en paz, que respetara la misma ley que le había hecho cumplir a su padre. Le había rogado que fuera fuerte por él porque él había sido muy débil con ella.

En cambio, a medida que transcurrían los meses ella se había vuelto más atrevida. Había jugado con su cuerpo delante de él, había rondado deliberadamente los lugares que él frecuentaba y lo había provocado con la imagen de sus dedos relucientes entrando y saliendo de su sexo inflamado hasta que llegaba al orgasmo con su nombre en los labios. Adrian se había resistido a ella hasta que lo amenazó con llevarse un amante a la cama y asegurarse de que la encontrara mientras le acariciaba el pene a otro hombre por encima de la ropa. Enojado, dominante, tentado más allá del buen juicio, le había dado lo que le había estado pidiendo y la había poseído en el suelo como un animal en celo. Y en cuanto cayó ya no hubo vuelta atrás.

—*Ani rotza otha* —repitió ella mientras balanceaba las caderas contra él casi con violencia, llevándolo al orgasmo.

—No, *tzel*.

Adrian la agarró de las caderas, la separó de él y se alejó. Se fue levantando y se pasó las manos por el pelo, dolorosamente excitado por el tacto de Lindsay, por su perfume y por el sonido de su voz.

Pero no era Lindsay quien lo llamaba desde la cama a sus espaldas.

—*Ani ohevet otchah* —murmuró Shadoe mientras hacía susurrar las sábanas con sus movimientos sinuosos.

«Te quiero.»

Adrian cerró los ojos con fuerza. Sus alas se liberaron de repente y se doblaron con enojo. Tendría que haberlo sabido. Lindsay nunca lo seduciría. Ella se habría negado tal y como había estado intentando hacer desde el principio. Por su bien. Porque lo amaba.

Adrian volvió a ponerse la ropa con sólo pensarlo y luego se pasó las manos por el pelo. Cuando la mano de Shadoe tocó su hombro desnudo, él la agarró y se dio la vuelta para mirarla.

—Tómame —susurró desnuda ante él, poseyendo aquel cuerpo que tan bien encajaba con el suyo, que lo abrazaba con tanta dulzura, que le proporcionaba tanto placer que él lloraba con el poder que entrañaba.

No era más que un caparazón que no contenía a la mujer que él amaba.

Adrian tomó el rostro de Lindsay entre sus manos y la miró a los ojos, las ventanas hacia un alma que no era la suya. Inclinó la cabeza y le dio un beso suave y casto mientras se le rompía el alma por la mujer a la que había amado hacía mucho tiempo. Una mujer tan bella, feroz y seductora que había llevado a un ángel a su caída. Él la había amado con un abandono ardiente que lo saturaba.

Pero la época de Shadoe había pasado y desde entonces él se había enamorado de otra persona. De una mortal cuyo amor era desinteresado. Una mujer que lo aceptaba tal como era, incluyendo la ley y las normas que lo habían forjado y que al mismo tiempo les prohibían estar juntos.

Adrian le rozó los pómulos con los pulgares y apoyó la frente contra la suya.

—Voy a liberarte, Shadoe. Voy a dejarte marchar.

—Te deseo —repitió ella, y alargó la mano entre los dos hacia la erección de Adrian que empezaba a flaquear.

Él arqueó las caderas para evitar su mano y envió una oleada de languidez que recorrió el cuerpo de Lindsay. Cuando ella quedó inconsciente la sujetó, la tomó en brazos y la llevó hasta la cama. No pudo hacer nada con el tanga que había destrozado ante lo extremo de su necesidad, de modo que la tapó con la sábana. Le retiró el pelo de la cara y le dio un beso en la frente.

—Lindsay. —Rozó su piel húmeda de sudor con los labios—. Pronto terminará todo.

Se enderezó y salió de la habitación con paso resuelto. El latido de su corazón era fuerte y rápido, pero por primera vez desde hacía una eternidad tenía la mente muy clara.

El peso del pasado se desvaneció junto con sus alas.

Cuando volvió a desvestirse y se metió bajo una fría ducha, el agua se lo llevó todo… la culpabilidad y el dolor, la pena y el remordimiento.

«¿Por qué no vas a dejar que te salve?», había preguntado Lindsay sin darse cuenta de que ya lo había salvado de la más fundamental de las maneras. Le había dado la fortaleza de la que había carecido y un dulce y valioso amor. Ella podía enseñarle muchas cosas sobre cómo amar desde el interior. Lo que más lamentaba era no haber tenido nunca la oportunidad de seguir su ejemplo.

Pero al menos podía liberarla de su pasado. Todo el miedo y la indecisión que lo habían atormentado desde hacía siglos habían desaparecido. Adrian ya no dudaba de la sensatez de su decisión de atacar primero dentro de territorio enemigo. Lindsay era infeliz y él no podía soportarlo. No podía soportar ser la causa de su dolor. Si estaba en su poder terminar con su sufrimiento, tenía que intentarlo.

Durante todos estos años había querido ahorrarse más reproches. En lugar de permitir que Shadoe tuviera la paz de una muerte honorable en batalla, había intentado egoístamente atarla a él con la inmortalidad. No le correspondía a él interceder una vez el Creador decidía si era hora de que alguien muriera, y el castigo por haberlo hecho había sido largo y doloroso. Había intentado terminar el ciclo tanto por sí mismo como por Shadoe.

Ahora actuaría sólo por Lindsay. Le devolvería la vida que debería ser suya. Una vida de normalidad. La oportunidad de ser feliz. La ocasión de encontrar a un hombre que la amara sin todas las cadenas que lo ataban a él a su deber.

Era un regalo que podía hacerle sin condiciones. No igualaba el que ella le había dado, pero se lo entregaría desinteresadamente, producto de un profundo amor como no había conocido jamás.

21

Nada más despertarse, Lindsay supo que Adrian se había marchado. La sensación de vacío que tenía era tan penetrante que la carcomía. Se movió para levantarse de la cama y se dio cuenta de que estaba desnuda. Por un segundo se preguntó por qué. Entonces afluyeron los recuerdos.

«Voy a dejarte marchar.»

«Pronto terminará todo…»

Soltó un grito ahogado, se dobló en dos y una angustia insoportable le atenazó el pecho. Su padre estaba muerto. «Papá.»

Y sabía, como sólo puede saber una mujer enamorada, que Adrian no tenía intención de volver a verla.

Cerró los ojos, pero las lágrimas brotaron libremente. Había perdido a las dos personas más importantes de su vida al mismo tiempo. Y mientras se mecía presa del dolor, los ecos de sus sueños regresaron para atormentarla. Notó el ardiente deseo recorriéndola, tan caliente e intenso que no podía resistirlo. En cambio ella lo había abrazado, lo había amplificado, deleitándose con ferocidad al hacer que Adrian se doblara como un junco bajo él. El poder que había sentido al conseguir que él capitulara contra su voluntad había resultado embriagador y adictivo. Y espeluznante. Casi había tenido la sensación de estarse viendo desde fuera, incapaz de controlar sus propios impulsos salvajes. Cuando Adrian se había apartado de ella se había sentido muy aliviada por los dos. Agradecida de que él poseyera la fortaleza de la que ella carecía.

Pero no se había apartado de ella por un momento. Se había apartado de ella para siempre. En sus sueños, la voz de Adrian había estado desprovista de la ávida ternura que ella se había acostumbrado a sentir.

Se le escapó una risotada medio trastornada y medio sollozante.

Se puso de pie, se enderezó y supo que tenía que mantener la cabeza fría. Tenía que regresar a Raleigh, y esperaba quedarse allí durante un tiempo. Necesitaba orientarse, resolver qué haría a partir de ahora. Necesitaba recomponerse y luego planear cómo dar caza a Vash. El deseo de venganza era tan intenso que apenas podía pensar en otra cosa. En cierto sentido era una suerte. La venganza le daba algo en lo que centrarse aparte de la pena que la debilitaba.

Se duchó y se vistió. Cuando hizo la cama encontró las bragas hechas pedazos. Tanto si se las había arrancado ella misma en medio de su sueño erótico como si Adrian había estado con ella en realidad y lo había hecho él, el resultado final era el mismo: todo había terminado entre los dos.

—Ten cuidado con lo que deseas —masculló preguntándose por qué no dejaba de desear cosas de una vez por todas.

Salió a la terraza y por la posición del sol en el cielo vio que ya era bien entrada la mañana. No había ángeles volando; ni tampoco nubes. Hacía un día precioso, de ésos de los que los habitantes del sur de California disfrutaban casi todo el año.

Sumida en su dolor, Lindsay tomó un tramo de escaleras que descendían por la ladera hasta una terraza más pequeña situada a unos centenares de metros más abajo. Desde allí se perdían las vistas de la ciudad, lo cual te dejaba con la impresión de estar solo en los confines del paisaje autóctono del sur de California.

Apoyó los codos en la barandilla y empezó a buscar en la lista de contactos de su teléfono móvil. Tenía que realizar muchas llamadas y ocuparse de muchos preparativos. Se obligó a realizar todos los pasos pese a sentirse vacía y fría por dentro. Muerta.

Una enorme sombra alada pasó por encima de ella.

La sombra de un ángel, seguida del susurro de las plumas cuando el Centinela aterrizó a su lado. Ella tuvo la esperanza vana y desesperada de que fuera Adrian y como no quería dejarla escapar, vaciló un segundo antes de darse la vuelta para ver quién la acompañaba.

Una mano le rozó el hombro.

—Buenos dí… —empezó a decir.

Quedó inconsciente antes de terminar el saludo.

Adrian entró en Raceport montado en una Harley que había comprado hacía tan sólo una hora. Era primera hora de la tarde. Casi todos los esbirros se hallaban cómodamente instalados en alguna parte, durmiendo en la oscuridad. Por desgracia, Raceport tenía una de las mayores concentraciones de Caídos del país. Después de todo este tiempo seguían rondando a Syre como mariposas nocturnas en torno a una llama, aun cuando todos ellos ya habían sido quemados y desfigurados.

La situación de Adrian sería mucho mejor si tuviera consigo un contingente de Centinelas o una manada de licanos. Pero aun cuando la necesidad de tener éxito era primordial, se negó a involucrar a nadie en su venganza personal. Aquella batalla era suya. Las consecuencias de lo que estaba a punto de hacer recaerían únicamente sobre sus hombros.

Dio marcha atrás y aparcó la motocicleta justo enfrente de la tienda del pueblo. El despacho de Syre estaba encima de ella, tal como Adrian sabía por la atenta y constante vigilancia de la zona… igual que otros vigilaban Angels' Point. Todo formaba parte de la cuidadosa danza entre los dos, de la necesidad de mantener un equilibrio incluso cuando todo cambiaba y se movía a su alrededor.

Desmontó y retiró una escopeta de la funda sujeta a la motocicleta. Llevaba una pistola y una daga atadas una en cada muslo y sentía un cosquilleo en la espalda por la necesidad de emplear sus armas más poderosas. La furia de los ángeles corría ardiente y con fuerza por sus venas.

Antes de llegar al primer peldaño de la escalera exterior que llevaba al despacho del líder de los Caídos, supo que algo no iba bien. Raceport estaba llena de gente como de costumbre, debido a su reputación por ser una meca de los entusiastas del motociclismo de todo el país, pero muy poca gente lo miró dos veces. Incluso cuando un grupo de mujeres vestidas con zahones le silbaron desde el otro lado de la calle, no atrajo demasiada atención. Si Syre hubiera andado cerca, las medidas de seguridad serían tan estrictas como las que él mismo empleaba en Angels' Point.

Con el semblante adusto y decidido, subió las escaleras sin ningún percance y una vez arriba entró en el vestíbulo.

Dos figuras sombrías se abalanzaron sobre él. Las abatió a balazos, incapaz de utilizar sus alas en un espacio tan pequeño. Aparecieron dos más a su espalda justo antes de que llegara al despacho de Syre. Adrian abrió la puerta de golpe, entró a toda prisa y oyó el grito de uno de sus perseguidores cuando un haz de luz del sol inundó el vestíbulo.

Cerró la puerta de un puntapié y colocó una silla bajo el pomo, todo ello sin apartar la mirada ni el cañón de su escopeta de la vampira que estaba sentada a la mesa de Syre.

—Hola, Adrian —dijo ella entre dientes, y sus labios se curvaron en una sonrisa que no llegó a sus ojos.

La luz del sol caía sobre sus pálidos brazos desnudos y su cabello color chocolate. Sus ojos ambarinos relucían como los de un tigre, pero Adrian se acordaba de cuando habían sido azules como los suyos.

—Raven.

—No está aquí.

—Eso ya lo veo.

—Ni siquiera está en Virginia.

Adrian se acercó a la puerta del lavabo, la abrió y echó un vistazo superficial al interior.

—Sólo estamos tú y yo —le aseguró ella—. Y tengo órdenes de no matarte.

—Ah. De modo que jugamos según las mismas reglas.

Ella se puso de pie con un movimiento extraordinariamente elegante y reveló una falda vaquera ultracorta con la que no podía inclinarse sin exponerse. La blusa era de tela a cuadros y la llevaba atada entre sus turgentes pechos, lo cual le daba un aspecto de chica de campo que estaba seguro de que tenía buena acogida entre los hombres que visitaban la zona.

Rodeó la mesa, deslizó las yemas de los dedos de la mano derecha por su brazo izquierdo y lo miró por debajo de unas pobladas y largas pestañas.

—Tienes buen aspecto, Adrian. Muy bueno. Te sienta bien tener sexo.

Adrian sonrió, acostumbrado a este juego. A los Caídos les gustaba mofarse de los Centinelas con su sexualidad. Era como si quisieran pavonearse del motivo de su caída, así como provocar a unos seres conocidos por su abstinencia.

—¿Dónde está?

—¿A qué viene tanta prisa?

Se fue acercando a él, lamiéndose el labio inferior.

Adrian extendió su ala bruscamente y la obligó a darse la vuelta con rapidez para evitar que la rajara. Acabó tumbada bocabajo sobre la mesa. Entonces le inmovilizó las manos a la espalda antes de que pudiera desquitarse.

Se inclinó sobre ella y le bufó al oído:

—¿Dónde está?

—No tienes que maltratarme —le espetó mientras forcejeaba—. Quiere que te lo diga.

Adrian supo por qué. Se le hizo un nudo en el estómago.

—Va de camino a California.

—De hecho —susurró ella con tono malicioso y una sonrisa burlona—, ya está allí.

Syre se apartó de la cama en la que dormía su hija y salió al salón de la suite de dos dormitorios que había reservado en un hotel de Irvine. Torque estaba sentado en el sofá con los codos apoyados en las rodillas y los dedos juntos debajo de la barbilla. Vash paseaba nerviosa de un lado a otro.

—Le han lavado el cerebro —dijo Vash entre dientes—. No sé cuánto tiempo la ha tenido Adrian, pero la ha entrenado bien. ¡Intentó matarme!

Torque cruzó la mirada con Syre y se encogió de hombros.

—Yo no la vi en acción, pero vendé las heridas de Vash. Shadoe le hizo de las suyas.

La larga cabellera de Vash se balanceaba en torno a sus caderas con sus movimientos agitados.

—No creo que tengas tiempo de hablar con ella detenidamente. Harían falta años para desprogramarla, y el licano que iba con ella es el que secuestró a Nikki.

Torque gruñó.

Syre se pasó una mano por el pelo. Hacía una hora su teléfono había emitido el pitido de un mensaje de texto que le decía que Adrian había aparecido en Raceport. A estas alturas el líder de los Centinelas sabía que Lindsay Gibson se hallaba fuera de su custodia y se habría organizado una búsqueda. No tenían mucho tiempo antes de que les resultara imposible abandonar el estado sin que Adrian lo supiera. Si para entonces Syre no había transformado a Shadoe, nada podría salvarles.

—Puede que tengas que cambiarla primero —dijo Torque— y explicarte después. En cuanto vuelva a ser Shadoe ya no tendrá motivo para odiarnos. Recordará lo que somos para ella.

Syre se dirigió a la puerta contigua y les hizo un gesto con la mano para que se fueran.

—Marchaos. Los dos. Dejadme a solas con ella.

—Eso no es prudente —replicó Vash—. Podría intentar matarte.

—Si el licano no está aquí para decirle lo que soy, ¿cómo lo sabrá?

—Estás dando por sentado que no puede saberlo. Pero yo la vi correr, la vi saltar un puto muro de dos metros y medio. No es del todo mortal, da igual a qué diablos huela.

Olía como Adrian, cosa que a Syre le revolvía el estómago. Estaba preparado para que ella supiera por qué había sufrido todos estos años. Estaba preparado para que recordara lo caro que le había salido su deseo por Adrian.

—Entonces es que Shadoe está cerca de la superficie en Lindsay Gibson —afirmó—. Y estoy más a salvo de lo que crees. Y ahora vete. Ayuda a Torque a localizar al licano. Intentemos atar todos los cabos sueltos que podamos mientras estamos aquí.

Salieron arrastrando los pies por la puerta que conectaba los dormitorios y Vash se volvió a mirar a Syre por encima del hombro con el ceño fruncido. Cuando se fueron él echó el pestillo con una sonrisa en los labios. Vash no soportaba que la superaran en nada. El hecho de que una alumna suya lo hubiera hecho la irritaba enormemente. Si Lindsay Gibson no hubiera sido el recipiente que contenía a su hija, ya estaría muerta.

Syre oyó el suave crujido del colchón en el dormitorio y se situó frente a la puerta que conducía a él con el corazón palpitándole violentamente en el pecho. Nunca había estado tan cerca de recuperarla. Adrian siempre la había mantenido cerca de él, esperando a que él se derrumbara y fuera a por ella. El Centinela no tenía ni idea de cuántas veces lo había intentado a lo largo de los años. Adrian era demasiado preciso, demasiado metódico… una máquina. Era prácticamente imposible romper su código. Pero esta vez había algo distinto. Algo que lo había movido a actuar con temeridad, a permitir que ella saliera, a dejarla sola… Tenía que ser la propia Lindsay Gibson y lo cerca que estaba Shadoe de la superficie en ella. Tal vez fuera lo que Adrian había estado esperando todo este tiempo.

Ella apareció en la puerta con una mirada penetrante como la de un halcón. La mirada de un depredador. La mirada de una cazadora. Una mirada que se iluminó al posarse en él y que luego recorrió el espacio relativamente pequeño.

—¿Qué eres tú?

—¿Cuán preciso quieres que sea?

Syre vio que la confusión ensombrecía sus rasgos. No se parecía nada a él, ni a su madre o hermano, cuyo origen asiático era evidente en el tono de su piel y en sus ojos endrinos. Pero hubo algo en ella que lo reconoció, y eso la dejó perpleja.

—Mucho —respondió.

—Soy Syre. Un vampiro… —Su boca se curvó levemente con una expresión de genuino afecto—, y tu padre.

Lindsay se quedó mirando fijamente al hombre atractivo a más no poder que tenía a unos pocos pasos de distancia…

…y estalló en unas carcajadas histéricas que borbotearon desde las emociones que bullían en su interior. Se rió hasta que le saltaron las lágrimas y le corrieron por las mejillas. Se rió hasta que unos violentos hipidos sollozantes le sacudieron el pecho.

Syre, que de hecho consiguió parecer alarmado, dio un paso vacilante hacia ella, que levantó la mano para que no se acercara.

Se detuvo. El líder de los vampiros, que de algún modo u otro la había secuestrado en Angels' Point, se detuvo cuando ella levantó la mano.

Cedió ante ella. Y ella lo conocía.

Era como una callada certeza en su interior. Conocía al ángel caído al que tenía delante en aquella habitación, con un aspecto demasiado joven como para ser su padre. Era guapísimo. Alto y elegante, como un Centinela, pero mucho más siniestro. Definitivamente peligroso. No solamente por su aspecto, que también era siniestro y peligroso. Su cabello negro y su piel de un tono caramelo hacían juego con unos ojos del mismo color que el dulce de leche, lo cual le daba una apariencia deslumbrante de una manera totalmente exótica.

¡Dios santo! La idea de que se enfrentara a Adrian le resultaba una locura. Estaban demasiado igualados.

—¿Dónde estamos? —preguntó, pues reconoció la cadena del hotel por su disposición característica, pero no estaba segura de dónde estaba situado.

—En Irvine.

—¿Por qué?

Syre le hizo una seña para que tomara asiento. Lindsay sentía una atracción inexplicable hacia el cortés líder de los vampiros, igual que le ocurría con Adrian. No confiaba en dicha atracción… no confiaba en él. Los vampiros atraían a sus víctimas con la seducción y un arrullador sentido de falsa seguridad.

En lugar de sentarse, se dirigió a la pequeña zona de bar y sacó el sacacorchos del cajón. Como arma daba risa. Pero a falta de pan, buenas son tortas.

—No hay necesidad de que te defiendas contra mí, *tzel* —murmuró mientras tomaba asiento a la pequeña mesa de comedor como si no tuviera ni una sola preocupación en el mundo.

—No me llames eso —protestó ella con brusquedad, pues no le gustó nada oír el término cariñoso con el que Adrian la llamaba en los labios de otro hombre.

—¿Por qué no? Es tu nombre.

Lindsay tragó saliva con dificultad y contuvo otra oleada de mareo e intenso *déjà vu* que tras las últimas semanas ya le resultaba muy familiar, aunque no por ello menos desconcertante.

—Me llamo Lindsay Gibson. El nombre de mi padre es… era… Eddie Gibson.

—Eso es cierto… con respecto a tu cuerpo mortal. —Sus ojos ambarinos la observaban con innegable intensidad—. Pero llevas el alma de mi hija Shadoe dentro de ti.

Lindsay notó que empalidecía.

—¿Creías que sólo era un sobrenombre que Adrian tenía para ti? —La voz ligeramente ronca de Syre resultaba hipnotizadora—. ¿Un nombre cariñoso, quizá?

Su acierto la impresionó mucho.

—Ah, ya veo que sí. —Ahora su sonrisa era cómplice y engreída—. Apuesto a que te echó un vistazo y ya no hubo forma de escapar de él. Se centró en ti con una intensidad arrebatadora, ¿verdad? Te persiguió con rapidez y con una determinación que no pudiste rechazar. Te trató como lo más valioso del mundo. Y cuando un serafín como Adrian se propone algo, nunca falla.

Lindsay se apoyó pesadamente en la encimera, se llevó una mano al estómago que tenía revuelto e intentó regular la respiración.

—Eres una mujer muy guapa, Lindsay. Estoy seguro de que se sintió sinceramente atraído por el envoltorio. Pero la mujer que Adrian codicia está dentro de ti, es mi hija, y él nos ha mantenido separados desde el principio de los tiempos.

—Eso es imposible —susurró Lindsay con los labios secos—. No estoy poseída por el espíritu de otra persona.

Syre alzó el mentón.

—Así pues, ¿cómo explicas tu velocidad? ¿Cómo explicas la primera pregunta que hiciste al entrar en esta habitación, «Qué eres tú» y no «Quién eres»? Sientes el poder en mí con unos sentidos que sobrepasan los pocos proporcionados a tu cuerpo mortal.

Lindsay se lo quedó mirando mientras la pierna derecha empezaba a crispársele y a temblar con su creciente inquietud.

—Te estás preguntando cómo es posible —dijo él, aún con aquel tono grave y cautivador—. Verás, Shadoe resultó mortalmente herida. Ya eras cazadora entonces. Adrian te amaba tanto que no podía soportar perderte. Yo ya había descubierto que podía compartir la inmortalidad con los demás y él te trajo a mí al borde de la muerte y me suplicó que te salvara.

Lindsay no se dio cuenta de que estaba llorando hasta que notó que las lágrimas le caían sobre el pecho.

—No vacilé —continuó diciendo—. Empecé el proceso de transformarte.

—¿En un vampiro?

Sintió asco sólo con pensarlo.

Syre soltó una leve risa seca.

—Adrian reaccionó igual. Creyó que podía curarte sin Transformarte. Estabas prácticamente muerta y su sangre no servía de nada, pero Adrian había oído que la Transformación llevaba a los individuos al abismo de la muerte y pensó que yo podría traerte de vuelta de allí. Cosa que podía hacer, pero en forma de vampiro. Cuando se dio cuenta de en qué te convertirías, acabó contigo atravesándote el corazón con un cuchillo.

Lindsay se encogió al imaginar lo mucho que le habría costado eso a Adrian: matar a la mujer que amaba para salvarla. Pero también lo comprendía. Tal como le había sucedido a ella, todos los golpes con los que Adrian había lidiado en su vida habían provenido de un vampiro. Por supuesto que preferiría perder a su amada antes que permitir que se convirtiera en una criatura sin alma chupadora de sangre.

—Pero ya era demasiado tarde. Eras una nafil, una de los nefalines, un hijo nacido de un mortal y un ángel. Tu alma era más fuerte que la de un mero humano. Tenía la fortaleza de la de un ángel, pero sin la debilidad de las alas. Antes de que Adrian matara tu cuerpo, yo ya te había dado sangre suficiente para inmortalizar esa parte inhumana de ti. De modo que has regresado una y otra vez, siempre en un recipiente distinto, pero aun así mi hija.

Aun así la mujer que Adrian amaba. Una mujer que no era ella.

Lindsay irguió la espalda.

—Es una historia muy bonita, pero no te creo.

—¿Por qué iba a mentirte?

—Para ponerme en contra de Adrian.

Syre profirió un suave chasquido.

—Al contrario. Puedo devolvértelo. Total y completamente. Sé que es lo que quieres. Me doy cuenta de lo mucho que le amas.

—¿Qué estás diciendo?

Syre se puso de pie y se acercó a ella.

—Puedo terminar la Transformación, Lindsay. Puedo darte la inmortalidad y volver a despertar en ti el alma que Adrian ama. Puedo quitarte la mortalidad que hace que le estés prohibida. Todo puede ser tal y como debería haber sido.

Lindsay se rió, pero fue una risa que salió en forma de grito entrecortado y doloroso.

—Por supuesto. Llevarse a la mujer de Adrian y convertirla en un vampiro. La venganza extrema por la pérdida de tus alas. Debes de morirte al ver esas puntas carmesí en sus bonitas plumas. Debe de ser un doloroso recordatorio de cómo te mutiló.

Syre se quedó como si nada ante su viperino arrebato.

—No esperaba que me creyeras. ¿Le creerías a él?

A Lindsay le dio un vuelco el corazón.

—¿Qué estás diciendo?

—Llámale. —Sus hermosos ojos relucían como gemas—. Pregúntaselo tú misma.

22

Elijah vio pasar las puertas de entrada a la base de la manada del lago Navajo por las ventanillas traseras del Suburban negro en el que iba. No podía desprenderse del temor sinuoso que lo embargaba. Aunque Damien le había asegurado que no se le consideraba responsable del secuestro de Lindsay, que técnicamente había ocurrido bajo la vigilancia de los Centinelas, lo habían devuelto de inmediato al lago Navajo en lugar de permitirle ayudar en su búsqueda. Estaban enviando al lago a toda la manada de Adrian y se estaba formando otra nueva.

El alcance extremo de dicho acto denotaba una profunda sospecha. A Lindsay se la habían llevado de Angels' Point, lo cual significaba que allí había alguien indudablemente involucrado. Poner a los licanos en cuarentena parecía ser el primer paso en el intento de encontrar a los culpables.

Pese a que comprendía la precariedad de su propia situación, el mayor temor de Elijah era por Lindsay. El estómago le dio un vuelco cuando se enteró de la identidad de la vampira a la que la joven había atacado. Vash ya lo había estado buscando por lo de la sangre de Shreveport; luego habían visto a Lindsay con él... en medio de un ataque al que se había lanzado ella sola. Lo mirara como lo mirara, las cosas no pintaban bien para su amiga. Las cosas pintaban muy jodidas. Dudaba que Lindsay sobreviviera a aquel día, si no es que ya estaba muerta.

Y él se encontraba a estados de distancia sin poder ayudarla. La bestia de su interior se revolvía con nerviosismo, gruñendo su deseo de que la liberaran de su correa. Si no fuera un Alfa, hacía horas que habría perdido el control. Pero resultaba que por primera vez en su vida estaba considerando el motín. No tenía tantos amigos como para tomarse la pérdida de uno con cruel indiferencia, y Lindsay era especial para él: ya había demostrado que moriría para salvarle el culo. Y él aún tenía que devolverle el favor.

El Suburban se detuvo en el centro del puesto de avanzada. Elijah se apeó del vehículo. Una media docena de camionetas aparcaron en fila por detrás del todoterreno y el resto de la manada de Adrian fue apareciendo en el patio.

Jason se acercó a él.

—Has llegado enseguida. Bien. He reducido la lista de sospechosos a seis individuos. Uno de ellos es el responsable de robar tu sangre. Pensé que quizá te gustaría interrogarlos.

Elijah miró fijamente al Centinela a través de sus gafas de sol, pues la muestra de camaradería hizo que se pusiera en guardia de inmediato. Jason valoraba poco a los licanos. De vez en cuando eran útiles, pero siempre prescindibles… y a veces los trataban peor que si fueran perros.

El Centinela le dio unas palmaditas en la espalda y sonrió.

—Pensé que te alegrarías. Y en cambio me frunces el ceño.

Elijah lo entendió y se dio la vuelta para evitar que el Centinela lo tocara. Estaban haciéndole quedar como un licano que se sentía más vinculado con los ángeles que con su propia gente. Por eso lo habían hecho ir en el Suburban. Era por eso por lo que ahora Jason le estaba dando un trato especial. Él había pensado que no lo querían perder de vista mientras preparaban el castigo.

Y había acertado, sólo que no de la manera que hubiera esperado.

Se dirigió hacia los demás miembros de la manada de Adrian y se encontró con que lo miraban con desafío y determinación.

Rachel dio un paso adelante y le dijo entre dientes:

—¿Te crees que eres uno de ellos?

—Eres una chica lista, Rach. Sabes que nos están manipulando a ambos. Nos están manipulando a todos.

Jonas se acercó más a él.

—Tú eres Alfa, Elijah. ¿Qué vas a hacer al respecto?

El joven e impetuoso licano señaló con un gesto la valla de troncos de nueve metros de altura que los rodeaba y dijo:

—Si yo fuera Alfa, destrozaría este lugar.

—¿Y adónde irías? —lo retó Elijah.

A Rachel le brillaban los ojos.

—No sé de qué tienes miedo, El. Pero vas a tener que tomar una decisión sobre de qué lado estás. No dejes que la muerte de Micah sea en vano.

—No puedes responsabilizarme de eso.

—Todo depende de ti —dijo ella con frialdad—. Más de lo que eres consciente.

Elijah abrió la boca para replicar, pero ella cambió de forma y aulló. Los demás miembros de la manada alteraron sus formas en masa y lo rodearon con una flagrante demostración de sumisión. Los Centinelas más próximos desplegaron las alas con los ojos encendidos.

Jason se acercó más, con las alas encrespadas hacia adelante en la conocida pose lista para el combate.

—Elijah…

La manada respondió a la amenaza implícita para su Alfa —una amenaza que habían instigado ellos— abalanzándose en una agitada marea de pelaje multicolor.

Los gritos rompieron la tranquilidad de la montaña. Los ángeles remontaron el vuelo. Licanos en forma lupina salían en tropel por puertas astilladas y ventanas rotas en una interminable oleada. Sonaron disparos y los aullidos hedieron el aire.

Elijah estaba en medio del caos absoluto, viendo cómo todo lo que conocía se desmoronaba formando charcos de sangre, pelo y plumas. Los gritos resonaban a través de él y hacían eco en su horrorizada mente.

Una bala le perforó el hombro y el diminuto fragmento de plata que contenía le hizo chisporrotear la carne como si fuera ácido. Los licanos reaccionaron al olor de su sangre y se volvieron más frenéticos y feroces. Habían tomado la decisión por él, de modo que cambió de forma y se lanzó a la lucha con la esperanza de salvar tantas vidas como le fuera posible.

Adrian miró por las ventanas del despacho de Syre hacia la ciudad situada más abajo. La inquietud le había helado la sangre. Con cada segundo que pasaba sentía que se iba sumiendo más vertiginosamente en un primitivo estado de ira.

Su teléfono móvil vibró sobre la mesa. Notó la mirada recelosa que le dirigió Raven cuando se llevó el aparato al oído.

—Mitchell.

—Adrian.

El aliento salió de su pecho como un estallido.

—¡Lindsay! ¿Dónde estás? ¿Estás herida?

—¿Preferirías llamarme *tzel*? —le preguntó en voz baja.

Adrian se dejó caer en la silla de Syre.

—¿Qué te ha contado?

—Una larga historia, pero lo esencial es que llevo a la mujer que amas dentro de mí. ¿Eso es cierto?

Adrian vaciló un momento al sentir el dolor subyacente en la voz de Lindsay.

—Llevas en ti el alma de Shadoe, sí.

Raven lo observó ávidamente desde la silla del rincón con los ojos centelleantes de malicioso regocijo.

—Por eso te acercaste a mí en el aeropuerto.

—Al principio fue por ella —admitió Adrian—. Pero eso cambió. Lo que se ha forjado entre nosotros desde entonces es por ti, Lindsay.

—En cuestión de pocas semanas consigues a la mujer a la que has amado durante siglos ¿y te enamoras de mí? —Emitió un ruido ahogado, un sonido tan angustioso que a Adrian se le rompió el corazón al oírlo—. Perdóname si no te creo.

—Puedo demostrártelo. Dime dónde estás, cómo encontrarte. Si mato a Syre, el alma de Shadoe quedará libre. Seremos sólo tú y yo.

—Pero tú te despediste de mí ayer, Adrian. No con estas palabras, pero igualmente era el final. ¿Es por esto?

—No, maldita sea. —Cerró el puño en torno a un bolígrafo que había en la mesa—. Es porque en cuanto mate a Syre, tu cuerpo y tu alma serán tuyas. Ya no sentirás más el mal a tu alrededor. Ya no percibirás a los seres que no son humanos. No poseerás atributos físicos que tengas que ocultar. Puedes ser normal. Llevar una vida normal. Disfrutar de todas las valiosas cosas mortales para las que no has tenido tiempo.

Se hizo un largo silencio que sólo llenó el sonido de las laboriosas respiraciones de ambos. Adrian oyó que se cerraba una puerta en el extremo de la línea de Lindsay.

—Syre dice que puede arreglarlo. Puede hacerlo bien.

Adrian se inclinó hacia adelante.

—No le escuches. Te dirá lo que tenga que decirte para conseguir lo que quiere.

—Dice que si completa la Transformación, puedes tener de vuelta a Shadoe. Esta vez para siempre. Inmortalmente.

—¡Joder, no! —La habitación le daba vueltas—. No es eso lo que quiero.

—¿Ah, no? Todos esos siglos… todas esas reencarnaciones… La has encontrado y la has amado. Y la has perdido una y otra vez. Ahora existe la posibilidad de acabar con todo eso.

—Se equivoca, Lindsay. —Adrian oyó la ronquera de su voz, la brutal desesperación, y se preguntó por qué ella no podía oírla—. Él cree que el alma nafil de Shadoe, un alma que es en parte ángel, es más fuerte que la tuya. Quizás eso fuera cierto cuando ella estaba viva. Pero no lo está. Es un polizón en tu cuerpo. Tu alma está más afianzada en tu forma física que la suya. Tú no eres como las otras encarnaciones de ella. Tú sientes sus impulsos, pero puedes hacer caso omiso de ellos. Tú siempre has sido tú desde el momento en que nos conocimos. Si dejas que Syre finalice la Transformación, su alma será liberada, la tuya morirá y lo que quedará será un vampiro chupador de sangre. Tú no quieres eso. Yo no quiero eso para ti.

Adrian oyó un suave sollozo.

—Lindsay. —Le escocían los ojos. Le ardían los pulmones—. Por favor. Por favor, no lo hagas. Déjame que venga, que hable contigo. Has pasado por muchas cosas en las últimas veinticuatro horas. Todavía no te has recuperado de la muerte de tu padre... y con razón. Necesitas tiempo para pensar. Tiempo para sanar. Deja que esté contigo para apoyarte, tal como has hecho tú por mí.

—No me hace falta pensar en esto. No importa cómo vayan las cosas con la Transformación, al fin serás libre. Tanto si eres libre con ella o sin ella, este horrible ciclo de sufrimiento que has atravesado terminará por fin.

Se le rompió el bolígrafo en la mano. La tinta negra salpicó la mesa.

—Yo puedo hacer lo mismo matando a Syre. Él inició la Transformación; él es el único que puede terminarla. Deja que lo haga a mi manera. Deja que me ocupe de esto.

—Adrian...

—Te quiero, Lindsay. A ti. No a ella. La amé una vez, pero ya no. No como antes. Anoche me di cuenta de que no fue durante mucho tiempo. Y nunca la quise como te amo a ti. Te lo suplico... con todo lo que soy... con todo lo que te pertenece... no lo hagas.

—Creo que me amas —susurró ella tan bajito que Adrian apenas la oía—, tanto como puedes. Pero eso no es más que otro motivo para terminar con esto. Mientras yo esté por ahí en alguna parte, nunca vas a poder dejarme ir... Lo oigo en tu voz. Vas a estrellarte contra las rocas una y otra vez hasta que estés completamente destrozado. No

puedo dejar que lo hagas. Al menos, una vez que me haya transformado me dejarás ir. No me querrás siendo un vampiro.

Adrian se puso de pie de un empujón y la Blackberry crujió bajo la
presión de su mano.

—¡Lindsay!

—Te quiero, Adrian. Adiós.

Lindsay salió del dormitorio recién duchada y sintiéndose limpia tanto
por dentro como por fuera. Syre esperaba pacientemente sentado a la
mesa del comedor. Ella tenía la sensación de que era de esos hombres
que podían permanecer sentados y completamente inmóviles durante
horas, esperando, con una paciencia infinita e inflexible. Poseía tal
control y poder… irradiaban de él tal como lo hacían de Adrian.
Adrian, cuya hermosa voz había restallado, acuchillada por la fuerza
de sus emociones. Ella lo estaba haciendo más humano día a día, de-
bilitándolo cuando más fuerte necesitaba ser. El hecho de ver cara a
cara a Syre se lo demostró más que ninguna otra cosa. El líder de los
vampiros era una fuerza formidable que había que tener en cuenta, y
su segunda al mando era una maníaca homicida. En los próximos días
Adrian tendría que estar en plena forma para sobrevivir.

—¿Estás lista?

Syre se puso de pie con un despliegue de elegancia y soltura.

Lindsay asintió.

—Sí, estoy lista.

Syre le indicó con un gesto que volviera al dormitorio.

—¿Puedes explicarme qué va a pasar? —le preguntó mientras se
tumbaba en la cama tal como le había indicado.

El corazón le palpitaba con tanta fuerza que llegó a pensar que
sufriría un infarto.

El líder de los vampiros se sentó en la cama a su lado y le tomó la
mano. La miró directamente a los ojos, con un afecto que suavizaba

sus rasgos perfectos. Sólo con mirarlo Lindsay supo lo despampanante que debía de haber sido Shadoe. Una belleza exótica cuyo amor había esclavizado a Adrian para siempre.

—Voy a beber de ti. —Su voz era como un coñac caliente y embriagador—. Voy a vaciarte hasta casi matarte. Luego volveré a llenarte con la sangre de mis venas y eso va a transformarte.

—Mi alma morirá.

Por un momento dio la impresión de que Syre iba a mentirle. A continuación asintió con la cabeza.

—Las almas mortales no sobreviven a la Transformación. Pero si te sirve de consuelo, creo que Shadoe habrá absorbido algo de ti durante el tiempo que habéis estado juntas. Puede que sigas existiendo de esa forma. No creo que te pierdas completamente.

—Pero no lo sabes.

—No —admitió—. Eres única.

Lindsay soltó una temblorosa bocanada de aire.

—De acuerdo. Estoy preparada.

Syre le apartó el pelo de la frente.

—Lo amas de verdad. Ojalá entendiera por qué. Cada vez que regresas vuelves a amarlo otra vez.

Ella cerró los ojos.

—Por favor. Acaba con esto de una vez.

Lindsay notó la humedad de su aliento con olor a especias en la muñeca y acto seguido la fuerte punzada de su mordisco.

Lindsay flotaba en un miasma extrañamente cálida. Se dejaba llevar lánguidamente, como una nadadora boca arriba, y el sentido del tiempo y de la urgencia habían desaparecido por completo.

Las olas de recuerdos se alzaban y formaban crestas a su alrededor. Algunos eran suyos; la mayoría no. Ella los examinaba con detenimiento y suma fascinación, observando los acontecimientos como si se trataran de carretes de películas. Había muchas versiones de sí misma, como si fuera la única actriz en una obra interminable con múltiples personajes, escenarios y épocas.

En el fondo de su mente, percibía que algo se quemaba en la distancia. El humo y el fuego lamían las orillas de sus recuerdos e hicieron hervir el agua hasta que resultó desagradable contra su piel desnuda. Intentó retorcerse para alejarse, luego hundirse bajo el agua, pero no había fondo bajo la superficie. Sólo había un vacío sin fin y el cosquilleo del abismo que le chupaba los dedos de los pies, llevándosela hacia abajo.

Entonces rompió la superficie y recuperó la posición horizontal manteniendo las piernas alejadas del seductor tirón de abajo.

No había manera de escapar al creciente calor.

—Pronto desaparecerá.

Al volver la cabeza para ver quién hablaba, Lindsay descubrió que había una mujer flotando allí cerca. Una mujer exótica e imponente. Una mujer cuya belleza suntuosa hacía una asombrosa pareja con la oscura magnificencia de Adrian.

—Shadoe.

Shadoe sonrió.

—Hola, Lindsay.

Ella alargó el brazo y juntaron los dedos. El contacto provocó una rápida oleada de refrescante alivio que subió por el brazo de Lindsay. Se le llenó la cabeza con imágenes de Syre y de una hermosa mujer asiática. Se estaban riendo. Jugaban. Perseguían por un campo cubierto de hierba alta a dos niños pequeños que se reían tontamente. Syre tenía alas. Unas alas grandes y magníficas, de un azul celeste que se correspondían perfectamente con el color de sus ojos. Las alas se desplegaban y extendían con una visible manifestación de su alegría. Syre levantó a la niñita en alto y le dio un beso en la frente. Lindsay notó la presión de aquellos labios contra su propia piel, sintió el roce de amor paternal que los acompañaba como si fuera para ella.

Syre dejó a Shadoe en el suelo y persiguió a su hijo, un niño adorable con brazos y piernas regordetes. Shadoe se dirigió al lugar donde su madre estaba disponiendo una comida campestre. Se sentó al borde de la manta y arrojaba pequeños trozos de alguna especie de vegetal hacia el límite del claro, allí donde la hierba empezaba su dominio del paisaje.

Apareció una criatura pequeña parecida a un conejo, suave y peluda, y blanca. Siguió el rastro vegetal hasta Shadoe, que acarició su cabecita confiada con las yemas de los dedos. Cuando la criatura se volvió más atrevida y se empinó para apoyar las patitas delanteras en el muslo de Shadoe, ella se rió con deleite y levantó a la criatura tal como Syre había hecho con ella apenas unos momentos antes. Acarició al dulce animal con su naricita pecosa y luego enterró el rostro en su cuello.

El grito de la criatura sobresaltó a Lindsay con tanta violencia que se sacudió y se hundió bajo las olas. El recuerdo se le escapó y quedó atrapado en la agitada espuma cercana a la costa en llamas, pero no antes de que percibiera el fuerte olor de la sangre y la belleza del carmesí empapando un blanco inmaculado. Como las alas de Adrian.

Agitó las piernas para volver a la superficie, jadeando con una mezcla de miedo, fascinación y un apetito cada vez mayor. El olor de la sangre de la criatura la enloqueció. Se le hacía la boca agua de deseos de beberla con avidez igual que había hecho Shadoe.

Shadoe sonrió al oír la respiración entrecortada de Lindsay. La nafil flotaba elegantemente sobre su espalda con las manos debajo de la cabeza. Su cabello oscuro se extendía en abanico, lo mismo que la falda vaporosa y transparente de su vestido. Parecía una ninfa, hermosa y seductora.

—Tú ya eras un vampiro —la acusó Lindsay.

—No. Los nefalines tenían sed de sangre antes de que cayeran los Vigilantes. Nuestras mitades de ángel necesitan la energía que se encuentra en la fuerza vital de otros.

La voz de la mujer no denotaba horror ni remordimiento. Ni pena ni vergüenza.

Lindsay se esforzó por encontrarle sentido a todo aquello. El intenso calor se iba desvaneciendo poco a poco y la languidez volvió a embargarla. Tenía la misma sensación que si estuviera echándose una siesta, como si se hundiera en el abrazo sedoso de los recuerdos que la rodeaban.

—Él me ha amado desde siempre —dijo Shadoe en tono despreocupado—. De manera obsesiva.

—Lo sé.

Nuevos recuerdos pasaron sobre ella a lengüetazos. Reconoció algunos de sus sueños. Ahora tenían sentido. Todas las imágenes y escenas contenían a Adrian en momentos de lujuria y pasión. Lindsay observó sintiendo unos celos intensos y feroces. Cerró los ojos pero ni así encontró alivio. Los recuerdos estaban en su cabeza, en su mente. Susurrantes. Arrulladores. Suplicantes. Estaba a punto de hundirse bajo las olas para escapar a ellos cuando se vio a sí misma. Dejó de debatirse agitadamente y lo contempló todo, reviviendo los tiernos momentos que había compartido con Adrian.

«Te necesito, *tzel*.»

Lindsay sintió un dolor penetrante al comprender lo que aquello significaba: mientras le hacía el amor, él había estado pensando en otra persona.

Los recuerdos continuaron sin cesar, sin darle un respiro.

«Tómame, *neshama sheli*.»

Gritó al sentir la intensa emoción que irradiaba Adrian al pedirle que tomara todo lo que le ofrecía.

—¿Qué significa eso? —le preguntó a Shadoe con voz ronca por la congoja y la añoranza—. ¿*Neshama sheli*?

—Significa «mi alma». Es un término cariñoso.

Lindsay se empapó de todo aquello. Mientras los recuerdos se arremolinaban en torno a ella, girando cada vez más rápido hasta que se formó un vórtice que descendía en espiral, se fijó en cómo cambiaban las palabras de cariño de Adrian hacia ella a medida que iba progresando su relación. Hacia el final, él sólo se refería a ella como a su alma. No la de Shadoe. La de Adrian.

«No, *tzel*. Voy a liberarte. Voy a dejarte marchar...»

Adrian le había dicho adiós a Shadoe, no a ella.

Lindsay agitó las piernas para subir, luchando contra la succión voraz del remolino. Estaba gritando, pidiendo ayuda a voces, ahogándose al darse cuenta de repente de lo mal que había interpretado sus sueños la noche anterior.

Adrian la amaba. Y sólo Dios sabía por qué, pero ella estaba tan loca por él que moriría por su felicidad. Pues por lo visto ella era eso para él: la mujer que lo hacía feliz.

No iba a renunciar a él. Se negaba a hacerlo. Él la conocía al dedillo. Desde el principio le había permitido que eligiera en qué dirección quería viajar y, eligiera el camino que eligiera —el hotel o la caza, con o sin él—, Adrian había organizado las cosas para permitirle esa libertad al tiempo que la seguía manteniendo a salvo. Con Adrian podía ser ella misma y él la amaría de esa forma. La apreciaría.

Lindsay se resistió con todas sus fuerzas al tirón del abismo ahora reluciente que se abría debajo de ella, pero los recuerdos ciclónicos de alrededor la levantaban cada vez más alto y las sucesiones de imágenes en el cielo por encima de ella parecían estar cada vez más lejos.

—¡Shadoe! —chilló—. Nunca lo tendrás por completo. Nunca más.

De pronto se extendió un brazo que la agarró por la muñeca. Shadoe se asomaba al borde del torbellino y su larga cabellera negra colgaba como una cortina de satén en torno a su bello rostro.

—Ahora una parte de él me pertenece. —Lindsay gimoteó, se le dislocó el hombro cuando tiraron de ella en dos direcciones—. No me pareces la clase de mujer dispuesta a compartir.

—¿Y tú sí lo eres?

Lindsay tensó la mandíbula para soportar el dolor.

—Tomaré de él todo lo que pueda —replicó en tono mordaz—. Y si alguna vez piensa en ti, podré soportarlo. ¿Podrás soportar tú que esté haciendo el amor con mi cuerpo cuando esté contigo?

Shadoe entrecerró sus ojos endrinos. Acto seguido, sus labios rojos y carnosos se curvaron en una sonrisa. Soltó el brazo de Lindsay y ésta cayó hacia la luz radiante de abajo.

—Shadoe.

Su rival se lanzó al torbellino, pasó junto a Lindsay a toda velocidad, con los brazos extendidos y las manos juntas formando una hoja estrecha. Atravesó la luz y desapareció en su interior. En aquel mismo instante el remolino cambió de dirección y fue hacia arriba. Lindsay contuvo el aliento y cerró los ojos mientras que las fotografías móviles que había sobre ella descendían bruscamente para recibirla.

La tempestad la escupió con un jadeo de reconocimiento.

Lindsay se incorporó doblándose en dos y se despertó en una cama extraña. Parpadeó al encontrarse a Kent Magnus sentado en una silla a su lado.

—¿Kent? —preguntó, y se dio cuenta de que estaba bañada en sudor. Tanto que, bajo ella, el edredón y las sábanas también estaban empapados. Tenía algo duro que le traqueteaba en la boca. Lo escupió, luego escupió otro. Hizo una mueca al ver sus dos colmillos humanos en la palma de la mano—. ¿Qué haces tú en mi sueño?

Kent se la quedó mirando y frunció el ceño.

—¿Lindsay…? ¿Dónde está Shadoe?

—¿Tú también estás loco por ella? —Entrecerró los ojos. Los atractivos rasgos de Kent le recordaban a la mujer de la que acababa de despedirse en su cabeza… o en su alma, donde fuera—. Se ha ido. No va a volver. Está en un lugar mejor y todo eso.

—Mierda —masculló él, y se pasó la mano por el pelo que sus dedos impacientes habían dejado de punta.

—¿Qué estás haciendo aquí?

Se frotó los ojos llorosos y enrojecidos.

—Soy tu… Soy el hermano de Shadoe, Torque.

—Ah. Creía que eras mi auditor nocturno.

Se dejó caer nuevamente en la ropa de cama mojada con un gruñido, segura de que estaba al mismo tiempo loca y agonizante. Nadie podía sentirse tan mal como se sentía ella y vivir para contarlo. Unos violentos estremecimientos sacudían su cuerpo como si se estuviera congelando, pero estaba ardiendo. Tenía la sensación de tener la boca llena de algodón con sabor a cenicero. Tenía el estómago revuelto, como si fuera a tener arcadas y un dolor de cabeza tan brutal que parecía como si algo intentara salir del interior de su cráneo abriéndose paso a golpes.

Pero la realidad en la que había despertado era peor.

Seguía siendo Lindsay, seguía estando loca por Adrian y era una de las cosas que ambos odiaban y cazaban: un vampiro.

23

Adrian vio el humo que se alzaba de los restos de la base del lago Navajo kilómetros antes de llegar allí. Cuando Damien cruzó las puertas con el Suburban, entraron literalmente en una zona de guerra. Pocas cosas quedaban intactas. Varios fuegos ardían desatendidos. Lo que antes había sido las instalaciones de almacenaje criogénico, ahora era un agujero chamuscado en el suelo de varios metros de profundidad. No quedaba ni una sola ventana que no estuviera rota. El suelo estaba salpicado de plumas junto con docenas de cadáveres desnudos.

Por primera vez en dos días, una emoción penetró en la densa bruma de dolor que nublaba su mente y su corazón.

Se apeó del vehículo y contempló la devastación. Se frotó el dolor sordo que tenía en el pecho y preguntó:

—¿Cuántas bajas de Centinelas?

—Cinco, incluido Jason.

Eran más bajas en cuestión de horas de las que habían sufrido en siglos, además de dos tenientes que habían perdido en un solo mes.

—¿Cuántos licanos han muerto?

—Cerca de una treintena. —Damien tenía un aspecto pálido y demacrado—. Aunque es probable que algunos huyeran y murieran en otra parte a causa de las heridas. Hay unos cuantos que permanecieron leales a nosotros, pero no sé lo útiles que resultarán. Los demás licanos los matarán en cuanto los vean.

Adrian dio una vuelta por el puesto de avanzada en ruinas. Aquel golpe era el peor hasta entonces, uno que muy probablemente provocaría la destrucción de todos los Centinelas.

Y él no estaba en su mejor momento. Todo era turbio, como si estuviera mirando el mundo a través de un cristal sucio y agrietado.

¿Dónde estaba Lindsay? ¿Cómo estaba? ¿Se había sometido a la Transformación? ¿Estaba disfrutando Syre, en aquel mismo momento, del regreso de su hija tras todos los siglos de separación?

La idea de cruzarse con Shadoe en el cuerpo de Lindsay le hería como una cuchilla, pero sabía que si la Transformación había tenido lugar tal como predijo Syre, ese día estaba próximo. Adrian no tenía ni idea de cómo iba a sobrevivir a tal encuentro. Sólo podía rogar al Creador que le ahorrara semejante agonía.

Obligó a su dispersa mente a concentrarse en el horror inmediato que tenían delante.

—¿Las otras manadas han tenido noticia de esto?

—En absoluto —respondió Damien con seriedad—. Pero desde ayer a primera hora no hemos podido ponernos en contacto con las manadas de Andover ni de Forest River.

Adrian regresó al todoterreno en busca de las herramientas guardadas en la parte de atrás.

—Según dicta el protocolo, quemaremos los cuerpos y luego arrasaremos este lugar. No podemos dejar nada que los curiosos puedan encontrar.

—Sí, capitán.

El hecho de que lo llamara por su rango lo tranquilizó.

—Cuando regresemos a Angels' Point, Oliver y tú deberíais compartir ideas y ofrecer alguna sugerencia sobre cómo proceder a partir de aquí. Pasado mañana deberíais haber elegido un sustituto para mí.

—Adrian.

Notó el peso de la mirada de Damien en su perfil. Los otros Centinelas que estaban con ellos, Malachai y Geoffrey, se acercaron más.

—Lo siento —dijo Adrian con brusquedad, con un nudo de remordimiento en la garganta. Su deber era apoyar a sus hombres y darles ánimos y motivación cuando tenían la moral baja. Pero él mis-

mo estaba perdido—. Os fallé a todos. Debería haberme retirado de
la misión en el momento en que caí. Quizá podría haberse evitado
todo esto.

«Lindsay. ¿Dónde estás?»

—Siempre he creído que tu capacidad para sentir la emoción humana es una ventaja para nosotros —afirmó Damien.

A su lado, Malachai asintió con la cabeza.

Geoffrey, un serafín de pocas palabras, se encogió de hombros.

—Mentiría si dijera que nunca he encontrado atractiva a una mujer mortal.

Adrian flexionó las alas con nerviosismo y tardó unos momentos
en decidir sus palabras.

—Quizá deberíamos convocar a todos los Centinelas en Angels'
Point. Puede que juntos, la reflexión nos dé las respuestas y la fuerza
que buscamos.

—Yo saco fuerzas de ti, capitán —dijo Malachai con calmada convicción.

Adrian se preguntó cómo era eso posible cuando no tenía fuerzas
que dar. Se sentía tan vacío que no sabía si le quedaban reservas escondidas en su interior.

«Lindsay. ¿Dónde estás?»

La vena latía pulsátil llena de vida, bombeando sangre rica en nutrien-
tes por el cuerpo de la camarera que trabajaba laboriosamente.

Lindsay oía los latidos del corazón de la mujer como si tuviera un
estetoscopio en los oídos. Sus colmillos se alargaron y se le hizo la boca
agua. Cerró los puños para contener el fuerte impulso de alimentarse.

Syre estaba cerca, sentado en el sofá de dos plazas con los codos
apoyados en las rodillas separadas y la frente en las manos. Aunque
tenía la cabeza gacha, Lindsay sabía que su mirada era triste. Estaba
afligido, y su dolor era palpable en la habitación del hotel.

Torque estaba de pie frente a la pequeña nevera de la zona de bar, vigilando las bolsas de sangre vacías que habían utilizado mientras veían cómo ella completaba la Transformación. Él la observaba con demasiado detenimiento, escudriñándola, como si pudiera encontrar en ella a su hermana, o algún otro milagro.

En cuanto a Lindsay, estaba sentada a la pequeña mesa de comedor y esperaba a que apareciera la asesina pelirroja. Estaba impaciente y nerviosa, y hacía girar el teléfono móvil sobre la mesa con los dedos de la mano derecha. La luz roja que parpadeaba sobre la pantalla le indicó que tenía mensajes de voz sin oír tanto de Adrian como de Elijah, pero no tenía prisa por escucharlos. Estaba demasiado obsesionada con el hambre, como una yonqui ansiando una dosis. Tenía náuseas y temblores. Su cuerpo reclamaba el sustento, pero a ella se le revolvía el estómago con sólo pensar en ingerir sangre.

—Está todo en tu cabeza —le había dicho Torque aquella misma mañana—. Pruébala y verás.

Era amable y considerado con ella, igual que Syre, pero Lindsay se sentía como una impostora. Se sentía tan incómoda con los vampiros como cómoda se había sentido con Adrian. Ellos no sabían que había pasado casi toda su vida cazando a los de su clase. No sabían que no iba a parar hasta que eliminara a Vashti.

Aquel asesinato señalaría el final de su vida, de eso estaba casi segura. Ellos la matarían y eso sería una bendición. Ya no le quedaba nada. Sus padres habían muerto, tenía que chupar venas para vivir y Adrian la odiaría si la viera. Él hubiera matado a Shadoe, la mujer a la que había amado hasta la obsesión y por la cual había caído en desgracia, antes que verla convertida en un vampiro.

Fuera de la habitación el viento gemía por el pasillo abierto que rodeaba el atrio interior. Su sonido lastimero le rompía el corazón… Adrian también estaba de luto.

La camarera se apresuró a salir de la suite como si la estuvieran acechando los perros del infierno. Seguro que percibía la tensión que reinaba en el cuarto. Lindsay se preguntó qué haría esa mujer si supiera que la estaban considerando como un magnífico tentempié de media tarde.

La puerta empezaba a cerrarse cuando de pronto volvieron a abrirla de un empujón. Vash entró tranquilamente con unas botas de un tacón de diez centímetros como si fuera la reina del mundo.

Lindsay sintió que la sed de sangre y la agresividad estallaban en su interior. Se le hincharon las ventanas de la nariz y su mirada se fijó en la mujer a la que llevaba una eternidad esperando matar. Ahora sus sentidos eran tan potentes que la abrumaban, pero no iba a tener ocasión de acostumbrarse a ellos. En cuestión de unos treinta minutos iba a quedar fuera de juego permanentemente.

Vash se echó la melena por encima del hombro y echó un vistazo a Lindsay. Cuando sus miradas se cruzaron, Vash se quedó inmóvil y su semblante adoptó una expresión de contrariada resignación.

—Oh, mierda —masculló un instante antes de que Lindsay se precipitara hacia el otro lado de la habitación.

Derribó a la vampira contra el sofá y fue de un pelo que no alcanzaran a Syre, el cual se levantó como un rayo y se apartó a una velocidad imposible. El sofá se rompió por la mitad y se plegó en torno a ellas como si fuera un taco. Vash quedó apretujada en medio y poco pudo hacer para protegerse la yugular. Lindsay tenía los colmillos extendidos y mordió profundamente. Atravesó los almohadones del sofá con el puño y buscó a tientas un pedazo de madera rota del armazón. Vash se retorcía debajo de ella, balbuciendo maldiciones.

Los recuerdos de la vampira golpearon a Lindsay con la fuerza de las Cataratas del Niágara: la historia de Vash, la que llevaba en su sangre de Caída. La fuerza vital que tanto los Centinelas como los Caídos necesitaban para sobrevivir.

Lindsay la soltó precipitadamente, retrocedió tambaleándose y se sentó pesadamente en la mesita de centro. Se limpió la boca ensangrentada con el dorso de la mano y la habitación empezó a darle vueltas tanto por la prisa con la que se había alimentado como por la sorpresa al descubrir la inocencia de Vash.

—¡No fuiste tú!

Se agarró la cabeza que estaba a punto de estallarle, mareada y desorientada por la arremetida de una eternidad de recuerdos que no incluían la muerte de su madre.

Vash recuperó el equilibrio y se llevó la mano al cuello que le sangraba.

—Éste ha sido tu segundo comodín, zorra demente. La próxima vez que me ataques te va a costar la vida.

—Lo que tú digas —masculló Lindsay, abrumada al darse cuenta de que, una vez más, se enfrentaba a la tarea de encontrar una aguja en un pajar. La idea de apaciguarse con sangre durante años mientras lo hacía no le resultaba muy atrayente. Se había convertido en el monstruo que cazaba, y sería una hipocresía de lo más repugnante que, mientras buscaba al asesino de su madre, hiciera a otros lo que le habían hecho a ella—. Hazme un favor y líbrame de este sufrimiento.

—De puta madre —dijo Vash, y al instante lanzó una patada giratoria que alcanzó a Lindsay en la cabeza.

Ella no llegó a ver que se precipitaba hacia el suelo alfombrado.

Adrian arrojó su bolsa de viaje sobre la cama y liberó las alas, las extendió en un intento de aliviar la debilitante tensión que le aferraba los hombros. Se dirigía al cuarto de baño para darse una ducha cuando llamaron a la puerta abierta de su dormitorio.

Se detuvo y vio a Oliver con una expresión igual de adusta que la de todos los rostros que había visto durante los últimos tres días.

—¿Sí?

—Vas a querer ocuparte de esto, capitán.

La gravedad del tono de Oliver renovó la dolorosa tirantez de la espalda de Adrian.

—¿De qué se trata?

—Hay vampiros en la puerta.

Adrian salió a la terraza, enfurecido, voló hasta el extremo del camino de entrada y se posó en el suelo frente a la barrera de hierro forjado. La garita estaba vacía puesto que ya no había presencia licana en su propiedad. El hecho de que se acercara en solitario, aparte de imprudente y temerario, ponía de manifiesto lo poco que valoraba su propia vida en aquellos momentos.

Un sedán con las ventanillas tintadas esperaba en la calle principal y ya tenía el morro apuntando ladera abajo. Al otro lado de la verja estaba Torque, acompañado de Raze.

—¿Dónde están tus perros, Adrian? —gruñó Raze.

El enorme vampiro frunció el labio mientras contemplaba las vistas desde detrás de sus gafas de sol oscuras.

—No los necesito para tratar contigo.

Torque se balanceó sobre los talones.

—Tengo un regalo para ti.

El presentimiento extendió sus gélidos zarcillos por la piel de Adrian, pero él fingió aburrimiento y dijo sin alterarse:

—A menos que sea Lindsay Gibson, me importa una mierda.

—Lo es. Y se está muriendo.

El pulso de Adrian saltó a la vida por primera vez desde hacía días. Torque no habría traído a Shadoe hasta allí. Sólo a Lindsay, una mujer con la que Syre no tenía ninguna relación verdadera. Pero aun así, Adrian tenía que estar seguro.

—¿Shadoe?

Torque lo negó con la cabeza.

—Ella se ha ido. Y Lindsay no quiere alimentarse. Aparte de un poco que le arrancó a Vash, no ha bebido ni una gota. Su ritmo cardíaco ha ido disminuyendo hasta el punto en que pensé que cuando llegáramos aquí arriba ya estaría muerta.

Antes de que Torque pudiera decir nada más, Adrian ya estaba al otro lado de la verja y casi arrancó la puerta del automóvil al abrirla. Lindsay estaba tumbada en el asiento trasero y su piel antes dorada ahora era pálida como el alabastro. Adrian la protegió del sol con sus alas sin atender en lo más mínimo a que presentaba un blanco fácil dándoles la espalda a dos vampiros. Lindsay estaba inerte y su pecho a duras penas se movía.

—Syre te la devuelve en honor a Shadoe —dijo Torque en voz baja—. Ella llevó el alma de Shadoe. Le debemos algo por ello, y te toca a ti recogerlo.

Adrian alargó los brazos, envolvió a Lindsay con la manta que tenía enredada en su cuerpo exánime y la sacó del coche. La estrechó contra sí, alzó el vuelo y cruzó la verja.

—¡De nada! —gritó Raze mientras Adrian se alejaba, pero él ya estaba entrando a toda prisa en la casa.

La llevó a su dormitorio y la metió en la cama bien arropada mientras cerraba las cortinas mentalmente para que no entrara el sol. Lindsay estaba fría como el mármol e igual de inerte. Los desnudó a los dos con el pensamiento y se metió en la cama a su lado, atrayéndola hacia sí para transmitirle el calor de su cuerpo. Un violento estremecimiento lo recorrió al notar el cuerpo helado de Lindsay contra el suyo.

—Lindsay —susurró con los labios hundidos en su cabeza.

Olía de maravilla y Adrian inhaló su perfume temblorosamente. Las lágrimas le mojaron la cara y cayeron sobre el pelo de Lindsay, y el silencio de su habitación quedó roto por los ruidos entrecortados que brotaban sin control de su garganta dolorida.

Se apartó lo justo para examinarla mientras que con mano trémula le retiraba unos rizos rebeldes de la cara. Sus labios exangües estaban levemente separados dejando al descubierto un atisbo de colmillo. A Adrian se le encogió el corazón en el pecho.

—No me dejes, *neshama*.

Adrian le introdujo el dedo en la boca y se hizo un corte en la yema con la afilada punta de un colmillo. Hundió el dedo ensangrentado y se lo pasó por la lengua.

—Aliméntate —la animó—. Aliméntate o morirás, y me matarás contigo.

Aguardó unos momentos interminables. Al ver que ella no se movía, Adrian se apartó y se cortó la yema de otro dedo para luego introducir los dos dedos que sangraban en los fríos recovecos de la boca de Lindsay.

A ella le temblaron los labios.

—Sí, *neshama sheli*. Bebe. Regresa conmigo.

Lindsay dejó escapar un débil gemido. Su garganta tragó casi imperceptiblemente.

—Bebe de mí —le instó—. Toma lo que necesites.

Otro suave movimiento de la garganta. Sus ojos parpadearon, con una piel tan traslúcida que Adrian distinguía el fino entramado de venas azules que recorría sus párpados. Éstos se alzaron y dejaron al descubierto los iris ámbar de un vampiro. Lindsay no enfocaba la mirada y su respiración aún era demasiado superficial.

Adrian empezó a retirar los dedos, pero Lindsay movió la lengua y se los presionó contra el techo del paladar. Estaba demasiado débil para retenerlo, por lo que él se liberó y esbozó una sonrisa forzada al ver que ella emitía un gimoteo de protesta.

Entonces volvió la cabeza y se pasó los dedos ensangrentados por la gruesa arteria del cuello. La boca de Lindsay siguió el movimiento de la mano ciegamente, abriéndose y cerrándose como la de un bebé hambriento. Le tomó la cabeza en su mano y la dirigió.

Lindsay deslizó la lengua de un lado a otro sobre su vena palpitante para hincharla, excitando a Adrian durante el proceso. Cuando los colmillos de ella penetraron en su piel, el pene se le endureció al instante. La boca de la joven lo succionó rítmicamente, mandando oleadas de lujuria y deseo que se irradiaban desde el punto por el que ella se alimentaba. La piel de Lindsay empezó a adquirir calor y su cuerpo recobraba fuerzas con cada trago que daba. El gemido de Lindsay vibraba contra la piel de Adrian, que se sacudió con aquella avalancha de sensaciones.

Después empezó a frotarse contra él, susurrando, sucumbiendo al placer sexual que los vampiros hallaban en el acto de alimentarse. Le pasó la pierna por encima de la suya y deslizó su sexo por el muslo dejando un rastro pegajoso de humedad.

Adrian la agarró de las caderas, aún más excitado al imaginar los años que tenía por delante, días interminables con la mujer que amaba a su lado para siempre.

—Méteme dentro de ti, Linds. Móntame hasta que te corras.

Los colmillos de Lindsay salieron de su piel.

—Hasta que te corras tú —jadeó, y se le subió encima.

Le lamió las punzadas idénticas y las cerró. Metió los brazos entre los dos, cerró sus manos ya calientes en torno al pene de Adrian y lo colocó en su abertura. Lo envolvió con un diestro y fuerte empujón de las caderas que le hizo arquear la espalda y emitir un siseo de placer.

—Dios mío… Adrian. —Lindsay rozó la sien contra la suya y su aliento caliente le sopló el oído—. Te he echado mucho de menos.

Y entonces se quedó inmóvil.

Al ver que no se movía y apenas respiraba, Adrian le levantó el torso separándolo del suyo para mirarle la cara.

—¿Lindsay? ¿Qué pasa?

Ella se tapó la boca con la mano y sus ojos ambarinos se oscurecieron con una expresión de asombro y horror.

—¡Oh! Lo siento, Adrian. Yo…

Él le tomó el rostro entre las manos.

—¿Por qué?

Lindsay dijo que no con la cabeza y sus ojos rebosaron de lágrimas con un tinte rosado. Se cubrió los pechos con los brazos, una muestra de vergüenza que él no podía soportar. Su sexo húmedo y tenso se deslizó hacia arriba a lo largo de su pene cuando se movió para dejarlo.

—He cambiado. No soy…

Adrian rodó en la cama y la inmovilizó debajo de él.

—Ahora te deseo más que nunca.

—No puedes…

—Oh, sí, puedo. Lo hago.

Le apresó los brazos por encima de la cabeza y le abrió las piernas con las rodillas. Se retiró de las profundidades de Lindsay que lo ceñían con una calma exquisita, torturándolos a ambos. A continuación la penetró con una fuerte y rápida embestida.

Lindsay soltó un grito ahogado, con los ojos hermosos y muy abiertos. Los ojos de un vampiro, con el alma pura y desinteresada de Lindsay brillando tras ellos. Unos ojos que en la oscuridad de su habitación lo veían con la misma claridad con la que él la veía a ella.

Se echó hacia atrás y arremetió de nuevo.

—La sensación de estarte alimentando de mi cuello me ha vuelto loco de deseo por ti. ¿Notas lo gruesa que la tengo? ¿Lo dura que me la has puesto? Me vuelves del revés.

Lindsay tensó los muslos en torno a las caderas de Adrian, aferrándolo suavemente.

Él cerró los ojos para agradecerle su aceptación. El apetito se enroscaba como hierro candente en torno a su espina dorsal y soltó un gemido. Sentir a Lindsay era tan sublime que le quemaba por dentro, le devolvía la vida igual que su sangre había hecho por ella.

—A mí no me importa lo que seas. Nunca me importará. Es quién eres lo que yo quiero.

Lindsay hundió los dedos en el dorso de las manos de Adrian y le provocó una punzada de dolor cuando unas garras recién formadas le perforaron la carne. Eso también lo excitó. Su pene se alargó en reconocimiento, llenándola hasta que ella se retorció. Él era el hogar, su alma completa por la proximidad de la suya, su Lindsay, tan valiente y desinteresada.

Extasiado por la sensación de tenerla debajo de él, en torno a él, Adrian la penetró con fuertes embestidas. Observó cómo el placer le volvía los párpados pesados y aflojaba su boca sensual. Adrian extendió las alas y las alejó de la cama, temblando con el furioso deseo que crecía cada vez que se hundía en ella hasta el fondo.

—No puedo vivir sin ti —gruñó Adrian—. No dejaré que me hagas hacerlo.

Lindsay se arqueó contra las caderas que la embestían, su cuerpo esbelto era aún más poderoso que antes. Lo bastante fuerte para tomar todo lo que él tenía que darle y seguir exigiendo más.

—Te quiero.

Adrian se echó hacia atrás y la levantó de un tirón. Se quedó apoyado en los talones y la instó a que se balanceara contra él.

—Fóllame, Linds. Haz que me corra.

Ella le puso los brazos sedosos en torno al cuello y colocó las rodillas una a cada lado de las suyas. Empujó las caderas y lo montó, lo tomó con movimientos fuertes y rápidos, con ondulaciones gráciles y fluidas.

Ahora Lindsay era formidable y lo devastaba con placer. El golpeteo rítmico de su pelvis contra la suya era tan erótico que Adrian se mordió el labio inferior para contener la acometida del orgasmo.

—Todavía no… Es demasiado pronto… Haz que dure…

—No te contengas —gimió ella—. Te estoy esperando.

Adrian le tomó la nuca con la mano y atrajo su boca hacia sí. Sus labios se unieron, sus jadeos se mezclaron mientras llegaban juntos al orgasmo. Estremeciéndose con su intensidad. Agitados por la conexión pura e íntegra que había entre ellos. Sin restricciones.

Al fin.

—¿Elijah también? —preguntó Lindsay mientras le acariciaba el pecho a Adrian con los dedos—. ¿Se fue con ellos?

—Su cuerpo no se encontraba entre los muertos, por lo que supongo que sí.

Eso le dolió. Las acciones de Elijah podían perfectamente enfrentarlo con el hombre al que amaba. Pensó en el mensaje que el licano le había dejado en el teléfono, la fecha de su llamada caía después del levantamiento. Quería verla, le pedía ayuda. Y como era su amiga, ella quería brindársela. Estaba dividida por todas partes, en deuda con casi todo el mundo por salvarle el pellejo en un momento u otro.

—¿Qué haremos?

Adrian volvió la cabeza y le dio un beso en la frente.

—Recuperarnos y reagruparnos. Luego evaluaremos los daños y empezaremos a reconstruir.

—Pero ahora sois muy pocos.

—Podemos hacerlo.

Parecía estar muy seguro.

—¿Cuánto confías en tus Centinelas?

—Con mi vida.

Lindsay soltó aire.

—La persona que me secuestró de Point y me llevó con Syre…

—¿Sí?

—…tenía alas.

Adrian se sorprendió tanto que dio una sacudida.

—Lo siento. —Lindsay intentó tranquilizarlo con suaves caricias en el pecho—. No vi quién era. Me dejaron inconsciente por la espalda con una especie de pinza Vulcaniana.

Adrian se quedó callado largo rato, pero la agitación que sentía se vio reflejada en los vientos que aullaban rodeando la casa.

—Ocultas muy bien tus emociones —comentó Lindsay en voz baja—, pero el tiempo te delata.

Adrian la miró con los ojos muy abiertos.

—¿Cómo sabes tú eso?

—Siento el tiempo en ti. Estoy como sensibilizada a ese tipo de cosas. Siento las emociones a través del viento. Es como si me hablara. Antes también me advertía sobre los inhumanos, pero ahora noto las diferencias yo sola. Supongo que mi radar del tiempo era realmente mío y no un eco de las habilidades de Shadoe.

Adrian curvó la boca en una de sus raras sonrisas completas.

—¿Qué?

Lindsay quedó deslumbrada por aquella sonrisa y tenía curiosidad por saber su causa.

—He rezado para recibir una señal, cualquier señal, de que el Creador me absolvería de la culpa por enamorarme. Cuando el tiempo empezó a reaccionar a mis estados de ánimo, pensé que era para recordarme mis defectos. Pero quizás era la señal que pedí, un don para traerte hasta mí.

—Eso es muy bonito.

—Y esperanzador, que es lo que necesito ahora mismo. Todos lo necesitamos.

Lindsay lo abrazó.

—Cuando era más joven, pensaba que mi sexto sentido me convertía en un bicho raro.

—No. Te hace mía.

Permanecieron tumbados en silencio durante un rato. Lindsay casi se quedó dormida, arrullada por la continua cadencia de los latidos de Adrian y por el tacto de su cuerpo cálido y fuerte contra el suyo.

—¿La echas de menos? —preguntó Lindsay al cabo de un rato.

El pecho de Adrian se expandió cuando inhaló profundamente. No fingió haberlo entendido mal.

—Debería, eso al menos se lo debo, pero ha pasado tanto tiempo y te necesito tanto… Resulta difícil ver más allá de ti. Aunque, para ser sincero, no me estoy esforzando mucho. Me encantan las vistas.

—No pasa nada si piensas en ella. Le dije que no te lo echaría en cara si lo hacías.

—¿Hablaste con ella?

344 SYLVIA DAY

Lindsay puso las manos sobre los tensos músculos que cruzaban el abdomen de Adrian y luego apoyó la barbilla encima.

—Iba a quedarse contigo. Ella era una profesional lidiando con todas esas vidas y recuerdos pasados, mientras que yo me estaba ahogando en ellos. Tuve que luchar por ti.

Los ojos azules de Adrian llamearon con el calor de sus emociones.

—¿Lo hiciste?

—Ya lo sé, ¿vale? Después de todas las veces que intenté apartarte, al final me di cuenta de que no podía vivir... ni morir, sin ti. Así pues, le dije que aunque se quedara contigo, yo siempre tendría una parte de ti y tendría que compartirte. Por lo visto decidió que prefería dejar que estuvieras conmigo y pensaras en ella a que estuvieras con ella pero pensaras en mí.

La sonrisa de Adrian le puso la carne de gallina.

—Eso parece propio de ella.

—Estoy agradecida —admitió Lindsay—. Renunció a su alma para que yo pudiera conservar la mía.

—Y siempre la querré por ello. Pero tú tienes mi alma y mi corazón, Lindsay.

—Ya lo sé.

Tras un prolongado momento, Adrian soltó aire de forma audible.

—Quizás esta... experiencia también fue buena para ella. Shadoe no era mala persona, pero no era de las que sacrifican sus deseos por el bien de los demás.

—¿Estás pensando que maduró a lo largo de incontables vidas?

—Me gustaría pensarlo. Por su bien.

Lindsay se miró los dedos mientras recorría con ellos la débil línea de vello oscuro que bisecaba el abdomen de Adrian y que conducía a los deliciosos lugares de más abajo. Después de todo por lo que había pasado y de todo lo que había perdido, Adrian aún tenía fuerzas para ver el lado positivo de las cosas. Ella lo amaba por eso, y por incontables otras cosas.

—Le dije que por lo que a ti se refería, iba a tomar todo lo que pudiera obtener.

Adrian se retorció hábilmente y la atrapó bajo él. Enmarcado por sus alas plegadas, era enigmáticamente guapo. Arrebatador.

—En tal caso será mejor que estés preparada para tomarme todo entero.

—Sí, *neshama*. —Deslizó los brazos en torno al cuello de Adrian—. Todo entero. Siempre.

24

—Tal como me temía —dijo Damien—, hemos perdido las manadas de Andover y de Forest River. De momento estamos ocultando a los demás, pero si nos atacan desde el exterior mientras combatimos un motín en el interior, caerán más.

Adrian estaba de pie frente a la barandilla de la terraza que rodeaba la casa y observaba cómo sus Centinelas ejercitaban las alas en el aire por encima de él. El cielo rosado y gris de primera hora de la mañana estaba dando paso a un suave azul pálido.

—Lo que tenemos que hacer es encontrar la manera de ser más ingeniosos. Mientras tanto, la enfermedad se está propagando como el fuego entre los vampiros. Puede que en realidad lo único que tengamos que hacer sea esperar sin hacer nada. No contaría con ello, pero es una posibilidad.

—Hoy estás mejor —observó Damien.

—Más fuerte —coincidió Adrian—. Más contento. Preparado para comerme el mundo.

—Es el sexo el que habla.

Adrian se volvió al oír el sonido de la voz de Lindsay y la encontró allí de pie a unos pocos pasos de distancia. Ella levantó las manos por encima de la cabeza, se puso de puntillas y estiró su precioso cuerpo menudo… para gran deleite de Adrian.

Se enderezó y miró a Damien arrugando la nariz.

—Lo siento. Lo cierto es que no pretendía incumplir las normas ni ser irrespetuosa. Es que es tan típico que un hombre diga eso a la mañana siguiente cuando no ha dejado dormir a su novia en toda la noche…

«La mañana siguiente…»

Adrian alzó la vista hacia el sol en el cielo y luego le lanzó una mirada a Damien, que se había quedado con la boca ligeramente abierta. Lindsay no parecía ser consciente de que estaba bajo la luz del sol.

—Me gustaría volver a entrenar —continuó diciendo—. Me va a hacer falta para poder cubrirte el culo y encontrar a los vampiros que mataron a mi madre. No voy a renunciar a dar caza a esos hijos de puta y hacerles pagar. Y necesito saber con seguridad qué le ocurrió a mi padre. Si hay que saldar alguna cuenta en ese sentido, tengo que saberlo. Si de verdad sólo fue un accidente, necesito saberlo también.

—Lo que necesites, *neshama* —le aseguró Adrian ocultando su asombro.

Damien se inclinó hacia él y le dijo entre dientes:

—Debería estar ardiendo con esta luz. ¿Cómo es posible que no lo esté?

Adrian se sentó en la barandilla y observó a Lindsay, que llevaba a cabo una elaborada rutina de calistenia inconscientemente sensual.

—No lo sé, pero me imagino que mi sangre tiene algo que ver con ello. Al igual que la sangre de los Caídos proporciona inmunidad temporal.

—Otros vampiros han mordido a Centinelas con anterioridad. Y en esos casos no pudieron practicar yoga en una terraza descubierta.

—Pero Lindsay ha bebido exclusivamente sangre de Centinela después de que uno de los Caídos la transformara. Cada una de las células de su cuerpo se ha nutrido de una sangre que la protege. Siempre y cuando siga bebiendo de mí, tal vez conserve los beneficios.

—Un esbirro con los dones de los Caídos. —Damien se llevó una mano a la frente, como si le doliera—. Si la sangre de Centinela cura la enfermedad de los vampiros y da inmunidad a los sanos, y si otros se enteraran de esto…

—…nos darían caza hasta extinguirnos. Ya lo sé.

—Sin los licanos somos presa fácil.

—Siobhán está haciendo pruebas para ver si la sangre de licano es una alternativa. Ellos también fueron serafines en otro tiempo.

Damien se quedó callado un momento.

—Rezaré para que ocurra un milagro.

—Reza por todos nosotros. —Adrian apoyó las manos en la barandilla y alzó el rostro hacia el sol. La brisa matutina sopló sobre sus plumas como un suave saludo por parte del nuevo día—. Nos va a hacer falta.

NUESTRO ECOSISTEMA DIGITAL

NUESTRO PUNTO DE ENCUENTRO
www.edicionesurano.com

Síguenos en nuestras Redes Sociales, estarás al día de las novedades, promociones, concursos y actualidad del sector.

 Facebook: mundourano

 Twitter: Ediciones_Urano

 Google+: +EdicionesUranoEditorial/posts

 Pinterest: edicionesurano

Encontrarás todos nuestros *booktrailers* en **YouTube**/**edicionesurano**

Visita nuestra librería de *e-books* en **www.amabook.com**

Entra aquí y disfruta de 1 mes de lectura gratuita

www.suscribooks.com/promo

Comenta, descubre y comparte tus lecturas en **QuieroLeer®**, una comunidad de lectores y más de medio millón de libros

www.quieroleer.com

Además, descárgate la aplicación gratuita de **QuieroLeer®** y podrás leer todos tus *ebooks* en tus dispositivos móviles. Se sincroniza automáticamente con muchas de las principales librerías *on-line* en español. Disponible para **Android** e **iOS**.

https://play.google.com/store/apps/details?id=pro.digitalbooks.quieroleerplus

iOS

https://itunes.apple.com/es/app/quiero-leer-libros/id584838760?mt=8